世界文學
經典名作

德古拉傳奇

DRACULA
BRAM STOKER

布萊姆・斯托克 著
夜暗黑 譯

本書簡介

不死的人、老鼠、蝙蝠、狼、鮮血、尖銳的長牙、紅色的眼睛，這上面說的，可能會是你，我，和許多人的末日開始……

一個古老的傳說，一個曠世的傳奇，一個石破天驚的祕密！

穿越時空的驚悚與懸疑，人鬼愛戀情未了的哀愁！

《德古拉》再現中世紀式的性壓抑和恐怖，帶給人的衝擊至今無與倫比。

《德古拉》親臨血族王朝的發源地，親歷最詭祕最動人的吸血鬼羅曼史。

年輕的英國律師喬納森．哈克乘車從倫敦出發，來到偏僻神祕的德古拉城堡。受德古拉伯爵所託，哈克辦理房產交易事宜，但接下來發生的一連串怪異事件，讓他毛骨悚然、不寒而慄。空氣中飄散著茫茫的白霧，城堡又黑又高的窗戶透不出一絲光亮，小狗發出恐懼悠長的哀號，從樹林裡傳來淒厲的狼嚎，蝙蝠發出怪異的聲音拍打窗戶，墓地閃爍著飄忽遊移的魅影，瘋人院的瘋子高喊著期待「主人」的到來，可愛的孩童迷失在茂盛的叢林，朋友露西和未婚妻米娜，相繼被「吸血鬼之吻」奪走生命……城堡被陰鬱、詭異和死亡所編織的巨網層層地籠罩著……

神聖的餅屑，古老的十字架，砍下的頭顱，刺穿的心臟，城堡能否重獲昔日的安寧？穿過沉沉夜色中的叢林和墳墓，在午夜的鐘聲裡，人們是否能夠穿越黑暗的盡頭？

作者布萊姆·斯托克（Bram Stoker, 1847年~1912年），愛爾蘭著名小說家，吸血鬼文化的開山鼻祖。生於都柏林，幼年時代遭受疾病折磨，直到7歲時一直臥病在床。後進入都柏林聖三一學院學習，他以堅強的意志堅持鍛鍊，最終成為一名出色的運動員。畢業後成為都柏林的一名公務員。一八七八年辭去公務員的工作，去倫敦當一名演員經理人。

儘管身負重任，斯托克還是設法擠出時間來寫小說。一八九七年出版了以吸血鬼為題材的小說《德古拉》。小說出版後獲得巨大回響，成為歐洲歷史上最暢銷的驚悚小說，現在所有的吸血鬼原型，幾乎都是脫胎於他所創作的故事，以後出版的吸血鬼書籍，其故事情節無不是建立在本書的基礎之上，而且改編的每部電影都在好萊塢和全世界引起轟動。斯托克所創造的「德古拉」，已成為吸血鬼永恆的代名詞！

序言

吸血鬼的前世與今生

一八四七年11月8日，布萊姆．斯托克出生在都柏林的近郊，在家裡的七個孩子中排名老三。一種不知名的疾病使他直到7歲都臥病在床。儘管仍然顯得害羞和書生氣，布萊姆．斯托克在青春期卻並不羸弱。也許是為了彌補自己早年的虛弱，他此時正在轉變為一名優秀的運動員。在都柏林的聖三一學院，他戰勝了羞怯並被稱為校級運動健將。

年輕的布萊姆一直夢想當一個作家，但是他的父親卻有更為保險的計畫。布萊姆屈從於父親的期望，成為了都柏林的一名公務員。當他在自己的政治道路上前行時，他寫了一部名為《愛爾蘭裁決法庭辦事員的職責》的枯燥無味的小說。這本書直到一八七九年才被出版，此時斯托克已經結婚，並住在了另一個國家，開始了新的職業生涯。

斯托克在做公務員的八年中不停地寫小說，第一部是幻想小說，名叫《水晶杯》，由倫敦學會出版。三年後又出版了一部名為《命運的枷鎖》，是由四部分組成的系列恐怖小說。同時他還是都柏林《晚間郵報》的名譽戲劇評論家，之後成為了《愛爾蘭回聲》的編輯。

一八七八年，亨利．艾爾文為斯托克提供了一份在倫敦萊森戲院作演員經理人的工作。

斯托克立即辭去了公務員的工作，與弗勞倫斯．拜爾康比結婚，動身去了倫敦，從此開始了自己的新生活。不到一年，弗勞倫斯生下了他們唯一的孩子諾埃爾。儘管斯托克和妻子保持著表面上的和諧，但據說他們已經互相疏遠了。

儘管身負重任，斯托克還是設法擠出時間來寫小說。他的第一部著作《夕陽之下》（一八八二）由8個怪誕的童話故事組成。他的第一部長篇小說《蛇的足跡》於一八九〇年出版。同年，斯托克開始了他的大作《德古拉》的準備工作，這部小說於一八九七年出版，出版後立即受到了廣泛的好評。斯托克此後還創作了多部短篇小說、長篇小說及小品文，但他的名字始終與《德古拉》緊密地聯繫在一起。

《德古拉》這部小說是世界最暢銷的小說之一。布萊姆．斯托克的《德古拉》是有史以來最著名的恐怖小說之一。布萊姆．斯托克曾經目睹了一艘俄羅斯雙桅船「迪米特里」號在惠特白港外沈沒的情景。結合這次經歷和鎮上的氛圍，他創作完成並在一八九七年發表了這部充滿了性壓抑和中世紀式恐怖的小說，它給人所帶來的衝擊至今無與倫比。你也許從沒讀過這本書，你可能也沒看過任何一部與此有關的電影，但你一定聽說過《德古拉》和他對世人所產生的影響。

《德古拉》和關於弗拉德．則別斯的傳說，起源於東歐一種以吸人血維持生命的不死人的神話基礎之上，是有史以來最有影響的恐怖小說。那種由蝙蝠變成人再變回來的本領，至今仍然吸引著人們產生出無限的遐想，並使他們感到不寒而慄。就是這種既讓人恐懼又吸引人的形象，讓這部小說一而再、再而三地走上銀幕，風靡全世界。

目次

喬納森・哈克的日記

5月3日　比斯特里茲

5月1日晚上8點35分離開慕尼黑，第二天一大早到了維也納，本應該6點46分到的，可是火車晚點了一小時。通過我在火車上和走在街道上所看到的，布達佩斯像是個不錯的地方。我不敢走離火車站太遠，因為我們已經晚到了，要盡可能在正點起程。

我感覺我們正在離開西部進入東部，這裡的多瑙河寬廣而深邃，橫跨在河面上的壯觀的橋，將我們帶入了土耳其式的氛圍。

我們離開的正是時候。黃昏過後，我們來到了克勞森堡。我們在這裡的勞雷麗酒店裡留下過夜。我的正餐，確切的說是晚餐，吃的是一種用紅辣椒粉燒的雞，很好吃，但是很容易讓人口渴（備忘：給米娜要菜譜）。我問了服務生，他說這叫辣子雞，這是道特色菜，所以在喀爾巴阡山脈沿線的任何地方，我都可以享用到它。

我發現，自己略懂一點德語在這裡是很有用的，實際上，如果不是這樣，我真不知道該怎麼過活。

在倫敦，我有一些自己支配的時間，我參觀了不列顛博物館，並且搜尋了圖書館裡關於特蘭西法尼亞的書和地圖，我強烈感到，事先對一個國家有所了解，對於和這個國家的貴族打交道是很有幫助的。

我發現上面所說的那個地區在這個國家的最東部，恰好在特蘭西瓦尼亞、摩爾達維亞和布科維那三個州的交界處，在喀爾巴阡山的中部，是歐洲最荒涼和人跡罕至的地區之一。我沒能找到任何有關德古拉城堡具體方位的地圖或是書，因為至今為止，還沒有可以和我們的奧爾丹斯勘測圖相媲美的這個國家的地圖；不過，我發現比斯特里茲，這個由德古拉伯爵命名的設有郵局的鎮，是個相當有名的地方。我應該在這兒記一些筆記，這樣，當我和米娜談起我的旅行時，它們可以激起我的一些回憶。

在特蘭西瓦尼亞的人口中有四個不同的民族：南部是撒克遜人，達契亞人的後裔沃拉奇人和他們混居在一起；西部是馬扎爾人，東部和北部是斯則凱利人。我接觸到的是最後一個民族，他們自稱是阿提拉和匈奴人的後裔。事情也許是這樣的，因為當馬扎爾人在十一世紀征服這個國家時，他們發現匈奴人已經定居在這了。

我讀到過的世界上所有已知的迷信，都集中在喀爾巴阡山脈的馬蹄鐵形區域，這裡彷彿是想像力漩渦的中心，如果是這樣，我的停留也許會很有趣（備忘：我必須問問伯爵關於這兒的一切）。

雖然我的床足夠舒適，但是我並沒有睡好，因為我做了各種古怪的夢。有一條狗整夜都在我的窗戶下叫，我沒睡好也許與此有關；也可能是因為辣椒粉，因為我不得不喝掉水瓶中所有的水，卻仍然覺得口渴。我睡到快天亮的時候，被門外持續的敲門聲吵醒，所以我猜自己當時一定在打呼。

早餐我又吃了辣椒粉，和一種用玉米麵粉做的被他們叫做馬馬里加的粥，還有肉餡茄子，一道非常棒的菜，他們稱它為因普里塔塔（備忘：這個菜譜也要）。

我必須快點吃早餐，因為火車不到8點就開，確切地說它本就應該如此，我們7點30分衝到火車站後，在火車開動之前，我們不得不在車廂裡坐了超過一個鐘頭。

我覺得，好像越往東走火車就越不準時，那麼在中國又會是什麼情形呢？

似乎一整天，我們都在一個充斥著各種美麗風景的國家遊蕩。有時，我們在陡峭的山頂看見，曾在那些破舊的彌撒書中出現的小鎮和城堡；有時，我們沿著寬闊的河流和小溪奔跑，它們帶著水花，奔騰前進，沖刷著兩岸的石頭。

每個車站都有很多人，有時很擁擠，人們裝束各異。有些人就像是待在家裡的農民，或者是像我經過法國和德國時，看到的那些穿著短夾克和自己縫製的褲子、帶著圓頂帽的人們。不過，有些人的穿著十分講究。

女人們看起來挺漂亮，但前提是你不靠近她們，她們的身材很臃腫。她們的衣服都有白色長袖，大多數人都繫著寬腰帶，上面裝飾著很多流蘇，就好像芭蕾舞劇中的裙子。當然，裙子底下都有襯裙。

我們看到的最奇怪的人是斯洛伐克人，他們看起來要比其他人野蠻，頭帶牛仔帽，身穿鬆垮的髒得發白的褲子和白色亞麻襯衫，繫著又大又重的皮帶，皮帶有將近一英尺寬，裝飾著黃銅鉚釘。他們腳蹬高筒靴，褲腳塞在靴子裡，留著長長的黑色頭髮和濃密的黑色鬍鬚。他們很有個性，但是看起來並不那麼討人喜歡。如果是在舞台上，他們肯定會被視為扮演東方來的一夥強盜。但不管怎樣，別人告訴我，他們並沒有什麼攻擊性，只是想表現得有個性一點罷了。

當我們到達比斯特里茲時已是黃昏，那是一個非常有趣的古老的地方。這地方實際上是在邊界上，博爾果通道從這裡一直延伸進入布科維那。這裡的風暴非常多，它當然也顯示了這個特點。50年前，這裡發生了一系列的火災，比斯特里茲數次慘遭破壞。十七世紀初，這裡被圍困了三個星期，有一萬三千人死亡，其中不但有戰爭的犧牲者，還包括因飢荒和疾病而死的人。

德古拉伯爵安排我住在金幣旅館，這家旅館完全是老式樣，這讓我非常高興，因為我當然願意看到盡可能多一點的，具有這個國家特色的東西。

顯然，有人知道我要來。因為當我走近大門時，看到一位年長的女人，她看上去非常高興，身上是普通的農婦裝扮，白色襯衣，長長的雙面圍裙，前後各有一面，彩色布料，緊緊裹在身上。等我走近，她鞠了一躬說道：「是英國來的先生嗎？」

「是的，」我答道，「喬納森．哈克。」

她微笑著，向跟到門前來的一位穿白色襯衫的老年男子示意了一下。

他走開了，但是立即又回來了，帶著一封信：

「我的朋友，歡迎來到喀爾巴阡山。我正熱切的盼望著你的到來。今晚好好休息。明早3點將有馬車出發去布科維那，車上爲你留了一個座位。我的馬車將在博爾果通道上等候你，然後它會把你帶到我這裡。我相信你從倫敦到這裡的旅途一定很愉快，你也一定會喜歡待在我這塊美麗的土地上的。你的朋友——德古拉。」

5月4日

我看見我的房東有一封伯爵的信，信上要求他為我留出馬車上最好的位置。但是，當問到具體的細節時，他又有點支支吾吾，假裝聽不懂我的德語。這不太可信，因為直到剛才，他還能很好的聽懂我說的話，起碼清楚地回答了我的問題。

他和他的妻子，那位剛才迎接我的女士，驚恐的互相對視了一下。他咕噥著說隨信寄來的還有錢，他知道的就這些。當我問他是否知道德古拉伯爵，能否告訴我一些關於他城堡的事情時，他和他的妻子在胸前劃了十字，說自己什麼都不知道，然後拒絕再說下去。離出發的時刻已經不遠了，我沒有時間再問別人，這一切都顯得神祕兮兮，無論如何讓我不由感到有些不舒服。

在我走之前，那位夫人走進我的房間，歇斯底里地說道：「您必須去嗎？哎，年輕的先生，您必須去嗎？」她是如此的激動，以至於說出的德語裡還夾雜著一些我完全聽不懂的語言。我問了很多問題，才勉強聽明白。當我說我必須立即走，我要談一筆很重要的生意時，她又問道：「您知道今天是什麼日子嗎？」

我回答是5月4日。她一邊搖頭，一邊又說道：「對，我知道，我知道這個，但是您知道今天是什麼日子嗎？」

我說我不明白。她繼續說道：「今天是聖喬治日的前一天。難道您不知道當今晚12點的鐘聲敲響後，世界上一切邪惡的事物都會從沈睡中醒來?您知道您現在是在去往哪裡嗎？」

她是那麼悲痛，我試圖安慰她，但沒有什麼用。最後，她跪下來求我不要走，起碼等上一兩天後再出發。這一切都是那麼荒謬，我覺得不舒服。無論如何，我有生意要做，我不能允許任何事情妨礙它。

我試著扶她起來，然後盡可能鄭重地告訴她，我很感謝她，但是我有任務在身，我必須走。她站起來擦乾眼淚，從脖子上摘下一枚十字架送給我。

我不知道該怎麼做，因為作為一名英國的教會人士，這種東西對我來說，在一定程度上是意味著盲目崇拜，然而，拒絕這樣一位充滿善意、又處於這種心境的老婦人，實在是太無禮了。

我猜想她看到我臉上的疑惑了，因而她直接將十字架掛在我的脖子上，說道：「看在你母親的份上……」然後離開了房間。

我在等馬車的時候，補全了這一部分的日記，馬車顯然遲到了，那十字架依然掛在我的脖子上。

不知是因為這位老婦人的擔心，還是因為這地方太多鬼怪的傳統，抑或是因為這十字架的關係，我的心裡並不像平時那樣沉穩與平靜。

如果這本日記能比我更早見到米娜，就讓它帶去我的告別。馬車來了！

5月5日

城堡清晨的灰暗一掃而空，太陽升起在遙遠的地平線之上，地平線看起來凹凸不平，不知道那兒是不是有樹或是土丘之類的，它離我實在是太遠了。

我沒有睡意，因為我會睡到自然醒。所以，我自然而然地會一直寫日記，直到感覺睏倦為止。

有許多古怪的事情需要記下來，為避免讓讀到我日記的人以為我在離開比斯特里茲之前吃得太好了，所以我準確地記下我都吃了些什麼。

我吃的東西被他們稱為「強盜牛排」，加了少量熏肉、洋蔥，牛肉用紅辣椒粉作調料，用簽子串成串，放在火上烤，簡單得就如同倫敦的貓吃的肉！

酒是金梅迪克酒，它給舌頭以一種奇妙的刺激，而且這種感覺不討厭。

我僅僅喝了幾杯酒，沒別的。

當我上了馬車，馬車夫沒有坐在他的座位上，我看見他正和旅店的女主人交談。

他們顯然正在談論我，因為他們會時不時地看我，一些坐在門外板凳上的人也走過來聽著，然後看著我，多數人臉上帶著憐惜的表情。我聽到許多詞經常被重複，令人費解的詞，因為這些人來自不同的國家，於是我悄悄地從包裡取出我的多國詞典來查這些詞。

我必須承認這些詞，都不是什麼令人鼓舞的詞，在它們中有「Ordog」——惡魔，

「Pokol」——地獄，「tregoica」——女巫，「vrolok」和「vlkoslak」，這兩個詞是一個意思，一個是斯洛伐克語，另一個是塞爾維亞語，意思是狼人或者吸血鬼（備忘：關於這些迷信我得問問伯爵）。

當我們出發時，小旅館門前的人群已經擴大到了相當的規模，人們紛紛在胸前劃十字，並用兩根指頭指向我。

我好不容易找到一個同行的人，告訴我這些手勢是什麼意思。他一開始不願意說，不過在得知我是一個英國人以後，他解釋說這是一種咒語或保護，以免受到邪惡目光之害。

這不是很令我高興，對於我這個要出發去一個陌生的地方、去見一個陌生人的人來說。可是，每一個人似乎都是那麼熱心腸，那麼有同情心，而又那麼悲傷，我不得不被感動了。我永遠也忘不了臨走時，最後一眼看到的那幅場景，小旅館的院子裡那一群善良的人們，他們圍在寬寬的拱門周圍，在胸前劃著十字，他們身後是濃密的夾竹桃葉子，院子中央還有一叢叢栽在綠色盆子裡的枯黃色的植物。

馬車夫的亞麻褲子把整個駕駛座都遮住了，他們稱這種褲子為「高薩」，他將鞭子噼哩啪啦地抽打在並排前進的四匹小馬身上，於是，我們終於起程了。

沿途欣賞著優美的景色，我很快就將之前的關於鬼怪的情景和記憶拋在了腦後。當然，如果我懂得我的旅伴所說的那種語言，確切的說是那些語言，恐怕就不會這麼容易釋懷了。在我們面前的斜坡上，是一整片綠色的樹林，時不時地出現一些陡峭的小山，山頂上有樹叢或者農舍，光禿禿的山牆一直延伸到路上。到處花團錦簇——蘋果花，李子花，梨花，櫻桃花。當我們駛過時，我看見樹下的草地被落英點綴得閃閃發亮。人們稱這裡為「米特爾蘭」。道路就這樣蜿蜒在這裡的綠色山丘之中，有時會在掠過高低起伏的草地時隱藏起來；有時會被參差不齊的松樹林遮蓋。松樹林沿著山坡一路向下，好似一團團火焰。儘管道路非常崎嶇，我們仍然在上面飛奔前行，我不明白當時的急速意味著什麼，但馬車夫顯然不願意耽擱到達博爾果通道的時間。我被告知這條路在夏天時路況很好，可是它在冬天下過雪後，還沒有被清理過。因此，行駛在這條路上，並不像通常行駛在喀爾巴阡山的道路上的感覺，這條路不會被清理得井然有序，這是個老傳統。很久以前，郝斯巴達耳斯不修理這條道路，是為了避免讓土耳其人以為他們正準備引進外國軍隊，繼而加快戰爭進程；實際上，這場戰爭還只是處於儲備糧草的階段。

米特爾蘭隆起的綠色山丘上盡是茂密的森林，它們幾乎要和喀爾巴阡山陡峭的懸崖一般高了。它們矗立在我們左右，午後的陽光灑在它們身上，生成了各種璀璨的色澤：山峰的陰影是深藍色和紫色；草和石頭的融合之處則是綠色和褐色；凹凸不平的石頭和尖銳的岩崖一望無際，它們消失在遠處白雪覆蓋的山頂高聳的地方。山裡好像處處是巨大的裂縫，隨著太陽的下落，我們可以通過它們，時不時地看見閃著白光的瀑布。當我們的馬車行駛在山腳下時，我的一個同伴碰了碰我的胳膊，開始談論起那巍峨的，被白雪覆蓋的山峰。由於我們正迂迴在這蜿蜒的小路上，這山峰就好像立在我們眼前一般。

「看！伊斯頓斯在克！——上帝的寶座！」人們虔誠的在胸前劃了十字。

當我們在無盡的小路上迂迴前進時，太陽在我們身後越沈越低，夜晚的黑影開始向我們襲來。尤其當白雪覆蓋的山頂依然沐浴著陽光，並閃耀著優雅的淡粉色光芒的時候，我們對黑暗的感覺更加強烈了。我們時不時地遇到一些捷克人和斯洛伐克人，他們穿的衣服都很漂亮，不過我注意到甲狀腺腫大在這裡相當流行。路邊豎著很多十字架，當我們經過時，我的同伴們紛紛在自己的胸前劃十字。有時能看到一個農夫或農婦跪在神龕前面，即使當我們靠近時也不會轉過身來，好像心甘情願隔絕於外部世界。對於我來說，有很多新鮮的東西，比如樹之間的乾草堆；再比如那些在風中沙沙作響的迷人的白樺林。在青翠的葉子的襯托下，它們的白色樹幹閃閃發亮，好似白銀。

我們時常遇上李特四輪馬車，這是一種普通的農用馬車，它有著蛇一樣長長的車廂，以適應這裡起伏的路面。車裡坐著回家的農民，有穿著白色羊皮衣服的捷克人，也有穿著彩色羊皮衣服的斯洛伐克人，還帶著像長矛一樣的斧頭。當夜晚來臨時，天開始變得非常冷，黃昏漸漸與橡樹、櫸樹和松樹的朦朧陰影融合在一起。我們沿著通道向上行駛，原本長在幽深的山谷中的冷杉也不時地顯露出來，在陳年積雪的映襯下，顯得黑黝黝的。有時，道路兩旁的松樹林黑壓壓的像是要降臨到我們身上，氣氛異常的古怪和凝重，使人又想起了剛剛那些關於鬼怪的可怕的念頭。

此時，落日已漸漸沈入那些整日漂浮在喀爾巴阡山的峽谷上空的鬼怪般的雲霧中。有時坡非常陡，即使馬車夫使勁兒地趕，馬兒也只能慢慢的走。我希望能夠下車自己走上去，就像我們在家鄉做的那樣，但是馬車夫不同意。「不，不行！」他說，「你不能在這走，這的野狗很凶猛。」接著，他又補充說了句，「你在入睡之前，可能會遇到很多類似的事情。」

他顯然是為了幽默一把，因為他看了看其他人，以博取會意的一笑。後來，他的唯一一次停車，也只是為了把燈點著來。

隨著天色漸漸變黑，乘客們似乎都開始興奮起來。他們不斷地和馬車夫交談，一個接著一個，好像是在催他加快速度。他將長鞭狠狠地抽打在馬背上，大聲吆喝著讓馬快點跑。在黑暗中，我依稀看到前方有一片灰色，好像是山上的裂縫。乘客們更加興奮了。瘋狂的馬車在皮質彈簧上顛簸，像驚濤駭浪中的一葉小舟。我必須努力挺住。路變得平坦了，我們感覺像在飛一樣。大山像是從兩邊向我們壓過來。我們快要到博爾果通道了。有好幾個乘客都要送給我禮物，他們的誠意讓我無法拒絕。這些禮物自然是各式各樣而又稀奇古怪的。但是，每一份禮物都帶著一份誠意，一些親切的叮囑和祝福，還有我在比斯特里茲的旅館外，看到的那個帶有恐怖意味的奇怪的動作——劃十字和代表免受邪惡目光之害的兩指。

我們繼續前進，馬車夫前傾著上身，兩邊的乘客也都急切地向車外的黑暗裡張望。顯然，一些激動人心的事正在發生或將要發生，儘管我問了每一位乘客，卻沒有一個人願意解釋給我聽。這種興奮的狀態持續了一小段時間。終於，我看到博爾果通道出現在了前方。天空中烏雲密布，雷聲滾滾。山好像被分成了兩半，而現在我們已經進入了多雷的那一半。現在，我自己向外張望，以尋找能把我帶到伯爵那兒的馬車。我總是盼望著能從黑暗中發現一點燈光，可是，一切依舊是黑漆漆的。唯一的光亮就是我們車裡閃爍的燈光，從裡面還能看出疲憊的馬匹呼出的白氣。現在我們終於看到了前方的白色沙土路，但是路上並沒有車的痕跡。乘客們收回身來，高興得舒了口氣，正好和我的失望形成對比。當我開始考慮自己應該怎麼辦時，馬車夫看了看錶，和其他乘客說了句話，他的聲音又小又低沈，我幾乎聽不清他在說什麼，好像是「提前一小時到」之類的。

然後轉向我，用他那比我還差的德語說道：「這沒有車。畢竟紳士不應該出現在這裡。那麼去布科維那吧，明天或者後天返回，最好是後天。」就在他說話的時候，馬匹開始嘶鳴，喘著粗氣，抬起前蹄，馬車夫趕忙拉緊韁繩。

突然，一輛四匹馬拉的馬車從我們身後趕上來，停在了我們的馬車旁邊，乘客們紛紛驚叫並劃起十字來。透過我們的燈光，我可以看見那是幾匹黝黑的上等馬。駕駛牠們的是一個高個子的男人，留著長長的棕色鬍子，戴著一頂黑色的大帽子，我們幾乎看不見他的臉。當他轉向我們時，我能看見他那雙眼睛閃著光，在燈光中有點發紅。

他對馬車夫說：「今晚你來得很早啊，我的朋友。」

馬車夫結結巴巴地回答道：「這位英國紳士趕得很急。」

陌生人說道：「我猜這就是你想讓他去布科維那的原因吧。你騙不了我，我的朋友，我全都知道，而且我的馬很快。」他邊說、邊微笑著，燈光照在他的嘴上，他有著血紅的嘴唇，有著比象牙還白的尖利的牙齒。

我的一個同伴，小聲地對另一個說了一句伯格的《萊諾》中的台詞：

「死人跑得快。」

那個陌生人顯然聽到了他的話，抬頭望著他詭異的笑著。乘客連忙把頭扭向一邊，同時伸出兩指在胸前劃著十字。「把先生的行李給我。」陌生人說。於是我的包被迅速地遞出去，放在了他的馬車裡。然後，我從一邊下了馬車。他的馬車就在旁邊，他伸出手扶我上車，我的胳膊像是被鐵鉗夾住似的，他的力氣真是大得驚人。

他一句話也沒說，搖了下繮繩，馬匹調轉過頭，拉著我們進入了通道的黑暗之中。我回頭看見燈光中馬匹呼出的白氣，還有劃著十字的，我原來的那些同伴。然後馬車夫揮動鞭子吆喝著，他們踏上了去往布科維那的路途。

當他們漸漸消失在夜色中，我突然覺的有點冷，一種孤獨的感覺籠罩了我。不過很快，我的肩膀上被披上了斗篷，膝蓋也蓋上了圍毯，車夫用流利的德語對我說：「晚上很冷，先生，我的主人吩咐我照顧好您。座位底下有一瓶梅子白蘭地，如果您需要的話。」

我並沒有喝，不過想到有這麼一瓶酒還是感到挺舒服的。我覺得有點奇怪，但一點都不害怕。我想，如果要二選一的話，我寧願喝下那瓶酒，而不是清醒著經歷這樣一段未知的夜行。馬車艱難地一直向前走著，然後來了個大拐彎，接著又沿著另一條直路前進。我覺得我們好像就是在繞圈子，於是，我記下了路上一些標誌性的東西，發現果然如此。我很想問問車夫這是怎麼回事，但是不敢；因為以我現在的處境，如果他是故意要拖延時間的話，我的任何抗議都是沒有用的。

不久，我想知道現在是什麼時間了，於是我劃了一根火柴，借助亮光看了看錶，還有幾分鐘就到午夜了。這讓我心裡一驚，因為最近經歷的這些事情，讓我很容易就想到那個關於午夜的迷信傳說。我忐忑不安地等待著。

從路遠處的農舍裡傳來一陣狗叫聲，一種似乎由於恐懼而發出的悠長的、痛苦的哀號。

之後，另一條狗開始接著叫起來，接著又是一條，直到輕輕拂過通道的風中都迴蕩著這種聲音。隨之而來的是一陣狂野的嚎叫，聲音好像是穿過黑暗從四面八方而來，遠到難以想像。

第一聲嚎叫響起的時候，馬匹開始不安的抬起前蹄，在車夫的安撫下，牠們平靜下來，但是仍然顫抖著，好像剛剛從恐怖的場景中逃脫出來。不久，從遠處的山上傳來了更響亮、更尖銳的嚎叫，是狼的叫聲，我和馬一樣都嚇壞了。我想跳下車逃走，而牠們又開始瘋狂地踢跳，車夫用盡全力不讓牠們脫繮。幾分鐘以後，我的耳朵已經開始習慣這種聲音了，馬匹也安靜下來，車夫於是跳下馬車站在了牠們前面。

他開始安撫馬匹，在牠們耳邊低語，就像我印象裡馴馬師做的那樣，這樣做非常有效，因為在他的安撫下，馬匹又變得溫順起來，雖然還在顫抖。車夫又坐回他的位置，抖動繮繩，馬車快速的跑了起來。這次，在通道的盡頭，他突然向右拐入一條狹窄的小路。

不久，我們就被樹叢包圍了，它們像拱門一樣罩在路上，我們彷彿是在穿越一條隧道。然後，討厭的石頭又一次立在了我們的兩邊。雖然是坐在車廂裡，我能聽見風聲越來越大，它呼嘯著穿過岩縫，我們駛過的地方，樹枝互相拍打著。天仍然是越變越冷，不過還好，開始下雪了。

很快，我們和周圍的一切就都被蓋上了雪白的毯子。風力仍然夾雜著狗的哀號，隨著我們的駛遠，聲音變得越來越微弱。狼的嚎叫聲越來越近了，牠們彷彿從四面八方向我們包抄過來。我非常害怕，馬也一樣。可是車夫卻沒有表現出一點不安。他不停地左右看著，我卻除了黑暗，什麼也看不見。

突然，我看見我們左邊出現了一點微弱的閃爍的藍光。車夫也看見了。他立刻檢查了一下馬的情況，然後跳下車，消失在黑暗之中。我六神無主，狼嚎聲越來越近了。正在我驚訝的時候，車夫又突然出現了，一聲不響的坐回原位，我們又上路了。我想後來我一定是睡著了，並且不斷的夢到剛才發生的事，因為它好像不停的出現，現在回想起來，這就像一個噩夢。只要那藍光出現在路邊，或者在我們周圍的暗處，我就能看見車夫同樣的舉動。他迅速的走到藍光發出的地方，那光很微弱，完全不能照亮它的周圍，連同幾塊石頭，組成了一個奇怪的圖案。

還出現了一種奇怪的光影，當他站在我和光影之間時，他沒能擋住光影，我還能看見它像鬼似的閃爍著。這嚇了我一跳，不過因為這光影只持續了一小段時間，我全當是被自己的眼睛欺騙了。後來，一度再沒有出現任何藍光，我們在黑暗中加快了速度，狼嚎聲依舊在我們周圍，牠們就好像圍成一個圈子跟著我們。

最後一次，車夫比往常任何一次走得都遠，他離開後，馬匹由於恐懼開始更劇烈的顫抖、喘著粗氣和嘶鳴。我不知道這是什麼原因，因為狼嚎聲全都沒有了。但接著，當月亮穿過烏雲，出現在一座被松樹覆蓋的凹凸不平的山峰之後時，我在月光下看到一群狼圍成一個圓圈，露出雪白的牙齒和血紅的舌頭，牠們有著健壯的四肢和蓬鬆的毛髮。牠們安靜的時候要比叫出聲的時候恐怖一百倍。我因為恐懼而癱軟無力，只有當一個人身臨其境時，才能真切的感覺到這種可怕。

狼群突然一齊嚎叫起來，就好像月光對牠們有一種什麼特殊的作用。馬匹不停的踢跳，用無助的眼神四下望著。但是這可怕的包圍圈越來越小，馬匹不得不待在裡面。我叫車夫趕緊回來，因為我們唯一的出路，似乎就是突破這個包圍圈。為了幫助他靠近，我大聲叫著，並使勁敲打馬車的一邊，希望可以用聲音嚇退狼群，以給他一個機會靠近馬車。我不知道他是怎麼回來的，不過我聽到他大聲吆喝著，順著聲音的方向望過去，我看見他站在小路上。他揮舞著長長的胳膊，就好像在掃除一些不知名的障礙物，狼群被趕遠了。這時，月亮被一片厚厚的雲彩遮住了，我們又陷入了黑暗之中。

當我又能看清楚時，車夫正在爬上馬車，狼群消失了。這是如此的奇怪和可怕，強烈的恐懼感籠罩著我，我一動不動，什麼也不敢說。這段路好像無休無止，雲彩又遮住了月亮，現在，周圍幾乎全黑了。

我們在持續上升，雖然有偶爾的急速下降，不過總的來說是在上升。突然，我意識到車夫正在把車趕向一座破舊的城堡的庭院，從城堡又黑又高的窗戶裡沒有透出一絲光亮，破損的城垛在天空的映襯下，顯現出鋸齒的形狀。

喬納森・哈克的日記之繼續

5月5日

我一定是睡著了，因為如果我是醒著的，一定會注意到我們正在接近這個引人注意的地方。在黑暗中，這個院子顯得相當人，幾條黑暗的路從圓形的大拱門下延伸出去，所以它可能看起來比實際要大。我還沒有在白天看過它。

馬車停下後，車夫跳下車，伸出手扶我下車。我再一次感受到他那驚人的力量。他的手彷彿一隻鐵鉗，隨時可以把我捏得粉碎。他拿上我的行李，放在我旁邊的地面上，我站在一扇大門前，一扇老舊的鑲滿大鐵釘的門，門框周圍砌著大石塊。在微弱的燈光下，我能看見石頭是經過雕琢的，但是已經受到了歲月和風霜的侵蝕。車夫又跳上了馬車，抖動繮繩，馬車向前出發了，消失在其中一條幽暗的小路上。

我靜靜地站在那裡，不知道怎樣是好。門上既沒有門鈴也沒有門環。我的聲音不像是能穿過這些厚重的牆壁和黑漆漆的窗口。等待的時間彷彿沒有盡頭，我感覺懷疑和恐懼已經把我淹沒了。我來到的到底是一個什麼地方？我見到的都是什麼樣的人？我開始的是怎樣一段可怕的經歷？難道這是一名律師事務所的辦事員生活中的一件尋常事嗎——被派去向一個外國人解釋倫敦房產購買，結果被送到這種地方?!律師事務所的辦事員，米娜不喜歡這個稱呼。因為就在離開倫敦之前，我得到了考試已經通過的錄取通知，現在，我是一名真正的律師了！我開始揉眼睛，掐自己的肉，以確認我自己是醒著的。這一切對我來說，都像一個可怕的噩夢。我真希望自己突然醒過來，發現自己是在家中，窗外黎明將至，就像我在一天疲勞的工作後，時常在早晨感到的那樣。可是我真切的感到了疼痛，我的眼睛也看得清清楚楚。我確實是醒著的，身在喀爾巴阡山之中。現在我能做的就是忍耐，等待早晨的來臨。

正當我得出這個結論時，我聽見門後傳來一陣沈重的腳步聲，透過門縫看見了一絲越來越亮的燈光。接著是解開鎖鏈，打開門閂的叮噹聲。鑰匙在鎖孔裡轉動，因為很久不用而發出刺耳的聲音，大門向裡打開了。

裡面站著一位高個子的老人，蓄著整潔的長長的白色鬍鬚，從頭到腳都是黑色衣服，周身沒有一點其它顏色。他手裡提著一盞樣式古老的、沒有燈罩的銀燈，當火焰在開門的氣流中閃爍時，投下了長長的顫抖的影子。老人禮貌的用右手招呼我進門，用流利但語調奇怪的英語說道：「歡迎到我的家來！請隨意，不要客氣！」

他沒有走上前迎接我，只是像一座雕像一樣站著，就好像歡迎我的姿勢把他變成了石頭。然而，就在我跨過門檻的一瞬間，他激動地走上前，伸出手緊緊地握住我的手，他的力量大得讓我想要退縮，特別是當我感覺到他的手冰冷冰冷的，比起活人，這更像是一隻死人的手。

他又說道：「歡迎到我的家來！請進，走路當心。希望你為這裡帶來快樂！」

他握手的力氣和車夫如此之像，因為我沒有看見車夫的臉，我一時懷疑起我是不是在和同一個人說話。為了確認，我試探性地問：「您是德古拉伯爵？」

他優雅的鞠了一躬，回答道：「我是德古拉，歡迎您到我家來，哈克先生。請進，夜晚的風很冷，你需要吃飯和休息。」他一邊說著，一邊把燈放在牆上的燈架上，出門去拿我的行李。在我阻止他之前，他已經把行李拿進來了。我要去拿，可是他堅持由他來拿。

「不，先生，你是客人。太晚了，僕人們都睡了，就讓我來照顧你吧。」他堅持提著我的行李穿過走廊，登上一座寬大的螺旋樓梯，又穿過一條走廊，我們的腳步聲在走廊的石板地面上沈重的回響。到了走廊的盡頭，他推開一扇大門，我欣喜地看到，在明亮的房間裡，一張桌子為了晚餐而被張開，大壁爐裡剛剛添了燃料，火焰熊熊地燃燒著。

伯爵停下來，放下我的行李，關上門。然後穿過房間，打開另一扇門，進入一間小小的八角形房間。房裡只有一盞燈，好像沒有窗戶。穿過這個房間，他又打開一扇門，示意我進去。真是讓人感到欣慰，因為這是一間既明亮又溫暖的大臥室，裡面也有壁爐，也是剛加過燃料，因為最頂上的木料還沒有燒著，火苗使上面的大煙囪發出沈悶的響聲。

伯爵把我的行李提進來後就出去了，一邊關門、一邊說道：「顛簸了這麼久，你需要洗漱一下，提提神。我相信你會看到你需要的一切東西。當你準備好了以後，就到外面的房間去，你會在那看到準備好的晚餐。」

這裡的明亮和溫暖，還有伯爵周到的照顧，似乎已經驅散了我所有的懷疑和恐懼。恢復到正常狀態以後，我發現自己還真有點餓了。匆匆梳洗之後，我就來到了外面的房間。

我發現晚餐已經擺上桌了。我的主人站在壁爐的一邊，靠著石牆，手優雅的朝桌子一揮，說道：「請坐，盡情享用你的晚餐吧。我相信你會原諒我不和你一起吃，因為我已經吃過了，而且我從不吃夜宵。」

我遞給他豪金斯先生托我帶給他的一封信。他拆開信封，認真地讀起來；然後微笑著遞給我，讓我讀。其中，至少有一段，讓我感到一絲開心。

「我很抱歉，我的老毛病痛風讓我無法到您那去了。不過我高興的告訴您，我派了一個能夠勝任的人替代我。我非常信任他。他是個年輕人，充滿精力和才幹，他性情忠誠，謹慎又寡言，在爲我工作的過程中日臻成熟。在他停留的期間，可以陪伴您，並且隨時爲您效勞。」

伯爵走上前去，揭開了碟子上的蓋子，一盤美味的烤雞呈現在我眼前。我吃了烤雞、一些奶酪和沙拉，還喝了兩杯陳年托考伊白葡萄酒，這就是我的晚餐。在我用餐期間，伯爵問了我許多關於旅途的問題，我將自己經歷的事情依次講給他聽。

此時，我已經結束了用餐。依我的主人之意，我坐在火爐旁的椅子上，開始吸一支他遞給我的雪茄；同時，他為自己不吸煙而請求我的諒解。現在我得到了好好觀察他的機會，我發現他的相貌很有特點。

他的臉像鷹一樣棱角分明。鼻梁又高又瘦，鼻孔呈深深的拱形，前額高高隆起，太陽穴附近的頭髮稀疏，其他地方的卻很濃密。他的眉毛很濃，幾乎要在鼻子上方連成一線了，頭髮濃密而卷曲；他的嘴巴，就我能透過濃密的鬍鬚看到的那部分而言，顯得固執而嚴肅，突出嘴唇的牙齒鋒利而雪白；他的嘴唇特別紅，顯示出與他的年齡不相稱的驚人的活力；還有，他的耳朵蒼白，頂部很尖。他的下巴寬大而有力，面頰雖瘦削卻很堅毅，整張臉都極其蒼白。

當他將手放在自己的膝蓋上時，我藉著火光觀察他的手背，它們看起來潔白而好看。可是當靠近看時，我注意到他的手相當粗糙、寬大，手指短粗。奇怪的是，他的手心長有汗毛。他的指甲修長，修理得尖尖的。當伯爵向我靠過來用手觸碰我時，我忍不住打了個寒顫。他呼出的氣息有一股難聞的味道，我產生了一種難以掩飾的厭惡感。

伯爵顯然注意到了，收回身去，坐在了壁爐那邊他自己原來的位置上，同時帶著一種詭異的微笑，這微笑讓他露出了比原來更多的牙齒。我們沈默了一陣子，透過窗戶我看見了清晨的第一縷微光。一切都顯得異常的寂靜。但是，我似乎聽見從峽谷深處傳來了許多狼的嚎叫聲。伯爵的眼睛閃著光，說道：「聽，這些夜晚的孩子。牠們的歌聲多麼美妙！」

我猜想他是看見了我臉上異樣的表情，他又加上一句，「哦，先生，你們這些城市的居民是不能體會獵人的感受的。」接著他站起身說道：「你一定累了。你的臥室已經準備好了，明天你想睡多久都可以。我在下午之前都不在，所以好好休息，做個好夢！」

他禮貌地鞠了一躬，為我打開了八角形房間的門，我走進了臥室。

我陷入了疑惑的海洋，我困惑，我恐懼。我不斷地想著一些奇怪的東西，一些我不敢向自己的心靈坦白的事情。上帝保佑我吧，看在我親愛的人們的份上！

5月7日

又是一個大清早，過去的24小時中，我一直在休息和享受。我一直睡到很晚，是自己醒過來的。當我穿好衣服，我走進自己曾在那裡吃過晚飯的房間，發現桌子上擺著已放涼的早餐，放在爐子上的壺裡的咖啡還是熱的。桌子上有一張卡片，上面寫著——

「我得出去一會兒，不要等我。D」

我享用了一頓豐盛的飯菜。我吃完飯，想找到按鈴，好讓傭人知道我已經吃完了，但是沒有找到。考慮到我周圍有充足的證據證明這家的富有，房間裡確實有一些讓人感到奇怪的不足。桌子上的餐具是金質的，製作非常精美，一定價格不菲；窗簾、椅子和沙發的裝飾物，還有床上的簾子用的是最奢華、最漂亮的織物，在製造它們的時候一定花了很多錢，因為雖然經過了幾個世紀，它們依然完好無損。我在漢普頓宮見過類似的織物，但是那些織物都已經破損和遭蟲蛀了。沒有一個房間有鏡子。我的桌子上甚至連一個梳妝鏡也沒有，我不得不從包裡拿出我的小鏡子修面和梳頭。我連一個傭人也沒見到，也沒有在城堡附近聽到任何除了狼嚎以外的聲音。在我吃過飯之後，我不知是該叫它早餐還是晚餐，因為我吃飯的時候是在5點和6點之間，我想找點東西讀，因為在徵得伯爵允許之前，我不想走出城堡。房間裡沒有任何東西可以讀，書、報紙，甚至是寫字的紙，我打開房間裡的另一扇門，發現了一個圖書室。我又試著打開對面的門，可是發現門是鎖著的。

在圖書室裡，我高興的發現了大量的英文書籍，滿滿一架子都是，還有裝訂起來的雜誌和報紙。房間中央的桌子上，攤著一些英文雜誌和報紙，雖然沒有一個是最近出版的。書籍的種類很廣泛，歷史、地理、政治、經濟、植物學、地質學、法律，所有的都和英格蘭、英國的生活、風俗和習慣有關。甚至還有像《倫敦姓名地址錄》、《紅皮書》和《藍皮書》、《魏泰克年鑒》、《陸軍和海軍軍官名錄》這樣的參考書，當看到《法律事務人員名錄》時，不知什麼原因，我心裡高興了一下。

當我正在看書時，門開了，伯爵走了進來。他向我誠懇的致敬，並希望我昨晚休息得不錯。接著他繼續說道：「我很高興你自己找到了這兒，因為我相信這裡有很多東西能引起你的興趣。這些夥伴，」他將手放在書上，「一直是我的好朋友，從我產生去倫敦的念頭起的好多年裡，給了我許多樂趣。通過它們，我開始了解你們偉大的英格蘭，並愛上了她。我渴望走上繁華的倫敦那喧鬧的街頭，渴望置身於熙熙攘攘的人流之中，分享她的生活、她的變化、她的死亡，和一切讓她成為她現在的樣子的東西。可是，唉，直到現在，我也只能通過書本了解你們的語言。我的朋友，希望我的英語你能聽得懂。」

「當然，伯爵，」我說，「你完全通曉了英語！」

他莊重的鞠了一躬。「謝謝你，我的朋友，謝謝你的讚美，但是我恐怕才剛剛起步而已。不錯，我知道語法和單詞，可是不知道該怎麼組織它們。」

「真的，」我說，「你說得非常好。」

「不是這樣的，」他回答道，「我知道，如果我走在倫敦和人交談，沒有人會看出我是個外國人。這對於我來說還不夠。在這裡，我是一個貴族，普通人都知道我，我就是主人。但是一個外國人在異鄉，他就什麼也不是了。人們不認識他，不認識也就不會在意他。如果我像其他的普通人一樣我就滿足了，這樣不會有人看見我就停下來，或者在聽到我說話後立即停止交談，說『哈哈，一個外國人！』我已經做了這麼長時間的主人，我還將是個主人，起碼不會讓別人來做我的主人。你來我這兒不僅僅是作為我朋友彼特．豪金斯和律師事務所的代理人，來告訴我關於我在倫敦的房產的一切。我覺得，你應該在這和我待一陣子，這樣我就可以通過與你談話，學習英語的語調。我犯錯誤的時候你就告訴我，即使是個小錯誤。我很抱歉今天離開了這麼長時間，但是我知道你會原諒我這樣一個需要處理如此多的重要事務的人的。」

當然，我說了很多願意效勞之類的話，還問他我能否隨時進這個房間。他回答：「是的，當然。」他還說：「古堡裡的任何地方你都可以去，除了那些鎖著門的地方。當然，那些地方你也不會願意去的。事物之所以成為它們現在的樣子，都是有原因的。如果你能用我的眼睛看事物，用我的腦子思考問題，你也許會更好的理解。」

我說我保證會這樣做的。他繼續說道：「我們現在在特蘭西法尼亞，特蘭西法尼亞可不像英格蘭。我們的方式不同於你們的方式，這裡對你來說，可能有很多奇怪的事情。而且，通過你告訴我的你的那些經歷，你也許已經知道，會有哪些奇怪的事情了。」

我們在這個話題上討論了很久，他顯然願意談論這些事情，並且只是為了談而談。我問了他許多問題——關於發生在我身上和我所注意到的事情，有時他會轉移話題，或者裝作聽不懂，迴避我的問題。不過，整體而言，他非常坦誠的回答了我的問題。隨著談話的進行，我變得愈發大膽，問了他一些昨夜遇到的奇怪的事情，比如，為什麼車夫要到發出藍光的地方去。他向我解釋說，大家普遍認為，在一年中特定的一個晚上，也就是昨夜，所有邪惡的靈魂都會蘇醒，藍光出現的地方，也就是寶藏埋藏的地方。

「那些寶藏被埋藏起來，」他說道，「就在你昨晚經過的地方，這一點毫無疑問。因為幾個世紀以來，這裡都是沃拉奇人、撒克遜人和土耳其人戰鬥的地方。這裡幾乎沒有一寸土地沒有被鮮血浸染過，無論是愛國者還是侵略者。在過去那個動盪的年代，奧地利人和匈牙利人大肆入侵，愛國者們不分男女老少集體迎戰，他們在通道上方的石頭上等候侵略者，還用人造的雪崩徹底消滅敵人。即使侵略者勝利了，也找不到什麼，因為所有的東西都被埋在土裡了。」

「但是現在，」我說，「當人們知道了寶藏的存在，並知道怎麼找到它們時，它們還能像原來那樣不被發現嗎？」

伯爵微笑著，嘴唇貼著牙齦向後咧開，露出了又長又尖似犬的牙齒，他答道：「因為那些農民都是實實在在的膽小鬼和傻瓜！這些光只在一個晚上出現，然而，這一晚沒有人敢出門活動。即使有人敢，他也不知道該怎麼做。就是你告訴我的，那個在藍光出現的地方做標記的人，即使在白天也找不到地方。即便是你，我發誓，也不會再找到這些地方的。」

「你說得對，」我說，「我不比死人知道的多。」然後我們換了話題。

「來，」最後他說，「給我講講倫敦，還有你們給我買的房子。」為自己的怠慢表示了歉意，我走進自己的房間從包裡取出文件。當我整理文件的時候，我聽見隔壁房間傳來瓷器和銀器叮叮噹噹的聲音，當我走進去的時候，看見桌子已經清理好了，燈也點著了。此時，外面已經天黑了。書房也就是圖書室的燈也點著了，我看見伯爵坐在沙發上，讀著一本《英語指南》。

看見我走進來，他將桌上的書和報紙清理乾淨，我和他一起研究起關於房產的各種規劃、契約和數據，他對所有的事情都很感興趣，問了我許多關於房子的地點和周圍環境的問題。他一定預先研究了關於房子周圍環境的情況，因為到最後，他顯然比我知道的還多。

當我提到這點時，他說道：「不過，朋友，這難道不是我應該做的嗎？等我到那以後，我就是一個人了，我的朋友哈克・喬納森，不，對不起，我依我們的習慣把你的姓放在前面了，我的朋友喬納森・哈克，是不會在我身邊糾正我，幫助我的。他會在幾英里以外的律師事務所，或許正在和我的另一個朋友，彼特・豪金斯一起處理法律文件呢。所以，我必須這麼做！」

我向他介紹了購買這處位於帕夫利特的房產的全過程。當我跟他講了所有的情況，讓他在必要的文件上簽名，寫好一封信連同這些文件一起準備寄給豪金斯先生時，他問我是如何碰到這樣合適的房子的。我把我當時記的日記讀給他聽，並把它寫在這裡：

在帕夫利特，我在路邊碰上一處非常符合要求的房子，那有一塊破舊的牌子，表示這房子要出售。房子四周是高高的圍牆，結構古老，用大石塊建造，很多年都沒有被修葺過。緊閉的大門是用老櫟木和鐵做的，已經鏽掉了。

這座房院叫做卡爾法克斯，呈四邊形，朝向端正。它佔地大約12英畝，四周被石牆所包圍。院子裡有很多樹，所以到處都是樹蔭；並且還有一個深深的黑色的池塘，或者說是小湖，它顯然有源頭，因爲水很清，還以很大的水流流動。房子很大，而且年代久遠，我猜可能始建於中世紀，它的一部分是用巨大的石頭建造的，只有幾個窗户高高在上，被鐵欄杆圍起來，看起來像城堡的一部分；附近有一座古老的教堂。我進不去，因爲沒有鑰匙，不過我用我的柯達相機從好幾個角度拍下了這座房子。房子被擴建過，但是還沒有規劃，我只能從它外面的佔地估計它的大小，一定非常大。附近沒有幾座房子，有一座很大的房子最近才擴建過，是一個私人的精神病院，不過從院子裡看不見它。

當我讀完後，他說道：「我很高興這房子又大又老。我自己出身於一個古老的家族，住在一個新房子裡簡直就是要殺死我。房子是不能一天就變得適於居住的，畢竟，幾天怎麼能趕得上一個世紀呢！我也很高興那有一座老教堂。我們這些特蘭西法尼亞的貴族，可不想把自己的屍骨同凡夫俗子們葬在一起。我追求的不是快樂，不是淫逸，也不是活力，那些只會取悅年輕人和尋歡作樂者。我不再年輕了，我的心，為死去的人哀悼了多年，已經不知道什麼是快樂了。而且，我城堡的牆破了，陰影密布，冷風嗖嗖的吹過殘破的城垛和窗戶。我喜歡陰暗，並且，希望在需要的時候和我的心靈獨處。」不知為什麼，他說的話和他的樣子好像不太匹配，或者是他的長相使他的微笑看起來邪惡而陰沉。

隨後，他說抱歉要離開一下，讓我把文件收起來。在他出去的這段時間，我開始看起我周圍的這些書。有一張地圖集，自然而然的被翻到了英格蘭那一頁，這一頁好像經常被用到。我看到地圖上一些特定的地方被圈上了小圓圈，仔細看這些地方，我發現其中一個在倫敦的東邊，顯然，他的新房子就在那裡。另外兩個分別是我的律師事務所和約克郡海岸線上的惠特白港。

伯爵回來的正是時候，「啊哈，」他說，「還在看書啊？真不錯！但是你也不能總是工作。來吧，他們告訴我你的晚餐已經準備好了。」他拉起我的胳膊，我們到了隔壁房間，桌上擺著豐盛的飯菜。

伯爵再次表示了歉意，因為他已經在回家的路上吃了晚飯。他還像昨晚那樣坐著，在我吃飯的時候和我聊天。吃過飯我吸了煙，就像昨晚一樣，伯爵一直和我在一起，和我聊天，問我各種各樣能想到的問題，時間一小時一小時地過去了。我感到時間實際上已經很晚了，不過我沒說什麼，因為我認為在任何事情上都迎合我主人的願望是我的義務。我並不覺得睏倦，因為昨日長時間的睡眠已經養足了我的精神，但是，我不斷地感到黎明之前的寒冷，這種寒冷又像是在退潮時的寒冷。人們說瀕臨死亡的人通常會在黎明來臨時或退潮時去世。任何已經疲憊的，但又不得不繼續工作，並且感受到空氣的這種變化的人一定會相信這種說法。幾乎在同時，我們聽到一聲尖厲的雞鳴劃破黎明的長空。

德古拉伯爵一躍而起，說道：「為什麼又是早晨了！真不好意思又讓你一宿沒睡。你得把我的新家英格蘭說得沒趣一點，這樣我就不會忘記時間了。」他禮貌的鞠了一躬，迅速地離開了。

我走進我的房間，拉開窗簾，但是沒有什麼可看的。我的窗戶朝向院子，我能看見的只有灰濛濛的漸白的天空。於是我又拉上了窗簾，記下了今天的日記。

5月8日

我開始擔心我在記日記時會不會太囉嗦了，不過現在我很慶幸自己從一開始就記得很詳細，因為這裡的有些事情真的是太奇怪了，這使我很不安。真希望我能活著回去，更希望我從沒來過這兒。也許是這奇怪的一夜讓我有如此感覺，但僅僅是這個嗎？如果我能有個說話的人，還可以壯壯膽，可是沒有。我只能和伯爵說話，可他……我怕我是這兒唯一的活人。讓我寫得實在一點吧，這樣我還能有點勇氣，不能太有想像力了，否則我會瘋掉的。現在就讓我來講講我的處境。

上床之後我只睡了幾個小時，我覺得我不能再睡了，於是就起床了。我把我的修面鏡掛在窗戶旁邊，正準備刮鬍子，突然感覺到肩膀上有一隻手，並聽到伯爵對我說，「早安。」我吃了一驚，因為我的鏡子可以照到我身後的整個房間，然而我竟沒有看到他。因為吃驚，我不小心刮到了自己，不過當時沒有感覺到。和伯爵打過招呼以後，我回過頭去看鏡子，看看自己為什麼剛才會沒看見他。這次不會有錯，伯爵就在我旁邊，我可以從我的肩膀看見他，但是鏡子裡卻沒有他的影子！我身後的整個屋子都顯現在鏡子裡，可是卻沒有人，除了我自己以外。

這太讓人吃驚了，幾乎是我遇到的這些事裡最奇怪的，它開始讓我在伯爵靠近時，常有的那種說不清的不祥之感越來越強烈。不過那個時候，我看見傷口流了一點血，血開始順著我的下巴往下滴。我放下刮鬍刀，轉了半個身子想找一些膏藥。當伯爵看見我的臉時，他的眼中燃燒著魔鬼般的憤怒之火，突然卡住了我的喉嚨。我閃開了，他的手碰到了串著十字架的念珠。這使他的臉色立刻變了，憤怒在他臉上停留的時間如此之短，以至於我都不相信它曾經在那兒出現過。

「小心一點，」他說，「注意別刮到自己。在這個國家裡，這比你想像的要危險。」他拿起修面鏡，接著說，「就是這討厭的東西闖的禍。它是滿足人們的虛榮心的華而不實的玩意兒，應該遠離它！」接著他用他那難看的手擰開窗戶，把鏡子扔了出去，鏡子掉在院子裡的石頭上摔得粉碎。然後他什麼也沒說，出去了。這天讓人覺得討厭，因為我沒有鏡子就沒法刮臉，我只好對著我的眼睛盒或者刮臉壺的底部，幸好它們是金屬的。

當我走進餐廳，看見早餐已經準備好了，但是找不到伯爵。所以我自己吃了早飯。很奇怪，至今為止，我還沒見過伯爵吃東西或者喝水。他一定是個奇怪的人！早餐過後，我在城堡裡轉了轉。我下了樓梯，發現了一個面朝南的房間。

窗外的風景很美，從我站的地方看風景，視線非常好。城堡坐落於高高的懸崖邊上，高到如果一塊石頭從窗戶落下一千英尺也不會碰到任何東西！滿眼都是綠色樹冠的海洋，偶爾也會出現一個深深的裂縫，那裡是峽谷。幾條小河像銀線一般，蜿蜒著穿過森林，流淌在深深的峽谷中。

但是，我沒有心情描繪風景，因為我接下來看到的東西。門，門，到處都是門，都被鎖上插上插銷了。城堡的牆上除了窗戶以外，沒有一個門是出口。這座城堡是個真正的監獄，而我就是一個囚犯！

喬納森・哈克的日記之繼續

當我發現自己被囚禁起來，我開始變得瘋狂。我衝上樓梯又衝下樓梯，試著打開我能找到的每一扇門，從我能找到的每一扇窗戶向外張望，但是過了一會兒，一種無助感蓋過了其它任何一種感受。當我幾小時後再回想這一切時，我想我當時一定是瘋了，因為我的行為就像是一個捕鼠器裡的老鼠。當我確認自己是無助的時候，我安靜地坐下了，像我往常處理任何事情時的那種安靜，並且開始考慮現在應該做什麼好。我安靜地思考著，至今也沒有想出任何確定的答案。只有一件事情我是確定的，那就是把我的想法告訴伯爵是沒有用的。他很清楚我被囚禁起來了，因為這是他自己幹的，並且無疑有他自己的動機，如果我完全的信任他，他只會欺騙我。在我看來，我唯一能做的，就是把我所知道的和我的恐懼留給自己，並且睜大雙眼。我知道，我要麼像一個嬰兒一樣被自己的恐懼所欺騙，要麼陷入艱難的困境。如果是後者，我需要集中我所有的精力來渡過難關。

我剛剛想到這裡，就聽見樓下的大門關上的聲音，伯爵回來了。他沒有立即去圖書室，所以我小心翼翼地回到自己的房間，發現他正在整理床鋪。這很奇怪，但卻證實了我原來一直有的想法，這個房子裡沒有任何傭人。過了一會，我又通過門合葉的縫隙看見他在整理餐廳的桌子，更確定了這個想法。因為，如果所有這些下人才做的事情都要由他來做的話，就說明城堡裡沒有其他人，送我到這兒來的那個馬車夫一定就是伯爵自己。這是個可怕的想法，因為如果是這樣，就意味著他可以控制那些狼群，就像他所做的那樣，只需靜靜地揮動手臂就可以了。那麼，比斯特里茲和馬車上的人們都為我擔心，又是怎麼一回事呢？送給我的十字架、大蒜、野玫瑰和山上的泥土又意味著什麼呢？

上帝保佑那個把十字架掛在我脖子上的善良的夫人！因為每當我觸摸到它時，它就會給我安慰和力量。真沒想到一個一向被我厭惡並且視為盲目崇拜的東西，竟然能夠在我孤獨和遇到麻煩時幫助我。到底是因為它本身有意義，還是因為它是傳送同情和安慰的媒介，是一個可以感知的支持？如果有時間，我一定要好好研究一下這件事情，搞清楚到底是怎麼一回事。同時，我要盡可能的了解有關德古拉伯爵的一切信息，這樣有助於我理解現在的狀況。今晚他可能會談到自己，如果我故意把話題往這上面引的話。無論如何，我一定要非常小心，不要引起他的懷疑。

午夜

我和伯爵長談了一次。我問了他一些關於特蘭西法尼亞的歷史問題，他談起這個話題頗有興致。當他談到那些事情和人物，尤其是那些戰爭時，他的樣子就好像曾經親身經歷過這一切似的。之後他對這個的解釋是，對於一位貴族來說，家族和姓氏的驕傲就是自己的驕傲，他們的榮譽就是自己的榮譽，而他們的命運就是自己的命運。無論他什麼時候說到自己的家族，他總是用「我們」，總是用複數，就像是一位國王在講話。我真希望能將他所講的話準確地記錄下來，因為這些話都太吸引人了，好像將他的國家的整個歷史都包括進去了。他越說越興奮，在屋子裡踱著步，捋著他那長長的白鬍子，握緊一切他的手所摸到的東西，烏戈爾族人好像會把它們捏得粉碎。

有一段話，我把它盡可能準確地記了下來，因為它講述了他的家族的歷史——

「我們斯則凱利人有權去驕傲，因為在我們的血管裡，流淌著許多勇敢民族的血液，他們為了王位如獅子般勇猛地戰鬥。這兒是歐洲種族匯集的地方，烏戈爾族人繼承了冰島的戰士精神，這是多爾雷神和奧丁神賦予他們的。他們的狂暴戰士們在歐洲、亞洲和非洲的沿岸地帶殘暴地展現著這種精神，讓人們都以為是狼人來了。當他們來到這裡時，發現匈奴人以其好戰的凶猛，火焰般掃蕩這片土地，垂死的人們認為他們的身體裡流淌著那些古老的女巫的血液，那些女巫與沙漠裡的魔鬼婚配，被驅逐出了塞西亞。傻瓜，真是一群傻瓜！什麼樣的惡魔和巫婆能與阿提拉一樣偉大？」他高高舉起了手臂，「這難道不是一個奇蹟嗎，我們是在戰爭中獲得勝利的民族，我們值得驕傲，當馬扎爾人，倫巴族人，阿瓦爾人，保加利亞人或土耳其人以千軍萬馬之勢來到我們的邊境時，我們將他們統統擊退？這難道不奇怪嗎，當阿爾帕德和他的軍隊橫掃匈牙利人的土地時，發現我們在這兒，而當他們到達邊境時，卻發現漢法格拉人全都在那兒？後來匈牙利軍東進時，勝利的馬扎爾人宣稱斯則凱利人是他們的親戚；對我們來說，這幾個世紀以來，我們一直守衛著面對土耳其的邊境：守衛邊境的職責無休無止，就像土耳其人所說的：『水都休息了，可是敵人卻不會休息。』誰能比我們更榮幸地在四大國中獲得『血劍』的稱號，並像這稱號一樣有血性的快速組成國王的旗幟？當沃拉奇人和馬扎爾人的旗幟降到土耳其人的新月旗之下時，我們國家的奇恥大辱——卡索瓦的恥辱是何時被洗清的？不正是我們家族的其中一員——沃依沃德，橫跨過多瑙河，在自己的土地上痛擊了土耳其人嗎？這的確是德古拉家族的一員！讓人感嘆的是，當他在戰場上倒下時，他那不成材的哥哥把人民出賣給土耳其人，讓他們蒙受奴隸的恥辱。不就是這位德古拉家族的成員啟發了他的後代一次又一次地率領部隊，越過大河來到土耳其的土地上；即使被挫敗，也要一再的回到戰場；雖然他不得不獨自一人從他的軍隊慘遭屠殺的血染的戰場回來，因為他知道，只有他一人能獲得最終的勝利。他們說他只顧自己。呸！群龍無首的農人又好到那裡去？戰爭在沒有大腦和心臟的指揮下如何才能結束？在摩海克之戰後，我們擺脫了匈牙利人的統治，我們德古拉家族成了他們的統治者，因為我們的靈魂不能忍受一點的不自由。啊，年輕的先生，斯則凱利人，德古拉家族，因為他們心臟裡的血液，他們的智慧，和他們的劍，能夠以創造這樣的記錄而驕傲。這記錄是迅猛發展的哈普斯堡皇室和羅曼諾夫家族也望塵莫及的。戰爭的時代過去了。在這恥辱的和平時期，鮮血過於寶貴，這些偉大家族的光榮事蹟只能被當作傳說而傳頌著。」

這時已經接近早晨了，我們去睡覺了（備忘：這日記像是《一千零一夜》的開頭一樣恐怖，因為所有的事情都必須在黎明前結束，或是像哈姆雷特的父親的鬼魂）。

5月12日

就讓我以事實作為開始，赤裸裸的、不加修飾的事實，它們被書本和數字所證明，沒有任何疑問。我決不能把它們和那些建立在我自己的觀察的基礎上的經驗相混淆，或者是我的記憶。昨天晚上，伯爵從自己的屋裡過來，開始問我一些法律上的和生意上的問題。我把乏味的一整天都花在看書上了，並且只是為了讓我的腦裡不至於空著，回憶了一下我在林肯酒館被問到的問題。對伯爵的調查有一定的方法，所以我應該把它們按照順序寫下來。這些信息以後可能對我有用。

首先，他問我在英格蘭，一個人能否雇傭兩個或兩個以上的律師。我告訴他如果他願意，可以有一大票律師，但是讓一個以上的律師處理一件事務是不明智的，因為在同一時間只能有一個人處理，換律師無疑會損害他的利益。他看起來似乎完全明白了；繼續問道，如果讓一個律師處理銀行事務，另一個處理航運事務，以防負責處理銀行事務的律師的家離得太遠，這樣做會不會有操作上的困難。我讓他解釋得更清楚一點，以免我誤導他，於是他說：「我應該舉個例子。你的朋友也是我的朋友，彼特·豪金斯先生在遠離倫敦的埃克斯特的美麗的教堂旁邊為我買了一處房子。好！現在讓我說得明白一點，以免讓你覺得奇怪，為什麼我要找一個離倫敦這麼遠的律師，而不是本地的律師，因為我覺得沒有哪個本地的律師能夠完全按照我的願望辦事，倫敦的律師可能有他自己的打算或者要考慮到朋友的利益。所以，我在遠處找代理人，他只為我一個人的利益服務。現在，假設我，一個有很多事情要處理的人，想要航運貨物。比如，到紐卡斯爾，或是達累姆，哈爾維治，多弗，難道不是找一個住在這些港口的代理人更為方便嗎？」

我回答說這當然是很方便，不過我們律師有一個互相代理的制度。所以，任何律師都可以指示異地的律師來處理異地的事務。這樣，客戶只需要把事情委託給一個律師就可以解決所有的問題，而不用再麻煩了。

「但是，」他說，「我有權指揮，是這樣嗎？」

「當然，」我回答道，「一些不想把自己的所有事情，都讓一個人知道的生意人，就經常這樣做。」

「好！」他說，然後繼續詢問了委託的方式和需要辦理的手續，以及所有可能遇到但能夠預防的困難。我盡我所能為他解釋了所有的這些事情。當然，他也給我留下這樣的印象，他一定會找到一位出色的律師，因為已經沒有他沒考慮到的或是預見到的問題。對於一個從來沒去過那個國家，並且顯然沒怎麼做過生意的人來說，他的理解力和聰明勁非常不錯。當他對自己所問的問題都已經得到滿意的答覆了，我也已經通過我自己的了解或是借助手頭的書解釋清了所有問題時，他突然站起身說：「自從你給我們的朋友彼特·豪金斯先生寫過第一封信後，再給其他人寫過信嗎？」

當我回答還沒有時，心中一陣苦澀，因為至今，我還沒有找到機會寄信給任何人。

「那麼現在就開始寫吧，我年輕的朋友，」他一邊說著，一邊將手重重的搭在我的肩膀上，說了一句，「給我們的朋友或者其他什麼人寫，如果你願意的話，就說你會在這兒陪我待上一個月。」

「你希望我待這麼久嗎？」我問道，因為我的心在聽到這句話時向下一沈。

「我非常希望你這樣，而且我不接受拒絕。你的雇主保證那個人會代表他而來，而我的唯一需要就是找個人聊天。我不會放棄這項權力的，不是嗎？」

除了鞠躬表示接受以外，我還能做什麼呢？這是出於豪金斯先生的利益，不是我的，我必須為他考慮，而不是為我自己；另外，當德古拉伯爵在說話的時候，他的眼神和舉止讓我想起我是一個囚徒，我別無選擇。伯爵在我鞠的那一躬和我臉上為難的表情裡，看到了他的勝利和對我的控制權，因為他立刻就開始使用它了，只不過是用他那種柔和的、不可抗拒的方式。

「我年輕的朋友，我請求你不要在信中提及任何與生意無關的事情，這無疑會讓你的朋友高興的認為你一切都好，並且盼望著回家見到他們。不是嗎？」他一邊說著，一邊遞給我三張信紙和三個信封。這些都是最薄的那種外國信紙和信封，我看了看它們，又看了看他，我注意到他那平靜的笑容，和他那鋒利的、似犬的牙齒露在鮮紅的下嘴唇外面，明白他是在說我要小心自己寫的內容，因為他會讀這些信。於是我決定現在只寫正式的信件，但是悄悄地給豪金斯先生和米娜寫信詳述我的情況，我可以用速記文字，如果伯爵看的話也看不懂。

當我寫好我的兩封信之後，我安靜的坐著看書，這時伯爵寫著一些東西，他說他是在為桌上的這些書作筆記。然後他將我的兩封信和他自己的放在一起，放在他的信紙旁邊。這之後，當伯爵身後的門關上的一剎那，我斜過身去看他那反面朝上的信。我在做這件事時並沒有負罪感，因為在這種情況下，我認為有必要盡我所能保護自己。

其中一封信是寄給惠特白的新月街7號的塞繆爾．F．比靈頓，另一封是寄給瓦爾納的柳特納先生，第三封是寄給倫敦的考茨公司，第四封是寄給布達佩斯的銀行家海倫．克勞普斯托克和比爾魯斯。第二封信和第四封信還沒有封上，我正要讀它們，這時門把手動了。我立即坐回原位繼續開始看書，伯爵手裡拿著另一封信走進房間。

他拿起桌上的信仔細的貼上郵票，然後轉向我，說道：「我相信你會原諒我的，今晚我有許多私人的事情要處理。我希望你能找到所有你想要的東西。」

走到門口時他轉了身，稍微停頓了一會兒說道：「我建議你，我親愛的年輕的朋友，不，我要鄭重的警告你，如果你離開這幾個房間，一定不要在城堡的其他任何地方睡覺。它很古老，也有很多回憶，在不合適的地方睡覺的人會做噩夢的。小心一點！如果你感到睏了，或是覺得睏意快來臨了，就趕快回到你的臥室或這幾個房間，這樣你的睡眠才安全。但是，如果你在這個方面不小心的話，那麼……」他以令人毛骨悚然的方式結束了講話，來回搓著手好像在洗它們。我非常明白。我唯一的懷疑是，是否還有任何噩夢比現在正向我靠近的黑暗和神祕的網更可怕？

片刻之後

我保證我寫的每一個詞都是真實的，這毫無疑問。我不應該害怕在他不在的地方睡覺。我將十字架放在床頭，我想這樣我就可以不做夢了，它應該一直被放在那兒。

他離開後我就回到了我自己的房間。過了一小會兒，沒有聽見任何聲音，我走出房間登上石板樓梯，到了我能夠看到南面的那個房間。比起院子裡那狹小的黑暗，廣闊的天空給我一種自由感，雖然那是我無法得到的。從窗戶望出去，我感到自己確實是在監獄裡，我想要呼吸一下新鮮空氣，即使是晚上的空氣。我開始覺得這個夜晚在和我低聲訴說，這使我的精神快要崩潰了。我凝視著自己的影子，腦子裡充斥著各種可怕的想像。上帝會知道，在這個可惡的地方我完全有理由感到害怕！我向外仰望著蒼穹，沐浴在柔和的黃色月光裡，月白如畫。遠處的山彷彿融化在了柔軟的月光裡，還有峽谷天鵝絨般黑色的陰影裡。單純的美景使我身心振奮，每一次呼吸都帶著祥和和撫慰。當我倚靠在窗戶上，我的目光被在我的下一層的一個東西吸引住了，在我的稍左一點，我猜想，以房間的次序來看，那裡應該是伯爵房間的窗戶所在的位置。我所站的窗戶又高又陡，石頭窗框雖然久經風雨，依然完好，不過顯然年代已經很久遠了。我退到窗框後面，仔細地向外看。

我看到伯爵的頭伸出了窗戶，我沒看見他的臉，但是我能通過脖子和他的背部和手臂的動作認出他，而且無論如何我都不可能認錯這雙我觀察了很多次的手。一開始我感到有趣，甚至有點好笑，因為對於一個被囚禁起來的人來說，一點點小事就可以讓他覺得有趣和好笑。可那之後我的感覺完全被厭惡和恐懼所佔據，因為我看見他整個人慢慢地從窗戶裡出來，開始順著城堡的牆壁向下爬，臉朝下，他的張開的斗篷就像是一雙大翅膀，而下面就是萬丈深淵。一開始我無法相信自己的眼睛，我以為這是月光讓我看花了眼，是光影的錯覺。再仔細看，不可能是錯覺。我看見他用手指和腳趾攀住石板的邊緣，因為年代久遠，石灰已經脫落，他利用牆上的凸起物以相當快的速度向下移動，就像一隻蜥蜴在牆上爬。

這是一種什麼樣的人啊，這是一種什麼樣的生物，在人的偽裝之下？我被對這個可怕的地方的恐懼所籠罩。我嚇壞了，完全的嚇壞了，沒有出路。我全身被恐懼感所包圍，不敢再往下想。

5月15日

我又一次看見伯爵像一隻蜥蜴那樣爬了出去。他斜著向左下方爬了幾百英尺，然後消失在一個洞口或者窗戶裡。當他的頭消失的時候，我探出身子想看個究竟，但是什麼也沒看到。距離實在太遠了，沒有合適的觀察角度。我知道他已經離開城堡了，於是想利用這個機會去多發現一些我至今還不敢探究的東西。我回到房間，拿上一盞燈，試著打開所有的門。門全部被鎖著，正如我所想到的，並且鎖都很新。我走下石頭台階，來到我最初進來的大廳。我發現可以向後拉門閂並把鎖鏈解開。但是門是鎖著的，鑰匙不見了！鑰匙一定在伯爵的房間裡，我得去看看他的門是不是鎖著，說不定可以找到鑰匙然後逃跑。我繼續全面的檢查了一下每個樓梯和走廊，並試著打開它們旁邊的每扇門。大廳附近的一兩個小房間是開著的，但是裡面什麼也沒有，除了一些積滿灰塵和被蟲蛀了的舊家具。最後，我發現樓梯的頂端有一扇門，雖然看起來是鎖著的，但是如果使勁推會露出一點縫。我更用勁地向後推了一下，發現它實際上沒有鎖，之所以推不開是因為門的合葉有點脫落了，沈重的大門落在了地上。這是一個我可能再也碰不到的機會，所以我用盡全力把門推開進去了。我現在站在城堡的最右端，比我所知道的房間和我的下一層都要靠右。透過窗戶，我能看見一排房間一直延伸到城堡的南面，最末端的房間的窗戶朝向西邊和南邊，兩邊都異常堅固。城堡建在一塊大石頭的一角，所以它有三面都是不可攻破的，窗戶所在的位置不會被任何彈弓、石弩或者火槍所襲擊，因此造得非常輕巧和舒適，這對於一個需要被保護的地方是不可能的。西邊是一個大峽谷，遠方層巒疊嶂，陡峭的石塊上布滿荊棘，它們紮根於岩石的縫隙中。這裡過去顯然是一位女士的房間，因為這裡的家具比我看到的任何家具都要舒適。

窗戶沒有窗簾，黃色的月光透過鑽石般的玻璃窗傾瀉進來，幾乎能讓人看清楚顏色，同時溫柔的灑在那些本已厚重的灰塵上，掩蓋了時間和蟲蛀的痕跡。我的燈在明亮的月光中似乎沒什麼用處，但是我樂意它在我身邊，因為這地方有一種可怕的孤獨感，讓我的心寒冷，讓我的神經脆弱。不過，這裡要比單獨待在那些房間裡強，我討厭伯爵出現在那裡。在試著控制自己的膽怯後，我感到一種平靜來臨。現在，我坐在一張小橡木桌子旁邊。過去，可能有一位美麗的淑女曾經坐在這裡，花盡心思臉紅著寫著她那錯字連篇的情書，而我在我的日記裡用速記文字寫下了，自從我上次合上日記以來發生的所有事情。現在是十九世紀，然而，過去的年代仍在發揮著它的作用，這作用不能被所謂的「現代化」所扼殺，除非我的感覺欺騙了我。

之後5月16日

早上，上帝讓我的神志還清醒，因為我現在正受著理智的控制。安全和安全感的保證已經成為過去。我住在這裡只盼望一件事，就是我不要瘋掉，或者是還沒有瘋掉。如果我的頭腦還認為潛藏在這個可惡的地方的所有醜惡的事情中，伯爵是最不可怕的一個，在他那裡我還能找到安全，即使是只有我滿足他的要求之後，這個才會發生——這樣的想法一定是發瘋了。偉大的上帝！仁慈的上帝，讓我冷靜下來吧，因為不這樣的話我就要發瘋了。我開始對一些先前困擾我的事情有了新的認識。至今我都沒有弄明白莎士比亞的用意，當他讓哈姆雷特說「我的毒藥！快點，我的毒藥！我把它吃下去是對的」等等，現在，我的腦子亂極了，衝動必須結束，我用寫日記來排解。準確地記日記對安撫我的精神有幫助。

伯爵神祕的警告，當時嚇壞了我，不是我在想到它的時候感到害怕，而是因為今後他就控制了我，我會害怕他還會再說些什麼！

當我記完了日記，並把日記本和鋼筆重新放回口袋後，我覺得有點睏了。腦中出現伯爵的警告，但是我卻以違反它為樂。不僅僅是睏意佔據了我，還有固執。柔和的月光安撫著我，廣闊的天空給我的自由感使我神清氣爽。我決定今晚不回那個漆黑的鬧鬼的房間了，而是睡在這裡。過去，曾有一位淑女靜靜地坐在這裡，低聲歌唱，過著恬靜的生活；她的心在默默地為征戰沙場的丈夫感到悲傷。我從角落裡拖出一個躺椅，這樣當我躺下時，可以看到東面和南面的美麗景色，我顧不得上面落的灰塵，靜靜地睡下了。我猜想自己一定睡著了，我希望如此，可是恐怕不是這樣，因為接下來發生的事情驚人的真實，即使我現在坐在這裡沐浴著早上的充足的陽光，我也不能相信那些只是夢境。

我獨自一人待著。房間並沒有變化，自從我進來以後就一直是這樣。在明亮的月光下，我能看見地板的厚厚的灰塵上有我的腳印。在我對面的月光中有三個年輕的女人，通過她們的衣著和舉止可以看出她們是淑女。當我看到她們時，我想自己一定在做夢，她們在地板上沒有影子。她們走近我，看了我一會兒，然後互相低語。其中兩個人很黑，有著像伯爵一樣高高的鷹勾鼻，和能刺透人心的大大的黑色眼睛，和皎潔的月光比起來幾乎變成了紅色。另外一個很漂亮，漂亮到了極致，金髮碧眼。我好像認識她的臉，把她和一些夢裡的恐怖事物聯繫在了一起，但當時就是想不起來在哪兒見過她。三個人都有著亮閃閃的白色牙齒，在她們風騷的鮮紅的嘴唇的映襯下像珍珠一樣閃閃發光。她們身上有一些東西讓我很不安，一些渴望，同時還有致命的恐懼。在我的心中有一種想讓她們用那紅嘴唇親吻我的邪惡的燃燒的慾望。把這個寫在這裡不太好，不然，某天米娜看到它會不高興的，但這是事實。她們互相低語著，然後三個人開始大笑，笑聲像銀鈴般悅耳，但是很硬，不像是從人類柔軟的嘴唇裡發出來的，倒像是一支靈巧的手在玻璃杯上敲打出的難以忍受的、刺耳的、甜膩的聲音。那個漂亮的女孩賣弄風騷的搖著頭，另外兩個在催促她。

一個說道：「上吧！你第一個，然後我們跟上去。應該由你來開始。」

另一個說道：「他又年輕又強壯，我們都可以得到吻。」

我靜靜地躺著，看著我的睫毛下所發生的一切，在愉快的期待中掙扎。那個漂亮的女孩走上前在我面前彎下腰來，我能感覺到她的氣息在我身上遊走。這是一種很甜密的感覺，像蜜一樣甜，就像她的聲音一樣震顫著我的神經，但在甜蜜之下是一種苦澀，一種帶有攻擊性的苦澀，像是在血裡聞到的那種。

我不敢睜開眼睛，但是能透過眼睫毛清楚地看到。那個女孩跪在地上，爬到我身上，心滿意足，她在故意的賣弄風騷，既攝人心魄又讓人排斥，當她彎下脖子像一隻動物一樣舔著我，我在月光下看見她濕潤的鮮紅嘴唇和舌頭閃著光，包裹著她那鋒利的白色牙齒。她的頭越來越向下，她的唇掠過我的嘴，我的下巴，停留在我的喉嚨處。然後她停住了，我能聽見她的舌頭在舔著她的牙齒和嘴唇時攪動的聲音，我能感覺到她溫暖的呼吸在我的脖子上。接著，我脖子上的皮膚開始顫動，就像一隻想要撩撥人的手靠得越來越近時皮膚的感覺。

我能感覺到她在我脖子的異常敏感的皮膚上輕柔的，顫抖的接觸，兩顆鋒利的牙齒剛剛碰到我並停在那裡。我愜意的閉上眼睛，等待著，等待著，心跳不止。

但是就在這時，另一種感覺穿過我，快如閃電。我意識到伯爵來了，他彷彿被憤怒的風暴所籠罩。我的眼睛不自覺地睜開了，看見他有力的手抓住了那漂亮女人纖細的脖子，用力向後一拉，他藍色的眼睛中燃燒著憤怒，咬牙切齒，兩頰激動的閃著紅光。可惡的伯爵！我從來沒有想像過這樣的憤怒，即使是對於地獄裡的魔鬼來說。他的眼睛閃著血紅色的光，就好像地獄之火在後面熊熊燃燒。他的臉蒼白異常，線條像被拉長的鐵絲一樣硬。鼻子上方的濃濃的眉毛現在就像被高高舉起的白熱的金屬棒。他的胳膊猛地向後一揮，把那個女人扔了出去，然後又向其他兩個人打手勢，好像要把她們打退似的。這和我看到趕狼時的動作是一模一樣的。

他用低沈到幾乎像是竊竊私語，但又穿透空氣，在屋裡迴響的聲音說道：「你們怎敢碰他，你們每一個人？你們怎敢把目光投向他，在我已經禁止的情況下？向後退，你們所有人！這個人屬於我！當心你們對他所做的，否則我就不客氣了。」

那個漂亮女孩風騷的大笑著，轉向他說：「你自己從來沒有愛過，從來沒有！」其他幾個女人也加入進來，一陣堅硬的、無情的笑聲迴蕩在屋子裡，幾乎使我不敢去聽，這像是魔鬼的快樂。

然後伯爵轉過頭，專注地看了我一眼，低聲說道：「不，我也能愛。你們可以從過去看出來，不是嗎？好，現在我保證，等我用完他，你們可以隨意的親吻他。現在走！走！我必須叫醒他，因為還有工作要做。」

「那今晚我們就什麼也沒有了嗎？」其中一個女人低聲笑著問道，指著伯爵扔在地板上的袋子，那袋子還在動，好像裡面有什麼活物。他點點頭作為回答。其中一個女人跳上前去打開了袋子。如果我的耳朵沒聽錯的話，那聲音是一個快要窒息的孩子的喘氣聲和大哭聲。女人們都圍了上去，我卻被嚇呆了。當我重新睜開眼睛時，她們就消失了，和那可怕的袋子一起。她們旁邊沒有門，所以她們不可能在我沒有注意的情況下越過我。她們就那樣消失在月光中，從窗口離開了，因為在她們完全消失之前，我能看見窗外有幾個模糊的人影。

我被恐懼所壓倒，毫無知覺的昏過去了。

喬納森・哈克的日記之繼續

我在自己的床上醒來。如果不是我做夢的話，應該是伯爵把我帶到這兒的。我試圖對這件事想個明白，但是不能得出任何確定的結果。有一些小證據可以證明，比如我的衣服，被疊起來放好了，這並不像我的習慣；我的錶沒上發條，但是我一直嚴格遵守在上床前上緊發條的習慣，等等許多這樣的細節。不過這些也不足以構成證據，它們也許只能證明我的心態不像往常一樣，因為種種原因，我已經被弄得心煩氣躁。我一定要尋找證據。有一件事我很慶幸。如果是伯爵帶我到這裡並且為我脫掉衣服的話，他一定是急著回去辦事，因為我的口袋是原封不動的。我能肯定這本日記對他來說很神祕，他一定不能容忍。他會把它拿走或者銷毀。我環顧著這房間，雖然它對於我來說充滿恐懼，但現在成了一個避難所，因為再沒有什麼東西能比那些女人更可怕了，她們曾經，並且現在仍然在等著吸我的血。

5月18日

我下樓想在白天看看那個房間，因為我必須知道真相。當我到達樓梯頂端的出口時，發現門鎖了。門因為曾經被使勁地帶上，一部份木質結構已經裂開了。我能看見門閂沒有門上，但是門是從裡面鎖上的。我怕這不是個夢，我必須對這個猜測有所行動。

5月19日

我確定我是在做苦工。昨晚伯爵用強硬的口氣要求我寫了三封信，一封寫的是我在這裡的工作將近結束了，我在幾天內就會起程返回；另一封是寫我將在寫信那天的第二天早晨起程；第三封寫的是我已經離開了城堡，並且到達比斯特里茲。我很想反抗，但是我知道在現在這種情況下，自己完全被伯爵所控制，公開反對他，簡直就是不要命了。拒絕就會引發他的懷疑，甚至激怒他。他明白我知道得太多了，所以我不能活著，以免對他構成威脅。我唯一的希望就是儘量延長我的時間。也許一些事情會發生，讓我找到逃跑的機會。當他把那個漂亮的女人扔出去的時候，我能明顯地看出他眼中燃燒的憤怒之火。他向我解釋說這裡的郵政局很少，而且辦事拿不準，我現在寫信可以確保我的朋友們能放心。然後他誠懇地向我保證，如果時間允許我在這兒停留更長時間的話，他會取消後兩封信，這些信會滯留在比斯特里茲直到到期。反對他會引起新的懷疑，因此我假裝同意他的意見，並且問他我應該在信上寫什麼日期。

他大約計算了一分鐘，然後說道：「第一封應該寫6月12日，第二封6月19日，第三封6月29日。」

現在我知道了我生命的期限。上帝救救我吧！

5月28日

我曾經有一個機會可以逃跑，或者給家裡捎個口信。一群斯則格尼人來到城堡，露宿在院子裡。他們是吉普賽人。我把他們記在了本子裡。他們對於這個地方來說，顯得很特殊，雖然長得和世界上其它地方的普通的吉普賽人是一樣的。在匈牙利和特蘭西法尼亞有成百上千的吉普賽人，幾乎不受法律控制。他們和一些貴族建立聯繫，用貴族的姓稱呼自己。他們無畏，沒有信仰，保留迷信，只用他們自己的吉普賽語交談。

我應該給家裡寫信，然後試著讓他們幫我寄出去。我已經通過窗口和他們交談，並認識了他們。他們脫下帽子向我敬禮，還做了一些手勢，但是我對這些手勢的含義也不比對他們的語言了解得更多。

我寫了信，給米娜的信是用速記文字寫的，然後我只是讓豪金斯先生聯繫米娜。我向她講了一下我的情況，但是沒有告訴她我的那些僅僅處於猜測階段的恐懼。如果我讓她知道我的心情，會把她嚇死的。如果這些信件沒有暴露，那麼伯爵現在應該還不知道我的祕密和我知道的東西。

我把信給了他們。我把它們從窗戶的欄杆中扔給他們，還有一塊金幣，並且做了我能想到的所有手勢讓他們給我寄信。拿到信的那個人將信貼在胸前，鞠了一躬，然後把信放進了自己的帽子。我能做的只有這些了。我悄悄溜回書房，開始讀書。伯爵沒有進來，所以我在這裡記的日記。

伯爵進來了。他坐在我身邊，一邊打開那兩封信，一邊用最平和的聲音說道：「斯則格尼人把這些給了我，雖然我不知道這些是從哪裡來的，但是我，當然，我會小心的。看！」他一定已經看過信了。「一封是你寫的，給我的朋友彼特．豪金斯。另一封，」這時他打開信封看著這些奇怪的符號，臉陰沈下來，眼睛發出邪惡的光，「另一封不太好，是對友誼和款待的踐踏！這封信沒有署名，所以不會影響到我們的。」然後他冷靜的將信和信封放在燈的火焰上直到它們化為灰燼。

然後他繼續說道：「這封給豪金斯的信我一定會寄出去的，因為是你寫的。你的信對我來說是不可侵犯的。我的朋友，請原諒我，因為我不小心把它拆開了。你可以再把它包起來嗎？」他把信遞給我，然後禮貌的鞠了一躬，遞給我一個乾淨的信封。

我只能更改了信件的地址，然後默默地交給他。當他走出房間我能聽見輕輕的轉動鎖的聲音。一分鐘後我走過去查看，門被鎖上了。

過了一兩個小時，伯爵靜靜地走進房間，吵醒了我，我剛剛在沙發上睡著了。他非常客氣和愉快，看到我睡著了，他說：「我的朋友，你累了吧？上床吧。可以好好休息了。我今晚不會和你聊天，因為還有好多事情要做，我相信你會睡覺的。」

我走進我的房間上了床，說起來奇怪，沒有做夢。絕望也有它冷靜的時候。

5月31日

這個早晨當我醒了之後，我開始想應該從包裡拿一些紙和信封裝在口袋裡，這樣一旦得到機會我就可以寫信。然而，又是一個意外，一個震驚！

每一張紙都不翼而飛了，連同我所有的與鐵路和旅行有關的筆記、備忘錄，我的借貸信，事實上所有可能對我有用的東西都不見了。我坐下來沈思片刻，有了一些想法，我檢查了我的旅行皮箱和我放衣服的衣櫃。

我旅行時穿的衣服不見了，還有我的大衣和圍毯，它們全都消失得無影無蹤。這看起來像是一個新的邪惡的陰謀。

6月17日

今天早上，當我坐在床沿傷腦筋的時候，我聽見一聲抽打鞭子的聲音，還有馬蹄在院子的石路上摩擦和行走的聲音。我高興得衝到窗戶邊上，看見兩輛大李特四輪馬車駛進了院子，每一輛車都有八匹健壯的馬拉著，每兩匹馬前就坐著一個斯洛伐克人，戴著寬闊的帽子，繫著大釘飾皮帶，穿著髒髒的羊皮，蹬著高統靴。他們手裡還拿著長長的棍子。我跑到門前，想下樓試著在大廳裡加入他們，因為我想門可能會為他們打開。又是一次吃驚，我的門被從外面鎖上了。

從那以後我做什麼都沒用了，無論我怎麼可憐的喊叫，痛苦的哀求，也不會讓他們看上我一眼。他們乾脆轉過身去。這兩輛馬車載著巨大的四方形的箱子，和粗粗的繩子把手。就斯洛伐克人搬運它們的輕鬆程度和它們在地上拖動時發出的回響來看，箱子顯然是空的。

當箱子被卸下來並在院子的一個角落堆成一堆時，斯則格尼人給了斯洛伐克人一些錢，他們把唾沫吐在錢上試運氣，然後慵懶的回到了各自的馬上。不一會兒，我聽見他們揮動鞭子的聲音消失在遠方。

6月24日

昨夜，伯爵從我這兒離開得很早，然後把自己鎖在了自己的房間裡。我鼓起勇氣跑上蜿蜒的樓梯，從朝南的窗戶向外張望。我想看看伯爵，因為就要發生一些事情了。斯則格尼人分散在城堡裡幹著一些活兒。我知道的，因為時不時能聽見遠處傳來鋤頭和鏟子的悶塞的聲音，無論那是什麼，一定是一些惡劣的陰謀的結束。

我在窗戶那裡待了不到半小時，看見伯爵的窗戶那兒出現了一些什麼東西。我退後仔細的觀察著，看見他整個人都出現了。這又讓我吃了一驚，我看見他穿著我來這兒時穿的衣服，肩膀上還掛著我曾看到的，被那些女人拿走的噁心的袋子。無疑是他偷了我的衣服！這又是一個新的罪惡的陰謀，他會讓別人以為看了我，這樣他既可以造成我出現在那些城鎮和村子郵寄我自己的信件的假象，也可以把他自己做的壞事歸咎在我的頭上。

想到這一切，我非常氣憤。但是，我在這兒沒有發言權，我是一個實實在在的囚徒，即使是法律給予犯人的權利和撫恤，我也沒有。

我想我應該看著伯爵回來，然後固執的坐在窗前很久。我注意到有一些有趣的小顆粒漂浮在月亮的光線中，它們像灰塵的小微粒，旋轉著，然後像雲霧一樣聚集成團。我看著它們，心情得到安撫，也變得愈發鎮靜。我向後靠在牆上，用一個相對舒服的姿勢，這樣我就可以更好的欣賞這空中的嬉戲場面。

一些聲音讓我突然跳起，我聽見一聲低沈的、楚楚可憐的狗叫聲從峽谷深處傳來，但是我卻看不到牠們。這聲音好像在我耳邊越來越響，漂浮的塵埃在月光中隨著聲音變幻著各種形狀。我感到自己掙扎著去聆聽本能的呼喚。不，是我的靈魂在掙扎，我的半睡半醒的感覺在努力回答這個呼喚。我著魔了！

塵埃越跳越快，月光彷彿顫抖著經過我，進入我身後的一團漆黑中。塵埃越聚越多，似乎形成了一個可怕的幽靈的形狀。我驚醒了，尖叫著逃離了那個地方。

那些在月光中漸漸現形的幽靈的形狀，是我曾經看到過的那三個鬼一樣的女人。

我逃走了，在我的屋裡感到安全一點。這裡沒有月光，這裡的燈光很明亮。

幾個小時過去了，我聽見伯爵的房間裡有響聲，像一聲尖厲的哭聲，又很快被壓制住了。接著就是安靜，深沈的、可怕的安靜，讓我不寒而慄。我的心劇烈的跳動著，試了一下門，我被鎖在了我的監獄裡，什麼也不能做。我坐下來，只是大哭著。

我坐著坐著，聽見院子裡傳來一個女人痛苦的哭喊聲。我衝過去打開窗戶，透過欄杆向下望。

那裡確實有一個散亂著頭髮的女人，像剛跑過步的人一樣將手壓在胸口上。她靠在入口的角落裡，當她看見我的臉出現在窗戶那裡，她衝上前，用威脅的聲音喊道：「魔鬼，把我的孩子還給我！」

她跪在地上，舉起雙手，撕心裂肺的喊著和剛才同樣的話。然後她開始揪自己的頭髮，捶打自己的胸部，狂躁不安。最後，她衝上前，雖然我看不見她，但是能聽見她的手敲打大門的聲音。

從高處的什麼地方，也許是在塔上，我聽見伯爵刺耳的、金屬質感的低語聲。他的呼喚似乎被遠方的狼嚎聲應和著。過了一會兒，它們從入口蜂擁進入院子，像是開閘的洪水。

女人沒有叫喊，只有狼群短促的叫聲。不久以後牠們舔著嘴唇，一個一個地離開了。

我無法憐憫她，因為和她的孩子相比，她死得已經算是好的了。

我應該做什麼？我能夠做什麼？我怎樣才能從這個可怕的夜晚，可怕的黑暗，和可怕的恐懼中逃脫呢？

6月25日

如果不經歷夜晚，沒有人會知道，早晨對於一個人的心靈和眼睛來說，是多麼的甜美和可愛。今早的太陽高高地掛在天空中，曬著我窗戶對面的通道，陽光接觸到的地方對我來說，就好像是諾亞方舟的鴿子照亮的。我的恐懼從我身上消失，彷彿一件會在陽光中蒸發的氣體做的衣服。

當白天給我勇氣時，我應該採取一些行動。昨夜，其中一封寫著較晚日期的信被寄出去了，這是把我的痕跡從這個地球上抹去的，一系列性命攸關的事件中的第一件。

不要想它了，行動起來吧！

我總是在晚上被折磨或是威脅，或者處於危險和恐懼中。我還從來沒在白天看見過伯爵。是不是他在別人醒著的時候睡覺，然後在別人入睡時醒過來呢？只要我能進入他的房間！但是沒有可走的路，門總是鎖著的，沒有路讓我走。

是的，路是有的，如果一個人敢走的話。他走的地方為什麼我不能走？我看見過他從他的窗戶爬出去。為什麼我不模仿他，從他的窗戶爬進去？這樣的嘗試是孤注一擲的，但是我需要更加孤注一擲。我應該冒這個險。大不了就是一死，人的死不同於牛的死，我仍然能有來世。上帝幫助我完成任務吧！再見了，米娜，如果我失敗的話。再見了，我忠誠的朋友和我的父親。再見了，所有人，最後還是米娜！

幾天以後我試過了，上帝幫助了我，讓我安全的回到了自己的房間。我必須按順序把每個細節都記錄下來。當我的勇氣最旺盛時，我直接走到了南面的窗戶跟前，立即爬了出去。石塊大而粗糙，石頭之間的灰泥被時間沖刷掉了。我脫掉了靴子，踏上了不歸之途。我看了一眼下面，以確保自己如果突然瞥見下面的萬丈深淵不會被嚇倒，然後就再也沒看下面了。我非常清楚伯爵的窗戶的方向和距離，正在盡可能的接近它，考慮到可能存在的機會。我沒有覺得頭暈目眩，我猜可能是自己太興奮了，而且僅僅過了很短的時間，我就發現自己已經站在窗台上準備推開窗戶了。我激動萬分的彎下腰，把腳伸入窗戶。然後我四下裡環顧尋找伯爵，但是又驚又喜的是，房間空無一人！僅僅有一些古怪的家具，看起來好像從來沒有用過。

家具的樣式和南面的那個屋子的差不多，上面落滿塵土。我開始找鑰匙，但是它不在鎖裡，到處都找不到。我唯一找到的東西就是牆角的一堆金幣，各種各樣的金幣，羅馬的，英國的，奧地利的，匈牙利的，雅典的，還有土耳其的錢幣。上面落著一層灰塵，好像放在地上已經很長時間了。所有的錢幣都是超過三百年以前發行的。那裡還有鎖鏈和裝飾物，一些珠寶，但是所有這些都很陳舊並且褪了色。

房間的一角有一扇大門，我試了試，想打開它。既然我不能找到這個房間的鑰匙，和大門的鑰匙——我尋找的主要目標，所以我要進一步搜尋，否則我的努力就成了徒勞。門開了，一條石板走廊延伸到一個環形的樓梯，陡峭的向下盤旋。

我走下台階，非常小心，因為這裡很黑，唯一的亮光來自沈重的石塊上的槍眼。在底部是一條黑暗的、像隧道似的走廊，裡面有一種死亡一樣的、令人作嘔的氣味，陳年的泥土被翻出來的氣味。當我穿過走廊時，氣味越來越近，越來越濃。最後，我打開一扇半開著的大門，發現自己站在一個廢棄的老教堂裡，這裡顯然已經被用作墓地。天花板已經破了，兩面都有台階通到地下室，但是地板最近剛被鑿開，泥土被裝在了大木箱裡，顯然是那些被斯洛伐克人帶來的木箱。

周圍沒有人，我檢查了每一處角落，以免漏掉什麼。我甚至進了燈火昏黃的地下室，雖然這麼做讓我感到害怕。我進的其中兩個什麼也沒有，除了一些舊棺材的碎片和成堆的灰塵。然而在第三個，我有了一些發現。

在那裡一共有50個大箱子，在其中一個裡，在一堆新挖出來的泥土上，我看見伯爵躺在上面！他既沒有死，也不是睡著了。我說不清是哪個，因為他的眼睛睜著，一動不動，但是並不像死了那麼呆滯，透過蒼白的臉頰顯現出生命的活力，嘴唇還像當初那樣鮮紅。但是沒有活動的跡象，沒有脈搏，沒有呼吸，也沒有心跳！

我貼在他上面，試圖找到一些生命的跡象，只是徒勞。他躺在這裡沒多長時間，因為泥土的氣味會在幾小時內消散的。在箱子的旁邊是它的蓋子，到處都是孔。我想他可能會把鑰匙帶在身上，但當我去找它時，我看到了他死一樣的眼睛，雖然不動，但卻充滿了仇恨。雖然他沒有感覺到我的存在，我還是逃離了這個地方，從窗戶離開了伯爵的房間，再一次爬到了城堡的牆上。回到我的房間後，我氣喘吁吁的躺在床上，試著回想剛才的情景。

6月29日

今天是我最後一封信的日期，伯爵也採取了行動來證明這是真的，因為我又一次看到他穿著我的衣服，從同一個窗口離開了城堡。當他像壁虎一樣順著牆向下爬的時候，我真希望自己有一把槍或者其他致命的武器，這樣我就可以把他殺死。不過，我懷疑沒有那種人類造出的武器可以對他發揮效力。我不敢在那兒等他回來了，因為不敢看到那些叫人害怕的女人。於是我回到書房，在那裡讀書，一直到睡著了。

我被伯爵叫醒了，他用不能再冷酷的眼神看著我說：「明天，我的朋友，我們必須分別了。你回到你那美麗的英格蘭，我去做一件事情，我們可能永遠見不成面了。你給家裡的信已經發出去了。明天我不會在這裡，但是一切都為你的起程準備好了。早上，斯則格尼人會來，他們在這兒有自己的活兒要幹，斯洛伐克人也會來。他們走了之後，我的馬車會來接你，然後載你到博爾果通道，那裡有從布科維那到比斯特里茲的馬車。但是，我仍然希望能在德古拉城堡再次見到你。」

我對他表示懷疑，決定測試一下他的誠意。誠意！把這個詞和這個魔鬼聯繫在一起簡直像是對它的玷污。我問他：「為什麼我不能今晚走？」

「因為，親愛的先生，我的馬車今晚有任務不在。」

「但是我很樂意步行，我想立即離開。」

他微笑著，如此柔和但又邪惡的微笑著，我知道在他的溫柔背後隱藏著詭計。他說：「那你的行李呢？」

「我不在乎，我可以以後什麼時候把它寄回去。」

伯爵站起身，親切地說著話，我揉了揉眼睛，因為他的親切看起來那麼真實，他說：「你們的英語裡有一句話很接近我的意思，因為它的精神規範著我們貴族的行為，『歡迎客人的到來，也祝客人一路平安。』跟我來，我親愛的年輕朋友。你不應該在我的家裡多待一分鐘，如果你不願意的話，雖然我對你的離去感到傷心，而且你又是這麼突然的離開。來吧！」他提著燈，莊重的領著我下了樓，走過大廳。然後，他突然停下來，說：「聽！」

一群狼的叫聲傳來，這聲音彷彿隨著他的手臂抬高而變大，就像是交響樂團的音樂在指揮棒的指揮下跳躍。停了一會兒，他嚴肅地走上前，來到門前，拉開笨重的門閂，解開鎖鏈，然後打開了門。

讓我非常吃驚的是，門並沒有鎖上。我懷疑的四下裡看了看，但是沒有看到任何鑰匙。

隨著門被打開，狼的嚎叫聲越來越大，越來越憤怒。牠們張著血盆大口，咬牙切齒，伸出鋒利的爪子在跳躍著，從開著的門進到屋子裡來。我明白，在這個時候與伯爵對抗是毫無意義的，有這樣一群任他指揮的同盟，我什麼也做不了。

但是門仍然在慢慢地打開，只有伯爵站在門口。突然我驚覺這可能就是我遭厄運的時刻和方式。我被餵了狼，而且是在我自己的鼓動下。伯爵的主意可真是像魔鬼一樣邪惡，我抓住最後的機會喊道：「關上門！我應該等到早上再走。」然後，我用手遮住臉，擋住自己沮喪的眼淚。

他的手臂有力的一揮，門被關上了，巨大的門閂歸回原位的聲音在大廳裡鏗鏘作響。

我們沈默著走回書房，過了幾分鐘，我回到自己的房間。我最後一次看見德古拉伯爵是他吻我的手，他的眼中閃爍著勝利的紅光，嘴角帶著地獄裡的猶大都會引以為驕傲的微笑。

當我在自己的房間裡將要躺下時，我感覺自己聽到門後有低語的聲音。我輕輕地走到門前聽著。除非是耳朵欺騙了我，我聽到了伯爵的聲音：「回去！回到你們自己的地方去！你們的時刻還沒到。等著！耐心一點！今晚是我的，明晚才是你們的！」

然後是一陣低沈的、開心的大笑聲。我憤怒的打開門，看見那三個噁心的女人舔著嘴唇。由於我的出現，她們都開始大笑起來，然後跑掉了。

我回到房間，跪在地上。這就要結束了？明天！明天！上帝啊，救救我吧，還有那些愛我的人們！

6月30日

這也許是我在這本日記裡寫下的最後的文字了。我一直睡到黎明來臨之前，當我醒來之後，我跪在了地上。我決定，如果死亡來臨，它會看見我已經準備好了。

最後我感到空氣中微妙的變化，知道早晨到了。然後是親切的雞鳴聲，我覺得自己安全了。帶著高興的心情，我打開門跑下樓來到大廳。我看到門沒有鎖，逃跑的機會就在眼前。我用急切地顫抖著的手解開鎖鏈，打開門閂。

可是門沒有動。絕望佔據了我的心。我一次又一次的拉門，搖晃它直到它在門框裡格格作響。我能看見門被閂上了，我離開伯爵以後門就被鎖上了。

我強烈的渴望得到鑰匙，無論冒什麼樣的險。我當時決定再次翻越牆壁，進入伯爵的房間。他可能會殺了我，不過現在，死似乎是更好的選擇。沒有片刻遲疑，我便衝上了樓，來到東邊的窗戶邊，像上次一樣爬上牆，來到伯爵的房間。房間空無一人，這正是我想要的。我找不到鑰匙，那一堆金幣還在牆角。我走進牆角的門，走下蜿蜒的樓梯，穿過陰暗的走廊，來到老教堂。現在，我已經非常清楚地知道到哪才能找到這個魔鬼了。

大箱子還在原來的位置上，靠著牆壁，但是蓋子卻在上面，沒有蓋緊，釘子在上面預備著被敲進去。

我知道我必須從他身上找到鑰匙，於是我掀開蓋子，把它靠在牆壁上，然後看到了讓我的心充滿恐懼的東西。伯爵躺在裡面，但是看起來年輕了很多。他的白頭髮和白鬍鬚變成了鐵青色，面頰飽滿了，白皮膚下透著血色。嘴巴比任何時候都要紅，因為嘴唇上有鮮血的氣味，鮮血從嘴角順著下巴和脖子滴下來。甚至是那一雙深陷的、燃燒的眼睛都好像血肉鮮活，眼皮和眼袋都膨脹起來。這個糟糕的生物彷彿全身充盈著血液。他像一個邪惡的吸血鬼一樣躺著，在吃飽肚子後筋疲力盡。

我顫抖著彎下腰摸著他，我的每一條神經都在拒絕觸摸他，但是我必須找到鑰匙，否則我就要遭殃了。將要來臨的這個晚上我也許會變成那三個可怕女人的盛宴。我摸遍了他的全身，也沒有找到鑰匙。然後我停下來看著伯爵。他腫脹的臉上似乎有一絲嘲諷的微笑，這讓我瘋狂。這就是我幫著帶去倫敦的人，在那裡，在擁擠的人群中，也許他能滿足自己嗜血的慾望，並且製造出一幫新的規模空前的半人半鬼，以無助的人為食。

這樣的想法讓我瘋狂。我產生了可怕的慾望，要摧毀這個魔鬼的世界。手頭沒有致命的武器，我拿起一把工人用來填土的鐵鍬，刀口朝下，高高舉起，朝那張可恨的臉砸下來。可是當我這樣做時，他的頭抬起來，眼光落在我身上，閃著怨恨的光。這個景象好像把我嚇癱了，鐵鍬在我手中轉向，擦過他的臉，僅僅在額頭上方的土裡砸出了一道深深的裂縫。鐵鍬從我手裡脫落，架在箱子上，當我重新拿起它時，刀口的凸起碰到了蓋子的邊緣，然後蓋子重新蓋上了，遮擋住了我對這個可怕怪物的視線。我最後一眼看到的是一張腫脹的臉，沾著鮮血，定格在充滿怨恨的齜牙咧嘴狀，他也許會帶著這個表情一直到最底層的地獄。我想著接下來應該怎麼做，但是我的大腦像著了火，我不得不等著這種絕望的感覺充滿我的全身。

這時，遠處的吉普賽人快樂地唱著歌越走越近，在歌聲中還有沈重的車輪滾動和抽打鞭子的聲音。伯爵所說的斯則格尼人和斯洛伐克人來了。最後環顧了一下四周，又看了一眼這個盛著邪惡軀體的箱子，我快速地離開了這裡，來到伯爵的房間，決定在這個開門的時刻衝出去。我豎起耳朵緊張的聽著，樓下響起了鑰匙在巨大的鎖裡摩擦和大門被向後推開的聲音。這兒一定還有另外的入口，或者有人有其中一扇鎖著的門的鑰匙。

然後傳來的是叮叮噹噹的腳步聲，最後消失在某個走廊裡。我轉身想再次衝進地下室，在那裡可能找到新的出口。可是，這時來了一陣猛烈的風，通往樓梯的門「砰」地一下關上了，塵土被震得到處飛揚。我衝過去想把它推開，但是已經來不及了。我又成了一個囚徒，死亡之網，離我越來越近。

當我記著日記時，下面的走廊裡傳來了腳步聲，還有重物被重重的放下的撞擊聲，無疑是那些箱子，還有它們盛的泥土。然後是錘子敲打的聲音。箱子被釘上了釘子。現在我能聽見沈重的腳步聲再次響起，經過大廳，後面還跟著許多懶洋洋的腳步聲。

門被關上了，鎖鏈咯咯作響。然後是鑰匙在鎖裡摩擦的聲音。我能聽見鑰匙被拔出來，然後另一扇門被打開和關上，還聽見鎖和門栓的嘎吱的聲音。

聽！院子裡和石板路上響起了車輪滾動的聲音，抽打鞭子的聲音，還有斯則格尼人的歌聲隨著他們越來越遠。

現在我一個人在城堡裡，和那些可怕的女人在一起。呸！米娜也是女人，可是她們沒有一點共同之處。她們是地獄裡的魔鬼！

我不應該單獨待在城堡裡。我應該嘗試爬上牆壁，到比我以往去的地方更遠的地方去。

我應該帶上一些金幣，以便今後用到它們。我也許會發現，離開這個鬼地方的出路。

然後離開這裡回家！到最快和最近的火車站那裡去！遠離這個被詛咒的地方，這塊被詛咒的土地，這塊魔鬼和他的孩子仍然在愜意的踱著步的土地！

最起碼，上帝的恩惠要強過那些魔鬼，懸崖又高又陡。一個男人可能會在它的腳下長眠，像一個男人那樣。再見了，所有人。米娜！

米娜·穆雷小姐給露西·韋斯頓拉小姐的信

5月9日

親愛的露西：

原諒我拖了這麼久才給你寫信，我只是工作太忙了。做一名助理女教師還眞是辛苦。我眞盼望和你在一起，我們可以在海邊一起暢快的聊天，建造城堡。我最近學習非常刻苦，因爲我想配得上喬納森的學識，而且我也刻苦的練習了速記文字。等我們結婚了，我就可以幫上喬納森的忙，如果我能很好的用速記法記錄，我可以這樣記下他說的話，然後再用打字機爲他打出來，我也在很刻苦的練習打字。

他和我有時會用速記文字寫信，而且他也用它來記自己出國的日記。當我和你在一起的時候，我也應該用這種方法來記日記。我指的不是那種流水賬式的日記，而是那種我隨時想寫就寫的日記。

我不指望別人覺得它有趣，它也不是爲這些人記的。我可能某天會把它拿給喬納森看，如果裡面有值得分享的東西的話，但它其實就是個練習本。我會學著像那些女記者一樣，採訪，然後描述，試著記住那些談話。聽說，如果稍加練習，一個人可以記住一天中發生的所有事情或是聽到的所有東西。

無論如何，我們會見面的。等我們見了面，我會告訴你我的小計畫。我剛剛收到喬納森從特蘭西法尼亞寄過來的信，只有匆匆的幾句話。他一切都好，大概一週後回來。我渴望聽到他的一切消息，到一個陌生的國度去一定非常有趣。我不知道我們是否，我指喬納森和我，能夠一起出國旅行。10點的鈴聲響了，再見。

愛你的米娜

等你回信的時候，告訴我你的情況。很長一段時間都沒有你的消息了。我聽到了一些傳言，是有關一位幽默的、高大、英俊、一頭卷髮的男士。

露西．韋斯頓拉給米娜．穆雷的信

切特漢姆大街17號

我最親愛的米娜：

我必須說你發給我的傳眞，實在太不公平了，你可眞是個不愛寫信的人。自從我們分別後，我給你寫過兩次信，而你的上一封信才是你的第二封。另外，我這兒沒什麼可告訴你的。眞沒有什麼事情可以引起你的興趣。

湯姆最近很開心，我們經常一起去美術館，在公園裡散步和騎馬。至於那個高大的卷髮男人，我想是上一次在伊頓公學的聯誼辯論俱樂部裡同我在一起的那個人。顯然有些人又在編故事了。

那是郝姆伍德先生，他經常來看我。他和媽媽相處得非常好，有很多共同話題。

前些日子，我們遇到一個特別適合你的人，要不是你已經和喬納森訂婚的話。他是個好人，英俊，富裕，出身高貴。他是一名醫生，並且非常聰明。想像一下！他只有20歲，自己擁有一所大規模的精神病院。郝姆伍德先生把他介紹給我，他來見過我們，現在經常來了。我認爲他是我見過的最堅定的人，也是最冷靜的人。他非常沈著，我能想像他對病人的控制該有多好。他有一個奇怪的習慣，就是直勾勾的看著別人的臉，好像要讀懂別人的想法。他經常這樣看著我，但是，我自以爲他遇到了難題。我通過自己的鏡子知道的。

你曾經嘗試過讀自己的臉嗎？我試過，而且我可以告訴你這裡面有點學問，如果你試一下就知道，你會遇到比想像中多得多的難題。

他說我爲他提供了一個有趣的心理學研究難題，我也這麼覺得。你也知道，我對緊跟時尚潮流的裙子沒什麼太大的興趣，裙子很無聊。這也是個俚語，不過沒關係，亞瑟天天都這麼說。

這就是所有的事情了，米娜。自從我們小的時候，就相互告訴對方自己所有的祕密。我們一起睡覺、一起吃飯、一起哭、一起笑，現在，雖然我已經說過了，但是我還是想再說一遍。噢，米娜，你能猜到嗎？我愛他，我給他寫信時會臉紅，雖然我知道他愛我，但是他還從來沒說出來過。但是，米娜，我愛他，我愛他！

我希望我是和你在一起，親愛的，脫掉衣服坐在火爐旁，就像我們之前那樣，然後我會告訴你我的感覺。我不知道該怎麼把這個寫出來，即使是給你。我應該停下來，或者我應該撕掉這封信，但是我不想停下來，因爲我是這麼的想把一切都告訴你。讓我快點看到你的回信，告訴我你對這件事情的想法。米娜，爲了我的幸福祈禱吧。

露西

星期三

另外，我得告訴你這是個祕密。晚安。

露西．韋斯頓拉給米娜．穆雷的信

5月24日

我最親愛的米娜：

謝謝你，謝謝你，再次謝謝你可愛的信！能告訴你並且得到你的同情眞好。親愛的，不雨則已，一雨傾盆。古老的諺語是多麼的正確啊。我9月份就要滿20歲了，今天之前從來沒有人向我求過婚，一次都沒有，但是今天，我有了三個。想像一下！一天之內有三個人向我求婚！這不是很糟嗎？我非常抱歉，對其中兩個可憐的人。噢，米娜，我是如此的高興，以至於都不知道做什麼好了。三個求婚！但是，看在老天爺的份上，不要告訴別的女孩，否則她們就會有各種過分的想法，想像自己要是沒有在第一天就至少得到六個求婚，那就是被傷害和輕視了。有些女孩就是這麼愛慕虛榮！你和我，親愛的米娜，我們都訂婚了，並且馬上就會安定下來成爲已婚的女人，會鄙視虛榮的。好，我一定會告訴你那三次求婚，但是你一定要保密，親愛的，不要告訴任何人，當然，除了喬納森。你會告訴他的，因爲如果我是你，我就一定會告訴亞瑟。一個女人應該把一切都告訴自己的丈夫。親愛的，你不這樣認爲嗎？我一定要公正。男人就像女人一樣，當然是他們的妻子，儘量地做到公正。可是女人，我恐怕，並不像她們應該做的那樣做到永遠公正。

好的，親愛的，第一個求婚是在午餐之前到來的。我跟你提起過他，約翰·西沃德醫生，精神病院的那一個，他有堅毅的下巴和漂亮的額頭。他表面上看起來十分冷靜，其實也一樣會緊張。他顯然已經提醒過自己很多小的細節，並且注意到了它們。但是，他差點坐在了自己的絲綢禮帽上，這不是男人們在鎮定的時候會做出來的，然後他爲了顯出自己很冷靜，一直擺弄著一把手術刀，這讓我差點尖叫起來。米娜，他非常直接的對我說，我對他有多寶貴，雖然他對我不甚了解；還有，如果有我幫助他，逗他開心，他的生活會變成什麼樣。他本來準備對我說如果我不在乎他，他會多不開心，但當他看見我哭了，他說自己眞是一個畜牲，不會再增加我現有的麻煩了。接著他停了一下，又問我以後能否愛上他。當時我搖了頭，他的手開始顫抖，猶豫了一下之後，問我是否已經有了別人。他說得很婉轉，說他並不是想打探我的祕密，只是想知道，因爲如果一個女人不是心有所屬，那麼他就還有希望。然後，米娜，我感到自己有責任告訴他我已經愛上了別人。我只告訴了他那麼多，然後他站起來，看起來堅強而莊重。他將我的雙手捧起說道，他希望我幸福，如果我什麼時候需要朋友的話，他會是最好的一個。

噢，米娜，我忍不住要哭，你得原諒我把這封信弄濕了。被求婚是件很開心的事情，但是不開心的是，你不得不看著一個你知道他忠誠地愛著你的人心碎的走掉，並且知道，無論他當時說什麼，你已經從他的生活中離開了。親愛的，我現在必須停下來，我太傷心了，雖然我是那麼高興。

晚安。

亞瑟剛剛走，我現在比上次停下來時精神好多了，所以我繼續跟你講我的這一天。

好吧，親愛的，第二個是在午餐之後。他是一個好人，從德克薩斯來的美國人，他看起來如此年輕和有生氣，讓人想像不到他到過那麼多地方，有過那麼多冒險經歷。我同情可憐的黛絲德蒙娜聽了那麼多的甜言蜜語，即使是從一個黑人口中說出來的。我猜我們女人就是這樣的膽小鬼，我們覺得一個男人會把我們從恐懼中救起，所以我們嫁給了他。現在我知道，如果我是個男人，我怎樣才能使一個女孩愛上我。不，我不知道，因爲莫里斯先生告訴了我們關於他的故事，亞瑟從來沒說過，可仍然……

親愛的，我可能有點過於急切了。昆西・P・莫里斯先生發現我單獨一個人。好像男人總能找到一個獨身的女孩。不，他沒有，因爲亞瑟兩次都想插進來，我也盡力幫了他，所以現在我沒有什麼可羞愧的。我必須先告訴你，莫里斯先生並不總是說俚語，也就是說，他從來不在陌生人面前說，因爲他眞的受過良好的教育，並且舉止優雅。但是，他發現，我聽見他說美國俚語會高興，所以每當我在場，並且不會有其他人被嚇到的情況下，他就會說這些好笑的東西。親愛的，我想這恐怕是他造出來的，因爲眞的和他所說的很符合。但這就是俚語的特點。我不知道自己應不應該說俚語。我不知道亞瑟會不會喜歡，因爲至今還從沒聽他說過。

莫里斯先生坐在我旁邊，看起來興高采烈，但是我能看出來他同時也很緊張。他握著我的手，深情地說：「露西小姐，我知道我還不足以讓你主動地跟我走，但是我想，當你等到這個人出現的時候，已是滿頭白髮了。那麼爲什麼不嫁給我，讓我們攜手同行？」

他看起來脾氣很好，也很高興。所以拒絕他要比拒絕可憐的西沃德醫生容易多了。我盡可能淡然地說，我不太想結婚，而且對獨處還沒有失去興趣。然後，他說他自己在說這些時太輕率了，他希望如果他在做這件莊重的事情上犯了什麼錯誤，我能原諒他。他在說這些的時候，看起來確實很嚴肅。因此我不能抑制住自己的狂喜，這是一天中的第二個。然後，親愛的，在我說話之前，他開始以暴風疾雨的方式向我求愛，向我袒露心聲。他看起來是那麼誠懇，我再也不會認爲，一個男人應該總是幽默而不應該誠懇，因爲他總是很高興。我猜他從我臉上看到了阻止他的東西，因爲他突然停住了，然後用充滿男子氣概的感情，對我說了下面的話，如果我是單身就一定會愛上他，他說：

「露西，你是個誠實的姑娘，我知道。如果我不相信在你內心深處是光明磊落的話，我就不會像現在這樣對你說話了。告訴我，像一個誠實的人對另一個誠實的人那樣，你是不是愛著別人？如果是的話，我就再也不會打擾你了。但是，如果你願意的話，我會做一個你忠誠的朋友。」

我親愛的米娜，爲什麼男人是這樣高尚，而我們女人相對於他們，又是多麼的不值得一提？我在這裡幾乎戲弄了這位心胸寬大的、眞正的紳士。我又忍不住哭了，親愛的，恐怕你會覺得這封信無論從哪方面來說，都是一封含著淚的信，我眞的很傷心。

爲什麼不能讓一個女孩同時嫁給三個男人，或者所有喜歡她的人，以避免這些不幸呢？但是這太荒謬了，我不能這麼說。讓我高興的是，雖然我在哭，但我仍然注視著莫里斯先生勇敢的雙眼，直接的告訴他：

「是的，我確實有愛的人了，雖然他甚至還沒告訴我，他愛我。」

我對他這麼坦率是正確的，因爲他的臉又變得高興起來，伸出雙手握住我的手，不過我覺得是我把手放在他的手裡，他衷心地說：

「這才是我勇敢的女孩。因爲來得太遲而沒有得到你，要比及時的追求到世界上的其他任何女孩都要值得。不要哭，我親愛的姑娘。如果這是因爲我，我可是塊硬骨頭，我能挺得住，如果是因爲那個傢伙沒有意識到自己的幸運，那他最好早點醒悟過來，否則，就讓他過來嘗嘗我的厲害。小女孩，你的誠實和勇氣把我變成了你的朋友，這比情人更珍貴，無論如何，愛情是自私的。親愛的，我在去往天國的路上要獨行了，你不吻我一下嗎？它可以幫助我抵擋黑暗。你可以，你知道，如果你想的話，因爲那個傢伙還沒張口。」

這征服了我，米娜，因爲他勇敢而貼心，也很高尚，對他的對手，不是嗎？他那麼誠懇，於是我湊近他，吻了他。

他握著我的雙手站起來，低頭注視著我的臉，我恐怕自己臉紅得厲害，他說道：「小女孩，我拉過你的手，你吻過我，如果這些還不能讓我們成爲朋友，那沒有什麼可以了。謝謝你對我的美好的眞誠，再見。」他握緊我的手，拿起自己的帽子，頭也不回的徑直地走出房間，沒有眼淚，沒有顫抖，沒有停頓，我像一個嬰兒一樣大哭起來。

噢，爲什麼一個這樣的男人會被弄得如此傷心，當周圍有許多女孩仰慕他時？我知道，如果我沒有愛上別人，一定也會仰慕他的，當然我已經愛上了別人，我親愛的，這讓我心煩意亂，再告訴你這些後，我覺得自己現在寫不出我的快樂，等到我心情好些之前，我還不想告訴你第三個。永遠愛你的——露西。

另外——哦，關於第三個，我不需要告訴你第三個了，需要嗎？另外，一切都很混亂。從他進到房間到他兩臂環抱著我，並且親吻我只用了幾分鐘的時間。我非常非常地高興，我不知道我做了什麼能得到這個。我只能在以後用努力來證明，自己不是不感謝上帝恩賜給我這樣一個情人，丈夫，和朋友。

再見。

西沃德醫生的日記（用留聲機記錄）

5月25日

今天沒有一點胃口，吃不下去，也睡不著，所以我開始記日記。自從昨天我被拒絕以後，我有一種空虛的感覺。好像世界上已經沒有什麼事情值得去做了。因為我知道，唯一的治療方法就是工作，所以我開始把注意力放在病人身上。我挑選了一個值得好好研究一下的病人。他太離奇了，我決定盡我所能去明白他的問題所在。今天我似乎比原來任何一天都要更接近問題的答案。

我比原來更為全面的問了他問題，儘量讓自己成為他幻覺的掌控者。現在，我覺得自己這樣做有點殘忍。我好像要把他保持在瘋狂的狀態上，可這是我在對待其他病人時，像躲避地獄的入口一樣要避免的（備忘：在什麼樣的情況下，我會不躲避地獄呢？）。

即使是地獄也有它的價值！如果在他的本性後面隱藏著什麼東西的話，在他身後準確的追蹤是值得的，所以我最好開始這樣做，於是……

R．M．倫費爾德，59歲。多血質，力大無比，病態的敏感，意氣消沈，我不能解決他頭腦中的問題。我推測多血質本身和一些干擾因素造成了現在的結果，一個潛在的危險的人，因為喪失自我而危險。對於自私的人，謹慎，無論是對敵人還是對自己都是一身安全的盔甲。我對這個問題的看法是，如果問題出在私慾上，應該用離心力來平衡向心力。當問題出在義務、動機等方面時，離心力最強，只有一系列的突發事件才能來平衡它。

昆西．P．莫里斯給漢．亞瑟．郝姆伍德的信

5月25日

親愛的亞瑟：

我們曾在大草原的營火會上講述奇遇；在嘗試登陸馬奎薩斯後互相包紮傷口；在提提卡卡的海岸上爲健康乾杯。還有更多的奇遇要講，更多的傷口要治療，再一次的爲健康乾杯。爲什麼你不讓它們在我明晚的營火會上發生呢？我沒有猶豫就叫你了，因爲我知道那位小姐正在忙著準備一個宴會，而你是空閒的。還有另一個人，我們在韓國的老朋友約翰．西沃德，他也會來。我們兩個人都想淚灑酒杯，然後衷心的爲這個世界上最幸福的人的健康乾杯，他剛剛贏得了上帝創造出來的，最高貴的和最值得贏得的心。我們保證眞心歡迎你，親切的問候你，和衷心的爲你的健康乾杯。我們兩個發誓，如果你喝得太多，一定會留你過夜的。來吧！

你永遠的昆西．P．莫里斯

亞瑟．郝姆伍德給昆西．P．莫里斯的電報

5月26日

每次都算我一個。我帶來了讓你們兩個激動的消息。

亞瑟

米娜・穆雷的日記

7月24日惠特白

露西在車站接了我，她比以往任何時候都要甜美和可愛。我們開車前往新月街的房子，在那裡他們有房間。這是個可愛的地方。埃斯科河在深深的峽谷中流淌，當接近海港時變得很寬闊。河上橫跨著一座高架橋，橋腳很高，在上面看到的視野不知為什麼好像比實際上的要遠。綠色的峽谷非常美麗，也非常陡峭。當你站在兩岸的高地上時，你只能看到對岸，除非走得足夠近才能看到下面。這座古鎮的房子在我們遠處，都是紅色的房頂，看起來像是一個疊著一個，就像我們看到過的紐倫堡的圖片。

在小鎮的那一邊，是被丹麥人毀壞的惠特白大教堂的廢墟，也是《瑪密恩》中的一個場景，一個女孩被砌進了牆裡。這是個最為崇高的廢墟，規模龐大，充滿美麗和浪漫的戲劇片斷。傳說在其中的一扇窗戶裡，曾出現過一位白皮膚的女子。在這座教堂和小鎮之間是另一座教堂，處在教區裡，周圍是一片大墓地，滿是墓石。在我心中，這裡是惠特白最好的地方，因為它剛好在鎮外，可以看到海港的全景，和海灣上的叫做凱特爾尼斯的岬角延伸入海。海港那裡非常陡峭，一部分海岸已經塌掉了，一些墳墓被毀。

在一處，墳墓的一部分磚石延伸至沙石路上。教堂墓地裡有過道，路旁有椅子。人們來到這裡，一整天都坐在椅子上，吹著微風觀賞美麗的風景。

我應該經常自己過來，坐在這裡工作。實際上，我現在正在記日記，本子放在膝蓋上，聽著我旁邊的三個老人談話。他們好像一整天什麼都不幹，只是坐著聊天。

海港就在我下面，在遠處，一面長長的花崗岩牆壁延伸進入海裡，末端有一個突出的弧度，中間有一個燈塔。海堤在它外面延伸。在近處的一面，海堤向相反的方向彎曲，末端也有一個燈塔。在兩個海堤之間，有一個通向海港的狹小的入口，它接著就寬了好多。

漲潮的時候很好，但是退潮的時候，水就變得很淺了。僅僅有埃斯科河流淌在沙岸之間，到處是石頭。這邊在海港之外，有一塊暗礁，大約半英里高，從南面的燈塔後面直接伸出來。在它的末端是一個帶鈴的浮標，它會在惡劣的天氣裡擺動，向風中發出悲哀的聲音。

他們有一個傳說：當一艘船迷失了的時候，海中的鈴聲就會響起。我得問問老人這件事。他從那邊過來了……

他是一位有趣的老人。他一定非常老了，因為他臉上的瘤很多，扭曲得像樹皮一樣。他告訴我，他將近一百歲了，當滑鐵盧的戰爭打響時，他是格陵蘭捕魚船隊的一名水手。恐怕他是一位持懷疑論的人。因為，當我向他問起那個鈴和大教堂的女人時，他非常粗暴的說：「我不想浪費時間談論這些東西，小姐。這些東西都老掉牙了。注意，我不是說它們從來沒有過，而是說它們不在我的時代。它們適合於那些來訪者和遊客，但不適合像你這樣善良的年輕女士。那些從約克和利茲來的步行者，吃著鯡魚，喝著茶，出去買一些便宜貨，他們什麼都相信。我不知道，誰會費事把這些謊話告訴他們，甚至是報紙，也全是愚蠢的話題。」

我覺得，從他那裡可以得知許多有趣的東西，所以我問他是否介意跟我說說舊時捕鯨的事情。他剛要開始說，6點的鐘聲敲響了，他費力地站起來，說道：「現在我必須回家了，小姐。茶水已經準備好了，我的孫女可不想一直等我，因為講這些東西要花很長時間，但是小姐，我還真是餓了。」

他蹣跚的走了，我能看見他盡可能快地下了台階。台階是這裡一個顯著的特點。它們從小鎮一直延伸到教堂，有數百個，我不知道數目，以優美的弧線上升著。坡度很緩，就連馬也可以輕鬆的上下。我覺得它們原來一定和大教堂有點什麼關係。我也該回家了。露西出去了，和她的媽媽一起出門拜訪某個人，因為她們只是例行拜訪，所以我沒有去。

8月1日

我和露西幾個小時之前來到這兒，我們和我的老朋友——上次在這遇到的那位老人，還有另外兩個經常和他在一起的人，有了一次最為有趣的談話。他顯然是他們中的獨斷者，我覺得他一定是個最獨斷的人。

他不承認任何事情，給每個人臉色看。如果他辯論不過別人，就恐嚇他們，然後等著他們同意他的觀點。

露西穿著這身白色的細麻布衣服看起來漂亮極了。自從到了這裡之後，她的氣色就一直很好。

我注意到，老人們在我們身邊坐下時，不會在趕來坐在她身邊這件事上耽誤一點時間。她對老人們太好了，我想他們在這裡都已經愛上了她。即使是我的老朋友也屈服了，他們沒有反駁她，這讓我感到加倍的高興。我把他引到了傳說的話題上，可他卻立即偏題到了說教上。我一定要試著記住他的話，並寫在這裡。

「這些都是瘋話，鎖，股票，和木桶，它們什麼都不是，就是瘋話。這些禁忌是一陣風，是幽靈，是酒吧裡的客人，是讓人害怕的東西；它們就是為了哄騙那些愚蠢的女人的。它們就是氣泡。它們是不祥的徵兆，是警告，都是被牧師編造出來的，用來讓人們去做一些他們不想做的事情。我一想起它們就生氣。為什麼它們不滿足於被報紙印出來，在牧師佈道時被講出來，還想被刻在墓碑上？看看你周圍吧。這些墓碑驕傲的立著，可是僅僅因為墓碑上寫的這些謊言而喪失了價值，所有的墓碑上都寫著『這裡躺著某某』或是『某某的紀念碑』，然而幾乎一半以上的墳墓裡都沒有人，對他們的紀念也還不如一撮鼻煙，一點都不神聖。都是謊言，各色各樣的謊言！到了世界末日的那一天，他們都會穿著壽衣來，拖著他們的墓碑來證明他們曾經是多麼的好。」

我能通過這個老夥計臉上的自我滿足的神情，和他看著朋友們以獲得贊許的方式，看出他是在「炫耀」，因此，我說了句話以讓他繼續下去：「哦，斯韋爾斯先生，你不是說真的吧，這些墓碑肯定不會都是錯的吧？」

「哼！可能只有少得可憐的沒有錯，那些墓碑的主人是非常好的人。所有的事情都是謊言。現在看看你，你是個陌生人，不會了解的。」

我點了點頭，我覺得最好表示贊同，雖然我聽不太懂他的方言。我知道這一切和教堂有些關係。

他用肘臂輕推了一下自己的同伴，他們都笑了起來。「他們怎麼能不是呢？看看那個，讀讀它！」

我走過去開始讀：「愛得華．斯本西拉夫，船長，在安德烈海岸被海盜殺死，一八五四年4月，30歲。」當我回來後，斯韋爾斯先生繼續說道：

「不知道是誰把他帶回了家，葬在這裡。在安德烈海岸被謀殺?!你覺得他的屍體會在這下面嗎？我可以說出一打兒的人，他們的屍骨在格陵蘭的海上，」他向北邊指著，「或是風把他們吹走了。這周圍有墓碑。你可以用你那雙年輕的眼睛看一看，從這兒讀讀那些小字的謊言。這個是布雷斯懷特．露爾利，我認識他的父親，20歲時在格陵蘭的萊弗利失蹤，還有安德魯．伍德豪斯，一七七七年在同一片海裡淹死，還有約翰．帕克斯頓，一年後在菲爾韋爾海角淹死，還有老約翰．羅靈斯，他的祖父和我一起出過海，50歲時在芬蘭的海灣淹死。你覺得這些人會在號角吹響時趕來惠特白嗎？我表示嚴重的懷疑。我告訴你，當他們到達這裡時，他們會你爭我奪，就像舊時在冰上的戰鬥，而我們會從白天到黑夜，互相包紮傷口。」這顯然是當地的笑話，因為當他講時，他的夥伴們全都興致勃勃地加入。

「但是，」我說，「你肯定不對，因為假如在世界末日那一天，所有這些可憐的人，或者是他們的靈魂，會帶著他們的墓碑來。你覺得這有必要嗎？」

「好，那他們的墓碑還有什麼用？回答我，小姐！」

「讓他們的親人高興，我猜。」

「讓他們的親人高興，你猜！」他輕蔑的說。「它怎麼才能讓他們的親人高興得起來，當他們知道上面寫著謊言，而且這裡所有的人都知道那些是謊言？」

他指著我們腳邊的一塊石頭，那塊石頭已經被當作鋪路石了，椅子被安在上面，靠近懸崖的邊緣。「讀讀這石頭上的謊言。」他說。

從我的角度看，這些字母都是反著的，但是露西正好對著它們，所以她彎下腰讀起來：「喬治・凱南的紀念碑，他在一八七三年7月29日抱著對光榮復興的希望而死，從凱特爾尼斯的石頭上跌落。這塊墓碑是由他悲痛的母親為她摯愛的兒子樹立的。『他是這位母親唯一的兒子，而她是位寡婦。』真的，斯韋爾斯先生，我沒覺得這有什麼好笑的。」她莊重的，甚至是有點嚴肅的發表了自己的見解。

「你不覺得好笑？哈哈！那是因為你不知道這位悲痛的母親是一個潑婦，她恨她的兒子，他也恨她，所以他選擇了自殺，這樣，他的母親就得不到保險費。他用一把驅趕烏鴉的舊式步槍把自己的腦袋削掉了。這槍沒趕走烏鴉，而是給他引來了牛虻。這就是他從石頭上摔下來的方式。至於對光榮復興所抱的希望，我經常聽他說他希望自己下地獄，因為他的母親太虔誠了，肯定會上天堂的，而他不想在她待的地方變腐爛。至少現在這座墓碑，」他一邊說著一邊用小棍敲著它，「還不是一堆寫著謊言的東西嗎？喬治用這塊墓碑作為勝利來平衡他的憂鬱，還用它來作為證明，這會讓加布里奧高興嗎？」

我不知道說什麼好了，露西轉移了話題，她邊說、邊站起身來：「哦，你幹嗎把這些告訴我們？這是我最喜歡的座位，我不想離開它，可現在我發現自己必須坐在自殺者的墳墓上面。」

「這沒什麼關係的，我親愛的，可憐的喬治會很高興有這麼一位漂亮的姑娘坐在自己的懷抱裡。不會有什麼關係。我坐在這兒快20年了，也沒對我怎麼樣。如果你不介意自己的腳下有謊言的話，他們就不會在那兒！過一段時間你就會覺得這些墓碑都不見了，變得光禿禿的了。鐘聲敲響了，我必須走了。隨時為您效勞，女士們！」他蹣跚著離開了。

露西和我坐了片刻，我們眼前的景色非常美麗，我們手拉手坐著，她又跟我講了亞瑟和他們將要來臨的婚禮。這讓我有點悶悶不樂，因為我已經整整一個月沒有喬納森的消息了。

同一天

我自己來到這裡，因為我很傷心。沒有我的信。我希望喬納森不是出什麼事了。剛剛敲響了9點的鐘聲。我看見燈光照遍了全鎮，有時照在成排的街道上，有時照在孤寂的小路上。它們沿著埃斯科河向前消失在峽谷的曲線裡，我左側的視線，被教堂旁邊的一所老房子的屋頂擋住了。綿羊和小羊羔在我身後的土地上「咩咩」的叫著，下面的路上響起了驢子的蹄聲。堤上的樂隊正在演奏刺耳的華爾茲，堤岸遠處救世軍正在後街會面。兩支樂隊互相聽不到對方，可是我在這兒兩邊都聽得到。不知道喬納森現在在哪兒，他是否在想著我？我真希望他會在這裡。

西沃德醫生的日記

6月5日

我越深入地了解侖費爾德，對他的研究就變得越有趣。他有一些特質得到了很大的發展，自私，保密，還有目的。

我希望可以達到目的。他好像已經有確定的計畫，但是是什麼，我不知道。他贖罪的特質是對動物的愛，但是，實際上，他的癖好如此之奇怪，讓我有時覺得他只是殘忍得有點不正常了。他的寵物都是奇怪的種類。

現在他的愛好是捕捉蒼蠅。他現在已經有相當數量的蒼蠅了，我不得不勸導他。讓我吃驚的是，他沒有生氣，像我預想的那樣，而是僅僅以嚴肅的態度對待這個問題。他思考了片刻，然後說道：「能給我三天的時間吧？我把牠們清理乾淨。」當然，我說可以。我得監視著他。

6月8日

現在他的蜘蛛像他的蒼蠅一樣成了麻煩事，今天我告訴他，他必須處理掉這些東西。

他看起來對此十分傷心，於是，我說無論如何，至少處理掉一部分。他高興的同意了，我給他和原來一樣的時間來做這件事。

我和他在一起時，他讓我感到十分噁心，因為當一隻討厭的綠頭大蒼蠅飽食了腐爛的食物，嗡嗡叫著飛進房間時，他捉住了牠，興高采烈的把牠捏在拇指和食指之間一會兒，在我還不知道他接下來會做什麼的時候，他就把牠放在嘴裡吃掉了。

我為這個斥責他，可是他冷靜地辯解說，蒼蠅非常好，有益健康；牠是生命，強健的生命，也給他以生命。他給了我一個想法，基本的想法。我必須看看他怎麼處理掉他的蜘蛛。

他的腦子顯然有嚴重的問題，因為他有一個小本子，總是在裡面記一些東西。整頁整頁都是一堆堆的數字，大體上就是把單獨的數字組成組，然後把所有的數字再加起來，就好像在做報表，向審計員做的那樣。

7月8日

治療他的精神病有一個方法，我腦中已經有了一個初步的想法。它很快就會完整了，到了那個時候，無意識的大腦活動，你可得把好路子讓給你有意識的兄弟了。

我遠離了這個夥計好幾天，這樣我就可以注意到有沒有什麼變化。一切都還像原來那樣，他遠離了自己的一些寵物，又找到了一個新的。

他捉到了一隻麻雀，並且愛憐的馴養了牠。他馴養的方法很簡單，因為蜘蛛已經減少了。那些留下來的，被餵得很飽，因為他仍然在用自己的食物引誘蒼蠅進來。

7月19日

我們在向前邁進。我的朋友現在已經有一整群的麻雀了，他的蒼蠅和蜘蛛幾乎已經被消滅了。當我來時，他跑向我，說他想讓我幫他個大忙，一個非常非常大的忙，他說這話的時候，就像一隻狗一樣討好我。

我問他是什麼，他說道，聲音和動作中帶著狂喜：「一隻小貓，一隻漂亮的，小小的，健康的，愛玩的小貓，這樣我可以和牠一起玩，教牠，餵牠，餵牠，再餵牠！」

我對這個要求毫無準備，我已經注意到他的寵物體型越來越大，越來越活潑，但是沒有意識到他那一群可愛的麻雀，會像蒼蠅和蜘蛛那樣消失的。我說我會找找看的，還問他是不是只願意要小貓，不要大貓。

他激動的反悔了：「對，對，我要大貓！我只要求小貓是怕你會拒絕給我大貓。沒有人會拒絕給我一隻小貓的，會嗎？」

我搖了搖頭，說目前我恐怕還不可能給你弄來，不過我會給你找找看。他的臉沈下來，我從上面看出了一個表示危險的警告，因為他突然凶惡的斜瞟了我一眼，預示著殺害。這個人是一個還沒有發展成型的殺人狂。我應該根據他最近的要求測試他一下，看看會得到什麼樣的結果，這樣我就可以知道更多了。

晚上10點

我又去看他，發現他坐在一個角落裡仔細盤算著。當我進來時，他立刻跪在我面前，求我給他一隻貓，說他就靠這隻貓來救他了。

我很堅決地告訴他不可以，於是他一聲不響的走了，坐在之前的那個角落裡，咬著手指頭。我應該明天一大早來看看他。

7月20日

我很早就去看倫費爾德了，在值班員巡視之前。我看見他已經起來了，哼著小調。他正在往窗戶裡撒他省下的糖，顯然又是要開始捉蒼蠅了，並且是非常愉快的。

我在四周找他的小鳥，沒看見牠們，我問他牠們在哪兒。他頭也沒回，回答說都飛走了。房子裡有一些羽毛，他的枕頭上還有一滴血。我什麼也沒說，走時告訴看門人，如果今天他有什麼異常，就馬上報告我。

上午11點

值班員剛才來告訴我說倫費爾德變得非常虛弱，還嘔吐出來一大堆羽毛。「我的想法是，醫生，」他說，「他吃掉了自己的那些鳥，而且還是活生生地吞下的！」

晚上11點

我給倫費爾德注射了一劑強力麻醉劑，足夠使他入睡的了，然後拿走了他的小本子看。最近縈繞在我的大腦中的那個想法已經成熟了，並且得到了證實。

我的這個殺人狂是個罕見的種類，我應該為他發明一種新的分類法，稱他為食肉狂（以活物為食）。他想做的是吸取盡可能多的生命，並且顯示出要用累積的方法來做這件事。他用很多蒼蠅來餵蜘蛛，再用很多蜘蛛來餵鳥，然後想用一隻貓來吃這些鳥。那麼他下一步會做什麼呢？

完成這項試驗是很值得的。只需要有一個強烈的動機就能完成。人們嘲笑活體解剖，然而看看他現在的成果！為什麼不在科學的最困難和最重要的方面——腦科學上，有所發展呢？

如果我知曉了這個頭腦的祕密，如果我掌握了這個精神病人狂想的答案，我就能夠發展我自己的科學分支，而伯登·桑德森的生理學和費利爾的腦科學，與之相比則會一錢不值。只要有一個強烈的動機！我不能想太多，否則就會被誘惑了。一個強烈的動機可能會對我起決定作用——我為什麼不可能也天生擁有一個不尋常的大腦呢？

這個人是多麼的具有說服力啊。精神病人總是盡力做他們的事情。不知道他把一個人等同於多少條生命，或者只是一條。他已經很準確的結清了賬目，今天開始了新的記錄。我們有多少人能在我們生命的每一天，開始一個新的記錄呢？

對於我來說，昨天，我的整個生命彷彿就隨著我的新希望一起結束了，我確實開始了一項新的記錄——直到偉大的記錄員計算出我的總數，結出了我的總帳，並且列出我的所得和所失。

哦，露西，露西，我不能對你生氣，也不能對我的朋友生氣，因為他的幸福就是你的幸福，我只能等待無望和工作了。工作！工作！

如果我能夠有一個強烈的動機——像我的可憐的瘋掉的朋友一樣，一個好的、無私的動機來讓我工作，那就是真正的幸福了。

米娜．穆雷的日記

7月26日

我很焦慮，在這裡抒發自己，對我來說是一種安慰。這就像是對自己竊竊私語，同時傾聽一樣。並且速記文字的符號也有一些東西，讓它顯得不同於一般的書寫。我因為露西和喬納森感到不高興。我有一段時間沒收到喬納森的信了，非常擔心，但是昨天，一向和藹的、親愛的豪金斯先生給我帶來了他的一封信。我之前寫過信，問他有沒有收到，他說剛剛收到函內附件。這封信僅僅是從德古拉城堡發來的一行字，說他這就準備回家。這不像喬納森。我不明白這是為什麼，這讓我感到很不安。

然後，還有露西，雖然她很好，可是，最近又開始犯夢遊的老毛病了。她的母親已經跟我說過這個了，我們決定每晚都把我們房間的門鎖起來。

韋斯頓拉夫人認為，夢遊者總是在屋頂上或是沿著懸崖邊行走，接著突然醒來跌落下去，絕望的哭喊聲響徹雲霄。

可憐的人，她自然很擔心露西，而且她告訴我她的丈夫，就是露西的父親也有同樣的習慣。他會在晚上起來，穿好衣服出門，如果不被別人制止的話。

露西在秋天就要結婚了，而且她已經開始準備自己的婚紗和怎樣佈置自己的房間。我與她有同樣的感受，因為我也要做同樣的事情。只不過，我和喬納森會很簡單的開始我們的生活，並且會爭取一起升入天堂。

郝姆伍德先生，就是漢．亞瑟．郝姆伍德，他是高達爾明勳爵唯一的兒子，最近要來這裡，盡可能的快，因為他的父親情況不太好，我覺得親愛的露西正在數著他到達這裡的日子哩！

她想把他帶到懸崖墓地的椅子那裡，讓他看看惠特白美麗的風景。我敢說是等待讓她變成了這樣，等他來了，她就會好了。

7月27日

還是沒有喬納森的消息，我開始非常擔心他了，雖然不知道為什麼我應該擔心，但是我真的希望他能寫信過來，即使是短短的一行。

露西比往常夢遊的次數更多了，每晚我都會被她在屋子裡走動的聲音吵醒。幸好天氣很熱，她不至於著涼。但是，不安和不斷地被吵醒開始警告我，我越來越緊張並且睡不著覺了。謝天謝地，露西的健康狀況越來越好了。郝姆伍德先生突然說要晚點來看他病重的父親。露西對推遲見面的時間感到很苦惱，不過這沒有影響到她的氣色。她對小事不怎麼在乎，她的臉頰還是泛著像玫瑰一樣的粉色，不像原來她貧血時的臉色了，我祈禱這會一直保持下去。

8月3日

又一週過去了，仍然沒有喬納森的消息，即使是從豪金斯先生那裡。天啊，我真希望他不是病了。他是應該寫信過來的。我看著他最後的一封信，可是不知為什麼，它不能讓我滿足。這話讀起來不像他的，然而卻是他的字體，這不會有問題。

上一星期，露西在夢中沒有起來太多次，但是她有一個奇怪的問題我不明白，即使是在睡覺的時候，她好像也在看著我。她試了試門，發現鎖住了，然後滿屋子找鑰匙。

8月6日

又是三天過去了，沒有任何消息。這個懸念越變越可怕了。要是我知道該把信寄到哪兒或是知道去哪兒，我也會覺得好受一點。可是自從最後一封信寄來，就沒人得到過喬納森的一點消息了。我只能懇請上帝給我一點耐心了。

露西比往常要興奮，可是情況不太好。昨晚非常恐怖，漁夫說我們這兒就要有風暴來了。我必須仔細觀察，看看有沒有天氣的信號。

今天天氣非常陰沈，就在我寫日記的時候，太陽藏在凱特爾尼斯上空厚厚的雲層後面。所有的東西都是灰色的，除了青草，它們好似灰色石頭之間的綠寶石。灰色的雲彩像是被從縫隙中射出的陽光著了色，高高地飄在灰色的海上，沙灘延伸到海裡，像是灰色的影子。海水咆哮著在淺灘上翻滾，被飄向陸地的海霧所包裹。海平面在霧氣裡消失了。烏雲堆疊的如巨石，海上的浪濤聲聽起來就像死亡在靠近。海灘上到處都是黑影，有時被霧覆蓋，看起來就像是人穿過樹叢一樣。漁船爭相往回趕，船衝進海港，被繫上繩索時在浪裡起起伏伏。斯韋爾斯先生來了。他徑直著朝我走過來，從他摘帽的姿勢中，我能看出他想和我談談。

我對這個可憐的老人的變化感動了。當他坐在我旁邊的時候，他非常有禮貌的說道：

「我想跟你講一些話，小姐。」

我能看出他不是很自在，所以我把他皺巴巴的手放在我的手裡，讓他慢慢說。

於是他說道：「親愛的，恐怕幾週前我告訴你的那些關於死人等等的奇怪的事情，一定把你嚇壞了，但是我不是故意的，我想讓你記住，在我走的時候。我們這些人不喜歡去想那些事，我們也不想感覺到它們的存在，這就是為什麼我輕視它們，這樣我就可以讓自己高興一點。但是，上帝是愛你的，小姐。我不怕死，一點也不怕，但是我不想死，如果我還能堅持的話。我的時間不多了，因為我很老，而且一百年對於任何人來說都太長了。我離死亡很近，已經開始等死了。你看，我不能擺脫談論死亡的習慣。不久，死亡天使就會為我吹響號角了。但是請你不要悲哀，親愛的！」——因為他看見我正在哭泣——「如果它今晚就來，我不會拒絕回答它的召喚的。因為，畢竟生命就是在等待一些東西，而不是我們正在做的事情，死亡就是我們所能夠依靠的。我很滿足，因為它正在接近我，親愛的，非常快的接近我。它也許會在我們注視和驚訝的時候到來；也許，它會隨著那陣帶來損失和失事的海風而來，還有悲慘的海難，和傷透的心。看！看！」他突然叫起來，「那陣風的聲音裡有種什麼東西，看一看，聞一聞，它聞起來像是死亡。它就在空氣中。我感覺到它來了。上帝，當對我的召喚響起時，讓我愉快的應答吧！」他虔誠地舉起雙臂和帽子。他的嘴動著，好像在祈禱。經過了一陣沈默，他站起來，和我握了手，並且向我表示了祝福，說完再見，就蹣跚著離開了。這讓我非常感動，也讓我非常傷心。

當我看見海岸警衛員臂下夾著小型望遠鏡來到時，我非常高興。他停下來和我講話，就像他一直做的那樣，但是，眼睛一直在看著一艘奇怪的船。

「我真搞不懂它，」他說，「它是一艘俄國的船，從它的外型來看。但是它正在以一種奇怪的方式到處遊蕩。一點也猜不透它的心思。它好像發現了風暴，但是不能決定到底是去北邊，還是停在這裡。你再看那兒！這船開得太奇怪了，船艙裡的船員每刮一陣風就改變一次方向。明天這個時候之前，我們會聽到更多關於它的消息。」

剪自8月8日的《每日一刊》

（黏貼在米娜．穆雷的日記裡）

來自一位惠特白的通訊員

這裡剛剛經歷了歷史上最大的和最突然的一次風暴，造成了奇異的景象。天氣一直有點悶熱，但是，這對於八月份來說，一點都不奇怪。週六傍晚時分像往常一樣平靜，大量的度假者昨天出行遊覽姆爾格雷夫森林、羅賓漢灣、李戈米爾、倫斯韋克、斯戴西斯，和惠特白周圍的各種景區。愛瑪號和斯卡波拉號輪船沿著海岸線航行，從惠特白出發、到達惠特白的船隻平常都是非常的多。這一天直到下午都異常地平靜，直到一些經常出沒於東崖的教堂墓地，並從那裡居高臨下的觀察海水向北方和東方流去的饒舌者，叫大家注意西北方向的天空中突然出現的海市蜃樓。然後風就從西南方向吹來，風速極慢，用氣壓術語來說，就是「2級，微風」。

值班的海上警衛員立即報告，一位半個世紀以來都在東崖上觀察氣象變化的老漁夫用肯定的語氣預告說，會有突然的風暴來臨。落日非常美麗，色彩奪目的雲朵異常漂亮，許多人沿著懸崖在教堂的墓地裡觀賞美景。在太陽落山之前，它陡峭的穿過黑色的凱特爾尼斯西邊的天空，它的下方，圍繞著擁有各種夕陽色彩和光澤的雲朵，紫色、粉色、綠色、紫羅蘭色，和每一種金色，到處都有一團團不大但純粹的黑色，形狀各異，巨大的輪廓被完美的勾勒出來。畫家們沒有喪失機會，無疑一些「大風暴的序幕」的速寫，將會裝點明年五月的英國皇家藝術院的牆壁。

不少船長下令將他們的「大鵝卵石」或是「騾子」——他們這樣稱呼不同級別的船隻——留在海港直到風暴過去。大風在傍晚完全平息了，午夜時，天氣可怕的平靜、悶熱，後來雷聲的強度讓很多天性敏感的人都難以承受。

海上的燈光很少，即使是那些通常離海岸很近航行的輪船，也遠離了海岸，並且看不到太多漁船。唯一看得見的是一艘外國的雙桅縱帆船，所有的帆都張開著，看起來正朝西航行。它的船長的蠻幹和無知，成為了人們熱烈討論的話題，同時發信號示意他減少帆以應對危險。在夜晚之前，它的帆微微的擺動著，船慢慢地在起伏的海浪裡左右搖擺。

「像一艘畫中的船，悠閒的漂在海上。」

就在晚上10點之前，空氣中的寂靜越變越壓抑，以至於陸地上一隻羊咩咩的叫聲和鎮上的一聲狗吠都能聽得清清楚楚，堤上的樂隊演奏著生動的法國曲調，在大自然的寧靜中顯得極不和諧。午夜過後，海上傳來一個奇怪的聲音，上空的氣流帶來了一陣古怪的、微弱的、沈悶的轟隆聲。

沒有任何徵兆，暴風雨來了。它迅猛得令人難以置信，甚至是過後都難以理解，整個世界都被震撼了。海浪憤怒的高漲著，一浪高過一浪，在短短的幾分鐘內，剛才還波平如鏡的海水頓時變成了一個咆哮著張開血盆大口的怪物。白浪瘋狂的沖刷著沙灘，擊打著崖壁。還有一些浪花越過海堤，用泡沫橫掃豎立在惠特白海港大堤兩端的燈塔的燈室。

大風像雷一樣咆哮著，力量之大，就連強壯的男人都難以站穩腳跟或是抱緊鐵柱。讓大量的旁觀者撤離整個大堤非常有必要，否則那晚的死亡人數一定會大量增加。加重了當時的困難和危險的，是一團團飄向陸地的海霧。白色的、潮濕的雲霧，以可怕的方式掃蕩著，如此的潮濕寒冷，就像在海上迷失的靈魂們用他們已經死去的潮濕黏膩的手，正在去接觸他們仍然活著的同伴，人們在掠過的海風中瑟瑟發抖。

霧氣漸漸散去，這時能夠在閃電的光芒下看見遠處的海面，閃電來得又快又多，緊跟著是一陣轟隆隆的雷鳴聲，頭頂的整片天空彷彿都在風暴腳步的震撼下顫抖。

這樣被描寫的場面十分的壯觀和有趣。大海，漲到像山那麼高，它向天空中投擲的每一片浪花都帶著大量的白色泡沫，風暴彷彿抓住這些泡沫扔向空中。到處是撐著破帆的漁船，在下一陣大風來臨之前，瘋狂的四處找著避難所。風暴的白色翅膀時不時地搖晃著海鳥。在東崖的頂端，一個新的探照燈被安裝好，準備用於實驗，但還從未被使用過。負責它的官員讓它運轉起來，在風停歇期間，它的燈光連同海霧一起漂浮在海面上。它的作用發揮了一兩次，當一艘漁船衝進海港時，在燈光的指引下，成功的躲避了危險。每當一艘船駛進海港獲得安全後，岸上的人群中就會爆發出一陣歡呼聲，這聲音彷彿一瞬間能夠劈風斬浪，另一瞬間又被大風給帶走了。

不久以後，探照燈發現遠處有一艘雙桅縱帆船，張開所有的帆，顯然和晚間早些時候注意到的那艘是同一艘船。這時風已轉向東邊，崖上的觀看者顫抖著，他們意識到這艘船現在處於極度的危險之中。

在它和海港之間，是一塊巨大的平坦的暗礁，許多好船都已經在上面遭殃了，再加上現在這種風速，它不太可能找到海港的入口。

快到浪潮的最高峰了，但是浪還是那麼大，甚至在海槽中都能看見岸上的淺灘。那艘雙桅船，撐開全部的帆，以全速向前衝著，就像一句俏皮話說的那樣，「她必須得找個地方停下來，這可不是在地獄。」

然後又是一陣海霧，比以往任何時候都要強烈。一大團潮濕的霧氣彷彿像一塊灰幕一樣籠罩在所有的東西上，只給人們留下聽覺，去聽那風暴的咆哮聲，那轟隆隆的雷鳴，還有淹沒一切的巨浪的轟鳴。探照燈的射線鎖定在穿過東邊海堤的海港入口上。在那裡，人們期待著震驚的事件，屏住呼吸等待著。

風突然轉向東北方向，殘留的海霧融化在風中。然後，那艘雙桅船張著所有的帆，在大堤之間，在浪與浪之間跳躍，急速向前衝，安全的駛入了海港。探照燈跟隨著它，所有看見它的人都打了個冷戰，因為舵柄旁邊是一具死屍，低垂著頭，隨著船可怕的來回擺動。甲板上的其他東西一點也看不見。

所有人都驚呆了，他們意識到這艘船奇蹟般的找到了海港，並且是無人掌舵——除非是被一個死人的手來掌舵！無論如何，一切都發生得如此突然，根本沒時間把所有這些都記錄下來。雙桅船沒有停靠，穿過海港，停在了被無數的浪潮和風暴沖刷至大堤東南角的沙灘上，沙灘延伸至東崖，大堤被當地人叫作泰得山大堤。

當船停在沙堆上時還有相當程度的撞擊，每一根桅桿、繩索和支索都被拉緊了，一部分頂錘跌得粉碎。然而，最奇怪的是，就在船接觸海岸的那一刻，一隻大狗從下面跳上甲板，好像被撞擊給嚇壞了，牠一直向前跑，從船首跳到了沙灘上。

牠徑直跑向陡峭的懸崖。在那裡，教堂墓地在通往東大堤的小路上懸著，一些傾斜的墓碑實際上已經伸出了支撐它的懸崖，牠在黑暗中消失了，這黑暗在探照燈的反襯下，顯得更加明顯。

這一切發生時，沒有人在泰得山大堤上，因為那些家在附近的人要麼已經睡了，要麼出來站在了高處。因此，在海港的東邊值班的海岸警衛員立即跑向大堤，成為了第一個爬上船的人。負責探照燈的工作人員在看到海港的入口處沒有任何東西後，將燈轉向那艘船並固定下來。海岸警衛員跑向船尾，當他來到船輪邊上，彎下腰檢查時，突然向後退縮了一下，好像受到了什麼刺激。這似乎引起了大家的好奇心，很多人都跑了過去。

這條從西崖通過德洛大橋，到泰得山大堤的路是很好的路。你們的通訊員是個很優秀的跑步選手，因而跑在了人群的前面。等我到時，我看見已經有很多人聚集在大堤上了，海岸警衛員和警察不允許他們上船。由於租船老闆的好意，我被允許登上了甲板，成為看到那個撞到輪子上死掉的水手的一小群人中的一個。

也難怪那個海岸警衛員會吃驚，甚至是害怕，因為這樣的場面不經常能看見。那個人被自己的手繫在了輪子的輻條上，一隻手繫著另一隻。在裡面的那隻手和木頭之間是一個十字架，十字架的那串珠子纏繞著手腕和輪子，兩者都被繩索繫得緊緊的。這個可憐的人可能曾經是坐著的，但是拍打的帆絞進了輪子的舵裡，把他來回的拖拽著，因此，繫著他的繩子已經勒入到他的骨頭裡了。

事情的情況被詳細的記錄下來，東伊里亞特醫院的33歲的J・F・卡芬醫生，在我之後立即趕到現場，在作了檢查之後，宣布此人起碼已經死了兩天了。

他的口袋裡有一個瓶子，用軟木塞塞著，裡面有一張小紙條，後來被證實是航海日誌的遺補。

海岸警衛員說，這個人一定是自己把手綁起來的，用牙齒打了個結。海岸警衛員是第一個上船的人——這一事實後來避免了一些糾紛，在海事法庭上，因為海岸警衛隊無法索取海難救助酬金，而這是第一名登上失事船的公民的權利。然而，律師喋喋不休，一名年輕的法學學生大聲地宣稱貨主的權利已經完全喪失，他的財產被非法持有，已經違反了永久管業權的法律，因為舵柄，如果不是證據，也是委託的財產的象徵，掌握在了一個死人的手裡。

不用說，那個死去的舵手已經從他至死堅守的崗位上被移走了，放在了停屍房等待驗屍，他堅定的信仰像年輕的卡薩汴卡一樣高尚。

這突來的風暴已經過去，力度正在減弱。人群四散開來，約克郡荒原的上空開始變紅。我會及時向您報導，有關這艘無主船在風暴中奇蹟般駛入海港的更多信息。

8月9日

昨晚，有關這艘在風暴中神奇靠岸的無主船的後續部分，幾乎要比這件事本身還要駭人。人們查出這艘雙桅船是從瓦爾納起航的俄國船，叫做迪米特。它裡面幾乎全是裝滿細沙的壓艙物，只有一小部分是貨物，一些裝滿泥土的大木箱。

這些貨物被委託給一名惠特白當地的律師，S．F．比靈頓先生，在新月街7號，他今天早晨登上船，正式接管了這些委託給他的貨物。

俄國領事也根據租船契約，正式接管了這艘船，並支付了所有的入港費。

今天，除了這個偶然的巧合以外，什麼也沒討論。貿易委員會的官員非常高興地看到，每一項要求都根據現有的規章制度被滿足了。因為這件事會是一個「曇花一現」的事件，他們顯然已經確定，不會再有引起其它不滿的原因了。

因為那隻狗的存在，一些人因此而感到害怕，唯恐牠本身會變成一個危險所在，因為牠顯然是一隻凶狠的畜牲。今天早上，一隻大狗——屬於泰得山大堤附近的一位煤炭商人的雜交馬斯蒂夫犬——被發現在牠主人院子對面的路上死去。牠搏鬥過，顯然牠的對手非常凶殘，因為牠的喉嚨被撕掉了，肚子似乎被一隻鋒利的爪子剖開。

之後

因為貿易委員會的檢查員的好意，我被允許查看了迪米特號的航海日誌，它在三天內被保管得很好，但是上面沒有記著什麼特別的東西，除了有關海員失蹤的事實。然而，最有趣的事是關於瓶子裡的紙條，今天它在審訊中被展示。

因為沒有隱藏的必要，我被允許使用它們，於是相應的給讀者們看一個副本，只是刪去了船員和貨物經管員的一些技術上的細節。船長在出海以前，似乎得了一種狂躁症，並且，這個病在整個航程中持續不斷的發展。當然，我的敘述的真實性還有待證實，我只是根據俄國領事的一名祕書的口述，而寫下來這些東西的，他非常慷慨，在很短的時間內為我翻譯了出來。

「迪米特號」航海日誌瓦爾納到惠特白

寫於7月18日，事情發生的這樣奇怪，所以我從今以後得準確地將它記錄下來，直到航程結束。

7月6日

我們裝完了貨物，是細沙和成箱的泥土。中午開船，東風，空氣新鮮。全體船員：五名水手……兩名大副，廚師，還有我（船長）。

7月11日

清晨進入博斯普魯斯海峽。土耳其海關官員上船。一切正常。下午4點啟航。

7月12日

穿過達達尼爾海峽。來了更多的海關官員，還有警衛分艦隊的旗艦。官員的檢查很全面，也很迅速，想讓我們快點走。黃昏進入愛琴海。

7月13日

經過馬特班角。船員對什麼事情感到不滿。看起來嚇壞了，但是不願意說出來。

7月14日

有一點擔心船員了。人員很穩定，都是以前和我出過海的人。大副搞不清楚到底出了什麼事。他們只告訴他有一些東西，然後在胸前劃十字。大副對其中一個人生了氣，還打了他。一會兒又激烈的爭吵，但是一切又恢復了平靜。

7月16日

大副報告，早晨，其中一名船員佩特羅夫斯基失蹤了。不能不考慮這件事了。他昨晚在左舷值班了4小時，然後被愛姆拉莫夫替換下來，但是也沒回到鋪位。大家更加垂頭喪氣。所有人都說有什麼預感，但是除了說船上有些什麼東西以外，就什麼也不肯說了。大副對他們很不耐煩，擔心以後會惹麻煩。

7月17日

也就是昨天，一名船員奧格蘭來到我的船艙，恐懼地向我吐露，他覺得有個神祕的人在船上。他說他看到那人藏在了甲板室後面，在發生一場暴風雨時，他看見一個瘦高的男人，不像是任何一名船員，從升降口的扶梯上來，沿著甲板向前走，然後消失了。他謹慎地跟在後面，但是到了船頭沒看見任何人，所有的艙口也都是關著的。他非常恐慌，我恐怕這個恐慌會蔓延開來。為了消除它，我準備今天把整艘船，從船頭到船尾都仔細檢查一遍。

這天的晚些時候，我將全體船員集中，告訴他們，因為他們顯然覺得船上有某個人，我們就把整艘船都檢查一遍。大副生氣了，說這是個愚蠢的念頭，向這個愚蠢的念頭投降就會挫敗士氣，他保證會用棍棒來避免他們遇到麻煩。我讓他操縱舵柄，其他人開始全面搜查，所有人提著燈保持並排前進。我們沒留下任何一個死角。除了大木箱，就沒有什麼可疑的角落能藏人了。搜查結束後，大家都鬆了口氣，高興得回去工作了。大副繃著臉，但是什麼也沒說。

7月22日

過去的三天，天氣都很糟糕，所有人都忙著工作，沒時間害怕了。人們好像已經忘記了自己的恐懼。大副又高興起來，誇獎大家在惡劣天氣裡認真工作。穿越了直布羅陀海峽，一切正常。

7月24日

這艘船好像有什麼惡運，已經少了一個人了，進入比斯開灣的時候天氣惡劣，昨晚又一名船員失蹤了。像上一個一樣，他結束了值班，就再也沒看見他了。所有人都恐慌起來，要求兩個人一起值班，因為他們害怕單獨一個人。大副生氣了。擔心會出麻煩，因為他懷疑船員可能做出一些過激行為。

7月28日

四天都像在地獄裡一樣，被捲進了一個大旋渦，還有風暴。沒有人睡覺。大家都筋疲力盡。不知道該怎麼安排值班，因為沒有適合的人。二副自告奮勇要掌舵和值班，好讓大家有幾個小時來睡覺。風減弱了，雖然海面依然凶險，但是感覺好多了，因為船平穩了一些。

7月29日

又是一個悲劇。今晚讓人單獨值班了，因為船員太疲勞，受不了兩個人。當早上的值班時間到的時候，甲板上除了舵手又少了一個人。他大喊了一聲，所有人都到了甲板上。全面搜查，但是沒找到一個人。現在沒了二副，所有人都慌了。大副和我同意從今以後武裝起來，看看是什麼原因。

7月30日

昨夜，很高興我們快到英格蘭了。天氣很好，張開了所有的帆。筋疲力盡，酣暢的入睡。大副叫醒我說是值班員和舵手都失蹤了。只剩下我和大副可以駕駛船了。

8月1日

大霧持續了兩天，一艘船也看不見。希望在英吉利海峽能打信號求助或者停在什麼地方。沒有能源撐帆了，必須在大風來臨之前快跑。船帆不能再低了，因為可能會升不起來。我們好像被趕到了一個可怕的命運裡。大副現在比任何一個船員都要沮喪。他堅強的性格好像在和自己對抗。人們不再害怕了，頑強和耐心的工作著，已經作好面對更加糟糕的局面的準備。他們是俄國人，他是羅馬尼亞人。

8月2日

午夜，剛睡了幾分鐘就聽見一聲喊叫，好像在我的船艙外面。在霧裡什麼也看不見。衝上甲板，跑到大副那裡。他告訴我聽見了喊聲和跑步聲，但是沒看見值班的人。又一個人沒了。上帝，救救我們吧！大副說我們一定是在經過多弗海峽，剛才霧散的一刻，他看到了北岬，就在他聽見那名船員叫的時候。如果是這樣的話，我們現在就在北海，只有上帝能在霧中指引我們了，霧好像一直伴隨著我們，可是上帝卻似乎已經拋棄了我們。

8月3日

午夜，我去接替舵手的班，當我到了那兒，卻沒看到人。風很平穩，我們沒有偏航。我不敢離開那裡，所以我叫大副過來。過了幾秒鐘，他穿著他的法蘭絨衣服衝上甲板，看上去眼睛直勾勾的，還很憔悴，事件發生的原因已經寫在他的臉上了。他靠近我，用嘶啞的嗓音說道：「他在這兒。現在我知道了。昨天晚上值班的時候，我看見他了。像一個人一樣，又高又瘦，像鬼一樣蒼白。他站在船頭，向外望著。我悄悄跟在他後面，用小刀刺向他，當小刀在他身體裡穿過時，就像穿過空氣一樣。」一邊說、一邊把小刀猛地捅在空氣裡。

然後他接著說道：「但是他在那裡，我會找到他的。他在貨艙裡，可能就在其中一個箱子裡。我會把它們一個一個的拆開看，你來開船。」他臉上是警告的表情，手指放在嘴唇上，下去了。突然刮來一陣變動頻繁的風，我不能離開船舵。我又看見他走上甲板，手裡拿著工具箱和燈，從前面的升降口下去了。他已經瘋了，又頑固，說胡話，我阻止不了他。他不會毀壞那些箱子，這些貨物的發票上寫的是黏土，所以把它們撬開也沒有關係。我待在這兒掌舵，同時記下日誌。我只能相信上帝，並且等待這些霧散去。然後，如果我在風中不能把船開到海港，我就把帆收起來，停船，發信號等待救援……

現在快結束了。我聽見他在貨艙裡有動靜，正當我希望大副能冷靜地出來，並且把事情辦好時，升降口突然傳來一聲驚叫，這讓我的血液幾乎停止流動。大副跑上甲板，好像被槍射中了似的，狂躁不安，眼睛轉動著，臉因為恐懼而痙攣。「救救我！救救我！」他大叫著，看著四周的霧。他的恐懼轉變成絕望，他一字一句地對我說：「你最好跟我走，船長，否則就來不及了。他就在那兒！現在我知道那個祕密了。大海會幫我逃離他，這是唯一的出路！」我還沒來得及說上一句話，或者走上前抓住他，他就跳上舷牆，縱身跳入大海。我想我現在也知道祕密了。就是這個瘋子把我的船員一個一個的趕走了，現在他自己也隨他們去了。上帝救救我吧！等我到了海港，怎麼對這些事情做出解釋呢？等我到了海港！這還有可能嗎？

8月4日

仍然有霧，夕陽的光芒也穿不透，之所以知道此時落日是因為我是一名水手，否則我也不會知道的。我不敢走下甲板，也不敢離開船舵，所以一晚上我都留在這裡，在夜晚的黑暗中我看到了，是他！上帝啊，原諒我吧，大副跳下海是對的。我像一個男人一樣死去更好。

像水手一樣死在藍色的海水裡，沒有人會反對的。但是我是船長，我決不能離開我的船。我要與這位敵人，這個魔鬼對抗，當我快沒力氣時，我要把我的手繫在輪子上，然後我還要繫上他不敢碰的東西。無論是順風還是逆風，我都可以保存我的靈魂，還有我作為船長的榮譽。我越來越虛弱了，夜晚慢慢降臨。如果他會再出現，我也許已經沒有時間反抗了……如果船失事了，也許這個瓶子會被發現，發現它的人會明白的……如果沒有，那麼所有人都會知道我已經對自己的信仰保持忠誠了。上帝，聖母瑪麗亞，還有聖徒，幫幫我這個盡力履行職責的、可憐的、無知的靈魂吧……

當然裁決是公開的，沒有證據可以證明，是否是船長自己殺的人，也無從知曉。這裡的民眾普遍認為船長是一位英雄，要為他舉行一個公開的葬禮。已經安排用火車或者船載著他的屍體到埃斯科河上游，然後再帶回泰得山大堤，抬上教堂的台階，因為要把他葬在懸崖上的教堂墓地裡。超過一百名船主已經登記出席葬禮，希望伴隨他直到墓地安息。

那隻大狗還沒有任何消息，小鎮的氣氛莊嚴凝重。根據目前公眾的態度，我相信船長已被小鎮所接納。明天我們會看到葬禮，並結束這次「海洋神祕事件」。

米娜．穆雷的日記

8月8日

露西一夜都沒有休息，我也是，睡不著覺。風暴很嚇人，它在煙囪管中發出巨大的轟鳴聲，讓我禁不住發抖。當風嗖嗖地吹過時，就好像是遠處的槍響。很奇怪，露西沒有醒過來，但是她起來了兩次，穿好了衣服。幸好，我兩次都及時地醒了，為她脫下衣服，扶她上床，但沒有叫醒她。這事很奇怪，我指這個夢遊，因為一旦她的願望被某個物理的力量所阻止，她的意圖──如果她有的話，就消失了，她幾乎完全屈從於自己的生活習慣了。

早晨，我們兩個都起來下到海港，看看昨晚有沒有發生什麼事情。周圍幾乎沒人，雖然陽光很燦爛，空氣潔淨而新鮮，但是可怕的浪看起來本身是黑色的，而它們頂端的泡沫像雪花一樣，它們把自己推進海港的入口，像一個野蠻的人穿過人群。不知為什麼，我感到有點高興。還好，喬納森昨天晚上沒有在海上，而是在陸地上。但是，天啊，他到底是在陸地上、還是在海上呢？他在哪裡？情況怎樣？我越來越擔心他了。只要我知道該怎麼做，讓我做什麼都行！

8月10日

那位可憐的船長的葬禮是今天最感人的事情。好像每一隻船都在場，盛著船長屍體的棺材從泰得山大堤一路被抬上了教堂墓地。露西和我一起來了，早早地坐在我們的老位置上，等待著葬禮的船隊順著河向上遊行駛到高架橋，又下來。我們的視野很好，幾乎看到了隊列行進的全程。這個可憐的人葬在了我們座位旁邊。我們站著，目睹了全部過程。

可憐的露西看起來心煩意亂。她每時每刻都坐臥不寧，我不得不認為是她昨天晚上的夢告訴了她一些什麼。在一件事情上她表現得很奇怪。她承認她的不安是有原因的，或者如果有的話，她自己都不知道是什麼。

還有一個原因，可憐的斯韋爾斯先生，今天早上被發現在我們的座位上去世了，他的脖子受傷了。據醫生所說，他顯然因為某種恐懼而從座位上摔了下來，因為他臉上有一種驚駭的表情，人們說這表情讓他們不寒而慄。可憐的老人！

露西是那麼的溫柔和敏感，她能比別人更敏銳地察覺到影響。剛才她為一個我都沒察覺到的小東西而心煩，雖然我自己是非常喜愛動物的。

有一個來看船的人，他的狗總是跟著他。他們都非常安靜，因為我從來沒見過那個人生氣，也沒見過他的狗叫。可是這次他和我們一起坐在椅子上，他的狗拒絕和牠的主人在一起，而是站在幾碼之外，狂吠著。牠的主人先是輕柔的喊牠，聲音漸漸變得嚴厲，最後生起氣來。

但是牠還是既不肯過來，也不肯停止製造噪音。牠看起來很憤怒，眼睛露出凶殘的光，毛髮直立著，就像一隻貓在戰鬥前豎起自己的尾巴一樣。

最後這個人也生氣了，跳起來踢了狗，抓住狗的項背，半拖半拽地把牠弄到了固定著椅子的墓碑上。就在這可憐的小東西接觸到墓碑的一霎那，牠開始顫抖。牠沒有試著離開，而是蜷縮著，顫抖著，處於一種讓人可憐的恐懼狀態，我試著安撫牠，可是沒有用。

露西也充滿憐憫，但是她沒有去摸那隻狗，而是痛苦的看著牠。我強烈的感覺到她的性格過於敏感，恐怕以後很難舒服的生活。我確定今天晚上她肯定會夢到這個的。這所有的事情，一艘船被一個死人開到港口裡，死人的儀態，他的手被繫在輪子上，還有十字架和念珠，感人的葬禮，這隻時而憤怒時而恐懼的狗，都給她的夢境提供了素材。我想最好讓她在上床之前筋疲力盡，所以我把她帶出去沿著懸崖走了很長一段路，一直到了羅賓漢灣再返回。這樣，今晚她應該不會再夢遊了。

米娜・穆雷的日記

同一天，晚上11點

唉，但是我很累了！如果不是把日記當成了一項任務，我今晚就不會打開它了。我們有了一次愉快的散步經歷。露西高興起來了，我想是因為在燈塔旁邊的一塊土地上，一群可愛的奶牛湊過來聞我們，讓我們喪失了理智。我覺得我們忘記了一切，當然除了個人的恐懼以外，它好像為我們掃清了暗灰色，又給了我們一個新的開始。我們在羅賓漢灣的一個老式的小酒館裡要了一杯上好的「濃茶」，酒館裡突出的窗戶正對著海岸上被海草覆蓋的岩石。我相信我們的食慾一定讓「新女性」們吃驚。男人們更寬容，祝福他們！我們走回家時停下來休息了很多次，心裡充滿對野牛出沒的恐懼。

露西真的是累了，我們打算盡快爬上床。然而，年輕的牧師進來了，韋斯頓拉夫人要他留下來吃晚飯。我和露西都在反對。我知道這對於我來說是艱苦的戰鬥，但我很英勇。我在想，某一天主教們應該集合在一起商量一下發展一批新的牧師，他們不吃晚飯，無論被怎樣強烈的勸說。而且，他們知道女孩們什麼時候累了。

露西睡著了，輕輕地呼吸著。她比往常氣色更好啦，看起來特別漂亮。如果郝姆伍德先生僅僅是在客廳見到她就愛上她了，不知道如果他在這裡見到她會說些什麼。一些「新女性」作家某一天會突發其想，認為男人和女人應該在求婚和接受之前，被允許看看對方睡覺的樣子。但是我猜「新女性」將來不會屈尊接受的。她會親自求婚，然後把它做得很成功！這樣做可以得到安慰。我今天晚上特別高興，因為親愛的露西看起來好多了。我相信她已經渡過了難關，我們都擺脫了噩夢的困擾。我會更高興，只要我知道喬納森……上帝保佑他。

8月11日

又來寫日記了。現在睡不著，所以還是寫日記好了。我激動得睡不著。我們有了這樣一次冒險，一次讓人苦惱的經歷。我一合上日記就睡著了……突然我醒了，坐起來，被一種恐懼感所籠罩，還有空虛感。屋子裡很黑，所以我看不見露西的床。我走過去摸她，發現床上沒人。我點燃火柴，發現她不在屋子裡，門是關著的，但並沒有鎖上，因為我沒有鎖。我不敢叫醒她的母親，因為她最近病得很重，所以我匆忙地披上衣服準備出去找她。當我正要出門時，突然想起來她身上穿的衣服，也許可以給我一些她夢中意圖的線索。穿著晨衣的話，就是在房子裡；穿著裙子的話，就是要出去。晨衣和裙子都在原處。「謝天謝地，」我對自己說，「她不會走遠的，因為她只穿著睡衣。」

我跑下樓梯在客廳裡尋找。不在那兒！然後我又在房子裡的其它房間裡找，從未有過的恐懼感襲上心頭。我來到大廳發現門是開的。門開得並不大，但是門鈎沒有鈎上。房子裡的人每晚總是很小心的關好門，所以我怕露西一定是出去了。已經沒時間去想會發生什麼事了，一種莫名的強烈恐懼感把一切都籠罩起來。

我拿起一條大披肩跑了出去。當我站在新月街上時，剛剛敲響了午夜1點的鐘聲，街上一個人也沒有。我沿著北特雷斯魯一直跑，但是沒有看到我希望看到的白色身影。在大堤西崖的邊緣上，我穿過海港望向東崖，不知道到底是希望、還是害怕，我看見露西坐在我們最喜歡的椅子上。

天上是一輪明亮的滿月，還有厚厚的黑色雲彩，當它們移動時在地上投下了一幅飛逝的光和影的畫面。我一時什麼也看不清，因為雲的影子遮住了聖瑪麗教堂和周圍的一切。隨著雲的移動，教堂的廢墟進入了我的視野，隨著一道像劍一樣的亮光的移動，教堂和墓地逐漸清晰起來。無論我的預期是什麼，那兒沒有讓人失望，因為在那裡，在我們最喜歡的椅子上，銀色的月光照在了一個半躺的人影上，雪白雪白的。雲來得太快了，我還沒有看清，雲就立即把光亮遮住了；但是，我好像看見白色人影閃光的座位後面，站著一個黑色的東西，伏在上面。那是什麼，人，還是野獸？我說不清楚。

我迫不及待的再看一眼，然後飛奔到大堤陡峭的台階上，穿過魚市到了大橋，這是到東崖那頭的唯一一條路。整個鎮子都好像死了一樣，因為我沒看見一個人。我很高興這樣，因為我不想讓任何人看見可憐的露西的情況。時間和距離都好像是沒有盡頭的，當我費力爬上大教堂的台階時，我的膝蓋顫抖著，吃力地喘著氣。我應該跑得更快，可是我的腿像灌了鉛似的，我的身體裡的每一個關節都好像生了鏽。

當我快要到達頂端時，我能看見那個座位和那個白色人影，因為我現在與他們的距離，近到足夠讓我辨認出來。那裡無疑有一個什麼東西，又長又黑，伏在半躺著的白色人影上。我驚叫：「露西！露西！」那東西抬起了頭，從我站的地方能看見他白色的臉，和一雙紅色的發光的眼睛。

露西沒有回答，於是我繼續跑到教堂墓地的入口處。當我進來時，教堂擋住了我的視線，我一時竟然看不見她了。當我又能看清時，雲彩已經飄過去了，月光明亮的照著，我看見露西半躺著，頭靠在椅子的靠背上。她一個人在那裡，周圍沒有任何生物的痕跡。

當我彎下腰看她時，發現她還在睡著。她的嘴唇分開了，呼吸不像平常那些輕柔，而是喘著長長的、沈重的氣息，好像努力讓每一次呼吸都把肺裝滿空氣似的。當我靠近時，她在睡夢中舉起手把她的睡衣領子拉近自己，好像感到了寒冷。我將披肩蓋在她身上，在她的脖子上繫緊，像這樣裸露著身體，晚上是會著涼的。我不敢立刻叫醒她，於是為了讓自己騰出手扶她，我在披肩上別了一枚別針。但是，由於驚慌而變得笨手笨腳，我可能掐到了她或是扎到了她，因為過了不久，當她的呼吸又變得沈靜下來時，她又把手放在喉嚨上呻吟起來。當我把她小心的裹起來以後，我把我的鞋套在她的腳上，開始輕輕地把她叫醒。

一開始她沒有回應，但是她的睡眠逐漸變得越來越不安，時而呻吟，時而嘆息。最後，因為時間過得很快，還因為其它很多原因，我想立刻帶她回家，於是我使勁地搖她，直到她最後睜開眼睛醒來。她看到我時，並沒有感到吃驚。當然，因為她還沒有立刻意識到自己在哪裡。

露西總是很優雅的醒過來，即使是在這樣的時刻，即使她的身體一定被凍壞了，即使一定會被在夜晚的教堂墓地裡，裸露著身體醒來這一情景給嚇住了，她也沒有失掉自己的優雅。她微微的顫抖了一下，貼近我。當我告訴她馬上和我回家時，她就一聲不響的站起來，像一個孩子一樣聽話。就在我們走著的時候，碎石把我的腳弄疼了，露西注意到了我的畏縮。她停下來，堅持要我穿上我自己的鞋，但是我沒有。當我們到了教堂墓地外面的路上時，那裡有風暴留下來的水坑，我在腳上塗滿了泥巴，用一隻腳在另一隻腳上抹。這樣，當我們回家時，如果在路上遇到什麼人，我也不會被發現是光著腳的。

運氣使然，我們在回家的路上沒有碰到一個人。有一次我們看見一個男人，好像不是很清醒，在我們面前走過。不過我們藏在一扇門後直到他走遠。我的心一直狂跳著，甚至有時我覺得自己快要暈倒了。

我對露西充滿了焦慮，不光是為她的健康，因為怕她穿得太少而著涼，還為她的聲譽，因為人們會以訛傳訛。我們進了屋，洗乾淨了我們的腳，一起做了感謝的禱告，我就把她裹在了被窩裡。在睡之前她要我，甚至是懇求我，不要把這件事告訴任何人——即使是她的母親——關於這次夢遊的經歷。

我一開始猶豫了一下，沒有許諾，但是考慮到她母親的健康狀況，還有知道這樣的事會怎樣使她煩惱，還想到這個故事可能會被怎樣的歪曲，不，是一定會——如果它被泄漏出去的話。所以我認為這樣做是明智的。我希望自己做對了。我鎖上了門，把鑰匙繫在了自己的手腕上，這樣也許我就不會再被打擾了。露西睡得很香，黎明的光，在海的那邊高高的升起……

同一天，中午

一切正常。露西一直睡到我把她叫醒，甚至連身子都沒翻過一下。昨晚的歷險好像沒有傷害到她，相反，還為她帶來了好處，因為她今天早上比這幾個星期以來看起來都要好。我很抱歉，在別上別針時刺傷了她。而且，一定很嚴重，因為她喉嚨上的皮膚被刺破了。我一定是刺到了她的一塊較鬆的皮膚，並且刺穿了。因為有兩個小紅點，像是針眼，而且她睡衣的帶子上有一滴血。當我向她道歉並表示擔心時，她大笑起來還擁抱了我，說她幾乎都沒感覺到。還好，那應該不會留下疤痕，因為它們太小了。

同一天晚上

我們度過了愉快的一天。空氣清新，陽光燦爛，涼風習習。我們把午餐帶到了姆爾格雷夫森林，韋斯頓拉夫人把車開到路邊，我和露西沿著懸崖邊的小路走到大門和她會合。我感到自己有點悲傷，因為我不知道，如果此時喬納森在我身邊的話，我會有多高興。但是現在，我只能耐心一點。晚上我們在別墅庭院裡散步，聽著斯伯爾和麥肯錫演奏的美妙的音樂，之後早早的上床。露西好像比之前一段時間都要容易入睡，很快她就睡著了。我應該鎖上門，確保鑰匙像以前一樣安全，我不希望今晚發生什麼麻煩事。

8月12日

我的預期是錯誤的，因為在晚間我兩次被露西吵醒，她想出去。即使她是睡著的，當發現門是鎖著時，她好像很不耐煩，像抗議一樣又躺回床上。我在清晨醒來，聽見窗外的小鳥嘰嘰喳喳地叫著，露西也醒了，看到她的情況甚至比前一個早上還要好，我感到很高興，她的快樂好像又回來了，她走過來依偎在我身邊，告訴我所有關於亞瑟的事情。我告訴她我有多擔心喬納森，她試著安慰我。她成功了一點點，雖然同情不能改變現狀，卻也使我好受了一點點。

8月13日

又是平靜地一天，我像往常一樣把鑰匙戴在手腕上上了床。晚上我又醒了，看見露西坐在床上，仍然睡著，指著窗戶。我悄悄地起來，拉開窗簾，向外看。窗外月光皎潔，明亮地照在空中和海上，形成了一種柔軟的效果，神話般的、靜謐的交匯在一起，美得難以言傳。在我和月光之間飛著一隻蝙蝠，來來回回地繞著圈子。有一兩次，牠飛得特別近。但是我猜，可能是被我嚇到了，牠飛走了，越過海港飛到了大教堂那裡。當我轉過身來，露西已經再次躺在了床上，安靜的睡著。她一整晚都沒有再起來。

8月14日

在東崖上讀讀寫寫了一整天。露西看起來像我一樣愛上了這個地方，甚至是到了回家吃飯或是喝茶的時候，她也不願意離開這裡。今天下午她說了一句奇怪的話。我們正在回家喝茶的路上，已經走到了西崖上面的台階頂端，停下來看風景，就像我們平常那樣。落日低低的掛在空中，漸漸地下沈到凱特爾尼斯的下面了。紅色的光芒投射在東崖和大教堂上，一切都好像沐浴在玫瑰般的紅光中。我們沈默了一會兒，突然，露西好像在自言自語……

「又是他那雙紅色的眼睛！他們簡直一模一樣。」這是個奇怪的表達，非常不合時宜，卻讓我異常驚訝。我稍微轉了一下身子看露西，以免看起來明顯的是在盯著她，露西處在一種半睡半醒的狀態，臉上的古怪表情我不能明白，所以我什麼也沒說，只是看著她的眼睛。她好像是在看著我們的椅子，有一個黑影獨自坐在上面。我驚呆了，因為有一刻，那個陌生人的眼睛就像是燃燒著的火焰，但是另一刻這個幻覺又消失了。紅色的陽光照在我們椅子後面的聖瑪麗教堂的窗戶上。隨著太陽的下沈，折射和反光都在變化，看起來就好像光在移動。我讓露西注意這個特別的效果，她一開始恢復了原狀，但是看起來很傷心。也許她剛才在回想那可怕的一晚。我們從沒提到過那件事，所以我什麼也沒說，我們就回家吃飯了。露西頭痛，所以很早就上床了。我看見她睡了，就自己出去散了散步。

我沿著懸崖向西走，滿是悲傷，因為我正在想著喬納森。當我回到家裡時，月光是那麼明亮，以至於雖然我們這邊的新月街被陰影覆蓋，我還是能把所有東西看得清清楚楚。我抬頭看了看我們的窗戶，看見露西的頭伸了出來。我打開手絹向她揮手，她沒有注意到，也沒有作出任何動作。就在這時，月光轉了一個角度，照在了窗戶上。顯然，露西的頭靠在一邊的窗框上，閉著眼睛。她睡得很熟，在她旁邊，一隻像鳥一樣的東西停在窗框上。我怕她著涼了，所以我跑上樓，但是當我進入房間時，她正在走回自己的床，昏沈沈的睡過去，呼吸沈重。她用手抓住脖子，彷彿在禦寒。

我沒有叫醒她，而是給她蓋好了被子。我確認了一下，門是鎖好的，窗戶也被安全的關緊了。

她看起來睡得很甜，但是臉比以前要蒼白。但是她的眼底有一種扭曲的、憔悴的神情，我不喜歡。我擔心她是在為一些事情煩惱，希望我可以發現那是什麼。

8月15日

比往常起的晚。露西很疲倦，無精打采的，我被叫醒以後，她還繼續睡著。我們吃早飯的時候，得到一個驚喜。亞瑟的父親身體好多了，希望婚禮快點舉行。露西充滿了平靜的快樂，她的母親很高興，可是立即又難過起來。過了一些時候，她告訴了我原因。露西將不再是她獨有的孩子了，她很悲痛，但是又很高興馬上就會有一個人來保護她了。可憐的夫人！她告訴我，她已經接到自己的病危通知書了，她沒有告訴露西，並要我保守祕密。她的醫生告訴她，最多再有幾個月，她就會死，因為她的心臟越來越虛弱。任何時候，甚至是現在，一個突然的刺激肯定會殺了她。啊，沒有把露西夢遊的那可怕的一晚告訴她，是很明智的。

8月17日

兩天都沒有記日記。我沒有心情寫。某種灰幕像是漸漸籠罩在我們的歡樂之上。喬納森依然沒有消息，露西似乎越來越虛弱，此時，她的母親所剩時日已經不多了。我不能理解露西的憔悴，她吃得很好，睡得也很好，呼吸著新鮮的空氣，可是她臉頰的玫瑰紅每時每刻都在褪色，她一天天變得虛弱而無精打采。晚上我聽見她的喘息，就好像缺少氧氣一樣。

晚上我總是把我們房間的鑰匙戴在手腕上。但是，露西起來以後，總是在房間裡轉悠，坐在打開的窗戶旁邊。昨晚當我醒來時，發現她的身子探出窗外，我試著叫醒她，可是卻叫不醒。

她暈過去了，當她恢復了意識時，就像水一樣虛弱，一邊努力的、痛苦的呼吸著，一邊安靜的哭泣。當我問她是怎麼坐在窗邊時，她搖了搖頭就轉身走了。

我確信她的虛弱不是因為那次不幸的針刺事件。就在她躺下時，我看了看她的喉嚨，那個小小的傷口好像還沒有癒合。它們仍然張開著，甚至比原來還要大，傷口邊緣是微微的白色，中心是紅心的白色小圓點。除非它們在一兩天之內痊癒，否則我一定要讓醫生看看是怎麼回事。

惠特白律師事務所的薩繆爾・F・比靈頓給倫敦佩特森公司的卡特先生的信

8月17日

親愛的先生：

在此附上由北方鐵路公司運送的貨物的發票。貨物將會送至卡爾法克斯，在帕夫里特附近，馬上就會到達國王十字火車站。房子目前是空的，已隨信附上鑰匙，所有的鑰匙都有貼上了標簽。

請保管這些箱子，總數50，放在那所房子半荒廢的樓裡，並在裡面的圖表上標上「A」。您的代理人會很容易就找到地點的，因爲那是宅子的古老的小教堂。貨物會在今晚9點30分隨火車出發，明天下午4點30分到達國王十字火車站。因爲我們的客户希望貨物盡快送到，所以，我們希望你們可以準時在國王十字火車站等候，並立即將貨物送到目的地。爲了避免一些日常的需要對您部門的支付而可能導致的延誤，我們隨信附上10英鎊的支票，如收到請予以告知。如費用少於此數目，您可以退回餘款，如果多於此，我們在接到您的通知後會立即寄去支票補足差額。離開房子時，請將鑰匙留在房子的主大廳内，業主再用備份鑰匙進入房子後，可以在那裡找到它們。

懇請不要認爲我們催您用最快的速度辦事是超越了生意禮節的界限。

願意爲您效勞。

您忠誠的，薩繆爾・F・比靈頓

倫敦佩特森公司的卡特先生給惠特白的比靈頓先生的信

8月21日

親愛的先生：

接奉尊函，並退還一英鎊的支票，是爲餘款，如一併附上的收據所示。貨物已準確地按照指示送到，鑰匙遵照指示被裝在包裹裡放在主大廳內。

敬禮！

卡特
佩特森公司

米娜．穆雷的日記

8月18日

我今天很高興，坐在教堂墓地的椅子上寫日記。露西情況非常好。昨晚她一整夜都睡得很好，一次也沒有吵醒我。玫瑰色的紅潤似乎回到了她的臉頰，雖然她依舊顯得蒼白和病弱。如果她是因為貧血，我可以理解，但她沒有。她情緒高漲，充滿生命活力和愉悅。所有病態的沈默寡言都遠離了她，她剛剛提醒了我那個夜晚，好像我需要提醒似的；還有就是在這裡，在這張椅子上，我發現她睡著了。

她一邊頑皮的用靴子的腳後跟敲打著石板，一邊和我說：「我可憐的小腳當時沒有發出太多響聲！我敢說斯韋爾斯先生告訴過我，這是因為我不想吵醒喬治。」

因為她這麼願意講話，還很俏皮，於是我問她，那個晚上是否做夢了。

在她回答之前，我看見她甜甜的皺起眉頭，亞瑟——我以露西的習慣這麼叫他，曾說他喜歡這個表情，當然，我不奇怪他會喜歡。然後她繼續以一種半睡半醒的狀態說下去，好像在為自己回憶。

「我沒有太多的夢，但是那一切似乎是真實的。我就是想到這個地方來。我不知道為什麼，因為我在害怕一些東西，但是我不知道是什麼。我記得，雖然我猜自己是睡著的，穿過大街，過了橋。一條魚在我經過時跳了起來，然後彎下腰去看牠，我還聽見很多狗在叫。整個鎮子好像所有的狗都同時叫起來了，就在我走上台階的時候。我模糊地記得有一個東西，又長又黑，長著一雙紅色眼睛，就像我們看到的落日，然後就是一些既甜蜜又苦澀的東西立刻圍繞在我的周圍。接著，我好像沈入了深深的碧水之中，耳邊還有歌聲，就像給快要淹死的人聽的那種。隨後好像所有的東西都離開了我。我的靈魂彷彿離開了我的身體，在空氣中遊蕩，我好像記得，有一次，西邊的燈塔就在我下面，接著是一種被折磨的感覺，彷彿在一場地震中。然後我回來了，發現你正在不斷地搖晃我的身體。我在看到你之前，感覺到你在做這個。」

然後，她放聲大笑。這一切對我來說，簡直太不可思議了，我屏住呼吸聽她講。我不是很喜歡，因為不想讓她一直想著這個話題，所以我們轉移到了另一個話題上，露西又像從前一樣了。當我們到了家，清新的微風振作了她的精神，她的蒼白的臉頰真的更加有血色了。她的母親看到她非常高興，我們一起度過了一個愉快的夜晚。

8月19日

高興！高興！高興！雖然不是所有的事情都讓人高興，但起碼，喬納森有消息了。這個親愛的傢伙病倒了，這就是他沒有寫信的原因。我不怕想他，也不怕說他，現在我知道了。豪金斯先生給我寄來了信，是他親手寫的，他太好了。我準備早上出發去喬納森那裡，如果有必要的話，幫忙照顧他，然後把他帶回家。豪金斯先生說，我們在那裡結婚也不失為一件好事。我捧著信一直哭，直到感覺到它在我懷裡濕透了。這是喬納森的信，所以必須貼近我的心，因為他就在我的心上。我的旅行要開始了，我的行李也準備好了。我只帶了一件換洗的裙子。露西會把我的大衣箱帶回倫敦，並替我保管，直到我派人去取，因為有可能……我不能再往下寫了。我必須把話留給喬納森聽，我的丈夫。這封他見過，也摸過的信，會在我們見面之前安慰我的。

布達佩斯的聖約瑟夫醫院的阿加塔修女給威爾海爾·米娜·穆雷小姐的信

8月12日

親愛的夫人：

我依喬納森·哈克先生之意寫了這封信，他自己沒有力氣寫信，雖然正在迅速康復中，感謝上帝和聖約瑟夫醫院。他患了嚴重的腦熱病，我們已經照顧了他將近6週。他希望我來傳達他的愛意，他讓我寫信到這個地址給埃克斯特的豪金斯先生，說他已盡職責，並對他的延誤表示歉意，他的全部工作都已經結束了。他要求在我們山上的療養院休息幾週，然後就返回。他想讓我說他身上沒有足夠的錢，想爲自己在這的休養付費。這樣，那些需要的人就可以得到幫助了。相信我！

同情你並祝福你的阿加塔修女

另外——我的病人正在睡覺，爲了讓你知道更多的事情，所以我把信重新打開了。他把你的情況都告訴我了，還說你馬上就會成爲他的妻子。祝福你們兩個！我們的醫生說，他受到了劇烈的刺激，精神錯亂，胡言亂語，盡說一些關於狼群、監獄、血、鬼魂和惡魔的東西，我害怕說這些東西。在接下來很長一段時間裡都要小心，不要讓任何事情刺激他想起這些東西。他這種病的結果不會輕易消失的。我們應該早就寫信的，但是我們一點不知道他有什麼朋友，他身上什麼也沒有，沒有任何別人能明白的東西。他坐火車從克勞森堡來，那裡的站長告訴警衛，說他衝進了火車站，大喊要一張回家的火車票。從他暴力的舉止看出他是個英國人，於是給了他一張到這列火車終點站的火車票。

確保好好照顧他。他用他的好心和溫和贏得了人心。他正在康復，不出幾個星期他就會痊癒。但為了安全起見，照顧好他。我向上帝和聖約瑟夫醫院祈禱，你們兩個會有很多很多年的幸福時光。

西沃德醫生的日記

8月19日

倫費爾德昨天晚上又突然起了奇怪的變化。大約8點時，他開始興奮起來，像一隻狗一樣到處嗅著。值班員對他的舉動很是吃驚，因為知道我對他感興趣，於是鼓勵他說話。他通常非常尊敬值班員，有時甚至是奴顏婢膝，但是昨晚，值班員告訴我，他變得非常傲慢無禮，不再願意屈尊和值班員講話。

他能說的就是：「我不想和你說話。你現在不重要了。主人就快要到了。」

值班員認為他是突發了一種宗教的狂熱。如果是這樣的話，我們必須提防危險，因為一個同時具有殺人癖好和宗教狂熱的強壯的人可能會很危險。這兩者的結合是很可怕的。

9點時我親自去看了他。他對我的態度和對值班員的一樣。在他傲慢的自我感覺裡，我和值班員好像沒有任何區別。這看起來像是宗教狂熱病，他很快就會覺得自己是上帝了。

人和人之間這些微小差別對於上帝來說太微不足道了。瘋子怎麼會出賣自己呢！真正的上帝小心呵護，唯恐麻雀跌落下來。但是，由人類的虛榮心創造出來的上帝，分不清老鷹和麻雀。唉，但願人知道！

在半個小時或者更長的時間裡，侖費爾德越來越興奮。我沒有假裝看著他，但是一直嚴密的監視他。突然他的眼睛變了神采，我們總是在精神病人突然想到一個念頭時，會看到這樣的情況。同時還有頭和背部的多變的運動，這些精神病院的值班員都非常清楚。他變得異常安靜，坐在床角上，兩眼無神的望著空中。

我想我會查出他的冷淡是真的，還是假裝的，還要引導他談論自己的寵物——一個最能引起他興趣的話題。

一開始他不回答，但終於煩躁不安地說：「讓它們都見鬼去吧！我一點都不在乎它們！」

「什麼？」我說，「你不會告訴我你不在乎蜘蛛了吧？」（蜘蛛目前是他的愛好，他的筆記本上寫滿了一行行的數字。）

他神祕的回答說：「處女新娘讓等待新娘的人高興；但是，如果漂亮的新娘來了，處女新娘就不稀罕了。」

他不肯解釋自己所說的話，仍然頑固地一直坐在自己的床上。我一直和他在一起。

我今晚很疲倦，情緒低落。我不能不想露西，還有，事情會變得怎樣的不同呢？如果我不能立即入睡，只好用麻醉劑了，現代的睡夢之神！我必須小心，否則會上癮的。不，今晚我不能用它！我想過露西，我不能把這兩者混在一起，來侮辱她。如果需要的話，今夜就不睡了。

過了一會兒很高興我下了決心，更高興我遵守了它。才剛剛2點，夜班警衛員過來找我，告訴我倫費爾德已經逃跑了。我披上衣服，立即跑了下來。讓我的這個病人在外面遊蕩太危險了。他的那些危險的想法可能會在陌生人身上付諸實施。

值班員等著我，他說，不到10分鐘前，當他通過門上的觀察窗向屋裡看時，還看見他在自己床上睡覺。不一會兒，擰窗戶的聲音引起了他的注意。他又跑了回去，看見他的腳消失在窗戶那裡，於是馬上派人叫我。他只是穿著睡衣，不會跑遠的。

值班員認為，到他會去的地方找他比跟著他有用，因為當他從大門跑出這棟樓時，可能會迷路。他體積很大，不可能從窗戶出去。

我很瘦，在他的幫助下出去了，因為我們只離地面有幾英尺高，所以落地時沒有受傷。

值班員告訴我，病人往左邊方向跑了，並且跑的是直線，所以我盡可能快的跑。當我穿過綠化地帶，我看見一個白色的人影攀上了高牆，那堵牆將我們的院子和那座廢棄的房屋的院子隔離開了。

我立即跑了回去，讓值班員趕快給我叫上三、四個人，跟著我進到卡爾法克斯的院子裡，以免我們的朋友出危險。我自己拿上一個梯子，越過牆，跳進了另一邊的院子。我能看見倫費爾德的影子剛剛消失在房子一角的後面，所以，我跟在他後面跑。在房子的最遠端，我看見他使勁敲著教堂老舊而堅硬的櫟木門。

他顯然在跟某人說話。但是，我不敢靠得太近，來聽他在說些什麼，以免嚇到他，而讓他再次跑掉。

追趕一群迷路的蜜蜂與追趕一個赤裸的精神病人相比，實在算不上什麼，如果他決意要逃跑的話！無論如何，幾分鐘後，我發現他已不在警惕周圍的一切事物，所以冒險向他靠近，我的人也已經越過了牆，向他包抄過來。

我聽見他說：「我來這裡照您的吩咐辦事，我的主人。我是您的奴隸，您會獎勵我的，因為我會很忠誠。我在遠方仰慕您很久了。現在，您就在這裡了，我等待著您的命令。在您分發獎賞的時候，您是不會忽略我的，您會嗎，我的主人？」

無論如何，他是一個自私的老叫化子。即使他認為自己很真誠，他也在考慮著麵包和魚。他的狂熱病產生了一個可怕的結合。當我們將他包圍時，他就像一隻老虎一樣反抗。他異常強壯，因為他比起人類來說，更像是一個野獸。

我從沒看見過一個精神病人爆發過這樣的憤怒，我也希望不要再看見。幸運的是，我們及時地發現了他的力量和危險，以他這樣的力氣和決心，在被關起來之前，他會做出野蠻的事情的。

至少他現在安全了。倫費爾德不能從那個讓他受束縛的緊身束縛衣中解脫出來，他被拴在了軟壁小室的牆壁上。

他的叫聲有時很可怕，但是，隨後的沈默更加可怕，因為他的每一次轉身和行動都可能意味著行兇。

就在剛才，他第一次說出了較連貫的話來，「我應該有耐心，主人。他快來了，快來了，快來了！」

於是我領悟到了。我太激動了以至於睡不著，但是，這本日記讓我安靜了下來，我覺得這晚我會睡著的。

米娜・哈克給露西・韋斯頓拉的信

布達佩斯，8月24日

我親愛的露西：

我知道，你已經迫不及待地想知道，自從我們在惠特白火車站分別以後發生了什麼。親愛的，我順利地到達了赫爾，搭上了去往漢堡的船，然後上了火車。我覺得旅途上的事情，我幾乎一件也想不起來了，除了我知道我正在去往喬納森那裡，因爲我要去照顧他，所以我最好能有充足的睡眠。

我看見我的親愛的人如此的消瘦、蒼白、和虛弱。所有的剛毅都已經從他的眼中消失了，還有我跟你說的，他臉上的那種冷靜的莊嚴也不見了。他成了一具形骸，已經不記得過去很長一段時間，發生在他身上的任何事情。至少，他想讓我相信這一切，我不會問的。

他被嚴重的刺激了，我怕如果他嘗試回憶過去，會給他可憐的大腦造成負擔。阿加塔修女是一個好人和天生的護士，她告訴我，他想讓她告訴我一切，但她只是在胸前劃著十字，說她永遠也不會說的。她說病人說的胡話是上帝的祕密，如果一位護士由於自己的使命聽到了它們，她應該尊重自己的信仰。

她是一個溫柔的、善良的人，第二天，當她看見我在苦惱時，她引起了關於我那可憐的人說胡話的話題，又說：「我只能告訴你這麼多，親愛的。他自己沒有做錯任何事情，你，作爲他未來的妻子，也沒有任何理由擔心。他沒有忘記所欠你的。他的恐懼是關於一些極其可怕的事情的，沒有凡人可以解決。」

我相信，這個好人覺得我可能會嫉妒：該不是我可憐的親愛的人愛上了什麼別的女孩。我會因爲喬納森而嫉妒！然而，親愛的，讓我小聲告訴你，當我得知麻煩的起因不是別的女人時，我感到一絲快意。我現在坐在他的身邊，在這裡，我可以看見他睡夢中的臉。他醒了！

當他醒來時，他向我要他的外衣，因爲他想從口袋裡取什麼東西。我問了阿加塔修女，她拿來了他所有的東西。我看見其中有他的筆記本，正要叫他讓我看看，因爲我知道我可能找到一些問題的線索，但是我猜他一定已經從我眼中看到了我的願望，因爲他叫我到窗户那裡去，說自己想單獨待一會兒。

然後他把我叫了回去，非常嚴肅地對我說道：「威爾海爾·米娜」，我知道他非常眞誠。因爲自從他向我求婚以來，就再也沒叫過我這個名字，「你知道，親愛的，我對丈夫和妻子之間的信任的理解——不應該有祕密和隱藏。我受了嚴重的刺激，當我試著回想那是什麼時，就覺得腦子裡天旋地轉，我不知道那是否眞的是一個瘋子做的夢。你知道我又鬧熱病，就是變瘋了。祕密就在這裡，我不想知道它。我想在這裡繼續開始我的生活，還有我的婚姻。因爲，親愛的，我們已經決定在手續辦完以後盡快結婚。威爾海爾·米娜，你願意分擔我的無知嗎？筆記本就在這裡。拿走它保存好，如果你願意，可以讀它，但是決不要讓我知道，除非，確實有一些嚴肅的任務落在了我頭上，讓我回到記錄在這裡的那些痛苦的時刻，睡著的和醒著的，清醒的和瘋狂的，時時刻刻。」他吃力的轉了個身，我把本子放在了他的枕頭下面，親吻了他。我已經讓阿加塔修女請求修道院院長，讓我們的婚禮就在今天下午舉行，我正在等待她的答覆。

她來告訴我，已經派人去叫英國教堂的教士過來。我們一個小時之內就能結婚，或者在喬納森醒來之後。

露西，那個時刻已經來過又離去了。我覺得非常莊嚴，但是非常、非常幸福。喬納森一小時之後有點醒了，一切都準備就緒。他坐在床上，靠著枕頭。他回答「我願意」時堅定而強有力。我難以表達。我的心如此之滿足，即使是這些詞也會噎到我。

那些修女是那麼善良。上帝啊，我永遠、永遠也不會忘記她們，也不會忘記我身上擔負的那些重要和甜蜜的責任。我現在必須跟你講講我的婚禮。當教士和修女們把我單獨和我的丈夫留下來時——哦，露西，這是我第一次寫下「我的丈夫」這樣的詞——讓我和我的丈夫單獨在一起，我把那個本子從他的枕頭下拿出來，用白紙裹起來，然後用我脖子上的純藍色絲帶繫上，用蜂蠟把它封住，用我的結婚戒指作爲封印。然後我親吻了它並把它給我的丈夫看，告訴他，我會這樣一直留著它，把它作爲我們一生都會相信對方的可見的象徵，說我永遠都不會打開它，除非是因爲他的崇高的理由，或是爲了一些義務。然後，他把我的手放在他的手中，哦，露西，這是他第一次握住他「妻子」的手，他說，這是世上最珍貴的東西，如果有必要的話，他會把過去重來一次，來得到這一切。我可憐的親愛的人，指的是過去的一部分，但是他還不能想出時間，我不應該感到奇怪，最初，他不僅把月份弄混了，甚至還有年份。

親愛的，我還能說什麼呢？我只能告訴他，我是這世上最幸福的女人，我沒有什麼能給他的，除了我自己，我的生命，我的信任，而且它們也會在我的一生中伴隨著我的愛和責任。親愛的，他吻了我，用他虛弱的雙手抱住我，這就像是我們之間一個莊重的誓言。

親愛的露西，你知道我爲什麼要把這些告訴你嗎？這不僅僅是因爲，這對我來說，非常甜蜜，還因爲你對於我來說，曾經，並且一直是非常珍貴的。成爲你的朋友和當你從學校走向人生時的指引者是我最大的榮幸。我現在想讓你看到，在一位非常幸福的妻子眼裡，責任把我引向了何方，這樣在你自己的婚姻生活中，你也會一直幸福的，像我現在一樣。萬能的主啊，讓你的生活能像它所許諾的那樣，永遠是陽光，沒有狂風，沒有對責任的遺忘，沒有猜疑。我不能希望你沒有痛苦，因爲那是不可能的，但是我眞的希望你能像我現在這樣永遠幸福，再見，我親愛的。我應該馬上就把這封信寄出去，並且，也許很快再寫信給你。我必須停下來了，因爲喬納森醒了。

我必須服侍我的丈夫了！

永遠愛你的米娜·哈克

露西·韋斯頓拉給米娜·哈克的信

惠特白，8月30日

我親愛的米娜：

無盡的愛和無數的吻給你，希望你能盡快和你的丈夫回家。我希望你們盡快回來，可以和我待在一起。這裡清新的空氣會使喬納森快速好起來的。它已經讓我好多了。我像一隻鸕鷀一樣好胃口，充滿活力，睡得也很香。你一定很高興，因爲我幾乎已經不再夢遊了。我覺得我已經一週沒有從床上起來了，就是從晚上一上床開始。亞瑟說我越來越胖了。順便說一句，我忘了告訴你亞瑟在這裡。我們經常一起散步，開車兜風，騎馬，划船，打網球和釣魚，我比以前更愛他了。他說他也更愛我了，但是我懷疑，因爲他那時告訴我，不能再愛我更多一點了。不過這都是廢話。他現在在叫我了。所以就先到這裡吧。

露西

另外，母親讓我代她向你問好。她看起來好多了，可憐的親愛的媽媽。

再另外，我們將在9月28日舉行婚禮。

西沃德醫生的日記

8月20日

倫費爾德的案子越變越有趣了。至今他都很安靜，現在是他熱情的休息期間。因為在他遇到襲擊以後的第一週，他一直很狂暴。就在那個晚上，月亮升起的時候，他變得安靜了，一直不停的自言自語：「現在我可以等待，現在我可以等待。」

值班員過來告訴了我，所以我立刻跑下去看他。他仍然穿著緊身束縛衣，待在軟壁小室裡，不再淚流滿面，一些原來的那種乞求的目光又回到了他的眼中。幾乎可以說是戰戰兢兢，溫順的。我對他現在的狀況很滿意，吩咐把他放開。值班員猶豫了一下，沒有表示反對，執行了我的命令。

非常奇怪的是，病人似乎以幽默的心態來對待他們的不信任，因為當他走近我時，一邊偷偷摸摸的看著他們，一邊對我輕聲說：「他們覺得我會傷害你！想像我會傷害你！一群傻瓜！」

不知為什麼，當發覺自己被與其他人區別對待時，即使是在一個可憐的精神病人的眼中，也會讓我有一種舒心的感覺，當然，我沒有相信他的說法，反而認為，是因為我們在某一方面有共同點，所以我們，像剛才那樣，站在了一起。或者是因為他要從我這得到一些什麼了不得的東西，以至於我的健康是必須的？我以後一定找出原因。今天晚上他不再說話了，即使是提供一隻小貓或者大貓都絲毫不能誘惑他。

他只會說：「我對貓不感興趣。我現在有更重要的事情要考慮，而且我可以等待。我可以等待。」

過了一會兒，我離開了他。值班員告訴我，直到黎明之前他都很安靜，但在此之後開始變得狂躁不安，最後突然爆發。這讓他筋疲力盡，甚至暈厥過去。

三天都發生了同樣的事情，他一整天都很狂躁，但在從月亮升起到太陽升起的這段時間裡卻很安靜。我真希望能發現一些起因的線索。看起來好像是一些什麼影響力發生了作用，後來又消失了。

讓人高興的想法！今天晚上，我們應該和他做一點遊戲。上次，在我們不知道的情況下他就逃跑過。今天晚上，他會在我們的幫助下逃跑。我們會給他一個機會，然後，讓我們的人準備好追趕他，如果需要的話。

8月23日

「期望的事情總是能夠發生。」迪斯雷利是多麼的了解生活啊。我們的小鳥，當看到籠子是開著的時候，卻不飛走了，這使我們所有精心的安排全都白費了。無論如何，我們證明了一件事情，就是安靜的時間會持續相當長一段時間，以後，我們應該可以每天給他鬆綁幾個小時。我已經吩咐讓夜間的值班員只要把他關在軟壁小室裡就可以了，從他開始安靜起，直到日出時分。這個可憐人的身體可以享受一下暫時的自由，即使他的頭腦享受不到。看！意想不到的事情又發生了！我被召喚過去。病人又逃跑了。

過了一會兒，又是一晚的奇遇。倫費爾德非常聰明的等到值班員進入房間巡視。然後他猛然跑過他後面，飛奔出了走廊。我讓值班員去追他。他再一次進入了那所廢棄的房子的院子裡。我們在相同的地方找到了他，他正在敲打著老教堂的門。當看見我時，他變得異常憤怒，要不是值班員及時捉住了他，我可能已經被他殺死了。當我們抓住他時，一件奇怪的事情發生了。他突然加大了力氣，卻又突然變得很平靜。我本能的看了看四周，沒發現什麼東西。然後，我順著病人的視線望向月光皎潔的天空，但是沒有看到任何東西，除了一隻巨大的蝙蝠，牠安靜得像鬼魂似的拍動翅膀，向西邊飛去。蝙蝠一般都會打著轉飛，但是這一隻卻似乎一直向前，好像牠知道自己要去往哪裡，並且有自己的一些打算。

病人每一刻都在變得更加平靜，他不一會兒說道：「你們沒必要綁著我，我會乖乖地走的。」我們輕鬆的回到了病院裡。我感到，在他平靜的外表下，有一種不祥的預兆，我不會忘記這個晚上的。

露西．韋斯頓拉的日記

希靈漢姆，8月24日

我要模仿米娜，保持把事情記下來的習慣。這樣，當我們見面時，就可以有很多可談的事了。我想知道我們什麼時候才能見面。我真希望她能再和我在一起，因為我太不高興了。

昨天晚上我好像又開始做夢了，就像我在惠特白那樣。也許是因為空氣的改變，或者是因為又回到了家裡。對於我來說，一切都那麼黑暗和恐怖，因為我什麼也記不得了。我充滿了隱隱約約的恐懼，我感到很虛弱，很疲憊。當亞瑟來吃午飯時，他看見我時顯得非常傷心，我沒有力氣讓自己高興起來。不知道今晚我能不能睡在母親的房間裡。我應該找個藉口試一下。

8月25日

又是糟糕的一晚。母親好像不同意我的提議。她的身體看起來就不怎麼好，無疑，她是害怕讓我擔心。我努力保持清醒，成功了一小段時間。但是，當鐘敲響12點時，我從打盹中醒過來，所以我之前一定是睡著了。窗戶那裡響起一陣抓撓或是拍打的聲音，但是我沒有管它，因為我再記不起別的事情了，我猜自己一定是睡著了。我做了更多的噩夢。我希望自己可以記得它們。今天早上，我感到非常虛弱。我的臉像鬼一樣蒼白，我的喉嚨疼得厲害。一定是我的肺出了什麼問題，因為我好像呼吸不到足夠的空氣。我應該在亞瑟來之前高興起來，否則我知道，他看到我時又會很悲傷了。

亞瑟給西沃德醫生的信

埃爾貝瑪爾賓館，8月31日

我親愛的約翰：

我想讓你幫我一個忙。露西病了，她沒有什麼特殊的病，但是看起來卻很糟糕，而且一天比一天糟糕。我問過她是否有什麼原因，我沒敢問她的母親，因爲在她現有的健康狀況下，拿她女兒的事情來打擾這位可憐的夫人，簡直就是要了她的命。韋斯頓拉夫人向我吐露她已經來日無多了——心臟病，雖然可憐的露西還不知道。我肯定有什麼東西在折磨我親愛的人的頭腦。當我想起她時，幾乎要精神失常。看到她簡直就是一種打擊。我告訴她，我應該讓你來看看她，雖然她一開始反對，我知道爲什麼，老朋友，不過她最後還是同意了。這對你來講是個痛苦的任務，我知道，老朋友，但是這是爲了她好，我不能在這件事上猶豫，你也應該一樣。你明天兩點來希靈漢姆吃午飯，爲了不引起韋斯頓拉夫人的疑心，吃過午飯以後，露西會有單獨和你待在一起的機會。我充滿焦慮，在你看過她以後，我想盡快單獨和你談談，不要失約！

亞瑟

亞瑟·郝姆伍德給西沃德的電報

9月1日

我被叫去看我的父親，他病重了。我現在正在發電報。今晚寫信詳細地跟我說說。如果需要的話，發電報。

西沃德醫生給亞瑟·郝姆伍德的信

9月2日

我親愛的老朋友：

關於韋斯頓拉小姐的健康，我急切地想讓你知道，在我看來，她沒有任何功能上的失調或是我聽說過的疾病。同時，我對她的精神狀態十分的不滿意。她同我上次見到她時一點也不一樣了。當然，你必須在心裡承受。我沒有像你所希望的那樣，對她作一個全面的檢查。我們非同一般的友誼造成了一些困難，即使是醫學或是習俗都不能跨越的困難。我最好準確地告訴你發生了什麼，讓你在某種程度上得出自己的結論。那時，我再說我都做了些什麼，還有建議怎麼做。

我看見韋斯頓拉小姐明顯很高興。她的母親也在場，在幾秒鐘之內我明白了，她正在盡自己的全力誤導她的母親，不讓她擔心。我毫不懷疑，既使她母親不知道的話，也能察覺到這種謹慎。

我們單獨吃了午飯，我們都盡力使自己顯得高興，在某種意義上作爲對我們努力的獎勵，我們確實得到了一些眞正的快樂。然後，韋斯頓拉夫人回去休息了，露西留下來和我在一起。我們進了她的臥室，直到這之前，她都一直保持著笑容，因爲僕人們在來回走著。

可是，當門一關上，她就去掉了面具，然後長嘆一聲，癱在一張椅子上，用手遮住了自己的眼睛。當我看見她的情緒恢復正常後，立即利用她當時的反應作出診斷。

她溫柔的對我說：「我不能告訴你談起我自己時，我有多噁心。」我提醒她，一名醫生的信心是神聖的，還告訴她，你有多擔心她。

她立刻明白了我的意思，然後把這件事歸結爲一句話：「你願意怎樣跟亞瑟說就怎樣說吧。我不在乎自己，但是我在乎他。」所以我釋然了。

我能看出她的臉上有點蒼白，但是卻找不出貧血症常有的症狀。我得到了偶然的機會檢查了她的血液，因爲在開窗户時，她被碎玻璃輕微的割傷了手指。這本身是件小事，但是卻給了我一個很好的機會，我保存了幾滴血並做了化驗。

定性化驗本身表明一切正常，我可以說，她本身顯示了良好的健康狀態。在其它生理方面，我也非常滿意，沒有什麼擔心的必要，但是因爲總有某種原因，所以我得出結論，問題出在心理上。

她抱怨總是呼吸困難，睡眠昏昏沈沈，總是做嚇人的夢，但是對此她又什麼都不記得。她說自己小的時候經常夢遊，在惠特白的時候，這個習慣又回來了，有一次，她在晚上走出去到了東崖上，穆雷小姐在那裡找到了她。但是她保證，最近沒有再犯這個毛病。

我很疑惑，所以我做了自認爲最好的事情。我寫信給我的老朋友和老師，阿姆斯特丹的范海辛教授，他知道世界上所有無名的疾病。我讓他過來，因爲你告訴我，你來負責所有的事情，所以我告訴了他你是誰，還有你和韋斯頓拉小姐的關係。我親愛的朋友，這是符合你的願望的，因爲我非常的榮幸和開心能夠爲她做一些事情。

我知道，范海辛會因爲個人原因爲我做任何事情，所以不管他因爲什麼原因而來，我們必須接受他的願望。他看起來像是個專橫的人，這是因爲他比其他任何人都更清楚自己在說些什麼。他是一位哲學家和玄學家，是這個時代裡最傑出的科學家。而且我相信，他是很開通的。他有堅強的神經，能融化冰雪的性情，堅定的決心，嚴於律己，還有來自美德的包容力，最友善和眞誠的心，這些都是他的工具，讓他來爲人類做這項高尚的工作，既在理論上也在實踐上，因爲他的眼界就像他的同情心一樣寬廣。我把這些告訴你，這樣，你才會知道我爲什麼對他這麼有信心。我已經讓他馬上過來了。我明天會再去看韋斯頓拉小姐的。她約我明天在百貨商店見面，所以我明天就不會再打擾到她的母親了。

你永遠的約翰．西沃德

亞伯拉罕．范海辛給西沃德醫生的信

9月2日

我親愛的朋友：

當我收到你的來信時，我已經在往你那兒趕了。很幸運我可以馬上離開，而不用辜負那些信任我的人們。如果不幸運的話，就對那些信任我的人太不公平了，因爲我到了朋友那裡，特別是當他叫我去幫助他珍視的人時。告訴你的朋友，你曾經是那麼快速地從我的傷口裡把因刀傷而感染壞疽的毒素吸走，而我們其他的朋友卻因爲太緊張而溜走。比起這個，當他需要我的幫助而委託你來要求我幫助時，你爲他做的還要更多，比他自己所有的運氣能換來的都要多。但是我也很榮幸能爲他做事，因爲他是你的朋友，我是爲你而來的。現在我就快到了，請安排一下，讓我們明天不要太晚才能見到這位年輕的小姐，因爲可能我必須在明天晚上回到這兒來。但是如果需要的話，我會在三天後再來的，停留長一點的時間，如果必須的話。再見，我的朋友約翰。

范海辛

西沃德醫生給亞瑟·郝姆伍德的信

9月2日

我親愛的亞瑟：

范海辛來過了，已經走了。他和我一起去的希靈漢姆，露西出於謹慎，她讓她的母親出去吃午飯了，所以我們單獨和她在一起。

范海辛非常仔細的檢查了病人。他會向我報告的，隨後我會給你建議，因爲我當時並沒有一直在場。我恐怕范海辛非常擔心，他說自己必須思考思考。當我告訴他我們的友誼，還有在這件事上你有多信任我時，他說：「你必須把你所想的都告訴他。告訴他我所想的，如果你能猜到的話，如果你能。不，我不是在開玩笑。這不是玩笑，這是性命攸關的大事，可能更多。」我問他是什麼意思，因爲他很嚴肅。這時，我們已經回到了鎮上，他在返回阿姆斯特丹之前喝了一杯茶。他不肯給我更多的提示。你一定不要對我生氣，亞瑟，因爲他的極端沈默表明，他所有的腦細胞都在爲露西的利益而工作。等時機成熟，他會說得足夠明白的，我確定。所以我告訴他，我只會描述一下我們的拜訪，就好像我在爲《每日電報》寫一篇描述性的文章。他好像沒有太在意，只是說倫敦的煤灰沒有他在這裡上學時那麼嚴重了。我明天會得到他的報告，如果他能做出來的話。不過，無論如何我都會收到信的。

至於這次拜訪，露西比我上一次見到她時高興一點，看起來肯定好多了。她臉上少了一些讓你心煩的蒼白，呼吸也正常了，她對教授非常好（就像她以往那樣），並且試著讓他自在一點，雖然我能看出來，這可憐的女孩非常努力的這樣做。

我相信范海辛也看出來了，因爲我看到他濃密的眉毛下一個極快的眼色，就像我一直知道的那樣。然後，他開始談天論地，除了談我們和她的病。他是那麼的親切，我能看見可憐的露西假裝的活潑已經變成眞的了。然後，沒有明顯的轉折，范海辛將話題委婉地轉到了他來訪的目的上，他說道：「我親愛的、年輕的小姐，我很高興，因爲你是如此的可愛。眞的很可愛，親愛的，雖然還有我沒看到的東西。他們告訴我你情緒低落，像鬼一樣的蒼白。」

然後他朝我彈了一下手指，繼續說道：「但是，你和我能向他們證明他們是錯誤的。他怎麼能，」他指著我，用那樣的表情和姿態，就像他在他的課堂上把我挑出來時，在一個特定的場合或者過後，他總是讓我想起這種表情和姿態，「了解一個年輕女孩的一切呢？他有他的精神病人要照顧，需要把他們再帶回到快樂之中，和愛他們的人們之中。他已經付出很多了。而且，我們能給予這樣的歡樂，是有獎勵的。但是，年輕的女士！他既沒有妻子，也沒有女兒，年輕人不會把自己的事情講給年輕人聽，但會講給像我一樣的老人聽，我已經聽過無數人的悲傷和他們的原因。所以，親愛的，讓我們把他趕走，讓他到花園去抽一支煙，我們兩個人說我們的悄悄話。」

我得到了暗示，出去閒逛了一下，這時，教授到窗户跟前把我叫了進去。他看起來很嚴肅，但是說：「我已經做了詳細的檢查。她沒有功能上的問題。我同意你的意見，她確實曾經失血過多，不過現在沒有了。但她的情況不可能是貧血。我已經讓她把女僕叫來，我可能會問一兩個問題，這樣，我就不會錯過什麼信息。我很清楚她會說什麼。然而一定有原因，每件事情都會有原因的。我必須回去想一想。你得每天給我發電報，如果有事我會再來。這種病，引起了我的興趣，也許不是一種病，而且這個甜甜的女孩也很吸引我。正因爲如此，就算是爲了她，如果不是爲了你或是這病，我也會來的。」

就像我跟你說的那樣，他不肯再多說一句話了，即使是我們單獨在一起的時候。所以現在，亞瑟，你知道的和我一樣多了。我會嚴密地觀察的。我相信你可憐的父親也正在恢復。我親愛的老朋友，被夾在兩個你都非常愛的人之間，這對你來說一定是件糟糕的事情。我知道，你對自己父親的責任，你堅持它是正確的。但是，如果需要的話，我會通知你馬上來露西這裡，除非我給你消息，現在不用過於擔心。

你永遠的約翰・西沃德

西沃德醫生的日記

9月4日

食肉狂病人仍然讓我們保持著對他的興趣。他只發作了一次，是在昨天一個不尋常的時刻。在中午之前，他就開始坐臥不安。值班員熟悉這種症狀，所以立刻尋求幫助。幸好他是跑著來的，而且足夠及時，因為就在中午的時候，他變得異常狂躁，他們用盡全力才能制伏他。然而，就在5分鐘後，他又開始變得安靜下來，最後陷入了憂鬱之中，他至今還是這種狀態。值班員告訴我，他發作時的尖叫聲實在嚇人。我現在很忙，因為要照料那些被他嚇到的其他病人。實際上，他的聲音確實很大，儘管我在遠處，也能被他的聲音給打擾到。現在已經過了精神病院的午飯時間了，我的病人仍然坐在角落裡仔細盤算，臉上是一副愚鈍、愁眉不展和苦惱的表情，這些似乎更像是在暗示著什麼，而不是直接的顯示。我不太明白。

過了一會兒

我的病人又有了變化。我去看了韋斯頓拉小姐，她好多了。我剛剛回來，站在我自己的院門口看著夕陽。這時，又一次聽見了他的叫聲。因為他的房間就在樓的這一邊，所以我比早上聽得更清楚。這讓我很震動，我看到了倫敦煙霧濛濛的夕陽美景，紅色的光芒和漆黑的影子，所有不可思議的色彩都灑在了陰暗的雲彩上，甚至是陰暗的水中；我轉而突然意識到，我那冰冷的石頭房子和裡面形形色色的不幸，還有需要應付這一切的我那孤獨的心。

就在太陽下山的同時，我到了他那裡，從他的窗戶我看到紅色的太陽在下落。隨著太陽的下山，他不再那麼狂躁了，就在太陽完全不見的時候，他從別人的手中滑落下來，成了地板上一團毫無生機的東西。無論如何，精神病人有著驚人的恢復能力，在幾分鐘之內他平靜地站起來，看著自己的周圍。我示意值班員不要抓他，因為我很想知道他想做什麼。他徑直走向窗台，把糖的碎屑用手拂去，然後拿起自己養蒼蠅的盒子，把東西倒出來，又把盒子扔在一邊。接著他關上窗戶，走過來坐在床上。這一切都讓我吃驚，於是我問他：「你還準備養蒼蠅嗎？」

「不，」他說，「我對那些垃圾感到噁心！」他顯然是一個極其有趣的研究對象。我希望自己能猜透他的心，或者弄清楚他突發熱情的原因。終究會發現一些線索，如果我們能知道，今天他在中午和日落的時候發作的原因。會不會是太陽有一種邪惡的影響力，它有時影響特定的物種，而有時月亮對另一些物種有影響？我們應該等等看。

倫敦的西沃德給阿姆斯特丹的范海辛的電報

9月4日

病人的情況今天仍然在好轉。

倫敦的西沃德給阿姆斯特丹的范海辛的電報

9月5日

病人的情況明顯好轉。胃口大開，自然入睡，精神十足，氣色恢復。

倫敦的西沃德給阿姆斯特丹的范海辛的電報

9月6日

糟糕的轉變。請馬上過來，一刻也不要耽擱！見到你我再給郝姆伍德發電報。

西沃德醫生給漢・亞瑟・郝姆伍德的信

9月6日

我親愛的亞瑟：

我這次帶來的消息不太好。露西今天早上又回到了原來的狀態。不過，也有一件由它引起的好事情。韋斯頓拉夫人自然很擔心露西，非常專業的向我咨詢了她的情況。我利用了這個機會，告訴她我過去的老師范海辛，有名的專家，會過來和我住在一起，我會把露西連同我一起都交到他手裡。所以，我們現在可以自由地來去，而不用驚動她了，因爲一個刺激對於她來說，都可能意味著猝死，這個，對於虛弱的露西來說，將會是一個巨大的不幸。我們所有人都陷入了困難，我可憐的朋友。但是，上帝保佑，我們可以渡過難關。如果有必要的話，我會寫信，如果你沒有我的消息，就認爲我正在等待消息吧。

你永遠的約翰・西沃德

西沃德醫生的日記

9月7日

當我和范海辛在利物浦大街上見面時，他對我說的第一件事就是：「你有沒有跟我們年輕的朋友——她的愛人，說了什麼？」

「沒有，」我說：「我一直等到見到你，就像我在電報裡說的那樣。我只是寫信跟他說你要來了，因為韋斯頓拉夫人情況不太好，還有，如果有必要的話，我會通知他的。」

「好，我的朋友，」他說道，「非常對！他最好先別知道。也許他永遠不會知道了。我希望是這樣，但是如果有必要，我會讓他知道一切的。現在，我的好朋友約翰，讓我提醒你。你去處理那個精神病人。所有的人都有各種各樣的瘋病，你怎樣小心的對待你的精神病人，你就怎樣小心的對待世界上其他的精神病人。不要告訴你的精神病人你做什麼和為什麼這樣做，不要告訴他們你是怎麼想的。這樣，你就可以把自己知道的東西保存起來，把它們集合起來，並且得出新的線索。到目前為止，你和我都要嚴守這裡的祕密。」他摸了我的胸口和我的額頭，又摸了摸自己同樣的地方。「現在，我有我自己的想法了。過後我會告訴你的。」

「為什麼不是現在？」我問，「這會有所幫助的。我們可能會作出一些決定。」他看著我說道：「朋友，當莊稼正在生長，還沒有成熟時，它的大地母親的乳汁已經充滿了它的身體，陽光還沒有把它染成金黃色，這時，農夫拉著麥穗，用粗糙的雙手搓著它，吹走綠色的麥穀，對你說：『看！這是一顆好苗，等時候到了它會結出好莊稼的。』」

我告訴他，我並沒有聽明白意思。作為回答他走過來，摸著我的耳朵，輕輕的揪著，就像他在以前上課的時候經常做的那樣，說道：「好農夫之所以這樣告訴你，是因為他知道，而且是直到那個時候才知道的。你不會看到哪個好農夫把莊稼挖出來看它是否在生長，那是拿耕作當兒戲的孩子，而不是那些把它視為畢生事業的人。看看你現在，約翰，我已經種上了莊稼，大自然也讓它快速的生長了，有一些承諾，我會在抽穗之前一直等待的。」他停止了講話，因為他顯然看到我已經明白了。然後他繼續嚴肅地說：「你一直是一個用心的學生，你的筆記本總是比別人記得滿。我相信好習慣總會有益處的。記住，我的朋友，知識要比記憶有用，我們不應該信任沒用的記憶。即使你現在沒有了這個好習慣，現在讓我告訴你，那位親愛的小姐的病有可能——記住，我說的是有可能，是一種非常吸引我們和其他人的病，其他任何一種病都不會讓它顯得沒價值的，就像你們所說的那樣。好好記錄它。沒有什麼是小事。我勸你，即使是你的懷疑和推測也要記下來，以後你就可以看看自己猜對了多少。我們是從失敗中學到東西的，而不是成功！」

當我描述了露西的症狀和原來一樣，而且又嚴重了好多時，他看起來十分嚴肅，但是，什麼也沒說。他身邊還帶了一個包，裡面有很多工具和藥，顯然是一個有醫療技能的教授的工具，就像他在一次講座中那樣講的，是「我們有利可圖的交易的必備行頭」。

當我們出現時，韋斯頓拉夫人見了我們。她受驚了，但是不像我想像的那麼嚴重。她的慈愛的本性認為，即使是死亡，也有對付自己恐懼的辦法。這時，在任何刺激都可能給她帶來致命打擊的情況下，所有的事情仍然做得井井有條，因為某種原因，而非個人的事情，甚至是露西的可怕變化，好像也沒有影響到她。這就像是貴婦人的本性在自己的外面包裹了一種不敏感的組織，可以保護其不受邪惡勢力的侵害，否則，一接觸就會造成傷害。如果這是一種自私，那麼，我們必須暫停把任何人定罪為利己主義；因為，這可能有比我們所知道的更深層次的原因。

我用我自己的知識，思考現在這種精神疾病的形勢，為她定下了一個規則：她不能和露西在一起，也不能把自己的病想得比實際要嚴重。她欣然地接受了，如此的輕鬆，讓我再次看到了在為生命作鬥爭時，本性所顯現出的巨大力量。隨後，范海辛和我進了露西的房間，如果說昨天我看見她是震驚的話，那麼，今天看見她，我就是毛骨悚然了。

她像鬼似的，白粉一樣的蒼白。甚至是她的嘴唇和牙齦也不再有血色，她的臉瘦骨嶙峋。呼吸看上去和聽上去都很困難。范海辛的臉像大理石一樣嚴肅，他的兩條眉毛擰在了一起，幾乎快要在鼻子上方相遇了。露西無精打采的躺著，好像連說話的力氣都沒有了，好長一段時間，我們都很沈默。然後范海辛示意我，我們輕輕地走出了房間。就在我們關上門的一剎那，他快速地沿著走廊走到旁邊的門，門是開著的。他很快的把我拉進去，然後關上了門。「我的上帝啊！」他說，「太可怕了。不能再耽誤時間了。她會因為心臟跳動需要大量的血液而死的。必須馬上輸血。你來還是我來？」

「我更年輕，也更強壯，教授。我來吧。」

「那你馬上做好準備。我把我的包拿上來，我已經準備好了。」

我和他一起下了樓，這時，大廳的門響起了敲門聲。當我們到了大廳時，女僕剛剛把門打開，亞瑟快速的進來了。他衝向我，急切地低聲對我說：「約翰，我太擔心了。我讀了你的每一行字，非常痛苦。爸爸好多了，所以我自己跑來看看情況。這是范海辛醫生嗎？先生，非常感謝您能過來。」

教授的眼睛一開始還新奇的看著他，然後就生氣地說怎麼能在這個時候來打擾。但是現在，當他注意到他強壯的身體和從他身體裡散發出來的年輕人的朝氣時，他的眼睛開始發亮。他一刻也沒有停頓，一邊拉住他的手，一邊說道：「先生，你來得正是時候。你是我們親愛的小姐的愛人。她的身體很糟糕，非常非常糟糕！不，孩子，不要這樣。」因為亞瑟突然臉色蒼白，幾乎暈倒在椅子上，「你要幫助她，你比任何人能做的都要多，你的勇氣就是你最好的幫手。」

「我能做什麼？」亞瑟用嘶啞的聲音問道，「告訴我，我會做的。我的生命是她的，我寧願給她我身體裡的最後一滴血。」

教授有很強烈的幽默感，根據以前的經驗，我能從他的回答裡看出這一幽默感的痕跡。

「我年輕的先生，我要不了那麼多，不會是最後一滴。」

「那麼我該做些什麼？」他的眼睛裡冒著火，他張開的鼻孔因為強烈的慾望而顫抖著。范海辛在他肩膀上拍了一下。

「來吧。」他說，「你是一個男人，我們想要的就是一個男人。你比我更合適，也比我的朋友約翰更合適。」亞瑟看起來被搞糊塗了，教授繼續親切地和他解釋。

「年輕的小姐情況很糟，非常糟。她需要血，如果沒有血的話，她就活不了了。我和我的朋友約翰已經商量過了，我們正打算進行我們稱之為輸血的補救措施，從充滿的血管向空的血管輸送血液。約翰正準備貢獻出自己的血，因為他比我更年輕和強壯。」

——這時，亞瑟拿起我的手緊緊地握著——

「但是現在你來了，你比我們都合適，不管是老的還是年輕的，我們在思考的世界裡太辛苦了，我們的神經不像你那麼冷靜，血液也不像你的那麼純清。」

亞瑟轉向他說道：「只要你知道我會有多高興為她而死，你就會明白的……」他的聲音哽咽了。

「好孩子！」范海辛說道，「不久你就會很高興，你已經為你愛的人做了一切。現在保持安靜，你應該在這之前親吻她一下，然後你就必須走了，你要在我的示意後離開。不要跟夫人說什麼。你知道這對她意味著什麼。她不能受刺激，知道這件事的任何一點信息都會是致命的。來吧！」

我們都進了露西的房間。亞瑟根據指示，一直待在外面。露西轉過頭看著我們，但是什麼也沒說。她並沒有睡著，只是太虛弱了。她的眼睛在對我們說話，情況就是這樣。

范海辛從他的包裡拿出一些東西，放在視線之外的一張小桌子上，他將麻醉劑混合好，來到床前，愉快地說：「現在，小姑娘，這裡是你的藥。把它喝下去，像一個乖孩子一樣。看，我把你扶起來，這樣你就能更容易的咽下去了。對，做得很好。」她努力地喝下去了。

我很好奇，藥效要多長時間才會發揮作用。實際上，這也說明露西病的有多麼嚴重。時間好像沒有盡頭。終於，她的眼睛開始閃爍著睡意。最後，麻醉劑發揮了效力，她昏沈的入睡了。當教授滿意了，就把亞瑟叫進屋裡來，吩咐他脫掉自己的衣服。他說：「你可以去給她一個小小的吻，當我到桌子那兒去的時候。約翰，來幫幫我。」這樣我們兩個都看不見他去吻露西。

范海辛把頭轉向我，說道：「他是那麼年輕和強壯，他的血很純淨，以至於我們都不用分解。」

然後，范海辛快速而準確的實施了輸血。隨著輸血的進行，一種像生命的東西好像回到了可憐的露西的臉頰，雖然亞瑟在變得蒼白，但是他臉上確實閃著喜悅的光芒。過了一會兒，我開始不安起來，因為失血寫在了亞瑟的臉上，雖然他是那麼強壯。他讓我在想露西的身體經歷了怎樣的一種可怕的過度勞累的過程，因為，讓亞瑟變得虛弱的血液只能讓她恢復部分的元氣。

但是，教授臉上沒有任何表情，他站在那裡看著手錶，一會兒看看病人，一會兒又看看亞瑟。我能聽見自己的心跳。然後，他輕輕地對我說：「先不要動。已經足夠了。你來照顧他，我看著露西。」

等一切都結束了，我能看出亞瑟是多麼的虛弱。我把他的傷口包紮好，帶他離開了房間。教授沒有回頭，好像腦後長了眼睛，他說：「這位勇敢的愛人，應該再得到一個吻，他現在就應該得到。」因為亞瑟已經結束了輸血工作，所以就調整了一下病人頭下的枕頭。她好像總是在自己脖子上繫著一條黑色的細絲帶，上面縫著一顆他的愛人給她的舊鑽石，在亞瑟動枕頭的時候，這條絲帶被稍微向上帶了一下，露出了她脖子上的紅色印記。

亞瑟沒有注意到這個，但是我聽到了范海辛深深地吸了一口氣，這是他不自覺地流露感情的表現。他當時什麼也沒說，而是轉向我，說道：「現在，把我們勇敢的愛人帶下去，給他一杯紅葡萄酒，讓他躺一會兒。然後他必須回家休息，多吃多睡，這樣就可以把他給了自己愛人的血液恢復過來。他決不能留在這兒，等一下！」教授朝向亞瑟，「我知道你很擔心結果。請記住，輸血很成功。這一次你救了她的命，你可以回家放鬆一下心情。等她醒來，我會告訴她一切的。她會因為你所做的一切而更愛你的。再見。」

等亞瑟走後，我回到房間。露西輕輕地睡著，但是她呼吸的聲音很大。我能看見被子隨著她的胸部在起伏。范海辛坐在一旁，若有所思地看著她。那條絲帶又蓋住了紅色印記。我輕輕地問教授：「你對她脖子上的印記怎麼看？」

「你怎麼看？」

「我還沒有檢查，」我回答道，然後開始揭開絲帶。就在表面的頸靜脈上面有兩個小孔，不大，但是也不會對身體沒有影響。沒有疾病的跡象，但是它的邊緣是白色的，還有點破損，看起來像是被咀嚼過的。我馬上想到，這個傷口，無論它是什麼，明顯可能是失血的原因。但是，這樣的念頭一出來我就放棄了，因為這樣的事情是不可能發生的。能讓這個女孩在輸血之前那麼蒼白的失血量，是會把這整張床都染成鮮紅色的。

「怎麼樣？」范海辛說。

「不，」我說，「我想不出來。」

教授站起來了，「今晚，我必須回阿姆斯特丹，」他說道，「那裡有我需要的書和東西。你必須整晚都留在這裡，而且你的目光一刻都不能離開她。」

「我應該叫一個護士來嗎？」我問道。

「我們是最好的護士，你和我。你一晚上都要看著。確保她吃得飽，還有不要讓什麼東西打攪到她。你一晚上都不能睡。以後我們可以睡，你和我。我會盡早趕回來。然後，我們就可以開始了。」

「可以開始？」我說道：「你到底在說些什麼啊？」

「我們應該等等看！」他一邊匆匆地離開，一邊說道。他過了一會兒又回來了，把頭伸進屋子，豎起了一根指頭表示警告：「記住，你要對她負責。如果你離開了她，因此出了什麼差錯，從今以後，你都別想睡得著了。」

西沃德醫生的日記之繼續

9月8日

一整晚上都沒有睡，陪著露西。麻醉劑的藥效在快到黃昏時消退了，她自己醒了過來。她看起來和輸血之前像是兩個人。她的精神很好，快樂而活潑。但是我能看出她經過了極度的虛脫。當我告訴韋斯頓拉夫人，范海辛醫生叫我熬夜陪露西時，她甚至對這個想法表示輕蔑，指出她的女兒已經恢復了力氣，精神煥發。無論如何，我很堅定，開始準備我漫長的守夜。當她的女僕開始為她的就寢做準備時，我走進房間，同時拿著晚餐，在床邊坐下了。她沒有做出任何反對，但是，每當我看著她的眼睛時，她都會感激地看著我。在經歷了很長一段時間後，她好像睏了，但是她努力的搖晃自己，很顯然她不想睡著，所以我立即抓住了這個話題。

「你不想睡覺？」

「不，我害怕。」

「害怕睡覺？為什麼？這可是我們都渴望的恩賜。」

「哎，如果你是我的話，它就不是了，因為睡眠對你來說，會是恐懼的預兆。」

「恐懼的預兆！你到底是什麼意思？」

「我不知道，唉，我不知道。這就是糟糕的事情。所有糟糕的事情都在睡覺時來到我身邊，直到我開始害怕這個想法。」

「但是，我親愛的姑娘，你今晚可以睡覺了。我會在這裡看著你，而且我保證，什麼事情也不會發生。」

「嗯，我相信你！」她說。

我抓住機會，說道：「我保證，如果看到你做噩夢，我會立即叫醒你。」

「你會嗎？你真的會嗎？你對我真是太好了。那我就睡了。」幾乎在同時，她鬆了口氣，轉過身，睡著了。

整個晚上，我都在旁邊看著她。她一點也沒有動，而是一直深深的，安靜的，充滿生命和健康的睡著。她的嘴唇微微分開，胸部有規律的一起一伏。她的臉上有笑容，顯然，這是因為沒有什麼噩夢來打攪她安靜的頭腦。

一大早她的女僕來了，於是我把她交給她看管，自己回家了。因為我擔心好多事情，我拍了一封很短的電報給范海辛和亞瑟，告訴他們輸血的良好成果。我自己的工作，多多少少被耽擱了，我花了一整天的時間來處理它們。等我有時間詢問我的食肉狂患者時，已經是天黑了。報告的情況很好。他在過去的一天一夜裡都非常安靜。在我吃晚飯時，一封范海辛的電報從阿姆斯特丹來了，建議我今晚應該去希靈漢姆，因為我最好守在她身邊。還說他今晚就出發，明早就會和我在一起。

9月9日

當我到了希靈漢姆時已經非常疲倦了。因為我幾乎兩個晚上都沒有合眼，我的腦子開始變得麻木，這說明我是用腦過度。露西沒睡，精神愉快。當她和我握手時，她敏銳地看著我說：「今晚上你不能再熬夜了。你已經筋疲力盡了。我現在已經好了。真的，如果非要有人熬夜的話，應該是我熬夜陪著你。」

我沒有在這個問題上爭論，只是去吃了晚飯，露西和我待在一起。因為有她陪在身邊，我吃了一頓不錯的晚餐，喝了幾杯很好的紅葡萄酒。然後露西把我帶到樓上，給我看了她自己房間旁邊的一個房間，那裡燒著熊熊的爐火。

「現在，」她說，「你可以待在這兒。我會把這個房間的門還有我房間的門都開著，你可以躺在沙發上。我知道，如果有病人需要照看，什麼也不能讓你們這些醫生去睡覺。如果有什麼需要我會叫你的，你可以馬上過來。」

我只能同意了，因為我確實很累了，如果太累，是不能熬夜的。於是，當她又說了一遍如果有需要她會叫我時，我躺在了沙發上，忘記了一切。

露西．韋斯頓拉的日記

9月9日

我今晚特別高興。我曾經那麼虛弱，能夠思考和自由的行走對我來說，都像大風過後的陽光一樣。不知為什麼，亞瑟好像特別、特別靠近我。我彷彿覺得他的存在溫暖了我。我猜想疾病和虛弱是自私的東西，打開了我們身體裡的眼睛和同情心；健康和力量給了愛自由，在思想和感覺中它可以隨意遊蕩。我知道我的思想在哪裡。要是亞瑟知道就好了！親愛的，親愛的，當你睡覺的時候，你的耳朵一定會刺痛，因為我的耳朵是醒著的。噢，昨天休息得太好了！我是怎麼睡的呢，那位親愛的西沃德醫生陪在我身邊看護著我。今晚我不會害怕睡覺了，因為他就在不遠的地方，我可以隨時叫他。謝謝每一個人，他們都對我這麼好。感謝上帝！晚安，亞瑟。

西沃德醫生的日記

9月10日

我感覺到教授的手放在了我的頭上，瞬間我就醒過來了。無論如何，這是我在精神病院學到的東西之一。

「我們的病人怎麼樣？」

「很好，直到我離開她的時候，或者說她離開我的時候。」我回答道。

「來，讓我們看一看。」他說道。於是我們一起進了她的房間。

窗簾被關上了，我走過去輕輕地把它拉開，這時范海辛像貓一樣，輕輕的走到床前。

就在我打開窗簾的一剎那，早晨的陽光照射進了房間。我聽到教授低沈的吸氣聲，我知道這很少見，可怕的恐懼感擊中了我的心。當我走過去時，他向後退了一下，害怕得驚叫道：「天啊！」他表情痛苦，舉起手指著床，他的臉扭曲起來，變得灰白，我覺得我的膝蓋都開始顫抖了。

可憐的露西看起來像是昏倒在床上，比任何時候都要蒼白和沒有血色。甚至嘴唇都是白色的，牙齦都好像已經從牙齒上萎縮了，就像我們在因病死去的人身上看到的那樣。

范海辛生氣的抬起了腳，但是他的本能和他多年的習慣制止了他，於是他又輕輕地放下了腳。

「快！」他說：「拿白蘭地來。」

我飛奔進餐廳，帶著酒瓶回來了。他用酒把她可憐的白色嘴唇弄濕，同時我們不斷的摩擦她的手掌、手腕和胸部。他感到了她的心跳，暫停了一會兒。

「還不算太晚，還有心跳，雖然十分微弱。我們把能做的都做了。我們必須重新開始。現在年輕的亞瑟不在這兒了。這次就要全靠你了，約翰。」他一邊說著，一邊把手伸進包裡，準備輸血的器具。我脫掉衣服捲起了袖子。暫時沒有麻醉劑，也不需要了。於是，沒有耽擱一分鐘，我們開始輸血了。

過了一段時間，當然也不覺得時間短，因為不管獻血的人是多麼的心甘情願，抽走一個人的血，仍然是一種痛苦的感覺。范海辛豎起警告的指頭，「不要動，」他說，「我害怕因為有了力氣，她會醒來，這樣會造成危險，非常大的危險。不過我會小心的。我會皮下注射嗎啡的。」然後他快速而熟練的完成了注射。

露西的反應不算壞，因為暈厥好像在慢慢消失，轉變成由麻醉而引起的睡眠。我感到一種自豪，因為我能看到一種微弱的顏色正慢慢改變著她臉頰和嘴唇的蒼白。沒有人會知道，當一個人的血液流進一個他愛著的女人的血管裡時是什麼感覺，除非他親身經歷過。

教授嚴肅地看著我，「可以了。」他說。「這就可以了？」

我抗議道，「你從亞瑟身上抽得要多得多。」

他對此苦笑了一下，回答道：「他是她的情人，她的未婚夫。你有工作，還有更多的人需要你做更多的事情，現在這麼多就夠了。」

當我們停止輸血後，他開始照顧露西，而我用手指壓住自己的傷口。我躺下了，等著他間下來再來照顧我，因為我感覺頭暈，還有點噁心。不久，他為我包紮好了傷口，讓我下樓自己去喝一杯葡萄酒。正當我離開房間的時候，他跟在我後面，小聲說道：「記住，對這件事一個字也不要說。如果亞瑟不巧發現了，像上次一樣，也不要告訴他。這會嚇到他的，而且會引起他的嫉妒。這一切都不能發生！」

當我回來時，他認真地看著我，說道：「你好一點了。到那個房間去，躺在你的沙發上休息一會兒，早餐多吃一點，然後來找我。」

我遵照了他的吩咐，因為我知道它們是正確而明智的。我已經盡到了自己的職責，接下來的任務就是保存體力。我感覺非常虛弱，因為虛弱，忘記了一些對剛才發生的事情的震驚。我在沙發上睡著了，一直思索著露西為什麼會有如此的退步，還有她是如何失掉了這麼多的血，而沒有留下一點痕跡。我想我一定在夢裡還在思考，因為，無論是睡著還是醒著，我的腦海中總是浮現出她脖子上的那些小孔，還有它們粗糙的邊緣，雖然它們很微小。

露西一直睡到了中午，當她醒來時，情況還不錯，雖然不像前一天那樣好。范海辛看過她以後，就出去散了散步，讓我在這兒看著，嚴格的要求我不能離開她半步。我能聽見他在大廳裡，詢問最近的電報局地點的聲音。

露西隨意的和我聊著天，似乎沒意識到發生了什麼事情。我盡力讓她保持開心和興致。當她的母親上來看她時，好像沒有看出來任何變化，但是感激地對我說道：

「我們欠你的太多了，西沃德醫生，因為你所做的一切。但是，你現在必須注意，不要讓自己疲勞過度了。你的臉色看起來很差。你需要一個妻子來服侍和照顧你，快找一位吧！」就在她說這些話的時候，露西的臉紅了，雖然只是片刻，因為她脆弱的血管不能承受血液一直流向頭部。當她用懇求的眼光看著我時，臉色又變得蒼白。我微笑著點了點頭，把指頭放在嘴唇上。她嘆了口氣，又枕在了枕頭上。

范海辛幾小時後回來了，然後對我說道：「現在你回家吧，吃好喝好。讓自己變得強壯一點。我今晚會待在這裡，我會熬夜陪著小姐的。你和我必須看護著這個病人，我們絕不能讓別人知道。我有嚴肅的理由。不，不要問我。你怎麼想都可以。甚至不要害怕去想最不可能發生的事情。晚安。」

在大廳裡，兩名女僕朝我走過來，問我她們或是她們的其中一個，能不能熬夜陪著露西小姐。她們求我讓她們這樣做，當我說范海辛醫生希望由他自己或者我來守夜時，她們可憐兮兮的要我替她們向這位「外國的紳士」說情，我被她們的善良感動了。可能是因為我當時很虛弱，也可能是因為是露西，她們顯示出了決心。我一次又一次的看到了女人的善良。我回來時正好趕上晚飯，我巡視了一圈，一切正常。一邊等待睏意來臨，一邊把這些記入了日記。我要睡了。

9月11日

今天下午我去了希靈漢姆。我看見范海辛精神很好，露西也好多了。就在我剛剛到達後，教授收到了一個國外寄來的大包裹。他打開包裹，拿出一大束白色的花。

「這是給你的，露西小姐。」他說。

「給我的？啊，范海辛醫生！」

「是的，親愛的，但是這不是給你玩的。這是你的藥。」這時露西做了個苦臉。「不，我不會把它們當成藥來煎或者用其他讓人噁心的方式對待它們的，所以你沒必要皺起你那漂亮的小鼻子，否則我會告訴我的朋友亞瑟，他將會有怎樣的悲慘命運，當他看見自己這麼愛的一個美人的臉變得這麼難看。哈哈，我漂亮的小姐，現在不要再皺起你那漂亮的小鼻子了。這個東西有藥的作用，但是你是不知道原因的。我把它放在你的窗台上，還要把它做成美麗的花環，掛在你的脖子上，這樣你就可以睡得很香。噢，是的！它們，就像荷花一樣，讓你忘記煩惱。它們聞起來就像遺忘河裡的水，又如同西班牙的征服者在弗羅里達州尋找的青春之泉。」

他說話的時候，露西仔細觀察了那些花，還聞了聞它們。然後她馬上把它們扔在一旁，一邊笑著，一邊厭惡的說：「哎，教授，我相信你一定在拿我開玩笑。這些花只是普通的大蒜花。」

讓我吃驚的是，范海辛站起來，非常嚴肅，他的鋼鐵一樣的下巴靜止不動，皺起了濃密的眉毛，他說道：「不要跟我鬧著玩！我從來不開玩笑！我這樣做有著嚴肅的原因，我警告你不要反對我。小心一點，如果不是為了你自己，也要為了別人。」當他看見可憐的露西被嚇壞了，就溫和下來，「哎，小姑娘，不要害怕我。我是為了你好才這樣做的，但是就是這些普通的花，對你也大有好處。看，我把它放在你的房間裡。我自己把它做成花環讓你來戴。不過，不要告訴那些盤根問底的人。我們必須服從，沈默就是一種服從，服從會讓你變得健康，並把你送進那些愛你的人的懷抱裡。現在安靜的坐一會兒。跟我來，約翰，你來幫我用大蒜裝飾屋子，這些大蒜都是從哈爾勒姆弄來的，我的朋友范德普爾終年在那兒的房子裡用玻璃瓶種草藥。我要不是昨天發電報，就得不到這些東西了。」

我們拿著這些花，走進屋子。教授的方式很奇怪，在我聽說過的任何一本藥典裡都找不到。他先是關上窗戶，插好插銷。然後，他拿上一把花，插遍整個窗框，彷彿要確保每一絲可能進入的空氣都充滿大蒜的氣味。然後他用小刷子把大蒜塗抹在門框上，上面，下面，還有兩邊，然後用同樣的方法塗抹了壁爐。這對於我來說很荒誕，過了一會兒我問道：「教授，我知道你做什麼事情都是有原因的，但是這一次把我搞糊塗了。幸好我們這裡沒有懷疑論者，否則他就會說，你這是在念咒語讓邪惡的靈魂遠離。」

「或許真的是這樣吧！」他一邊冷靜的回答，一邊動手製作著花環，露西會把它戴在脖子上。

然後，我們等著露西洗漱，當她上了床，他走過來把那一串大蒜花戴在了她的脖子上。他對她說的最後一句話是：「小心一點，不要把它弄掉了，即使屋子裡很悶，今晚也不要打開門或者是窗戶。」

「我保證，」露西說道，「謝謝你們兩個對我這麼好！唉，我都做了什麼，可以有你們這樣的朋友？」

當我們坐著等我的馬車離開房子時，范海辛說道：「今晚，我可以安心地睡覺了，我也確實需要睡眠，兩個晚上的奔波，在之間的白天讀了很多書，接下來一天的擔心，一個晚上的守夜，眼睛都沒眨一下。明天早晨你來我這兒，我們一起來看我們漂亮的姑娘，她會因為我念的咒語而變得更強壯了，哈哈！」

他看起來那麼有信心，這讓我想起兩個晚上以前，我自己盲目的信心和它的致命的結果，隱約感到有點恐懼。一定是因為我的虛弱，才讓我猶豫著沒有把這個告訴我的朋友。但是，我越來越強烈的感覺到它，就像流不出來的眼淚。

露西・韋斯頓拉的日記

9月12日

他們所有人對我都太好了。我非常喜歡那個范海辛醫生。不知道他為什麼那麼關心那些花兒。他讓我害怕了，他可真嚴厲。不過他一定是正確的，因為那些花兒的確讓我感到好多了。不知為什麼，我不害怕今天晚上一個人睡了，也不害怕睡覺了。我不應該再理會窗外的那些拍打聲。唉，我在晚上常有對睡眠的痛苦的掙扎，失眠的痛苦，或是說懼怕睡眠的痛苦，和這些無名的恐懼！有一些人是怎樣的有福，他們的生活中沒有恐懼，沒有可怕，對於他們來說，睡眠是每晚都會到來的恩賜，只會帶來美夢。好吧，現在我在這裡，憧憬著睡夢，像劇中的奧菲利亞一樣躺著。我從沒喜歡過大蒜，可是今晚它是多麼的讓人高興！它的味道中有一種安詳。我感到睡眠要來了。晚安，各位。

西沃德醫生的日記

9月13日

來到伯克利見到范海辛，像往常一樣，準點到達。酒店預訂的馬車已經在外面等候了。教授帶著包，他現在總是把它帶在身邊。

我把所有的事情都準確地記下了。范海辛和我在8點到達了希靈漢姆。這是一個美好的早晨。明亮的陽光和早秋的清爽，像是大自然每年工作的結束。葉子變成了各種美麗的顏色，但是還沒有開始從樹上掉落。當我們進入房子時，看見韋斯頓拉夫人正在從晨室裡出來。她總是起的很早。她親切的問候了我們，說道：「你們會很高興的，因為露西好多了。可愛的孩子還在睡覺。我往她的屋子裡看了看，不過沒有進去，以免打攪到她。」

教授笑了，看起來歡欣鼓舞。他搓著雙手，說道：「哈哈，我想我已經診斷出了疾病。我的治療方法有效果了。」

她對此回答道：「你不要太相信自己了，醫生。露西今天早上的狀態有一部分要歸功於我。」

「您是什麼意思呢，夫人？」教授問道。

「我晚上很擔心孩子，就進了她的房間。她睡得很香，香到甚至是我來也沒有吵醒她。但是屋子裡特別悶，到處都是可怕的，有強烈氣味的花，她還在自己的脖子上戴了一束。我怕這刺鼻的味道會把這虛弱的孩子給熏壞了，所以我把它們都拿掉了，還把窗戶打開讓新鮮空氣透進來一點。你看到她會高興的，我確定。」

她又走進了自己的臥室，她通常都在那裡吃早餐。在她說話的時候，我看見教授的臉變得灰白灰白。他在這位可憐的夫人面前儘量克制著自己的情緒，因為他知道她的狀態，一個刺激對她來說有多致命。他甚至在為她打開門時微笑著。但是就在她的身影消失的一剎那，他突然使勁地拉住我進了餐廳，關上了門。

然後，我平生第一次看見范海辛失去了控制。他用手抱住頭，絕望的沈默著，然後無助的擊著手掌，最後他坐在一張椅子上用手捂住臉，開始啜泣，大聲的嘶啞的啜泣，好像是心底裡痛苦的掙扎。

然後他又舉起了手臂，好像在央求整個宇宙，「上帝啊！上帝啊！上帝啊！」他說，「我們做了什麼，那個可憐的人又做了什麼，讓我們這樣被痛苦包圍？是不是我們有什麼宿命，是那異教的世界帶給我們的，這樣的事情必然發生，而且這樣發生？這位可憐的母親，一無所知，做了她認為最好的事情，實際卻是做了扼殺她的女兒的身體和靈魂的事情，我們絕不能告訴她，我們甚至不能警告她，否則，如果她死了，所有人就都死了。天啊，我們周圍是什麼啊！我們周圍的魔鬼的力量有多麼強大啊！」

突然間他跳了起來，「來，」他說，「來吧，我們必須去看看，採取點行動。有沒有魔鬼，或者是不是所有的魔鬼都來了，這都沒有關係了。我們必須一樣的與他們戰鬥。」他走向大廳的門，拿上他的包，然後我們一起上樓進了露西的房間。

我又打開了窗簾，這時范海辛朝著床走過去。這次，當他看著那張可憐的臉時並沒有驚訝，沒有像以前那樣蒼白。他看起來是嚴肅的悲哀和無盡的憐憫。

「就像我想的那樣，」他自言自語道，還伴隨著他那意味深長地吸氣聲，他一聲不響的鎖上了門，然後，開始在小桌子上準備輸血用的工具。我之前就意識到了這個需要，所以開始脫衣服，但是他用手制止了我。「不！」他說，「今天你來操作，我來獻血，你已經很虛弱了。」他一邊說著一邊脫下衣服卷起袖子。

又是一次輸血，又是一次麻醉。露西灰白的臉頰又有了血色，規律的呼吸也回來了。這次是我照顧范海辛恢復身體和休息。

不久，他找到一個機會告訴韋斯頓拉夫人，不能在沒有和他商量的情況下，拿走露西房間裡的任何東西。那些花是有藥用價值的，吸入它們的氣味是治療的一部分，然後他開始自己照料病人，說他今晚和明晚會看守著她，還會告訴我什麼時候來。

一個小時後，露西從睡夢中醒來，神清氣爽，好像沒有因為受到的折磨而變得更糟。

這些都意味著什麼？我開始在想，是不是因為我長時間的和精神不正常的人一起生活，也讓我自己變得不正常了。

露西・韋斯頓拉的日記

9月17日

四天四夜的安寧。我又這麼健康了，自己都不敢認自己了。我好像已經度過了長時間的噩夢，剛剛醒來看見了陽光，呼吸早晨清新的空氣。我還依稀記得那長時間焦慮地等待和恐懼，還有黑暗，甚至沒有將現在的折磨弄得更加嚴重的痛苦。然後是長時間的遺忘，最後又回到了生活中，像一個潛水員頂著水的巨大壓力露出頭來。然而，因為范海辛醫生一直陪著我，所有的這些噩夢好像都煙消雲散了。曾經把我嚇得靈魂出竅的噪音，窗戶上的拍打聲，遠方那些好像離我很近的聲音，那些從我不知道是哪裡來的尖厲的聲音，命令我去做一些我不知道是什麼的事情，這些都結束了。我現在可以毫無恐懼感的睡覺。我甚至不能故意不讓自己睡著。我現在開始十分喜歡大蒜，每天都有從哈爾勒姆運來的整整一盒子的大蒜給我。今天晚上，范海辛醫生會離開，因為他必須回阿姆斯特丹一天。我不需要被看護了。我已經足夠好了，可以一個人待著。

為了媽媽，還有亞瑟，感謝上帝，還有這些對我這麼好的、我的所有朋友們！我應該都感覺不出變化來，因為昨天晚上范海辛在椅子上睡著了一會兒。我醒來時發現他睡著了兩次。但是我不再害怕睡覺了，雖然樹枝、蝙蝠，還有別的什麼東西，幾乎是瘋狂的在窗戶上拍打著。

《保爾摩爾公報》9月18日

我們受訪者的可怕的逃狼經歷——對動物園管理員的採訪

經過了無數次的詢問和幾乎相等次數的拒絕，並且不斷地用《保爾摩爾公報》作為一種法寶，我最終找到了負責餵食狼的動物園的部門管理員。托馬斯·比爾德住在大象房後面的圍牆中的茅舍內，當我找到他時，他正要坐下來喝茶。托馬斯和他的妻子非常好客，他們已不再年輕，沒有孩子，如果他們對我的熱情就是他們平時的狀態的話，他們的生活一定過得很愜意。管理員不願意談這個被他叫做生意的問題，直到吃過了晚飯，我們都很滿意。

等收拾好桌子，他叼起他的煙斗，說道：「現在，先生，你可以繼續了，問你想問的問題。請你原諒，我在晚飯前不願意談論這個問題。在我問我們部門的狼、胡狼和鬣狗問題之前，我會先給牠們吃些點心。」

「什麼意思，問牠們問題？」我問道，想引起他談話的興致。

「用棒子打牠們的頭是一種方法，摩擦牠們的耳朵是另一種。記住，」他富有哲理的說，「我們人類有很多天性和這些動物是一樣的。現在，你來問我關於我生意的問題，你甚至沒有諷刺的問我，是否想讓你去問問園長能否問我問題。我說得夠清楚嗎？」

「是的。」

「當你說，你會揭發我用了下流的語言時，真是讓我哭笑不得。我不打算反駁，所以我等待我的食物，狼吞虎嚥的吃飯。現在那個老女人給我做好茶點了，我也點上煙了，你可以盡情地問我一些問題，我不會反對的。開始你的問題吧。我知道你是為什麼而來——逃跑的狼。」

「完全正確，我想讓你談談你對這件事情的看法。只用告訴我這是怎麼發生的，等我知道了真相，我會讓你談談，你認為它的原因是什麼，還有你覺得這整個事件會怎樣結束。」

「好的。這就是事件的全過程。這條被我們叫做伯喜客的狼，是三條從挪威來的灰狼中的一條，我們是四年前把牠買來的。牠是一條性情溫順的狼，從來不給我們惹麻煩。我很奇怪，其它動物還沒有想逃出去呢，怎麼會是牠逃出去的呢？但是，當然，你不能相信一條狼，就像女人一樣。」

「請不要介意，先生，先生！」托馬斯夫人插話進來，「他和動物們相處的時間太長了，自己就像一條老狼。但是他並沒有惡意。」

「先生，昨天，就在餵過牠們兩小時之後，我聽到了一陣騷亂，當時我正在為一隻生病的小美洲豹做窩。但是，當我聽到叫聲時就趕緊跑出來了。伯喜客在欄杆後面像瘋了似的想要出去。那天，周圍沒有太多人，附近只有一個人，一個又高又瘦的傢伙，鷹勾鼻，大鬍子，幾縷白髮。他有一張冷酷的臉和紅色的眼睛。他戴著白色的手套，指著動物對我說：「管理員，這些狼看起來好像因為什麼事情而心煩。」

「『也許是因為你，』我說，因為我不喜歡他。他並沒有像我所想的那樣生氣，但卻傲慢的微笑著，露出了一口白色的鋒利的牙齒，『不，他們不會喜歡我的。』」

「『是的，他們會的。』我說，模仿著他，『他們在喝茶的時間總想要一兩根骨頭來清理牙齒，你可有一大堆呢！』」

「這可真是一件奇怪的事情，當我們談話時，牠們全都躺下了，當我去看伯喜客時，牠像往常一樣讓我摸牠的耳朵。那個人也走過來了，可是他也把手伸進去，像我一樣去摸這條狼的耳朵！」

「『小心一點，』我說，『伯喜客很凶猛的。』」

「『別擔心，』他說，『我已經習慣牠了。』」

「『你是做這個買賣的？』我一邊說著，一邊摘下帽子，因為做狼生意的人，就是管理員的好朋友。」

「『不，』他說，『不是做這個生意，但是我有好幾條這樣的寵物。』然後，他像一個貴族一樣揮了一下帽子，走開了。伯喜客一直看著他，直到他在視線裡消失，然後走到一個角落裡躺下，不願意從洞裡出來。昨天晚上，就在月亮升起的時候，這裡所有的狼都開始叫起來。可是沒有什麼好讓牠們叫的。周圍沒有人，除了一個顯然是在叫狗從花園後面出來的人。我出去看了一兩次，一切都很正常，然後叫聲停止了。就在12點之前，我出去巡視了一圈，當我走到伯喜客的籠子的前面時，我看見欄杆被弄折了，籠子是空的。這就是我知道的全部了。」

「有沒有別人看到？」

「有名園丁那個時候正要回家，他看見一隻大灰狗出來了。他是這樣說的，但是我沒有太在意，因為他回家後，沒有跟自己的老婆說起這件事，只是當大家知道狼逃跑了，我們整晚上都在動物園裡找伯喜客時，他才想起來看見過什麼東西，我認為是他腦子進水了。」

「現在，比爾德先生，你能估計一下狼是怎麼逃跑的嗎？」

「先生，」他說道，既謙虛又懷疑，「我想我可以，但是我不知道你會不會對這個推論滿意。」

「我當然會。如果像你這樣對動物有經驗的人都不能猜對的話，誰還猜得對呢？」

「那好，先生，我就這樣講吧。我覺得這條狼之所以逃跑——就是因為牠想出去。」

從托馬斯和他的妻子對這個笑話報以大笑的方式來看，這一結論只是一個精心的欺騙。我比不上托馬斯能開玩笑，但是，我想我知道怎樣才能讓他開口，於是我說：「現在，比爾德先生，我們可以認為，半塊金鎊已經付給你了，現在它的兄弟正在等待被認領，如果你告訴我，你認為接下來會發生什麼事情的話。」

「好吧，先生，」他輕鬆的說道：「我知道你會原諒我對你開的玩笑，但是這個老女人朝我使眼色，是她讓我這麼幹的。」

「我從來沒有！」老婦人說道。

「我的看法是，那條狼現在正藏在某個地方。那名園丁說牠向北邊跑了，跑得比馬還要快，但是我不相信他，因為你知道，先生，狼還沒有狗跑得快，牠們不會那麼快的跑。狼是故事裡的動物，但是，我知道當牠們聚集成群時要比單個可怕，牠們會發出魔鬼一樣的叫聲，然後把東西撕得粉碎，無論那是什麼東西。但是，上帝保佑，在現實生活中，狼只是一種低能的動物，還沒有一條好狗的一半聰明和膽大，也不是那麼好鬥。這條狼原來從不打架，牠更可能正藏在動物園的某個角落發抖，如果牠也能思考的話，一定在想能從哪兒得到自己的早餐。或者牠自己去了什麼地方，現在躲在一個煤窯裡。我的眼睛不會放過牠那雙在黑暗裡發著綠光的眼睛！如果牠沒有吃的，肯定會去尋找，牠有可能會在某一時刻出現在肉店裡。如果不是這樣的話，那當某個女僕走在外面的時候，就會看見牠——如果人口普查發現少了一個人，我也一點不奇怪。就是這樣了。」

正當我把另一半金鎊給他的時候，窗戶上響起了敲打聲，他的臉吃驚地拉長了兩倍。

「上帝保佑！」他說，「該不會是伯喜客自己回來了吧！」

他走過去把門打開，在我看來，這是最沒有必要的舉動。我從來不覺得，一個野生動物如果不在離我一英里開外的地方會有多麼可愛。個人的經歷加深了這種看法而不能消除牠。

然而，對狼的態度沒有傳統可言，因為不管是比爾德還是他的妻子，他們看見一條狼就像我看見一條狗似的。那個動物本身十分安靜和溫順，就像紅色萊丁漢的老朋友，畫裡的狼的祖先一樣。

整個場面是戲劇和悲劇的無法形容的混合。這條半天時間讓整個倫敦都癱瘓，還讓所有鎮上的孩子都發抖的淘氣的狼，現在懷著悔過的心情，像一個狡猾的揮霍的兒子一樣，被收留和愛撫著。老比爾德溫柔仔細的檢查了牠的全身，之後說道：「我就知道這個可憐的傢伙會遇上麻煩的，我不是一直這麼說嘛？牠的頭被割傷了，都是碎玻璃，牠肯定是去翻一堵破牆或者別的什麼東西，真是的，真應該禁止那些人把碎玻璃插在牆頭，這下可好了。過來，伯喜客。」

他把狼鎖進了籠子，還給了牠一塊足夠大的肉，然後就出去報告了。

我也離開了，對這件離奇的動物園出逃事件，做出今天的獨家報導。

西沃德醫生的日記

9月17日

吃完午飯後，我在書房忙著整理書籍，因為其他事務的壓力和頻繁的到露西那裡去，這項工作已經拖了很久了。突然門被撞開了，我的病人衝進來，臉因為激動而扭曲著。我很吃驚，因為病人自己跑到管理者的書房來，這種事幾乎從來沒聽說過。一眨眼的工夫，他就站在我面前了。他手裡拿著一把餐刀，我覺得這十分危險，所以我儘量站在桌子後面。對於我來說，他的動作太敏捷，身體也太強壯了，在我尚未作出反應之前，他已經襲擊了我，嚴重地割傷了我的手腕。

然而，在他再次襲擊我之前，我把他抓住，他四肢張開的躺在地上。我的手腕不停的流血，地毯上已經流了一灘血。我看見他沒有想掙脫，就壓住了我的手臂傷口，嚴密的監視著這個趴在地上的人。當值班員衝進來，我們再看他時，他的行為著實讓我感到噁心，他肚皮貼在地上，像一條狗一樣舔著從我受傷的手腕流出來的血。他很容易就被制伏了，讓我吃驚的是，他非常溫順的被值班員帶走了，只是嘴裡不停地念叨著：「鮮血就是生命！鮮血就是生命！」

我不能再承受更多的失血了。我已經失掉了健康身體所能承受的更多的血，對露西的病的擔憂和此刻可怕的狀態都在暗示我。我過於激動和疲乏，我需要休息，休息，再休息。很高興范海辛沒有召喚我，這樣我就不用去了。今晚我必須要睡覺了。

安特衛普的范海辛給卡爾法克斯的西沃德的電報

（送至瑟塞克斯的卡爾法克斯，因為沒有寫郡名，所以晚到了24小時）

9月17日

今晚一定要來希靈漢姆。如果沒有一直看守著，也要經常去查看一下那些花是不是還在原處，這非常重要，不能忘記。我會在到達以後盡快到你那兒去的。

西沃德醫生的日記

9月18日

剛剛下了到倫敦的火車。范海辛的電報讓我十分沮喪。一整晚上都沒在那裡，根據以往不好的經驗，我知道這一晚上會發生什麼事情。當然有可能一切都好，但是會發生什麼事情呢？肯定有某種厄運在我們頭上，每一次可能的事故都會對我們所做出的努力造成不利的影響。我應該帶著這個磁片，這樣，我就可以用露西的留聲機完成我的留聲日記。

露西．韋斯頓拉留下的備忘錄

9月17日晚間

我寫下這個並且讓人們來看，這樣就不會有任何人因為我而惹上麻煩。這是對今晚發生的事情的準確的記錄。我感覺自己正在死去，幾乎沒有力氣寫字，但是我必須寫下來。

我像往常一樣上了床，檢查了一下那些花是否像范海辛醫生要求的那樣在原處，然後很快就睡著了。

我被窗戶上面的拍打聲吵醒，自從那次在惠特白的東崖上的夢遊，米娜救了我之後，這聲音就開始了，現在我已經很熟悉它了。我不害怕，但是我確實希望范海辛醫生能在隔壁的房間，他也說過他會在，這樣我就可以叫他了。我試著睡覺，但是睡不著。然後，原來那種對睡眠的恐懼又來了，我決定醒著。討厭的睡眠總在我不想要它時來到我身邊。因為我害怕一個人待著，所以我打開門叫了一聲：「有人嗎？」沒有回答。我害怕吵醒了母親，所以我又關上了門。從外面的灌木叢裡傳來一陣叫聲，像狗的叫聲，但是更尖厲和深沈。我打開窗戶向外看，但是什麼也沒看到，除了一隻巨大的蝙蝠，牠顯然在用自己的翅膀拍打著窗戶。於是我又回到了床上，決定不睡覺。

不久門開了，媽媽向裡面看。看見我沒有睡著，她進來坐在我身邊。比往常要更溫柔地對我說：「我很擔心你，孩子，所以來看看你好不好。」

我怕她坐在這裡會著涼，所以讓她來和我一起睡，於是她上了床，躺在我身邊。她沒有脫下長袍，因為她說她就待一會兒，然後就回到自己的床上去。就在她躺在我的臂彎裡時，我又聽見了窗戶上的拍打聲。她很吃驚，有點被嚇住了，叫起來：「那是什麼？」

我試著安撫她，好不容易最後成功了，她又安靜地躺下了。但是我仍然能聽見她可憐的心臟跳得不太正常。過了一會兒，灌木叢裡又響起了叫聲，不久窗戶被擊碎了，碎玻璃灑了一地。窗簾被灌進來的風吹到了後面，就在破損的窗戶的縫隙中，露出一隻巨大、瘦削的灰狼的腦袋。

母親驚恐的大叫起來，掙扎著坐起來，使勁兒地去抓任何能救她的東西。在所有的東西裡，她抓住了范海辛醫生堅持要我戴在脖子上的大蒜花環，把它從我身上扯了下來。她立刻坐起來，指著那隻狼，喉嚨裡發出奇怪的可怕的「咯咯」的聲音。然後她就倒下了，像是被閃電擊中了一樣，她的頭撞到了我的額頭，讓我暈了一陣子。

房間和周圍的一切好像都在旋轉。我的眼睛盯著窗戶，可是，狼把頭縮回去了，一大堆小顆粒好像從破了的窗戶被吹進來，轉著圈，像一個塵埃的柱子，就好像旅行者所描述的在沙漠中看到的海市蜃樓。我想動彈一下，可是我身上好像有什麼符咒，親愛的母親，她的可憐的身體好像已經開始變冷了，因為她的心臟已經停止了跳動，她的身體把我壓倒了，我有一段時間喪失了記憶。

直到我再次恢復知覺，時間並不顯得很長，但是十分可怕。周圍的某個地方，一個移動的鈴在響。臨近的狗全都在狂吠，外面樹叢中，有一隻夜鶯在唱歌。我因為疼痛、恐懼和虛弱而顯得茫然和愚蠢。可是，那夜鶯的歌聲就好像我死去的母親又回到我的身邊安慰我。聲音好像也把女僕吵醒了，我能聽見她們光著腳在外面跑的聲音。我叫了她們，她們進來了，當看到了發生的一切，還有在床上壓在我身上的東西時，她們驚叫起來。風從破窗戶「嗖嗖」的刮進來，門「砰」的一下關上了。她們抬起我母親的屍體，在我起來以後，她們把她放平在床上，在上面蓋了一塊布。

她們太恐懼和緊張了，我讓她們到餐廳去，每人喝一杯葡萄酒。門被打開了，又關上了。女僕們尖叫著跑進了餐廳。我把大蒜花放在了親愛的母親的胸膛上。這時我想起了范海辛醫生叮囑我的話，但是我不想把它們拿開，另外，我想讓幾個僕人陪我熬夜。我很驚訝女僕們沒有再回來。我叫了她們，但是沒有回答，我下樓到餐廳去找她們。

當我看見發生的事情時我的心沈了下去。她們四個人無助的躺在地板上，沈重的呼吸著。桌上有半瓶雪莉酒，但是周圍有一種讓人眩暈的、辣辣的味道。我很疑惑，聞了聞酒瓶。它聞起來像是鴉片酊，我看了一下旁邊，發現了醫生給媽媽用的藥的瓶子。啊！確實用了，已經空了。我該做些什麼？我該做些什麼？我又回到房間和母親在一起。我不能離開她，而且我是一個人，除了那些睡著了的僕人，有人把她們給藥倒了。和死人單獨待在一起！我不敢走出去，因為我能聽見狼的低沈的嚎叫聲透過窗戶傳進來。

空氣裡彷彿充滿了小顆粒，在從窗戶吹進來的風裡飄浮著，打著轉，閃著幽暗的藍光。我該怎麼辦？上帝保佑我躲過這一夜吧！我得把這張紙藏在我的胸口裡，當他們來為我做殯葬準備的時候，就能在這裡發現它。我最愛的母親走了！也是我走的時候了。再見，親愛的亞瑟，我活不過今晚了。上帝保佑你，親愛的，也請上帝保佑我吧！

西沃德醫生的日記

9月18日

我立刻駕馬車到了希靈漢姆，來得很早。我把馬車停在門口，獨自走上了小路。我輕輕的敲門，儘量小聲的按門鈴，因為我怕吵到露西或者她的母親，希望是一位僕人來為我開門。過了一會兒，發現沒有反應，我又敲了門按了門鈴，還是沒反應。我詛咒僕人的懶惰，她們這時候可能還躺在床上，已經10點了，所以我又敲門按門鈴，已經不太耐煩了，還是沒有回答。剛才我還只是準備責備一下僕人，但是現在一陣恐懼襲上我的心頭。這是不是籠罩在我們周圍的厄運的鎖鏈上的又一環呢？是不是這裡已經是一個死人的房子，而我來得已經太遲了？我知道，一分鐘的、甚至是一秒鐘的耽擱，都可能對露西造成幾小時的危險，如果她再次發病的話。我繞著房子走了一圈，想找到一個入口。可是沒有找到。每一扇門和窗戶都被關上鎖好了，於是我又回到前門去敲門。就在我這樣做的時候，我聽見一陣馬蹄飛奔的聲音。它停在門口，幾分鐘後我看見范海辛從小路跑過來。他看著我，喘著氣說：「是你，你剛來嗎？她怎麼樣？我們是不是太晚了？你收到我的電報了嗎？」

我儘量快速和連貫地告訴他，我今天一大早才收到他的電報，馬上就趕到這裡，但是屋裡沒有一個人給我開門。他停住了，摘下帽子嚴肅地說道：「恐怕我們是太遲了。上帝已經下了決心了！」

他又恢復了原來的狀態，繼續說：「來吧。如果沒有能進去的入口，我們必須找出一條，時間現在對我們是特別重要的。」

我們轉到房子後面，那裡有一個廚房的窗戶。教授從手提箱裡取出一把醫用鋸，遞給我，指著窗戶外面的鐵欄杆。我馬上開始鋸它們，很快就弄斷了其中的三根。然後，我們用一把又長又細的刀子將門閂撥開，打開了窗戶。我幫助教授進去，然後跟在他後面。最近的廚房和僕人的房間裡都沒有人。我們看了所有經過的房間，在餐廳裡，借助從百葉窗投下的微弱的光線，發現四個女僕躺在地板上。沒有必要檢查她們是否還活著，因為她們的鼾聲和房間裡鴉片酊的味道，已經清楚地說明了她們的情況。

范海辛和我互相看著，我們一邊離開，他一邊說：「我們一會兒再來管她們。」然後，我們上樓進了露西的房間。我們停在門口一兩秒鐘，聽了聽，但是沒有聽到聲音。我們的臉蒼白了，用顫抖的手輕輕地打開了門，進入房間。

我該怎麼描述我所看到的呢？床上躺著兩個女人，露西和她的母親。她的母親身上蓋著一塊白布，一角被從破損的窗戶吹進來的風吹開，露出一張扭曲、慘白的臉，上面還殘留著恐懼的表情。在她的旁邊躺著露西，臉更加慘白和扭曲。曾經戴在她脖子上的花，現在在她母親的胸膛上，她的脖子露了出來，上面有兩個我們以前已經注意到的傷口，但是看起來更加發白和血肉模糊。教授一言不發地伏在她身上，他的頭幾乎都要碰到露西的胸部了。然後，他很快地轉過頭來，跳起來對我叫道：「還不算晚！快點！拿白蘭地來！」

我飛奔下樓，拿著白蘭地上來了，小心地聞了聞，嘗了嘗，以免它也像我在桌子上看到的那瓶雪莉酒一樣被下過藥了。女僕仍然在呼吸，但是不太安定，我猜是藥效快過了。他像以前那樣將白蘭地塗在她的嘴唇、牙齦、手腕和手掌上。他對我說：「我可以做這個，做一切現在能做的事，你去把僕人們叫醒。用濕毛巾擦她們的臉，然後拍拍她們。讓她們準備好火爐和澡盆。這個可憐的人幾乎要和她身邊的那一個一樣冰冷了。在我們做其他事情之前，必須把她給弄熱。」

我立即去了，很容易的叫醒了其中的三個。第四個是個小女孩，藥顯然對她起了更大的作用，所以我把她扶到沙發上讓她繼續睡。

其他幾個一開始很暈，但是，當她們回憶起來時，全都歇斯底里地叫著和啜泣著。不論事情怎樣，我對她們很嚴肅，不讓她們說話。我告訴她們，失去一條生命已經夠糟糕的了，如果她們耽擱了，還會失去露西小姐。所以，她們哭著喊著，衣衫不整的去準備爐火和熱水了。幸運的是，廚房的鍋爐的火還沒有熄滅，不缺熱水。我們弄了個澡盆把露西抬出來放進去。就在我們忙著擦熱她的四肢時，大廳的門被敲響了。其中一名女僕慌忙穿好衣服，下去開了門。她回來小聲跟我們說，有一位紳士帶來了郝姆伍德先生的信息。我吩咐她，就告訴他先等著，因為我們現在誰也不能見他。她去傳話了，因為專注於手頭的工作，我把他完全給忘記了。

在我的印象裡，從沒見過教授這樣認真地工作過。我知道，他也知道，這是與死亡進行的持久的戰鬥，我停下來告訴他。他回答的話讓我聽不懂，但是臉上的表情是極其嚴肅的。

「如果這就是所有的了，我就會停在我們現在的地方，然後讓她自己慢慢的死去，因為我在她的世界裡看不到生命的曙光。」他更加拼命地繼續工作著。

不久，我們都感覺到加熱開始有效果了。露西的心跳在聽診器裡更明顯了，也能感到她的肺在運動。范海辛總算鬆了口氣，當我們把她扶起來，用一塊熱毛巾把她擦乾時，他對我說：「這是我們首先得到了獎勵。」

我們把露西帶到了另一個房間，那個房間現在已經準備好了，把她放在床上，並向她的喉嚨裡灌了幾滴白蘭地。我看見范海辛將一塊柔軟的絲綢手帕繫在她的脖子上。她依然沒有知覺，情況還是我們看到過的最壞的。

范海辛叫其中的一名女僕進來，讓她和露西待在一起，在我們回來之前，眼睛都不要離開她，然後示意我離開了房間。

「我們必須商量下一步該怎麼做。」我們下樓的時候他說。在大廳裡，他打開了餐廳的門，我們進去以後，他小心地關上了門。百葉窗已經被打開了，但是窗簾拉上了，這是英國的下層階級的婦女嚴格遵守的哀悼的禮儀。於是，房間變得十分黑暗。但是對於我們的目的來說，已經足夠亮了。范海辛的嚴肅有點被為難所化解了，他顯然在為一些事情而苦惱，於是我等了一下，他說道：「我們現在怎麼辦呢？我們能找誰來幫忙呢？我們必須再輸血，否則那個可憐的女孩連一小時也活不過。你已經筋疲力盡了，我也是。我不敢相信那些女人，即使她們有勇氣做。我們怎麼才能找到一個願意為她打開自己的血管的人呢？」

一個聲音從沙發那裡傳了過來，這個聲音給我帶來了安慰和欣喜，因為這是昆西・莫里斯的聲音。

「那麼，我怎麼樣？」

范海辛一開始又驚訝又生氣，但是下一刻又變得高興起來，因為我叫道：「昆西・莫里斯！」然後衝到他面前，向他伸出雙手。

「你怎麼會在這兒？」我們握著手，我叫道。

「我想是因為亞瑟。」

他遞給我一封電報：

三天都沒有西沃德的消息了，我非常焦急。可是不能離開，父親的情況還是不好。告訴我，露西怎麼樣了。不要耽擱。郝姆伍德。

「我想我來得正是時候，你只用告訴我，我該做些什麼。」

范海辛走上前來，拉著他的手，看著他的眼睛說道：「當一個女人遇到麻煩時，一個勇敢的男人的血，是這世界上最好的東西了。你是一個男人，沒錯。魔鬼一直在傾盡全力的和我們作對。可是，上帝在我們需要的時候，為我們送來了男人。」

我們再一次實施了輸血。我沒有心思再仔細說了。露西受到了強烈的刺激，這對她產生了比以往更大的影響。因為，雖然大量的血液已經輸進了她的身體，她也沒有像上幾次那樣有太大起色。她掙扎著獲得生命，看起來和聽起來都是一件很嚇人的事情。無論如何，心臟和肺都在工作了，范海辛又給她注射了嗎啡，像上次一樣，效果很好。她由暈厥變成了熟睡。教授看著她，我則和莫里斯一起下了樓，叫其中一名女僕去付錢給等待的馬車夫。

我給昆西喝了一杯葡萄酒，讓他躺下了，又告訴廚子做一頓好點的早餐。我突然有了一個想法，於是我回到了露西待的房間。當我輕輕地進來時，看見范海辛手裡拿著一兩張紙，他顯然在讀它們，而且手扶著額頭思考著。他臉上有一種滿足的表情，就像一個人消除了疑慮。他只是把紙遞給我說：「當我們給她洗澡時，這張紙從她的胸口掉出來了。」

我讀了它，然後站在那裡看著教授，停了一會兒我問他：「以上帝的名義，這些都是什麼意思？為什麼她會瘋狂，那可怕的危險又是什麼呢？」我是那麼的困惑，不知道再往下說什麼。

范海辛伸出手拿著那張紙，說道：「不要為這個操心了。先忘了它吧。你會在合適的時間明白一切的，但不是現在。那麼，你來是想跟我說什麼呢？」

這又把我帶入了現實中，我又成了我自己。

「我是想說死亡證明。如果我們做得不合適不明智，就會有審訊，那這張紙就要被拿出來作證明。我希望我們不會有審訊，因為如果我們有的話，就肯定會殺了露西，如果不是別的什麼的話。我知道，你知道，還有其他服侍她的醫生也知道，韋斯頓拉夫人有心臟病，我們能夠證明她是死於心臟病。讓我們現在就寫證明吧，然後我就可以去登記，再找一名殯儀館的經營者。」

「是的，我的朋友！好主意！確實，露西小姐如果因為纏著她的敵人而傷心的話，也至少會因為愛著她的朋友們而快樂的。一個，兩個，三個，都為她輸送了自己的血液，另外，還有一個老頭子。是的，約翰，我不瞎！我更愛你了！現在去吧。」

在大廳裡我見了昆西．莫里斯，拿著一封要發給亞瑟的電報，說韋斯頓拉夫人已經去世了，露西也病了，但是現在正在好轉中，范海辛和我在陪著她。我告訴他，我要去哪裡，他催我快點去，我走的時候，他說，「等你回來的時候，約翰，我能單獨和你說幾句話嗎？」我點了點頭，出去了。我很容易就辦好登記，還安排了當地的殯儀館的人，晚上過來量一下棺材的尺寸，做一些安排。

當我回來的時候，昆西在等我。我告訴他，等我去看一下露西就來他這兒，我上了樓，來到了她的房間。她還在睡覺，教授也還在她身邊坐著。因為他將手指放在自己的嘴唇上，我知道他不想讓露西太早醒過來。於是我下樓把昆西帶進了早餐室，那裡的窗簾沒有被拉上，所以，這個房間比其他房間更讓人高興，或者說不太讓人難過。

當我們單獨在一起時，他對我說：「約翰．西沃德，我不想把自己放進我無權進入的地方，但是，這不是一件普通的事情。你知道我愛那個女孩，想和她結婚，雖然這一切都已經結束了，我也一樣忍不住擔心她。她到底是怎麼回事？那個荷蘭人，那個善良的老者，我能看見，當你們兩個走進房間的時候，他說你們必須再次輸血。還有，你們兩個都筋疲力盡了。現在，我非常清楚的知道，你們醫生說話是禁止旁聽的，別人不能試圖打聽他們在商量什麼。但這不是一件尋常事，無論它是什麼，我都盡了我的全力了。是這樣嗎？」

「是這樣的。」我點點頭說道。

然後他繼續說道：「我覺得你和范海辛都已經做過我今天做的事情了。是嗎？」

「是的。」

「我猜亞瑟也是。當我四天前在他那裡看到他時，他好像不太舒服。我從沒見過什麼東西這麼快的垮掉，我在南美大草原上，有一匹母馬，我們喜歡晚上到草原去。其中一種被他們叫做吸血鬼的大蝙蝠，有一天咬了牠，血管被咬開了，牠沒有足夠的血可以站起來，我不得不在牠躺著的時候朝牠開了一槍。約翰，如果這不是祕密，就請告訴我，亞瑟是第一個，不是嗎？」

就在他說話的時候，這個可憐的人看起來十分焦慮，他被關於他愛的女人的懸念所折磨，完全忽視了似乎在包圍著她的那個可怕的祕密，這反而加劇了他的痛苦。他的那顆心在流血，這讓他喪失了男人的氣概，但是他的莊嚴讓他不至於垮掉。我在回答之前停頓了一下，因為我覺得，不能泄漏任何教授希望保密的東西，但是既然他已經知道這麼多了，也猜到了這麼多，好像沒有理由不回答他，所以我用同樣的話回答了他。

「是這樣的。」我說。

「這樣多長時間了？」他問。

「大約10天了。」我回答。

「10天！那麼我猜，約翰．西沃德，在這些天裡，這個我們都愛憐的美麗的小生命的身體裡已經流淌著四個強壯的男人的血液了。男人們還活著，而她的整個身體卻承受不了了。」他靠近我，低聲說道：「怎樣才能解決？」

我搖了搖頭，「這個，」我說，「就是問題。范海辛為它苦惱，而我已經絞盡腦汁。我甚至不敢猜測一下。已經發生了一系列的小情況，把我們為了讓露西得到精心看護的計畫都打破了。但是，這些都不會再發生了。我會在這裡待到一切都恢復正常。」

昆西伸出了他的手，「也算我一個，」他說，「你和那個荷蘭人告訴我該做什麼，我會去做的。」

當露西在下午晚些時候醒來時，她的第一個反應就是去摸胸口，讓我吃驚的是，她把那張范海辛已經讓我讀過的紙遞給了我。細心的教授已經把它放回了原處，以免她醒來以後受到驚嚇。然後，她的眼睛對著范海辛和我閃著光，變得高興起來。接著她環顧四周，確定自己在哪裡，她顫抖著，大聲地哭著，用可憐的瘦削的手捂著蒼白的臉。

我們都明白是為什麼，她已經知道了自己母親的去世。所以我們儘量的安慰她。無疑同情心對她有一點安撫作用，但是她情緒十分低落，小聲地哭了很長時間。我們告訴她，我們兩個人或是其中的一個，都會一直和她待在一起，這似乎讓她得到了安慰。快到黃昏的時候，她開始打盹。這時一件奇怪的事情發生了。就在她睡著的時候，她把那張紙從自己胸前拿出來撕成了兩半。范海辛走上前把紙從她的手中奪走了。可她還在做撕的動作，就好像紙還在自己的手裡。然後她舉起手臂張開它們，就好像在拋撒碎片。范海辛看起來很吃驚，他的眉毛擰到了一起，彷彿在思考，但是什麼也沒說。

9月19日

昨晚，她睡得都不安寧，總是害怕睡著，當她醒了之後也更虛弱了。教授和我輪流看護，我們一刻也沒有離開過她。昆西．莫里斯沒有說他在想什麼，但是我知道，他一整夜都在房子周圍巡視著。

當到了白天，光亮顯示出露西的力氣受到了怎樣的摧殘。她幾乎抬不起頭，也吃不下飯，這對身體沒有好處。她有時睡過去，我和范海辛都能注意到她在睡和醒之間的變化。當睡著的時候，她看起來更健康，雖然很憔悴，呼吸也更平緩了。她張開的嘴露出了牙齒上萎縮的蒼白的牙齦，牙齒看起來比平時要長和尖利。當她醒來時，她的溫柔的眼睛顯然變了顏色，這時更像她自己，雖然是一個快死的人。下午的時候她想見亞瑟，我們就發電報給他。昆西去車站接他了。

他到的時候是下午6點鐘，太陽很圓很溫暖，紅光透進窗戶讓她蒼白的臉頰多了點顏色。當他看見她時，他幾乎激動得哽咽了，我們誰也說不出話來。在過去的幾個小時裡，她的睡眠，或者說是暈厥狀態不時發作，並且越來越頻繁，可以談話的時間變短了。無論如何，亞瑟的到來好像起到了刺激物的作用。她的精神好了一點，跟他說話的時候比之前更活躍一點了。他也振作起精神，儘量高興的和她說話，這樣所有的努力都做到了。

現在將近夜裡1點了，他和范海辛坐在她身邊。一個小時15分鐘後，我會去替換他們，所以現在，我再把這些錄到露西的留聲機裡。他們會一直休息到6點。我怕明天我們就要結束看護了，因為她受到的刺激太大了。可憐的孩子恢復不了元氣了。上帝幫幫我們吧。

米娜．哈克給露西．韋斯頓拉的信

（被她封上了）

9月17日

我最親愛的露西：

從我上一次收到你的信，好像已經過去好長一段時間了，或者說是從我上一次寫信起。你會原諒我的錯誤的，我相信，當你讀到我的一大捆的消息的時候。我讓我的丈夫康復了。當我們到達埃克斯特的時候，有一輛馬車在等著我們，裡面坐著豪金斯先生，雖然他的中風剛剛發作過。他把我們帶到了他的住處，那裡有房間可以讓我們住，房間非常好非常舒適，我們一起吃的飯。

吃過飯後，豪金斯先生說：「親愛的，我想爲你們的健康和幸福乾杯。還有，希望我的祝福會保佑你們兩個。我知道你們兩個還都是孩子，我很驕傲能看著你們成長。現在，我希望你們把家安在這裡，陪著我。我沒有孩子。等我走了，我在遺囑中會把一切都留給你們的。」

親愛的露西，我哭了，就在喬納森和那老人握緊雙手的時候。我們度過了一個非常非常愉快的夜晚。所以現在，我們在這座漂亮的房子安了家。從我的臥室和起居室裡，都能看見附近的大教堂裡的大榆樹，他們高大的黑色樹幹立在教堂的古老的黃色石頭旁邊，我能聽見烏鴉一整天都在我們頭頂嘰嘰喳喳的叫著。我很繁忙，不用告訴你也知道，忙著佈置房間還有做家務。喬納森和豪金斯先生一整天都很忙，因爲現在喬納森是合夥人了。所以，豪金斯先生想介紹給他所有的客户。

你親愛的母親怎麼樣了？我希望自己可以到鎮上去看你一兩天，親愛的，但是我還不敢走，身上有這麼多的任務，喬納森也還需要照顧。他開始長點肉了，但是被長時間的疾病折磨得不像樣子。甚至現在，他有時也會突然從夢中驚醒並且顫抖著，直到我哄著他，讓他再次平靜下來。無論如何，感謝上帝，這樣的情況一天天的減少了，它最終會隨著時間的流逝消失的，我相信。現在我已經告訴了你我的消息，讓我問問你的。你什麼時候結婚，在哪裡，誰來主持婚禮，你會穿什麼，會是一個公開的婚禮還是祕密的？告訴我一切，親愛的，因爲沒有什麼讓你感興趣的事情是對我不重要的。喬納森讓我向你表示「敬意」，但是我認爲，這對於重要的豪金斯&哈克公司的年輕的合夥人是遠遠不夠的，因爲你愛我，他也愛我，而我又是那麼愛你，所以我只把他的「愛」送給你。再見，我親愛的露西，祝福你。

你的米娜．哈克

帕特里克·漢尼西給約翰·西沃德的信

9月20日

我親愛的先生：

依照您的心願，我附上我負責的事的情況報告。關於病人倫費爾德，還有很多要說的。他又發作了一次，本來可能有一個糟糕的結局，但是幸運的是，沒有造成任何不愉快的後果。今天下午，一輛運輸公司的馬車帶來了兩個人，他們拜訪了與我們相鄰的那所空房子，您會記得那所房子，病人兩次跑到了那裡。那兩個人在我們的大門口向門衛問路，因爲他們是陌生人。

我正坐在書房看著窗外，在飯後吸一支煙，看見他們中的一個人走近了我們的房子。當他經過倫費爾德的房間時，病人開始在裡面斥責他，用他所知道的最髒的字眼罵他。那個人看起來足夠正派，警告他「閉上那張髒嘴」，對此，病人指責他搶劫了他，想要謀殺他，還說他會阻止他，如果他因此被處以絞刑。我打開窗户叫那個人不要在意，他看了看這個地方，知道了自己到了什麼地方，說道：「上帝保佑你，先生，我不會在意這些在瘋人院聽到的話的。我同情你必須在這裡同像他這樣的野獸住在一起。」

然後他又禮貌的問了路，我告訴他那所空房子的大門在哪裡。他離開了，伴隨著我們的病人的威脅和詛咒。我下去想看一看能否查明他生氣的原因，因爲他一般是一個很溫順的人，除了他的狂躁發作的時候，從來沒有發生過這種情況。讓我吃驚的是，我看見他的行爲既鎮靜又友好。我試著讓他說說剛才的事情，可是他冷淡地問我是什麼意思，讓我覺得他已經把剛才的事情完全忘記了。我抱歉地說，這是他的狡猾的又一體現，因爲在半小時之內，我又聽見了他的消息。這一次他從自己房間的窗户逃出去，跑到了路上。我叫值班員跟著我去追他，因爲我怕他想去做什麼壞事。我的擔心得到了證實，我看見那輛曾經來過的馬車跑在路上，在上面裝著很多大木箱。馬車夫擦拭著前額，臉很紅，好像做過劇烈的運動似的。在我抓住他之前，他衝向他們，把其中一個人從馬車上拉下來，把他的頭向地上撞。要不是我當時抓住了他，我相信他會把那個人給殺死的。另一個人跳下車用鞭子的手柄擊中了他的腦袋。這是沈重的一擊，但是他好像並不在意，而是也抓住了那個人，與我們三個人搏鬥，來來回回的拉扯我們，就好像我們是小貓一樣。你知道我不瘦，另外兩個人也是很魁梧的男人。一開始，他搏鬥的時候還很沈默，當我們開始制伏他的時候，值班員也正給他套緊身的束縛衣，他開始叫起來，「我會打敗他們的！他們不會搶劫我了！他們也不會謀殺我了！我會爲我的主人而戰！」這一類的不連貫的胡話。我們非常困難地把他帶回了精神病院，把他鎖進了軟壁小室。其中一名值班員哈蒂傷了手指。不過，我還好，他現在情況挺好。

那兩個運輸工人一開始威脅著要搞破壞，並且保證一定要讓我們受到懲罰。無論如何，他們的威脅還夾雜著對自己被一個弱小的精神病人所打敗的辯護。他們說要不是他們把這些沈重的箱子搬到馬車上耗費了體力，會把他揍扁的。他們還給出了他們失敗的另一個原因，是因爲他們的工作又髒又累。我理解了他們的大意，喝了一杯烈性摻水酒，或者更多，我給了每個人一個金鎊，他們就不在乎襲擊了，發誓他們願意某天再遇到一個更糟糕的瘋子，爲了能遇到一位像你的通訊員——我一樣的慷慨的人。我記下了他們的名字和地址，以防哪天用到他們。他們是：住在沃爾沃斯，喬治國王大街，杜丁蘭茨公寓的約瑟夫．斯摩萊特，和住在貝特那爾格林，彼特法力路，蓋得考特院的托馬斯．斯乃令。他們都受雇於哈里斯父子運輸公司。

我會隨時把這裡發生的特別的事情告訴你的，如果有什麼重要的事會給你拍電報。相信我，親愛的先生。

你忠實的帕特里克．漢尼西

米娜．哈克給露西．韋斯頓拉的信

（由她封上）

9月18日

我最親愛的露西：

一個非常不幸的消息降臨到我們身上。豪金斯先生突然去世了。一些人可能覺得這對於我們不是那麼悲傷的事情，但是我們兩個人都是那麼的愛他，彷彿我們失去了一位父親。我無父無母，所以這個老人的死對我是個沈重的打擊。喬納森非常痛苦，他不僅是覺得悲痛，深深的悲痛，因爲這位善良的老人一生都在幫助他，最後對待他還向對待自己的兒子一樣，給他留下了這樣一筆財產，對於我們這樣苦出身的人來說，這是個天文數字，但是喬納森還因爲另一個原因感到悲痛。他説豪金斯給他留下的重大的責任讓他感到緊張。他開始懷疑自己了。我試著讓他高興起來，我對他的信任也幫助他相信自己。但是他經歷的刺激對他的影響太大了。他的善良、單純、高尚和強大，讓他在我們的這位父親的幫助下，在幾年内從職員升爲老闆，當他的力量的精髓消失時，這些品質會受到很大的傷害。

原諒我，親愛的，我拿我的問題讓快樂的你擔心了，但是露西，我必須要告訴什麼人，因爲要在喬納森面前保持一種勇敢和快樂的樣子，這樣的壓力折磨著我，我這裡沒有人可以讓我吐露心聲。我怕去不了倫敦，可是我們約好了後天要見面，因爲可憐的豪金斯先生在遺囑中説要和自己的父親葬在一起。因爲他沒有別的親人。喬納森會是主要的送葬者。我會儘量去見你，哪怕只有幾分鐘。原諒我讓你擔心。祝福你！

愛你的米娜・哈克

西沃德醫生的日記

9月20日

只有意志和習慣才能讓我今晚在這兒寫日記。我太痛苦了，情緒低落，對這個世界和它裡面的所有東西感到噁心，包括生命本身，我不在乎此刻是否聽到了死亡天使的翅膀拍打的聲音。它最近一直在因為某種原因拍打著它可怕的翅膀，露西的母親和亞瑟的父親，現在……讓我開始繼續工作吧。

我及時地去接范海辛的班看守露西。我們想讓亞瑟也去休息，起初他拒絕了。只有當我告訴他，我們會讓他在白天幫助我們，我們不能因為缺乏休息全都垮掉，以免露西受到傷害時，他才同意離開。

范海辛對他非常友好，「來吧，我的孩子，」他說，「跟我來。你很虛弱，還有那麼多悲傷和心理上的痛苦，還有那麼多的負擔，我們知道。你不能單獨一個人，因為一個人會害怕的。來客廳吧，那裡有大壁爐，還有兩張沙發。你可以躺一個，我則躺在另一個，我們的同情心會讓對方好受點，即使我們不說話，即使我們在睡覺。」

亞瑟和他一起離開了，走之前，回頭注視著露西露在枕頭之間的臉，幾乎比麻布還蒼白。她安靜的躺著，我檢查房間，看看所有的東西是否都在它們應該在的地方上。我能看見教授已經在這個房間裡放了大蒜，像在其他房間裡一樣。整個窗戶周圍都是大蒜，還有露西的脖子上，在范海辛給她繫的絲綢手絹上面，是一個充滿香氣的花環。

露西有點打鼾，她的臉色也很不好，張開的嘴露出蒼白的牙齦。她的牙齒，在昏暗的燈光下，顯得比早上還要長和鋒利，特別是，因為光線的原因，她的犬齒看起來要比其他牙齒更長和鋒利。

我坐在她身邊，不久她不安的動著。同時窗戶外面響起了一陣沈悶的拍打聲。我輕輕地走過去，從窗簾的縫隙向外窺視。外面是一輪滿月，我能看見那個噪音是一隻大蝙蝠製造出來的，牠轉著圈，無疑是受到了光的吸引，雖然很陰暗，卻不時地用翅膀拍打著窗戶。當我回到座位上，我發現露西稍微移動了一點，還從脖子上扯下了大蒜花環。我把它們放回原處，坐著看著她。

不久以後，她醒了，我給了她食物，像范海辛交代的那樣。她吃了一點，但是很不情願。她好像沒有了那種不自覺地對生命和力量的渴望。這讓我很好奇，當她蘇醒了以後，她把大蒜花靠近了自己。這很奇怪，只要當她進入了昏睡的狀態，打著鼾，就會把花從自己身上拿掉，但當她醒了以後，又把花靠近自己。我不可能看錯，因為在接下來的好幾個小時裡，她一直在睡睡醒醒，重複了這兩種動作好多次。

6點鐘范海辛來替我。亞瑟那時正在打盹，他非常仁慈的讓他繼續睡了。當他看到露西的臉，我又聽見了他吸氣的聲音，然後他低聲對我說：「把窗簾拉開，我需要光！」然後彎下腰檢查，臉幾乎要貼在露西的臉上，仔細檢查著。他將花和絲綢手絹從她的脖子上拿走，就在他這樣做的時候，他吃驚地向後退，我聽見他突然叫喊道：「天哪！」就好像誰要掐死他一樣。我也彎下腰察看，當我看到時，不禁打了個冷戰，她脖子上的傷口完全消失了。

整整5分鐘，范海辛都站著看著她，臉上的表情嚴肅到了極致。然後他轉向我說道：「她快要死了。不會太久了。對我來說，她是清醒的死去還是在睡夢中死去，大不相同。去把那個可憐的男孩叫醒，讓他來再看她最後一眼。他會相信我們的，我們向他保證過了。」

我到客廳叫醒了他，他迷糊了一會兒，但當他看見陽光透過百葉窗的縫隙射進來時，他以為自己太晚了，表示出了自己的恐懼。我讓他放心，說露西還在睡覺，但盡可能婉轉的告訴他，范海辛和我都覺得快要結束了。他用手捂住臉，跪在沙發上，大約在那兒待了一分鐘，埋著頭祈禱，肩頭悲痛的顫抖。我用手把他扶起來，「來吧，」我說，「親愛的老朋友，堅強一點，這對她最好了，也讓她放心。」

當我們進入露西的房間，我能看見范海辛以他一貫的先見，已經把一切都安排得儘量讓人高興了。他甚至梳了她的頭髮，這樣頭髮像往常一樣卷曲著攤在枕上。當我們進入房間，她睜開眼睛，看見了他，溫柔的低聲說道：「亞瑟！噢，我的愛人，我真高興你來了！」

他上前想去親吻她，但范海辛示意他退後，「不，」他低聲說道，「現在先不要！抱著她的頭，這樣會讓她更安慰一些。」

於是亞瑟握住她的手，跪在她旁邊，她看起來很漂亮，溫柔的線條配上天使般的美麗眼睛。然後漸漸地，她的眼睛閉上了，又陷入昏睡之中。她的胸部輕輕的上下起伏著，一呼一吸，像一個疲倦的孩子。

然後在不知不覺中，我在晚上看到的變化又發生了。她開始打鼾，嘴張開了，蒼白的牙齦萎縮了，使牙齒看起來比往常要長和鋒利。她像是在夢遊一樣，朦朦朧朧的、無意識的睜開眼睛，目光突然變得遲鈍而呆滯，用一種溫柔的，妖艷的聲音，一種我從來沒有從她嘴裡聽到過的聲音，說道：「亞瑟！哦，我的愛人，你來了，我真高興！吻我吧！」

亞瑟急切的彎下腰想去親吻她，就在那時，像我一樣，對露西的聲音感到驚訝的范海辛，一把拉住他，用雙手捉住他的脖子，奮力的把他向後一拖，力量大到我都不敢相信是范海辛做出來的，幾乎是把他推向了屋子的另一邊，「為了你的生命，不要這樣！」他說，「為了你的靈魂和她的，不要這樣做！」然後他站在他們之間，像絕境中的獅子。

亞瑟被推得那麼遠，以至於一時不知道該做什麼，說什麼，在衝動之前，他意識到此時此地的特殊性，於是只是默默地站著，等待著。

我的眼睛一直盯著露西，就像范海辛一樣，我們看到她的臉上有一陣抽搐，鋒利的牙齒咬在了一起。然後她閉上了眼睛，沈重的呼吸著。

又過了非常短的一段時間，她又溫柔的睜開雙眼，伸出她的可憐的、蒼白地、瘦削的手，抓住了范海辛棕色的大手，拉近自己，她親吻了他。「我忠實的朋友，」她用微弱的但充滿無法形容的傷感的聲音說著，「我忠實的朋友，也是他的！保護他，讓我安息！」

「我發誓！」他莊重地說道，跪在她身邊抬起頭，就好像在宣誓。然後，他轉向亞瑟對他說，「來吧，孩子，把她的手握住，親吻她的前額，只能一次。」

他們的眼神交匯在一起，而不是嘴唇，就這樣他們分開了。露西的眼睛閉上了，范海辛嚴密的注視著，他拉著亞瑟的胳膊，把他拉開了。

然後露西又開始打鼾，然後一切都停止了。

「一切都結束了，」范海辛說，「她死了。」

我攙著亞瑟的手臂，把他帶到了客廳，他在那裡坐下，雙手捂住臉，啜泣著，讓我幾乎不忍心看。

我又回到房間，發現范海辛看著可憐的露西，他的臉比以前還要嚴肅。她的身體起了一些變化。死亡讓她恢復了部分的美貌，她的美貌和臉頰又恢復了一些流暢的線條。甚至嘴唇也不再那麼蒼白了。彷彿是血液不再被工作的心臟所需要，而是讓死亡盡可能變得不那麼殘忍。「我們認為她是在睡覺時死的，當她死的時候，她在睡覺。」

我站在范海辛身邊，說道：「可憐的姑娘，最後她安息了。這就是結果了！」

他轉向我，嚴肅地說道：「還不是！還不是。這只是開始！」

當我問他是什麼意思時，他只是搖搖頭，回答道：「我們現在還什麼也做不了，就等等看吧！」

西沃德醫生的日記之繼續

葬禮安排在了第二天，這樣，露西和她的母親就可以葬在一起了。我辦完了所有的手續，那個有禮貌的殯儀館經營者總是表現出一副諂媚的神色。甚至是為死者辦理最後一道手續的女人，也信心十足的告訴我：「她的遺容非常美麗，先生。很榮幸能為她服務。毫不誇張地說，她會為我們的公司增光的。」

我注意到范海辛一直站在不遠處。這也許是因為露西家庭狀態的混亂。周圍沒有親人，因為亞瑟第二天必須回去參加自己父親的葬禮，所以，我們無法向任何人宣布誰會受到邀請。在這種情況下，范海辛和我自己來檢查了文件。他堅持要自己來看露西的文件。我問他為什麼，因為我害怕因為他是一個外國人，可能不太清楚英國法律的要求，所以可能會因此造成一些不必要的麻煩。

他回答道：「我知道，我知道。不過你不要忘了，我是一個醫生的同時，還是一名律師。但這不光是因為法律。你知道的，因為你沒有讓驗屍官來驗屍。比起迴避驗屍官，我有更多要避免的事情。可能有更多的文件，就像這個。」

他一邊說著，一邊從口袋裡取出曾經放在露西胸口，又被她自己在睡夢中撕掉的那個備忘錄。

「當你找到了是哪個律師為已故的韋斯頓拉夫人做事，請附上所有她的文件，今天晚上給那位律師寫信。我呢，今天一整晚上都會在這個屋子和露西原來的房間裡守著，我自己會搜查一下有沒有什麼東西。她的想法讓陌生人知道不太好。」

我繼續進行我自己的這部分工作，半個小時之後，我找到了韋斯頓拉夫人律師的姓名和地址，寫信給了他。可憐的夫人的所有文件都整理好了。埋葬地點的具體位置也告訴他了。我剛要封上信封，讓我吃驚的是，范海辛走進屋子裡來。

「我能幫助你嗎，約翰？我很閒，如果我可以的話，隨時願意效勞。」他說。

「你找到你想要的東西了嗎？」我問道。

他對此回答道：「我沒有在找任何特定的東西。我只是希望可以找到，我在那找到的所有東西就是一些信和備忘錄，還有一本剛剛開始寫的日記。但是我把它們留著，我們現在還不能動它們。我明天晚上會和那個可憐的小夥子見面，在他同意以後，我就可以使用它們了。」

當我們結束了手頭的工作，他對我說道：「現在，約翰，我覺得我們可以睡覺了。我們需要睡眠，你和我都需要休息來恢復體力。明天，我們要做許多事情，但是今晚沒必要。」

在睡覺之前，我們去看了一下可憐的露西。殯儀館的人顯然出色的完成了他的工作，因為房間已經變成了一個小教堂。到處都是美麗的白花，死亡已經被盡力弄得不那麼讓人感到抵觸。布的末端蓋住了她的臉。當教授彎下腰，輕輕地把它掀開時，我們都為眼前的美人驚呆了。高高的蠟燭給了我們足夠的光來看清她。露西所有的可愛都回到了她的臉上。過去的幾個小時，不但沒有留下枯萎的痕跡，反而讓她重新煥發了生命的美麗，我幾乎不敢相信自己的眼睛是在看著一具屍體。

教授看起來嚴厲而莊重，他不像我那麼愛她，他也沒必要為她而流淚。他跟我說道：「在我回來之前待在這兒。」然後就離開了房間。他回來時，手裡捧著一把從大廳的盒子裡拿的野生大蒜，放在床上和周圍。然後他從自己的領子裡掏出一個小小的金色十字架，放在她的嘴上。他把布又放回了原位，我們離開了。

我正在我自己房裡脫衣服，這時，他先是敲了一下房門，然後走進來。

「明天晚上之前，我想讓你給我帶來一套驗屍刀。」他跟我說道。

「我們一定要驗屍嗎？」我問道。

「是，也不是。我想進行一個手術，但不是你想的那種。我現在就告訴你吧，但是一個字也不要告訴別人。我想要砍掉她的頭，然後挖走她的心臟。看！你是一個外科醫生，還這麼吃驚！我從沒看見你的手和心顫抖，你為活人和死人做手術，讓別人顫抖。但是，我不能忘記，我親愛的朋友，你曾經愛過她，而且我也沒有忘記，所以由我來操作，你絕不能幫忙。我本來想今天做的，但是因為亞瑟，我不能。他明天參加完父親的葬禮以後就有時間了，他會想來看她的，他會來看的。然後，當她被裝進棺材為第二天準備好的時候，你和我可以等所有人都睡了再來。我們會打開棺材的蓋子，然後來操作，然後把一切放回原處，這樣就不會有人知道了，除了我們倆。」

「但是為什麼要這樣做呢？這個女孩已經死了。為什麼要對她做不必要的傷害呢？如果沒有解剖的必要，如果這樣做得不到什麼，對她，對我們，對科學，對人類的知識，都沒有用處，為什麼還要這樣做呢？這樣做太可怕了。」

作為回答，他將手放在我的肩膀上，無限溫柔的說道：「約翰，我同情你流血的心，而且我為此更加愛你了。如果可以的話，我願意為你承擔你現在所承擔的。但是有一些事情是你所不知道的，但是你會知道的，幸好現在我知道，雖然不是一些什麼高興的事。約翰，我的孩子，你做我的朋友已經許多年了，你還不知道我不會做任何沒有足夠理由的事情嗎？我可能會犯錯誤，我也是一個凡人。但是，我相信我所做的一切。要不是因為這個，你也不會在這些災難到來時讓我幫忙了。是的，當我不讓亞瑟親吻他的愛人，雖然她快死了，我還用盡全力把他拉開時，你沒有驚訝，或者被嚇壞嗎？是的。然而，你也看見了她是怎麼感謝我的，用她那雙美麗的奄奄一息的眼睛，她的聲音已經那麼微弱，還親吻了我粗糙的老手並且祝福我。是的！你沒有聽見我向她發誓後，她才感激得閉上了眼睛嗎？是的！」

「我對我想做的一切都有充足的理由，你這麼多年都信任我。幾週前，你已經相信我了，當事情發生的那麼蹊蹺，而你也有很多懷疑時。再相信我一次，約翰。如果你不相信我，那我就必須告訴你我所想的，這可能不太好。如果我工作，就像我應該做的那樣，無論有沒有信任，沒有我的朋友相信我，我會帶著沈重的心情工作。當我需要幫助和勇氣時，我會多麼孤單！」他停了一下，繼續嚴肅地說：「在我們面前，將會是奇怪的和糟糕的日子。讓我們不要作為兩個人，而是成為一個人，這樣我們才能成功。你會相信我嗎？」

我握著他的手，向他作出保證。他走了以後，我把門開著，看著他走進自己的房間關上門。當我站著不動時，我看到其中一名僕人靜靜地穿過走廊，因為她背對著我，所以沒有看到我，她走進了露西躺著的房間。這個景象讓我感動。奉獻是如此珍貴，我們是如此的感激，對那些自願的向我們所愛的人奉獻的人。這有一個可憐的女孩，將她本應有的對死亡的恐懼拋在一邊，自己一個人跑到她所愛的小姐的棺材旁。這樣，那可憐的屍體就不會在她永久的安息之前，感到孤獨了。

我一定睡了很長時間，睡得很香，因為當范海辛來到我房間叫醒我的時候，已經是大白天了。他來到我身邊說道：「你不用費事拿刀來了。我們不做了。」

「為什麼不？」我問道。因為他前一晚上的莊重給我留下了很深的印象。

「因為，」他嚴肅地說，「太晚了，或者說太早了。看！」他舉起了那個小小的金色十字架。

「這個在晚上被偷走了。」

「怎麼偷走的？」我奇怪的問，「你現在不是握著它嗎？」

「這是我從那個偷走它的一文不值的無恥之徒那裡得到的，從那個搶劫死人的女人那裡。她一定會受到懲罰的，但不是通過我。她不完全明白自己在做些什麼。因此，只是無知的偷竊罷了。現在我們必須等一等。」他拋下這一句就走了，留下又一個新的祕密讓我去思考，又一個新的難題來對付。

上午是一段無聊的時光，但是中午，那位律師來了。他是馬奎德&里德代爾律師事務所的馬奎德先生，他非常溫和，也很感激我們所做的一切，並接手了我們的工作。在午飯的時候，他告訴我們，有一段時間，韋斯頓拉夫人覺得自己會因為心臟病突發而死，把自己的事情都已經料理好了。除了一部分露西父親遺留的財產，因為沒有直系親屬，已經留給了遠房親戚以外，所有的房子，不動產和私人物品，都完全由亞瑟．郝姆伍德繼承。

他告訴我們了這麼多以後，說道：「坦白的說，我們盡了我們一切努力來避免這樣的遺囑安排，因為這樣做的結果有幾種可能性：要麼會讓她的女兒身無分文，要麼會讓她不能自由的在婚姻關係中有所作為。實際上我們爭論的很激烈，以至於幾乎要發生衝突，她問我們還打不打算按照她的意願辦事。當然，我們別無選擇，不得不接受。我們在原則上是對的，99％的情況下，我們都應該通過邏輯、通過事實，來證明我們判斷的正確性。」

「然而，坦率地說，我必須承認，在這件事情上，任何其它形式的處理方法都不是按照她的意願辦事。因為如果她先於自己的女兒死亡，後者將獲得財產，即使她只比她的母親多活了五分鐘，如果沒有遺囑，當然遺囑在這個案子裡也不可能有，她的財產將會被視為無遺囑財產。在這種情況下，高達爾明勳爵雖然是很親密的朋友，也不會繼承到任何東西。遠方的繼承人不太可能因為對一個完全陌生的人的感情用事而放棄自己的正當權利。我保證，親愛的先生，我對結果很滿意，非常滿意。」

他是個好人。但是，他只對這樣一個悲劇中的這樣一個小部分滿意，當然因為工作的原因，他才對這一部分感興趣，在同情的範圍裡，這只是一堂直觀教學課。

他沒有停留太久，但是說自己會在今天的晚些時候見到高達爾明勳爵。無論如何，他的到來對我們是種安慰。因為這確保了我們不會因為我們的任何行動而擔心受到不友好的批評。亞瑟會在五點鐘來，所以在那之前，我們去了死者的房間。這就是現實，母親和女兒現在同時躺在裡面。殯儀館的人手藝很好，他用自己的東西作出了最好的擺設，但那裡死亡的氣氛讓我們的情緒立即變得低落了。

范海辛讓殯儀館的人還照原樣擺放物品，解釋說，因為高達爾明勳爵馬上就要來了，這樣，當他看見自己的未婚妻一個人待著時，就不會感覺那麼悲慘。

殯儀館的人看起來對自己的愚蠢很吃驚，趕緊把東西放回了前一晚我們放的位置，這樣，當亞瑟來的時候就能避免像我們一樣受到刺激了。

可憐的人！他看起來非常悲痛和傷心。甚至連他那高大強健的男子氣概，在這悲痛情緒的壓力下都有點萎縮了。我知道，他非常真心和忠誠地愛著自己的父親，在這個時候失去他，對他是個痛苦的打擊，他對我還是一樣的親切，對范海辛他很有禮貌。

但是，我還是看出他有點拘謹。教授也注意到了，示意讓我帶他上樓。我這麼做了，把他留在了房間門口，準備離開，因為我覺得他想單獨和她在一起，但是他拉住我的胳膊讓我進去，用嘶啞的聲音地說道：「你也愛他，老朋友。她把什麼都告訴我了，在她心裡，不會再有第二個朋友能比你佔有更親密的位置，我不知道，對於你為她做的一切，我該怎麼感謝你。我還不能思考……」

這時他突然失去了控制，用胳膊抱緊我的肩膀靠在我的胸前，大哭道：「約翰！約翰！我該怎麼辦？整個生命好像一下子就離開我了，世界上沒有什麼值得我活下去了。」

我盡力安慰了他，在這樣的情況下，男人不需要太多言語上的表達。緊握雙手，摟緊肩膀，一起哭泣，就是對一個男人表示同情的最好方式。

我沈默的站著，直到他不再啜泣，然後輕輕地對他說：「讓我們來看看她吧。」

我們一起走到了床前，我將布從臉上拿開。上帝啊！她是這麼漂亮。好像每一秒鐘都在增加她的美麗。這有點讓我吃驚和害怕。亞瑟則開始顫抖，後來由於疑懼而打著冷戰。最後，停了很長一段時間，他小聲地對我說道：「約翰，她是真的死了嗎？」

我傷心的向他表示肯定，然後繼續安慰他。因為我覺得這樣可怕的懷疑不能多存在一秒鐘，這經常發生在死者的臉變柔和，甚至恢復了年輕時的容顏後，這樣的事情尤其會發生在死者曾經受到過強烈的或者痛苦的折磨後。我好像消除了他的懷疑，他跪在屍體前，充滿愛意的看了她很長一段時間，然後站到了一邊。我告訴他必須說再見了，因為要準備棺材，於是他回去拿起她的手親吻了一下，又彎下腰吻了一下她的額頭。他走開了，走時還回頭看了看她。

我把他留在客廳，告訴范海辛，他已經道過別了，於是他走進廚房讓殯儀館的人的手下開始準備合上棺材。當他再次從房間裡出來時，我告訴了他亞瑟問的問題，他回答道：「不奇怪。剛才我自己還懷疑了一會兒呢！」

我們一起吃了飯，我能看出來，可憐的亞瑟在努力地振作起來。范海辛一直很沈默，但是，當他點起一支雪茄後，他說：「勳爵……」

但是亞瑟打斷了他：「不，不，不要這樣，看在上帝的份上！無論如何不要。原諒我，先生，我不是故意要冒犯您。只是因為我剛剛失去了太多。」

教授溫和地說：「我用這個稱呼只是因為我在懷疑，我不能叫你『先生』，我已經愛上你了，我親愛的孩子，是對亞瑟的愛。」

亞瑟伸出手，親切地握住教授的手，「你想怎麼叫我都可以，」他說，「我希望我可以一直被像朋友一樣的稱呼，我已經不知道說什麼來感謝你對我的愛人所做的一切了。」他停了一下，繼續說道：「我知道她比我更能領會你的仁慈，如果我在你那樣做的時候，有什麼無禮或是不足，你知道的，」——教授點了點頭——「你一定要原諒我。」

他仁慈的回答道：「我知道，那時候讓你相信我很困難，因為要相信這樣的暴力，需要理解，我認為你不肯、也不能現在就相信我，因為你還不了解。可能以後，還有更多的時候我需要你在不能理解、可能不理解、或者還不理解的情況下相信我。但是一定會有這一天，你會完全的信任我，你還會像太陽普照大地一般的理解一切。那時，你會從始至終的祝福我，為了你自己，為了別人，也為了那個我發誓要保護的人。」

「確實是這樣的，確實，先生，」亞瑟親切地說道：「我無論如何都會信任你的。我知道，也相信你有一顆高尚的心，你是約翰的朋友，也是她的朋友。你想怎麼做都可以的。」

教授清了好幾次嗓子，好像猶豫著要說些什麼，最後還是說了：「我現在就能提出一些要求嗎？」

「當然。」

「你知道韋斯頓拉夫人把財產都留給你了嗎？」

「不，那個可憐的人，我從沒想過。」

「因為東西全都是你的了，你可以按照自己的意願來處置它們。我想讓你允許我閱讀露西小姐的所有文件和信件。相信我，這不是因為無用的好奇心。我有一個她一定會贊成的動機。我把它們都留在這裡。我是在知道這些都是你的東西之前拿走的，這樣就不會有陌生人看到它們，不會有陌生人能窺探她的心靈。我會留著它們，如果我可以的話。甚至是你也還不能看它們，但是我會好好保留它們的。不會有什麼丟失的，在合適的時間，我會把它們歸還給你。我的要求或許是一件很困難的事情，但是你會答應的，你會嗎，為了露西？」

亞瑟由衷地說，像他以前那樣，「范海辛醫生，你想怎麼做都可以。我感覺這麼說是在做我的愛人允許的事情。我不會問問題麻煩你，直到時機成熟。」

教授站起來莊重地說道：「你是正確的。對我們來說，這很痛苦，但不會總是痛苦，最後也不會是痛苦的結局。我們和你，尤其是你，我親愛的孩子，必須在我們得到甘甜之前穿越苦水。但是，我們必須要有勇敢的心和無私的奉獻，盡我們的責任，然後一切都會好起來的！」

那晚，我在亞瑟的房間的沙發上睡了。范海辛一點都沒有睡。他來來回回的走著，就好像是在巡視房間，一直在盯著放露西的棺材的房間，裡面放了大蒜花，它穿過百合和玫瑰的香氣，在黑夜裡散發著濃重的氣味。

米娜·哈克的日記

9月22日

在開往埃克斯特的火車上，喬納森正在睡覺。我就好像是昨天才記過日記，可是在這之間發生了多少事情啊。在惠特白發生的一切，喬納森走了以後杳無音訊，現在，和喬納森結婚了，喬納森成了一名律師，一個合夥人，一個富有的老闆，豪金斯先生的去世和下葬，喬納森又有了一個可能傷害到他的刺激。某天他會問我的。讓他去吧。我的速記本領，都要荒廢了，看到我們出乎意料的富足，無論如何要練習一下恢復它。

葬禮很簡單和莊重。只有我們，僕人，他在埃克斯特的一兩個老朋友，他的倫敦代理人，還有一位代表律師聯合協會主席約翰·帕克斯頓的紳士。我和喬納森手拉著手站在一起，我們覺得，我們最好最親愛的朋友離我們而去了。

我們回到了鎮上，搭上一輛到海德公園拐角的巴士。喬納森覺得那裡會讓我感興趣，所以我們坐下了。但是那裡沒有什麼人，看到這麼多空椅子讓人覺得很悲傷和淒涼，讓我們想起了家裡的空椅子。所以我們站起來沿著皮卡迪里大街散步。喬納森攙著我的胳膊，在我去學校工作之前，他就經常這樣做。我覺得這樣很不合適，因為你不能教了別的女孩那麼多年的端莊和禮節，自己卻還一點不遵守。但這是喬納森，他是我的丈夫，我們不認識看見我們的人，我們也不在乎他們是否看見，所以我們繼續走著。我看見一個非常漂亮的姑娘，戴著一頂寬沿的圓形帽子，坐在圭里亞諾店鋪外面的遮篷馬車那裡。這時，喬納森突然緊緊地抓住我的手，幾乎把我弄疼了，他屏住呼吸說道：「我的上帝啊！」

我一直很擔心喬納森，因為我害怕一些緊張因素會再次讓他不安。所以我快速將頭轉向他，問他是什麼事。

他非常蒼白，眼睛像是要凸出來，一半是恐懼、一半是驚訝，他盯著一位又高又瘦的男人，他長著鷹勾鼻，黑色的小鬍子和尖尖的鬍鬚，他也在觀察那個漂亮女孩。他死死地盯著那女孩，沒有看見我們倆，所以我好好觀察了他一下。他的臉長得不太好看。神情很嚴肅、冷酷、色情，白色的大牙齒因為嘴唇的紅色而顯得更白，伸出的嘴巴像猛獸一樣。

喬納森一直盯著他，我害怕他會注意到我們。我怕他會生氣，因為他看起來那麼凶殘和討厭。我問喬納森為什麼這麼不安，他回答道，顯然認為我和他對這件事知道得一樣多：「你沒看見他是誰嗎？」

「不，親愛的，」我說道，「我不認識他，他是誰？」

他的回答讓我震驚，因為他好像不知道是在和我說話：「這就是那個人！」

親愛的喬納森顯然是被一些什麼東西嚇住了，嚇得要死。我相信，要不是有我可以讓他倚靠和支持，他就會癱到在地上的。他還在盯著他看。一個男人拿著一個小包裹從商店裡出來，把它給了那位小姐，於是他們駕著馬車走了。那個陰沈的人眼睛一直盯著她，當馬車在皮卡迪里大街上跑時，他也向著同樣的方向跟過去，叫了一輛馬車。

喬納森一直看著他，好像在對自己說：「我相信那就是伯爵，但是他變年輕了。我的上帝，如果是這樣的話！哦，我的上帝！我的上帝！但願我知道！但願我知道！」

他是這麼痛苦，我懷疑不管我問他什麼問題，他都不會集中精神回答我的，所以我保持著沈默。我靜靜地走了，他，挽著我的胳膊，也跟來了。我們走了一會兒，然後走進格林公園坐了一會兒。雖然已是秋天，但還是很熱，在樹陰下面，有一個很舒服的座位。盯著空氣想了幾分鐘之後，喬納森閉上眼睛，很快睡著了，頭靠在我的肩膀上。我想，這對他是最好的事情了，因為這樣不會讓他不安。

大約20分鐘後，他醒了，很高興地對我說：「米娜，我睡著了嗎？原諒我這麼無禮。來，我們找個地方喝一杯茶吧。」

他顯然把那個神祕的陌生人完全忘記了，就像在病中，他忘記了剛才那個片段提醒了他的所有事情。我不想讓他忘記，但這樣會繼續給頭腦造成傷害；我也不能問他，害怕這樣做的壞處會大於好處。但是我必須要知道一些他在國外的經歷。當那一時刻到來時，我恐怕必須打開那個包裹，看看裡面寫的是什麼。哦，喬納森，我知道，如果我做錯了什麼請原諒我，但是，這全是為了你。

過了一會兒

無論從哪方面說，我們都是傷心地回了家，房子裡沒有了曾經對我們那麼好的善良的靈魂。喬納森因為他的舊病復發，仍然蒼白和頭暈，現在來了一封范海辛的電報，不知道這人是誰。

你們會很悲痛的得知韋斯頓拉夫人在五天前去世了，露西也在昨天去世了。她們在今天下葬。

天啊！短短的幾個詞裡面有多少悲痛啊！可憐的韋斯頓拉夫人！可憐的露西！去了，去了，再也不能回到我們身邊！可憐的亞瑟，失去了他生活中這麼重要的人！上帝，幫助我們度過難關吧！

西沃德醫生的日記之繼續

9月22日

一切都結束了。亞瑟已經回去了，還帶上了昆西．莫里斯。昆西是多好的人啊！我打心眼裡知道他因露西的死，受到的打擊不比我們任何一個人少。但是，他自己承擔著這一切，像一個具有強烈責任感的斯堪的納維亞人。如果美國人都像他這樣，那麼，美國一定會變成世界上的強國。范海辛躺下來休息，為行程做著準備。今晚他將回阿姆斯特丹，但是說明天晚上返回，他只是想回去做一些安排，並且只能是自己來做。然後就會和我在一起，如果他可以的話。他說他在倫敦有工作要做，這可能會讓他花上一段時間，可憐的老人！我怕上週的壓力會把他的鋼鐵一般的神經也壓垮了。在葬禮中，我能看出他一直非常拘謹。當一切都結束時，我們站在亞瑟身邊，這個可憐的人正在說著自己在那次輸血中，把自己的血輸進了露西的血管中。我可以看見范海辛的臉一會兒變成白色，一會兒變成紫色。亞瑟說，自從那一次，他就覺得他們兩個人好像已經結婚了，她已經成為了他的妻子。我們誰也沒提另外的幾次輸血，我們誰也不能。亞瑟和昆西一起去了火車站，范海辛和我則到了這裡。

就在我們單獨待在馬車裡的那一段時間，他變得歇斯底里。他不承認那是歇斯底里，堅持說那只是他的幽默感在非常糟糕的處境下的表現。他大笑著，後來又哭了，然後又笑了，最後又哭又笑，就像一個女人。我試圖讓他鎮定下來，就像在這種情況下對待一個女人一樣，但是沒用。男人和女人在表現自己的緊張和虛弱時，竟是如此的不同！

當他的表情再次變得莊重而嚴肅以後，我問他為什麼會這樣，為什麼會在此時發作。范海辛他用自己典型的回答方式——有根據的、有說服力的、充滿神祕的——

「哈，你不會理解的，約翰。不要以為我不傷心，雖然我在笑。甚至是我笑得噎住了的時候，我哭了。但是也不要認為我很抱歉自己在哭，即使是在笑的時候也是一樣，永遠記住，如果笑敲著你的門問道：『我能進來嗎？』那麼這一定不是真正的笑。不！它是一個國王，它想什麼時候來就什麼時候來，想怎麼來就怎麼來。它不會問人，也不會選擇合適的時間，它會說：『我在這裡了。』看，就比如說我為這個年輕的女孩而悲傷吧。我給了她我的血，雖然我又老又疲憊。我給了她我的時間，我的技能，還有我的睡眠。我還能非常莊重的笑，當教堂司事的鐵鍬在她的棺材上發出『怦怦』的聲音，直到她把我的血液還回來。我的心在為那個可憐的男孩流血，那個和我自己的孩子差不多大的男孩，他們的頭髮和眼睛是一樣的。」

「現在你知道，我為什麼這麼愛他了吧。他說的話也打動了我充滿男子漢氣概的心，讓我像父親一樣如此渴望他，而不是渴望別的任何人，甚至是你，約翰，因為你和我在經歷上的平等超越了父親和兒子，即使是在這種時候，笑這個國王來到我身邊在我耳邊大喊：『我在這裡！我在這裡！』直到血液回來並給我的臉頰帶來了一些陽光。哦，約翰，這是一個奇怪的世界，一個悲傷的世界，充滿悲慘的世界，還有災禍，麻煩。然而，當笑的國王來的時候，它讓這一切都聽它來指揮。流血的心臟，教堂墓地的屍骨，流下的眼淚，都在它不露聲色的指揮下行動。相信我，約翰，它能來是很好的。我們男人和女人就像被拉到不同方向上的繩子。眼淚掉下來時，它們就像繩子上的雨水，它們振奮我們的精神，直到拉力變得太大，我們自己斷掉。但是笑的國王像陽光一樣來到，它又將拉力放鬆，然後我們繼續生活，無論前途會怎樣。」

我不想通過假裝不理會他的想法傷害他，但是因為我仍然不明白他笑的原因，就問了他。就在他回答我時，他的臉變得嚴肅起來，他用另一種語調對我說：「這些真是極大的諷刺。這樣一位可愛的姑娘被戴上像生命一樣美麗的花環，直到我們一個接一個的想知道她是否真的死了，她躺在那個孤獨的教堂墓地裡這樣一個大理石房間內，那裡躺著她的很多親人，和愛她的，她也愛的母親躺在一起，神聖的鐘悲哀而緩慢的響著，那些虔誠的人們，穿著天使的長袍，假裝念著經書。然而，我們的目光從來沒落在書上，我們全都低著頭。這一切都是因為什麼？因為她死了！不是嗎？」

「在我看來，教授，」我說，「我完全沒看出來這有什麼好笑的。你的解釋讓這更難懂了。即使葬禮很滑稽，那麼可憐的亞瑟和他的問題又怎麼樣呢？為什麼他只有傷心？」

「就是這樣。他不是說，他把血輸到她的血管裡讓她變成了自己真正的新娘了嗎？」

「是的，這對他來說是一個安慰的想法。」

「是的。但是有一個問題，約翰。如果是這樣，那麼其他人怎麼辦呢？你和昆西，還有我，雖然我可憐的妻子已經去世了，但是因為教堂的規定而活著，雖然沒有智慧，一切都沒了，甚至是我，對這個去世的妻子依然忠誠，也犯了重婚罪。」

「我沒看出這有什麼好笑的！」我說，而且我對他說的這些東西也不覺得高興。

他將手放在我的手臂上，說道：「約翰，原諒我讓你心痛。我的心受傷時，我不對別人表達自己的感受，只對你，我的老朋友，我能信任的朋友。如果你能看穿我的心，你會知道我什麼時候想笑；當笑來到的時候，你會明白我的感受；當笑的國王收起它的皇冠，和一切它的東西而遠離我很長很長時間時，也許你會非常同情我的。」

我被他柔和的語調所打動，問他為什麼。

「因為我知道！」

現在我們分開了，很長一段時間，孤獨都會收起翅膀坐在我們的屋頂上。露西躺在自己親人的墳墓裡，一個孤獨的教堂墓地的一個貴族的墳墓裡，遠離喧囂的倫敦，那裡空氣新鮮，太陽升起在漢普斯黛山上，野花在那裡肆意的生長著。

於是，我能夠結束這本日記了，只有上帝才知道我會不會開始另一本。如果我會，甚至再次打開這一本時，那也是在對待不同的人和不同的事時，因為在這本講述我的生活的一段浪漫故事的日記的結尾，在我重新開始生活和工作之前，我悲傷和失望的說：「結束了。」

《西明斯特公報》 9月25日

漢普斯黛的神祕故事

漢普斯黛附近地區最近發生了一系列事件，成為報紙的頭版頭條，例如《肯星頓恐怖事件》，還有《受傷的女人》以及《神祕女人》。在過去的兩三天裡發生了好幾起案件，都是年幼的孩子從家裡失蹤或者在荒地裡玩耍後忘記回家。在所有這些案件裡，孩子都太小，不能清楚的描述自己的經歷，但是他們的理由驚人的巧合，都是他們和一位「神祕女士」在一起。他們總是在傍晚的晚些時候失蹤，兩起事件裡，孩子直到第二天早上才被找到。人們普遍認為，因為第一個失蹤的孩子給出的理由，是那位「神祕女士」叫他一起散步，於是其他的孩子也跟著用這個理由。這情形十分正常，因為現在孩子們最喜歡的遊戲，就是用詭計來引誘對方。一位通訊員寫信給我們說，一些小孩子裝作是那位「神祕女士」是件非常滑稽的事情。他說，一些漫畫家可能會從這個怪誕的人物的諷刺意味上得到靈感。這位「神祕女士」將會成為壁畫展上受歡迎的人物，這符合人性的基本原則。我們的通訊員天真地說，即使是艾倫．泰利也比不上這些孩子裝出的鬼臉吸引人，他們甚至想像自己就是這個人。

然而，這個問題可能有它嚴肅的一面。因為一些孩子的喉嚨有點輕微受傷，他們所有人都是在晚上失蹤的。這些傷口像是被蝙蝠或是一條小狗咬的，雖然對個人沒有多大意義，但是看起來無論是什麼動物傷害了他們，都有它自己的一套方法和條理。派出的警力被命令嚴密搜查失蹤的孩子，尤其是非常小的孩子，在漢普斯黛荒野上或者附近，還有附近可能有的流浪狗。

《西明斯特公報》9月25日特刊

漢普斯黛的恐怖事件

又一名孩子受傷

神祕女士

我們剛剛得到消息，另一名在昨天夜間失蹤的孩子，早上在漢普斯黛荒原的舒特山的一個灌木叢裡被發現，這裡比起其他地方更加人煙稀少。他也有像其他幾起案件裡被注意到的那種小傷口。他非常虛弱，看起來十分憔悴。當他恢復精神以後，也像其他孩子一樣，說是被一位「神祕女士」引誘走了。

米娜．哈克的日記

9月23日

喬納森在經歷糟糕的一晚後好一些了。我很高興他有很多工作要做，這樣可以不讓他去想那些可怕的事情；另外，我也很高興，他沒有因為新的職位的繁重工作而減輕體重。我知道他對自己很誠實，現在我很驕傲的看到他走在了前進的路上，盡力地完成自己身上所擔負的責任。他每天都很晚回家，他說不能在家吃午飯。我的家務活做完了，所以我把自己鎖在房間裡，拿出他的國外遊記閱讀。

9月24日

昨晚我沒有心情寫日記，喬納森的可怕的日記讓我心煩意亂。可憐的，親愛的人！他受了多少苦啊，無論那是真的還是想像出來的。不知道裡面有沒有真實性。是不是他得了腦熱病，寫下了這些可怕的文字，對此他有什麼動機嗎？我猜自己永遠也不會知道，因為我不敢和他討論這個話題。還有，我們昨天看到的那個男人！他看起來十分肯定，可憐的人！我猜是那個葬禮讓他心煩，讓他回憶起了一些東西。

他自己相信那一切。我記得他在我們婚禮的那天是怎麼說的：「除非是一些嚴肅的任務，讓我回到那些痛苦的時刻，醒著的和睡著的，瘋狂的和清醒的……」這裡面好像有一種連續性。那個可怕的伯爵已經來到了倫敦。如果是的話，他來到倫敦，這裡有成千上萬的人……也許會有嚴肅的任務，如果它來了，我們決不能退縮。我應該做好準備。這個時候我應該找出我的打字機，開始把速記符號翻譯成文字。然後，我們應該找到幫手，如果需要的話。那時，如果我已經做好準備，可憐的喬納森可能就不用心煩了，因為我可以替他說出來，再也不讓他為此擔心了。等喬納森度過這段緊張的時間，也許他會把一切都告訴我，這樣我就可以問他問題，找出答案，看看怎樣才能讓他得到安慰。

范海辛給哈克夫人的信（機密）

9月24日

親愛的夫人：

我懇求你原諒我，因爲我們的關係是那麼遠，但卻是我告訴了你露西．韋斯頓拉小姐的死訊。因爲高達爾明勳爵的好意，我被允許讀她的信件和文件，因爲我對一些至關重要的問題非常擔心。我發現，其中有一些是你給她的信，證明你們是很要好的朋友，還有你對她的愛。哈克夫人，因爲這種愛，我懇請你幫助我。我這是在爲別人的利益而求你，爲了避免一些錯誤，也為了挽回一些損失，也許比你想像的要更大的損失。我可以見你嗎？你可以信任我。我是西沃德醫生和高達爾明勳爵（就是露西的亞瑟）的朋友。我必須保密，我會立即到埃克斯特見你，只要你告訴我，我能夠榮幸的見到你，並且告訴我時間和地點。我請求你的原諒，夫人。我已經看過你給可憐的露西的信，知道你有多麼好，還有你的丈夫受到了什麼樣的折磨。所以我懇求你，如果可以的話，不要讓他知道，否則會有壞處。再次表示歉意，請原諒我。

范海辛

哈克夫人給范海辛的電報

9月25日

今天坐10點15分的火車來，如果你可以趕上的話。隨叫隨到。

威爾海爾·米娜·哈克

米娜·哈克的日記

9月25日

我忍不住對即將到來的范海辛醫生的來訪感到興奮，不知為什麼，我希望這可以幫助我多了解一些喬納森悲慘的經歷，而且因為他在露西生病的最後的時期照顧了她，他可以跟我說說露西的事情。這就是他來的原因。這和露西，還有她的夢遊有關，而不是關於喬納森。那樣，我就永遠也不能知道真相了！我真是愚蠢啊！那本討厭的日記抓住了我的想像力，而且把一切東西都染上了一些它的顏色。當然是和露西有關。她又犯了老毛病，一定是那次在懸崖上的經歷讓她病倒了。我自己忙得都顧不上在那之後她的情況了。她一定告訴了他自己在懸崖上的夢遊經歷，而且我又知道這件事情的詳情，所以，現在他想讓我把所知道的都告訴他，這樣他可能會明白。我希望，沒有告訴韋斯頓拉夫人這件事是正確的。我永遠不會原諒自己，如果我的任何行為，即使是消極的行為，對可憐的露西有壞的影響的話。我也希望范海辛醫生不要責備我。我最近有這麼多的麻煩和煩惱，我感覺自己，目前承受不了更多的壓力了。

我猜，大聲的叫喊有時可能對我們都有益，把其他事情的陰影給消除掉。可能是因為昨天讀了日記才讓我心煩意亂。然後喬納森今天一大早就走了，一整天都不在我身邊，這是從我們結婚以來的第一次分離。我真希望親愛的他可以照顧好自己，不要有什麼事來煩他。

現在是下午2點鐘，醫生馬上就會來了。除非他問我，否則我不能談起喬納森的日記。我真高興我已經把我自己的日記打出來了。萬一他問起露西，我可以把這個交給他。這樣可以省去許多問題。

過了一會兒

他來了，已經走了。哦，多麼奇怪的見面，讓我暈頭轉向。我像是在夢裡。可能是夢嗎？或者其中的一部分？要不是我先讀過了喬納森的日記，我決不可能相信。可憐的，可憐的，親愛的喬納森！他受了多少苦啊！願上帝保佑這一切不會再讓他不安。我會儘量不讓他知道。但是，這可能是對他的安慰和幫助，雖然知道他的眼睛、耳朵和大腦沒有欺騙他自己，這所有一切都是真的，是很可怕的，結果也很糟糕。也許是疑慮讓他苦惱，當疑慮解除了，無論是清醒的還是做夢，當證明瞭這是事實時，他會更滿足的，更能承受打擊。如果范海辛醫生是亞瑟和西沃德醫生的朋友，他們千方百計地把他從荷蘭找來照顧露西，那麼他一定是既善良又聰明。我通過和他見面也感覺到他很善良和藹，品德高尚。等明天他來了以後，我會問問他關於喬納森的事情。然後，求上帝保佑，所有的這些悲痛和焦慮都能化為烏有。我曾經想過，要採取採訪的方法。喬納森在《埃克斯特報》的朋友告訴過他，記憶力在這種工作中就是一切，你幾乎必須能夠記下別人說的每一個詞，即使過後你需要提煉。這是一次有趣的採訪，我會試著逐字逐句地記錄下來。

當門被敲響的時候是兩點半。我鼓起勇氣等待著。幾分鐘後，瑪麗開了門，叫道：「是范海辛醫生。」

我站起來點點頭，然後他向我走來，中等身材，身強力壯，寬闊厚實的胸膛，脖子和頭與軀幹搭配得很和諧。他勻稱的體形給我留下了富於思想和力量的深刻印象。頭部很高貴，大小適中，寬闊，耳後的面積很大。臉刮得很乾淨，露出了棱角分明的方形下巴，堅毅靈活的嘴巴，形狀好看的鼻子，非常挺，但是有著敏感的鼻孔，好像在皺起濃眉，和閉緊嘴巴的時候，鼻孔會變寬。前額寬闊，大大的深藍色眼睛分得很開，根據他的情緒變化，時而敏銳，時而溫和，時而嚴肅。他對我說道：「是哈克夫人嗎？」

我點了點頭。「就是米娜．穆雷小姐？」我又點頭。

「我正是來見米娜．穆雷的，可憐的露西．韋斯頓拉的朋友。哈克夫人，我是為死者而來的。」

「先生，」我說，「不用說，你就是露西．韋斯頓拉的朋友和幫手了。」我伸出了手。

他握住我的手，溫柔地說：「哦，哈克夫人，我知道，那個可憐的姑娘的朋友一定非常好，但現在我才知道……」他恭敬的鞠了一躬。

我問他為什麼要見我，他立即開始說了：「我已經讀過了你寫給露西小姐的信。請原諒我，我必須從某處開始調查，但是誰也問不了。我知道你和她一起在惠特白生活過。她有時會記日記，你不必感到驚訝，哈克夫人。這是從你離開她之後開始的，她也是在效仿你，就在她寫關於夢遊的事情的時候，提到了你救她的事情。於是我非常困窘的來找你，請你能好心的，把你能記得的，與此有關的所有事情都告訴我。」

「范海辛醫生，我想我能把所有的事都告訴你。」

「好，那你能清楚地記得事實的細節嗎？並不是每位年輕的女士都可以的。」

「不能，但是我當時把它們都記下來了。如果你想的話，我可以給你看。」

「噢，哈克夫人，我非常感激。你會幫大忙的。」

我忍不住要迷惑他一下，我猜，那是咬第一口蘋果的滋味。所以我交給了他用速記文字記的日記。他拿著它感激地鞠了一躬，問道：「我可以讀它嗎？」

「如果你願意的話，」我儘量嚴肅的回答他。

他打開它，突然臉色陰沈下來了。然後，他站起來鞠了一躬：「哦，你真是聰明的女人啊！」他說，「我很久以前就知道喬納森先生是一個幸福的男人，瞧，他的妻子什麼都會。你可以幫我讀讀它嗎？唉，我不懂速記文字。」

這時我的小玩笑結束了，我甚至有點感到羞愧。所以，我拿出打印稿遞給了他。

「原諒我，」我說，「我幫不上什麼忙。但是，我想過你是希望問關於露西的事情，所以，你可能沒有時間等待，不是為了我自己，而是我知道你的時間很寶貴，我用打字機為你打出來了。」

他接過它，眼睛閃著光：「你太好了，」他說，「那我現在可以讀它嗎？當我讀過以後，我可能會問你一些問題。」

「什麼問題都可以。」我說，「我去吩咐他們做飯，你就可以讀了，然後你可以在我們吃飯的時候，問我問題。」

他又鞠了躬，坐在一張椅子上，背對著光，完全沈浸在了那些紙張裡。這時，我去準備飯菜，以免他被打擾。當我回來時，我看見他在屋裡大步的走著，他的臉激動的閃著光。他衝向我握住我的雙手。

「噢，哈克夫人，」他說，「我不知道自己欠了你多少？這些日記就像是陽光。它為我打開了門。我眼花了，我茫然了，因為這麼強烈的陽光，然而烏雲仍然時刻在陽光後面翻滾。不過你不會了解這個的。噢，但是我太感激你了，你是如此聰明的女人，夫人。」他嚴肅地說，「如果亞伯拉罕・范海辛可以為你做任何事情的話，我相信你會讓我知道的。我為能像朋友一樣為你服務感到榮幸和快樂。作為朋友，我所知道的和我所能做的一切都是為了你和你所愛的人。生活中既有黑暗，也有陽光。你就是其中一縷陽光。你會有幸福的生活，你的丈夫會因你而享福的。」

「但是，醫生，你過獎了，而且你不了解我。」

「不了解你？我，一個老人，用畢生精力研究男人和女人，專攻大腦和一切屬於大腦和來自於大腦的問題！我已經看過你好心為我打出的日記了，它的每一行都透著真實。我，一個讀了你給露西的，關於你的婚姻和你的信任的，那麼美好的信的人，不了解你?!噢，哈克夫人，好女人把她們的生活都說出來，無論是一天、一小時，還是一分鐘的生活，這些只有天使可以讀到的東西。我們這些想要了解的男人，都有著天使一樣的眼睛。你的丈夫品德高尚，你也一樣，因為你的信任。信任是不能存在於卑鄙的人身上的。還有你的丈夫，跟我說說他吧。他還好嗎？腦熱病痊癒了嗎？他是否強壯和健康？」

「他認為自己看到了一個能讓他回憶起壞事情的人，那些壞事情導致了他的腦熱病。」所有的事情好像一下把我壓倒了。對喬納森的同情，他經歷的恐懼，他的日記中的一切可怕的神祕事件，一直折磨我的恐懼，一下子全湧上來了。我覺得自己有點歇斯底里，因為我一下子跪在地上對他舉起手，懇求他把我的丈夫治好。他握住我的手把我扶起來，讓我坐在沙發上，然後坐在我旁邊。

他握住我的手，無限溫柔地對我說道：「我的生活是荒蕪和孤獨的，繁忙的工作一直讓我沒有時間可以放在友誼上。但是，自從我被我的朋友約翰．西沃德召喚到這裡，我認識了這麼多好人，感受到了這麼多的高尚，我年紀越大，就越覺得孤單。相信我，我充滿尊敬的來到你這裡，你給了我希望，不是在我所尋找的東西裡，而是因為，仍然還有可以把生活變得幸福的好女人存在，她的生活和她的事實能教給孩子們很多東西的好女人。我很高興自己能對你有用。因為，如果你的丈夫有問題，那麼，他的問題就是在我所研究的範圍內的。我向你保證，我很高興為他做一切我能做的，或者把他的生命變得強壯和勇敢，並讓你過得幸福。現在，你必須吃飯了。你過於勞累或者也過於擔心了。你的丈夫喬納森不想看見你這麼憔悴，在他所愛的人身上看見他不喜歡的東西，對他可不好。因此，為了他，你必須吃飯和微笑。你已經告訴了我關於露西的情況，所以我們現在可以先不談她。我今晚會在埃克斯特，因為我想思考一下，你告訴我的事情，當我思考的時候，我會問你問題，如果我可以的話。同時，你可以跟我談談喬納森的困難，但不是現在。你現在必須吃飯了，過後你可以告訴我一切。」

吃過晚飯，我們回到了客廳，他對我說：「現在把他的事全告訴我吧。」

當和一個學識淵博的男人講話時，我開始擔心他會覺得我是個傻瓜，喬納森是個瘋子，那本日記太奇怪了，我猶豫要不要繼續。但是他是這麼和藹而溫和。而且，他也保證過要幫我，我也信任他，於是我說道：「范海辛醫生，我要告訴你的事情太奇怪了，你絕不要嘲笑我和我的丈夫。從昨天開始，我就一直懷疑。你要對我溫柔一點，不要認為我是個蠢貨，因為我對一些奇怪的事情將信將疑。」

他用行動和語言向我保證：「哦，親愛的，但願你知道我來這兒的目的是多麼的奇怪，應該是你嘲笑我才對。我明白，不要輕視任何人的信仰，無論它有多麼奇怪。我已經儘量保持一顆開明的心，生活中的平常事不能接近它，而是那些奇怪的事，那些反常的事，那些讓人懷疑自己到底是瘋狂的，還是清醒的事。」

「謝謝你，萬分感謝！你讓我如釋重負。如果你同意的話，我會讓你讀一些文件。它很長，但是我已經打出來了。上面有我的問題和喬納森的問題。這是他在國外記錄所有發生的事情的日記的副本。關於它，我不敢說什麼。你自己讀一讀，然後作出判斷。當我們見面的時候，也許，你會好心的告訴我，你是怎麼想的。」

「我保證，」我把文件遞給他時，他說，「我會在早晨盡快來見你和你的丈夫，如果可以的話。」

「喬納森11點半的時候會在家，你必須來吃午飯，那時候可以見到他。你可以坐3點34分的快車來，他會在8點之前把你帶到帕丁頓的。」

他很吃驚我這麼了解列車時刻，因為他不知道我已經列出了所有開往和從埃克斯特出發的火車，這樣，我就可以幫助喬納森，如果他有急事的話。

他帶上文件離開了，我坐在那裡思考著，思考著我不知道的是什麼東西。

范海辛給哈克夫人的信（手寫）

9月25日，6點

親愛的哈克夫人：

我已經讀了你丈夫的日記。你可以安心睡覺了。雖然它們很可怕和奇怪，但是它們確實是事實！我用我的生命發誓。對別人來說，可能是壞消息，但是對他和對你卻沒有什麼可怕的。他是一個高尚的人，讓我用男人的經驗告訴你，一個像他一樣爬上那堵牆，進入那個房間，並且再次這樣做的人，不是那種會永久的受到刺激傷害的人。他的大腦和心臟都是好的，我保證，在我見到他之前，請休息吧。我會問他很多其他事情。我眞幸運，今天我去見了你，因爲我一下子知道了這麼多，一直感到眼花繚亂，我必須思考。

你最忠實的亞伯拉罕·范海辛

哈克夫人給范海辛的信

9月25日下午6：30

我親愛的范海辛醫生：

一千次的感謝你的來信，眞的讓我如釋重負。然而，如果這是眞的，那個人——那個魔鬼眞的在倫敦，這會是世界上多麼可怕的事情啊！我不敢想。就在我寫信的時候，我收到了喬納森的電報，說他今晚6點25分離開朗塞斯頓，10點18分的時候回來。所以，今晚我就不會感到害怕了。因此，你能否8點鐘來吃早餐，對你來說不會太早的話？如果你急的話，可以搭10點30分的火車，在2點35分到達帕丁頓。不要回這封信，這樣我就會知道了，如果我沒有收到回信，就表示你會來吃早餐。

相信我。

你的忠誠的和感激的朋友米娜．哈克

喬納森．哈克的日記

9月26日

我還以為自己不會再寫這本日記了，但是，那個時刻終於來了。當我回來的時候，米娜準備好了晚餐，當我們吃晚餐的時候，她告訴了我范海辛醫生的來訪，還有她給了他兩份複製的日記，他有多擔心我。她讓我看了醫生的信，上面說，我寫下的所有事情都是真實的。這彷彿讓我煥然一新，就是對這些事情真實性的懷疑把我給打倒了。我感到無力，黑暗和懷疑。但是，現在我知道，我不害怕了，甚至是伯爵。他最終成功的到了倫敦，我看見的就是他。他變年輕了，怎麼回事？范海辛就是那個可以揭開他面具、捕獲他的人，如果他像米娜說的那樣。我們坐到很晚，一直在說這件事情。米娜在穿衣服，我應該幾分鐘後去旅館，把他帶過去。

我覺得，他看到我時很吃驚。當我進了他的房間，介紹了我自己，他握住我的肩膀，將我的臉對著燈光，仔細的檢查了以後，說道：「可是，哈克夫人告訴我你病了，你受到過刺激。」

聽到我的妻子被這個和藹、堅毅的老人稱作「哈克夫人」，是件好笑的事情。我微笑著回答說：「我是病了，我也受過刺激，但是你已經治好我了。」

「為什麼？」

「用你昨天晚上給米娜的信。我很懷疑，所有的事情都顯得不真實，我不知道該相信什麼，甚至是我自己的感覺。不知道相信什麼，我就不知道該做什麼。所以，我只好埋頭做能讓我愉快的工作了。可是，就是工作也開始不能讓我開心了，我不信任自己。醫生，你不知道懷疑一切、甚至你自己是什麼樣的感覺。不，你不知道，有你這樣眉毛的人，是不會知道的。」

他看起來很高興，大笑著說：「哦！你是個相面師。我每小時內學到了更多的東西。我很高興能和你一起吃早餐，先生，你會原諒一個老人的讚揚的，這都要感謝你的妻子。」

我願意聽他一直讚揚我的妻子一整天，所以我只是沈默的站著，一直在點頭。

「她是上帝的女人，是上帝親手設計的；是在告訴我們所有的男人和女人，有一個天堂是我們可以去的，它的光芒可以照在地球上。那麼誠懇，那麼溫柔；那麼高尚，那麼無私，讓我告訴你，私心在這個年代很多，又多疑又自私。你呢，先生——我已經讀了所有給露西的信，其中的一些信提到了你，因此，我通過別人的了解對你有所了解。但是，我昨晚看到了真正的你。你會把你的手給我的，你會嗎？讓我們做一生的朋友。」

我們握了手，他是那麼的誠懇和親切，幾乎讓我窒息。

「那麼現在，」他說，「我能再讓你幫我一個忙嗎？我有一件重要的任務要完成，但首先，就是要了解事情的始末。你可以在這上面幫助我。你可以告訴我，你在去特蘭西法尼亞之前，發生了什麼嗎？以後我還會讓你幫我的忙，另一個忙；但現在只到這一步而已。」

「那麼先生，」我說道：「你要做的和伯爵有關嗎？」

「是的，」他嚴肅地說。

「我會和你並肩作戰。我會給你一沓報紙，因為你要坐10點30分的火車，所以可能沒有時間閱讀它們。你可以帶上它們在火車上讀。」

早餐過後，我送他去了車站。當我們分開時，他說：「可能你會來鎮上的，如果我叫你的話，請帶上哈克夫人。」

「你叫我們的話，我們都會去的。」我說。

我已經為他準備好了早報和昨晚的倫敦報。當我們在車廂的窗戶邊談話，等著火車開的時候，他翻著這些報紙。他的眼睛好像在《西明斯特公報》上突然捕捉到了什麼，他的臉變得蒼白。他有目的的讀著，呻吟道：「天啊！天啊！這麼快！這麼快！」我覺得他當時好像把我給忘記了，就在那時汽笛聲響了，火車開了。這提醒了他，他將頭探出窗外，揮手叫道：「代我向哈克夫人問好。我會盡快寫信的。」

西沃德醫生的日記

9月26日

確實還沒有結束。不到一週前，我說過「結束了」，我要重新開始，可還是得繼續記我的日記。直到今天下午，我都沒有理由去想該怎麼結束。倫費爾德幾乎在一切方面都變得異常清醒。他捉蒼蠅的工作已經走上了正軌，養蜘蛛的工作也剛剛開始，所以到現在，還沒給我找任何麻煩。我收到了一封亞瑟的信，在週日寫的，通過這封信，我猜亞瑟已經振作起來了。昆西．莫里斯和他在一起，這有很大的幫助，因為昆西自己的精神已經很好了。昆西也給我寫了一行字，通過它我知道，亞瑟開始變得像原來一樣開朗。這一切都讓我的心情放鬆了。至於我自己，我開始充滿熱情地投入到我的工作中，像我以前那樣，所以我可以說，露西留在我心中的傷口，已經開始癒合了。

無論如何，一切都重新開始了，只有上帝才知道結果是什麼。我對范海辛所隱瞞的東西明白了一點，但是他只會在合適的時間才說。他昨天去埃克斯特了，一整晚都待在那裡。今天他回來了，在大約五點半的時候，幾乎是跳進了屋子，然後把昨天晚上的《西明斯特公報》扔到了我的手上。

「你怎麼看？」他站在後面，兩手抱在胸前問道。

我翻看著報紙，因為我真的不知道他指的是什麼。他把報紙拿過來，指著一篇關於在漢普斯黛小孩被拐走的文章。這對我沒有太多意義，直到我看到有一段文字描述了他們脖子上的小孔。我有了一個想法，抬頭看著他。

「怎麼樣？」他說。

「和露西的一樣。」

「你從裡面看出什麼了？」

「就是他們有相同的原因。傷害她的東西，也傷害了他們。」我沒太理解他的想法。

「這間接是正確的，但並不直接。」

「你是什麼意思，教授？」我問道。我有點想輕視他的嚴肅。因為，畢竟，四天的休息讓我從焦急、痛苦和憂慮中解脫出來，並恢復了精神。但當我看著他的臉，又讓我嚴肅起來。即使是在我們對露西的絕望中，他也沒這麼嚴肅過。

「告訴我！」我說，「我猜不出來。我不知道該想什麼，我也沒有可以猜想的根據。」

「你是不是想告訴我，約翰，你對露西因何而死沒有任何懷疑，即使已經得到了暗示，不光是事實的，還有我的？」

「因為虛脫而造成大量失血或過度用血。」

「那麼血是怎麼失掉或者用掉的呢？」我搖了搖頭。

他走上前，坐在我旁邊，繼續說道：「你是個聰明人，約翰。你很會推測，你也很有智慧，但是你太偏激了。你不去聽，也不去看，在你日常生活之外的事情就與你無關了。你不覺得，有一些事你還不明白，但是它們仍然存在，還有一些人能看見別人看不到的問題嗎？但總有一些新事老事不能被人們的眼睛所看到，因為他們知道或者以為知道，別人已經告訴他們的一些事。我們的科學的錯誤，就是想用它解釋一切，如果解釋不了，就說沒什麼好解釋的。但是，我們仍然看見我們周圍，每天都有新的信仰在形成，它們覺得自己是新的，其實它們仍然是舊的，它們假裝很年輕，就像戲劇裡的漂亮女人。我猜，你現在不會相信肉體轉移吧？也不相信物質化？也不相信星狀體？也不相信思想的閱讀？也不相信催眠術……」

「是的，查爾考特已經很好地證明瞭。」

他微笑著繼續說道：「那麼，你對他就滿足了，對嗎？當然，這樣你就知道它們是怎麼回事，可以跟隨著偉大的查爾考特，可是他已經不在受到他影響的病人的心裡了。不是嗎？約翰，我是不是應該認為你只接受事實，而滿足於在前提到結論之間的這一段都保持空白呢？不是嗎？那麼告訴我，因為我是研究大腦科學的學生。人們是怎麼接受催眠術而拒絕思想的？讓我告訴你，我的朋友，今天在電學裡的一些發現，在發現電的前人們看來是不聖潔的，而他們自己當時也被當成了巫師。生活中總是有神祕的事物。為什麼麥修徹拉活了900年，『老帕隆』活了169年呢？而可憐的露西卻不能多活一天。你知道生命和死亡的全部祕密嗎？在比較解剖術的全部內容之後，你能說出為什麼獸性出現在同一個人身上，而不是在其他人身上嗎？你能告訴我為什麼其他蜘蛛很快就死了，而老西班牙教堂的鐘樓裡的大蜘蛛卻能活上幾個世紀，一直長大，直到喝光了教堂裡所有的燈油嗎？你能告訴我為什麼在南美大草原上或者在其他地方，有一種大蝙蝠，晚上出來打開牛和馬的血管喝光牠們的血？為什麼在北海的一些島上，有蝙蝠一整天都掛在樹上，那些看到過牠們的人說牠們像巨大的果核或者莢果，當船員因為天熱睡在甲板上時，牠們飛到他們身上，在早上他們就成了死人，像露西小姐一樣蒼白？」

「上帝啊！上帝啊！教授！」我驚叫著跳起來，「你的意思是，露西是被這樣一種蝙蝠咬的，這樣的事情會發生在十九世紀的倫敦？」

他沈默地揮著手，繼續說道：「你能告訴我，為什麼烏龜比人活得時間長？為什麼大象一直走，直到看見族群？為什麼鸚鵡只會死於貓或狗咬牠們或是其它原因？你能告訴我，為什麼有的男人和女人生存在不會死的年代和地方嗎？我們都知道，科學已經證明瞭事實，有蟾蜍封在石頭裡一千年，被關在一個小洞裡，那個小洞只能在牠們很小的時候盛下牠們。你能告訴我為什麼印度的托缽僧能在他們自己死去並被埋葬，甚至墳墓被封住，上面種上了莊稼，莊稼成熟了，收割了，播種了，然後又成熟又收；當人們把墳墓啟封，躺在那裡的印度托缽僧，沒有死，而是起來像原來一樣到處走著？」

我在這裡打斷了他。我越來越迷惑了。他將這些自然界裡的反常現象一股腦地倒在我的心上，讓我的想像力都要著火了。我隱約的覺得，他要給我上一課，就像很久以前，他在他阿姆斯特丹的書房裡做的那樣。但是，他原來是用它們來告訴我事情，這樣我就有了思考的目標。而現在我沒有他的幫助，我還是想聽懂他的話。

於是我說：「教授，讓我再做一回你得意的學生吧。告訴我主旨，這樣我就可以用上你的知識，在你說的時候。現在，我在自己心裡從這兒走到那兒，像是一個瘋子，而不是一個清醒的人，我感覺自己就像一個新手在霧中的沼澤地裡行走，從一塊草叢上跳到另一塊上，只是一心想著向前，卻不知道自己要去向哪裡。」

「這是一個有趣的場面，好，我應該告訴你了。我的主旨是，我想讓你相信。」

「相信什麼？」我問。

「相信你不能相信的事情。讓我舉個例子。有一次，我聽到一個美國人這樣定義『忠誠』——『一種讓我們去相信我們認為不正確的事情的能力』。我理解那個人的意思。他的意思是說我們要開通，不要用一丁點的事實來判斷一大堆的事實，就像一個小石子對一輛運貨車做的那樣。我們先有了小的真理。這很好！我們留著它，我們重視它，但是我們不能讓它覺得自己就是宇宙中所有的真理了。」

「那麼，你是讓我不要被以前的一些信仰所影響，而去接受一些奇怪的事情。我說得對嗎？」

「哈，不愧為我最喜歡的學生。教你是值得的。現在你願意去了解了，你已經邁出了第一步。你覺得，那些孩子喉嚨上的小孔和露西身上的小孔，是同一種東西造成的嗎？」

「我猜是的。」

他站起來，嚴肅地說：「唉，要是那樣就好了！但事實並不如此，不，是更壞的，遠遠更壞的情況。」

「看在上帝的份上，范海辛教授，你是什麼意思？」我叫起來。

他絕望地癱在椅子上，胳膊肘搭在椅柱上。

一邊用手捂住臉，一邊說道：「是露西弄的！」

西沃德醫生的日記之繼續

有一陣子，我感到非常的生氣，就好像在露西的整個一生中，他都在打露西的臉。我狠狠地砸了一下桌子，站起來說：「范海辛醫生，你瘋了嗎？」

他抬起頭看著我，不知為什麼，他臉上的溫柔立即讓我鎮定下來。

「我倒希望是這樣！」他說道，「比起這樣的事實，也許用『瘋狂』來形容更好聽一點兒。唉，我的朋友，你想一想，我轉了這麼一大圈兒，費這麼大勁來告訴你如此簡單的一件事情，到底是為了什麼？是因為我恨你並且一生都在恨你嗎？是因為我想為那次你從一次可怕的死亡中救了我而復仇嗎？不是！」

「原諒我。」我說。

他繼續說道：「我的朋友，這是因為我不想太傷害你，因為我知道，你曾經愛過那位美麗的姑娘。但是，我仍然不指望你相信。立即接受一個荒誕的現實太困難了，我們會懷疑它的可能，因為我們從來沒相信過它會是真的。接受這樣一個傷心的事實更加困難，因為它是關於露西小姐的。今晚我就會來證實它。你敢和我一起來嗎？」

這讓我猶豫了一下。一個男人不願意證實這樣一個事實，一個拜倫從自己的詞典裡除去的事實。

「證實那個他最厭惡的事實。」

「證實——猜忌。」

他明白我正在猶豫，於是說道：「邏輯很簡單。現在沒有瘋子的邏輯了，在霧中的沼澤地上從一塊草叢跳到另一塊草叢。如果它不是真的，那麼去證實一下就會安心的。至少不會有害處。如果是真的，哈，這就是可怕之處了，然而每一種可怕都會支持我的動機，因為在裡面有信仰的存在。來，我告訴你，我是怎麼打算的：首先，去醫院看望那個孩子。報紙上說他所在的諾斯醫院的文森特醫生是我的朋友，我想他也應是你的朋友，因為你在阿姆斯特丹上過他的課。如果他不讓兩個朋友看，那麼，他也會讓兩個科學家看他的病人的。我們什麼也不要跟他說，只是去得到我們想知道的；然後……」

「然後呢？」

他從口袋裡面拿出一把鑰匙舉起來：「然後我們，你和我，晚上到安葬露西的教堂墓地去。這是墳墓的鑰匙。我從做棺材的人手裡拿到的，準備交給亞瑟。」

我的心臟和我一起沈下去，因為我覺得我們面臨著可怕的考驗。然而，我卻什麼也做不了，於是，我鼓起勇氣說我們最好快點，因為下午就要過去了。

我們發現孩子醒著。他已經睡過覺，吃了一點東西，一切都在好轉之中。文森特醫生去掉他脖子上的繃帶，讓我們看那個小孔。沒錯，和露西喉嚨上的是一樣的。它們更小，邊緣看起來更新鮮，就這麼多了。我們問文森特醫生是怎麼診斷的，他回答說一定是什麼動物咬的，可能是一隻蝙蝠，但是在他看來，他傾向於認為這是一種在倫敦北邊很多的蝙蝠。「其中一種無害的蝙蝠，」他說，「可能是從南邊來的一種更有害的物種中的一個野生樣本。也許是一些水手帶回家了一隻，結果牠逃跑了，甚至可能是在動物園，一隻小的被放出來了，或者是吸血蝙蝠生在那裡的一隻。這些事情確實會發生，你知道。就在10天前，一條狼逃跑了，我相信，也是從這兒來的。一週以前，孩子們都在荒原上玩小紅帽和那裡的峽谷裡玩耍，直到對這個『神祕女士』的恐慌發生了，他們就都像過節日一樣。甚至是這個可憐的小孩子，當他今天醒了以後，問護士他是否可以走了。當護士問他為什麼想走時，他說他想和那位『神祕女士』玩耍。」

「我希望，」范海辛說，「當你送這個孩子回家的時候，告誡他的父母要嚴格的看護他。他們想迷路的願望是最危險的，如果這個孩子又在外面待了一晚，這可能就是致命的。不過無論如何，我猜你這幾天都不會讓他走吧？」

「當然不會，至少一個星期，如果傷口沒癒合就會更長時間。」

我們去醫院探訪的時間比我們預計的要長，在我們出來之前，太陽就下山了。當范海辛看見天黑時，他說：「不用急。時間比我想像的要晚。來，我們找找哪裡可以吃飯，然後就可以繼續上路了。」

我們在「傑克．斯特勞的城堡」吃的飯，旁邊還有一小群自行車手和一些吵鬧著談話的人們。大約晚上10點，我們從小酒館出發了。那時，天已經非常黑了，當我們走在單個路燈發出的光的半徑之外的時候，分散的路燈讓黑暗顯得更明顯。教授顯然知道我們要走的路，因為他毫不猶豫地向前走，但是對於我，我對周圍的地理狀況很迷惑。我們走得越遠，遇到的人就越少。直到最後，當我們看到騎警在執行他們日常的巡邏任務時都有點吃驚了。最後，我們到達了教堂墓地的圍牆邊，爬了過去。有點困難，因為很黑，而且整個地方對於我們好像都很陌生。我們找到了韋斯頓拉家的墓穴。教授取出鑰匙，打開了吱吱嘎嘎的門，然後站在後面，很禮貌，但也是下意識的示意我走在他前面。禮貌的讓別人先進入這可怕的地方，這是種有趣的諷刺。他很快的跟在我後面，謹慎的關上門，仔細地確認了鎖是明鎖，而不是暗鎖。如果是後者，我們就會處在一種糟糕的處境中了。然後他在包裡摸著，拿出一盒火柴和一根蠟燭，點燃了。

下葬的時候，墳墓裡面都是鮮花，墓室顯得非常安詳、莊重，可是現在——幾天後，當花都已經枯萎了，它們的白色變成了鐵鏽色，綠色變成了褐色；當蜘蛛和甲蟲開始牠們對這裡的統治；當因為時間而褪色的石頭，落滿灰塵的灰泥，生鏽和潮濕的鐵，晦暗的黃銅，氧化的銀色鍍層讓微弱的蠟燭火焰退縮的時候，這樣的效果比你能想像到的更加痛苦和悲傷。它不可阻擋的傳達著一種感覺：生命，動物的生命，不是唯一會死亡的東西。

范海辛有條理的進行著他的工作，舉著蠟燭，這樣，他可以讀棺材上的金屬牌，白色的蠟燭油滴在金屬上時凝結起來，他確認了這是露西的棺材，又把手伸進包裡拿出一把錐子。

「你要做什麼？」我問道。

「打開棺材，然後你就會相信了。」

他開始操作著，最後掀起了蓋子，顯出了下面的鉛質的箱子。這樣的情景對於我來說是受不了的。這是對死者的侮辱，就像是在她生前睡著的時候剝光她的衣服一樣。我抓住了他的手，不讓他這麼做。

他只是說：「你會看見的。」然後他又把手伸進包裡拿出一把小小的磨損了的鋸子。一邊在鉛上敲錐子，一邊快速的向下一戳，這讓我退縮，他弄了一個小孔，不過已經足夠讓鋸子進去了。我本來還以為，幾星期之久的屍體會散發出一陣臭氣。我們醫生已經知道自己的危險，必須習慣這些事情，我向門口後退。但是教授一刻也沒有停下。他沿著棺材的一邊鋸了幾英尺，然後走過去，開始鋸另一邊。他抬起鬆開的邊緣，將它彎向棺材底部，然後將蠟燭伸進縫隙，示意我過來看。

我走近看了看。棺材裡面是空的。這顯然讓我很吃驚，甚至是一個震驚。但是范海辛依然不動聲色。現在，他對自己的結論更加肯定了。因此，更有膽量來完成自己的任務。「你現在滿意了嗎，約翰？」他問我。

我感到自己身體裡所有的固執和好辯的細胞都蘇醒了，我回答道：「我滿意露西的屍體不在那口棺材裡面，但是這只能說明一件事。」

「什麼事，約翰？」

「她不在那兒。」

「這是很好的邏輯，就現在的情況而言。但是，你現在怎樣解釋她不在那兒呢？」

「可能是一個盜墓者，」我提議，「殯儀館的那些手下可能把她偷走了。」我感到自己像是一個蠢貨。然而，這是我能提出的唯一一個有可能的原因了。

教授嘆了口氣，「唉，好吧，」他說，「我們必須有更多的證據。跟我來吧。」

他又蓋上了棺材蓋，收起他所有的東西裝進了包裡，吹滅了蠟燭，把蠟燭也放在了包裡。我們打開門，出去了。他關上了我們身後的門，鎖上了它。他遞給我鑰匙，說道：「你能保存它嗎？你最好確定。」

我笑了，但不是很高興的笑，我一邊示意他留著鑰匙，一邊下決心說道，「鑰匙沒什麼用，」我說，「有很多把，而且無論如何，撬開這樣一把鎖，也不是難事。」

他什麼也沒說，把鑰匙放進了口袋裡。然後，他讓我檢查教堂墓地的一邊，他自己檢查另一邊。

我站在一棵紫杉樹後面，看著他的黑色身影移動著，直到有墓石和樹木擋住了我的視線。這是孤獨的一夜。就在這時，我聽見傳來午夜12點的敲鐘聲。然後是1點，2點。我又冷又沒有意志力，我很生氣教授讓我幹這種差事，還生氣我自己會來。我寒冷和睏倦，集中不了注意力，但是又沒睏到至於背叛我的信仰。總之，我度過了一段無聊、討厭的時光。

突然，就在我轉身的時候，我看到了好像是白色條紋的東西，在教堂墓地，離墳墓最遠的那一側的兩顆紫杉樹之間移動；同時，一團黑色的東西從教授的那一邊移動過來，快速地向那個白色條紋跑過去。然後我也開始移動，但是必須繞過墓碑和墳墓，我突然被墳墓絆倒了。天空很陰暗，遠處響起了一聲雞鳴。不遠處，在一排分散的紅松之外，那兒有通向教堂的小路，一個朦朧的白色人影向墳墓的方向快速跑著。墳墓本身被樹遮住了，我看不見那個人影在哪消失了。我在最初看到白色人影的地方，聽到了一陣沙沙的響聲，跑過去，看見教授手裡抱著一個孩子。當他看見我時，他把孩子交給我，說道：「你現在滿意了嗎？」

「不！」我說，語氣中帶著挑釁。

「你沒有看見這個孩子嗎？」

「是的，這是個孩子，但是誰把他帶來的？他受傷了嗎？」

「我們應該看看，」教授說道，我們一口氣走出了墓地，帶著那個睡著的孩子。我們走出了一段距離，進入一個樹叢中，點燃一根火柴，看著孩子的脖子。沒有任何刮傷或者疤痕。

「我對了嗎？」我得意揚揚地問。

「我們發現的正是時候。」教授感激地說。

我們現在必須決定該怎麼處置這個孩子，所以一起商量了一下。如果我們把他帶到警察局，就必須解釋我們晚上在那兒的行為。起碼，我們必須描述一下我們是怎麼找到那個孩子的。所以，我們決定把他帶到荒原，當我們聽見警察來的聲音的時候，就把他留在他們能找到的地方。然後那時，我們再盡快地找到回家的路。一切都很順利。在漢普斯黛荒原的一角，我們聽到了警察沈重的腳步聲，然後把孩子放在小道上，等著看著，直到警察來來回回的晃著燈發現了他。我們聽到了他的尖叫聲，然後就悄悄地離開了。很幸運，我們找到了一輛出租馬車，駛進了鎮裡。

我睡不著，所以記下了日記。但是我一定要睡幾個小時，因為范海辛中午會到我這兒來。他堅持要我再跟他去一次。

9月27日

我們找到機會做我們想做的事的時候，已經是兩點了。中午舉行的葬禮都已經結束了，最後一批哀悼者也戀戀不捨的走了。當我們在檟木叢後面仔細觀察時，我們看見教堂司事鎖上了身後的門。我知道，我們一直到明天早晨之前都不會被人發現了，但是，教授告訴我最多只需要一小時。我再一次感到現實的可怕。這時，所有的想像力好像都不管用了，我也清楚地意識到，在我們褻瀆神明的工作中，我們要承擔多大的法律風險。另外，我還覺得這一切都沒有用處。雖然打開一個鉛質棺材，看看已經死了差不多快一週的女人是否真的死了是很野蠻的，現在再次打開墳墓，看見棺材是空的，更像是最愚蠢的事情。無論如何，我聳了聳肩，無聲地站在旁邊休息，因為無論誰去反對，范海辛還是要有一些工作要做。他拿出鑰匙，打開門，又一次禮貌地請我先進。這個地方不像昨晚那麼可怕了，但是當太陽射進來時又十分的難看。范海辛走到露西的棺材前，我跟在後面。他彎下腰再次敲開了鉛質邊緣，驚訝和愕然擊中了我。

露西躺在那裡，似乎還和我們在她葬禮的前一天晚上看到的一樣。她比原來還要容光煥發和漂亮，我都不能相信她已經死了。她的嘴唇是紅色的，而且比原來還紅，面頰紅潤。

「這是在變戲法嗎？」我對他說。

「你現在相信了嗎？」教授回答說，他一邊說著，一邊伸出手，做出了讓我顫抖的動作，他撥開她的嘴唇露出她的牙齒，「看，」他繼續說道，「它們甚至比以前還要鋒利。用這個還有這個，」他摸著兩顆犬齒，「就可以咬小孩了。現在你相信了嗎，約翰？」

固執又一次在我體內產生。我不能接受他這一壓倒性的提議。所以，我想要爭論，甚至，當時我都感到害羞了，我說：「她也許是昨天晚上被放在這兒的。」

「真的嗎？如果是這樣，是誰呢？」

「我不知道。總之，有人這樣做了。」

「然而她都死了一週了。絕大多數人在這個時候看起來不是這樣的。」

我不知道怎麼回答這個問題了，所以沈默了。范海辛好像沒有注意我的沈默，無論如何，他既沒有懊惱也沒有得意，而是有意識地看著死者的臉，翻起她的眼皮看她的眼睛，又一次打開嘴唇檢查了牙齒，然後他轉向了我。

「現在有一件事情是很不尋常的。有一種兩重的生命是非同一般的。她在恍惚的狀態下，在夢遊的時候被吸血鬼咬了，哦，你吃驚了。你不知道那件事，約翰，但是你以後會知道的，在恍惚狀態下就可以有更多的血被吸走。在恍惚狀態下，她死了，但是在恍惚中，她又沒有死。所以她不同於其他人。通常，當不死的人在家睡覺的時候，」他一邊說著，一邊做了一個幫助理解的揮揮手臂動作，來說明對於吸血鬼來說，什麼是『家』，「他們的臉露出原形。但是，當他不是不死人的時候，他就和平常的死人沒什麼兩樣了，這時他沒有什麼攻擊性。所以我必須在她睡覺的時候殺死她。」

這些話，讓我的血都涼了，我開始接受范海辛的理論。但是如果她真的死了，又為什麼要殺她呢？他抬頭看著我，顯然看出了我臉色的變化，因為他幾乎是高興的問我：「你現在相信了？」

我回答道：「先不要把我逼得太緊。我願意接受。那你怎麼做？」

「我要砍掉她的頭，把大蒜裝滿她的嘴，然後我會用一根椿子刺進她的身體。」

這讓我顫抖，想像著一個我曾經愛過的女人的身體被如此殘害。

不過，這樣的感覺不像我想像的那麼強烈。實際上，我開始顫抖，是因為竟然有這樣的生物存在。這個不死的人，就像范海辛說的那樣，我開始厭惡它。愛都是主觀的，抑或是客觀的？

我等了相當長的一段時間，范海辛還是沒有開始。他站在那裡像是陷入了沈思中。然後他突然把包扣了起來，說道：「我一直在思考，我已經決定了怎樣做才是最好的。如果我只是依自己的願望，那麼我現在就會做了。但想到了別的事情，更加困難的事情。這很簡單。她還沒有死，雖然只是時間問題，現在行動就是冒險。那時我們就要面對亞瑟了，我們該怎麼告訴他呢？即使是你，雖然看見過露西脖子上的傷口，也見過醫院的孩子身上的相似的傷口；昨晚還看見棺材是空的，而今天人卻又回來了，她沒有變化，除了在死後的一星期裡面變得更漂亮以外，可是你仍然不相信。那麼，還怎麼指望對這些一無所知的亞瑟相信呢？」

「當我在她快死的時候，不讓他吻她，他懷疑了我。我知道他已經原諒了我，因為我不讓他告別是錯的；但是他可能覺得，把這個女人活埋是更加錯誤的，我們必須殺了她更是錯中之錯。他會爭辯說是我們，是我們錯誤的依自己的想法殺了她，所以他會永遠不高興的。但是他永遠不能確定，這是最壞的情況，他有時會覺得，這個他愛的人是被活埋的，這樣就會讓他害怕她遭受了怎樣的痛苦；然後，當他再次想起時，又會認為我們可能是對的，他的愛人其實是一個不死的人。不！我告訴過他一次。現在，因為我知道這都是真的，比我知道他會在到達甘泉之前，穿越苦水還要多知道一百倍。他，可憐的人，必會有一小時感到天堂的臉都變黑了，然後我們就可以照顧一切，讓他恢復平靜。我已經決定了。我們走吧。你今晚回精神病院，去照顧一些事情。至於我，我今晚都會待在教堂墓地裡。明晚10點鐘，你去伯克利旅館見我。我會叫亞瑟也來。現在，我和你去皮卡迪里大街吃飯，因為我必須在日落前趕回這裡。」

於是，我們鎖上墳墓離開了，翻過墓地的牆——這已經不算是難事了，然後回到了皮卡迪里大街。

范海辛留在旅行箱內的給約翰．西沃德的便條

（沒有送）

9月27日

約翰：

我寫下這個以防發生了什麼事。我自己在看著墓地。讓我高興的是那個不死的人——露西，今晚不會離開，所以第二天晚上她會更飢渴。因此我要用一些她不喜歡的東西，大蒜和十字架，然後封上墳墓的門。她是不死人的時候也很清醒，會注意到的。另外，只要不讓她

出來就可以了。他們不會想進來的，因爲那時不死的人已經孤注一擲，會做最後的抵抗，無論是什麼。我會一晚上都在那裡，從日落直到日出，這樣我會知道一切應該知道的事情。因爲我不怕露西小姐。但是，對於知道她是不死人的那個傢伙，他是不會找到她的墳墓的。他很狡猾，從我在喬納森先生那裡知道的，還有他在拿露西的生命和我們開玩笑時，他愚弄了我們，我們失敗了，無論從哪個方面來講，這個不死的人都是強大的。他有20個人那麼強壯，即使是我們4個人也對抗不過他。另外，他會召集他的狼群，和我不知道的東西。所以，如果今晚他會來的話，他會找到我的。但是別人不會發現，當發現時也已經太遲了。但是，也可能是他不想到這裡來。沒有理由讓他來。他的狩獵場要比這個不死的女人躺的墓地要廣闊得多。

因此，我寫下這個以防不測。拿上這些紙，是哈克的日記和其他的東西，讀一讀它們，然後找出這個不死的人，砍下他的頭，燒掉他的心或者刺穿他的心，這樣，整個世界就都會安寧了。

如果是這樣的話，再見了。

范海辛

西沃德醫生的日記

9月28日

一晚上的好覺，對我很有用。昨天，我幾乎要接受范海辛可怕的想法了，但是現在，這個想法在通常意義上好像就是某種暴行。我不懷疑他完全相信這個想法。不知道他是不是有點精神錯亂了。當然，這些神祕的事情會有合理的解釋。有沒有可能是教授自己做的？他是那麼聰明，如果他下了決心，就會用巧妙的手段達到自己的目的。我討厭這樣想，發現教授瘋了，會是一件和其他的情況一樣驚人的事情。但無論如何，我會小心的看著他。我可能會搞清楚這個祕密。

9月29日

昨晚，10點之前，亞瑟和昆西進了范海辛的房間，他告訴了我們，他想讓我們做的事情。但是特別重點的跟亞瑟說，好像我們所有的願望都集中在他身上。他一開始說，他希望我們都跟他一起去，「因為，」他說，「有一項嚴肅的任務要完成。你一定對我的信很吃驚吧？」這個問題是問亞瑟的。

「是的，有點讓我心煩，最近發生了這麼多麻煩事，我不想再有更多的事情發生了。我也很好奇你是什麼意思。昆西和我討論了一下，但是我們談得越多，我就越糊塗，直到現在，我可以說我一點都不明白。」

「我也是。」昆西．莫里斯打斷說。

「哦，」教授說道，「那麼我們接近開端了，約翰則還要再返回起點。」顯然，雖然我什麼也沒說，但他已經看出來我又重新產生了懷疑。然後，他轉向另外兩個人，嚴肅地說：「今晚，我想讓你們去做我認為正確的事情。我知道，有很多要問的問題，當你們知道我想做的是什麼時，你們會知道的，只有那時才會知道。因此，我想讓你們保證在黃昏，就是過一會兒的時間，雖然你們可能會生我的氣，我不能假裝這樣的事情不會發生，但是你們不要為任何事情責備自己。」

「無論如何，這很坦率。」昆西插話道，「我來為教授回答。我不太明白他的想法，但是我發誓他是真誠的，這對於我就足夠了。」

「謝謝你，先生，」教授欣慰地說，「我很榮幸把你看做是可以信任的朋友，你的保證對我很珍貴。」他伸出一隻手，昆西握住了它。

然後，亞瑟說話了：「范海辛醫生，我不太喜歡被蒙在鼓裡，如果我作為紳士的榮譽，或者我作為一個基督徒的忠誠受到了損害，我不能做這個保證。如果你能保證你想做的事情不會破壞這兩樣東西，那麼，我會立即同意，即使我一生都不會明白，你為什麼這麼做。」

「我接受。」范海辛說，「我要求你的就是，當你想譴責我的做法的時候，請先思考一下，確定這樣不會損害你的權利。」

「我同意！」亞瑟說，「這很公平。現在咱們的談判結束了，我能問一下，到底我們要做的是什麼嗎？」

「我想讓你和我一起來，悄悄地到金斯戴德的教堂墓地去。」

亞瑟的臉色沈下去了，他吃驚地問：「埋葬露西的地方？」

教授點了點頭。

亞瑟繼續問道：「為什麼去那兒？」

「進到墳墓裡去！」

亞瑟站起來，「教授，你是認真的嗎，或者這是個可怕的玩笑？對不起，我看你是認真的。」他又坐下了，但是，我能看出他堅定而自豪地坐下，像一個有尊嚴的人。他沈默了一會兒，問道：「為什麼進墳墓？」

「打開棺材。」

「夠了！」他生氣地站起來說，「我願意對合理的事情保持耐心，但是這個，對墳墓的褻瀆，對我的……」他憤怒的哽咽了。

教授憐憫地看著他，「如果我可以為你承擔一個痛苦，我的可憐的朋友，」他說，「上帝知道我就會這麼做。但是今天晚上，我們的腳必須走在荊棘叢生的路上，或許以後，或許永遠，你都必須走在布滿火焰的路上。」

亞瑟抬起嚴肅蒼白的臉說道：「請慎重，先生，請慎重一些。」

「可以聽我說嗎？」范海辛說道，「至少到那時你會明白我的目的的界限，我可以開始說了嗎？」

「可以，」莫里斯插話道。

范海辛停了一會兒，顯然是努力的說道：「露西小姐死了，是這樣嗎？是的！這當然沒錯。但是，如果她沒有死……」

亞瑟跳起來說道：「上帝啊！」他叫起來，「你是什麼意思啊？難道有什麼錯嗎，她被活埋了？」他痛苦的呻吟著。

「我也沒有說她還活著，我的孩子。我不是這樣想的。我只是說她可能是一個——不死的人。」

「不死的人！沒有活著！你是什麼意思？這是個噩夢嗎，要麼還能是什麼？」

「有一些神祕的事物，人們只能猜測，一個時代接著一個時代過去了，他們可能只解決其中的一部分問題。相信我。我們現在就在解決其中的一個。但是我還沒有做。我能砍下死去的露西小姐的頭嗎？」

「當然不行！」亞瑟激動的叫道，「我一輩子都不會同意對她的屍體的殘害的。范海辛醫生，你讓我做得太多了。我對你做了什麼，你要這樣折磨我？那個可憐的女孩做了什麼，讓你想要在她的墳墓上刻上恥辱？你瘋了嗎？說出這樣的事情，還是我瘋了會來聽你說？不要再想了，我不會同意任何你想做的事情的。我有義務保護她的墳墓不受破壞，以上帝的名義，我會這樣做的！」

范海辛從他一直坐著的地方站起來，莊重而嚴肅地說道：「我的高達爾明勳爵。我也有義務要履行，一個對他人的義務，對你的義務，對死者的義務，以上帝的名義，我會這樣做的！我現在要你做的就是讓你跟我來，你自己看一看、聽一聽，這樣如果我再做同樣的請求，如果你還是不想這樣做的話，我還是會履行自己的義務，無論你怎麼想。然後，按照你的願望，我會把我自己交給你處置，給你一個交代，無論何時何地，只要你想的話。」

他的聲音停住了，然後憐憫地看著亞瑟。

「但是我懇求你，不要對我生氣。在我一生中，有許多我不想做的事情，有時我會動搖，但是我從沒有接受過這樣一項艱巨的任務。相信我，如果到了你改變對我的看法的時刻，你看我一眼就會讓這些傷心的時刻煙消雲散，因為我會盡一個男人所能做的，不讓你痛苦。想想吧。為什麼我要給自己這麼多痛苦和悲傷？我從我的故鄉來到這裡做事，一開始是為了讓我的朋友約翰高興，然後是幫助一位可愛的年輕姑娘，我也愛上了她。對於她，我羞於說得太多，但是我要說，我也給了她你所給她的，我的血液；我給了她，我不像你一樣是她的愛人，只是她的醫生和她的朋友；我給了她，我的黑夜和白天，無論在死之前，還是在死之後，如果我的死能對她有好處，即使是現在她已經變成了一個不死的人，我也可以為她而死。」他說的時候，帶著嚴肅和溫柔的驕傲，亞瑟被感動了。

他握住老人的手，哽咽地說，「這太難以想像了，我不能理解，但至少我會和你一起去並且守候在那兒。」

西沃德醫生的日記之繼續

我們翻過矮牆進入到墓地的時間是12點差15分。夜晚很黑，時而從天上劃過的厚厚雲彩的邊緣透過一縷月光。不知道為什麼，我們都互相靠得很近，范海辛稍微在前面一點，因為他要帶路。當我們走近墳墓時，我一直看著亞瑟，因為我怕靠近這個給他這麼多痛苦回憶的地方會讓他不安，但是他還能承受。我覺得，這件事情的神祕在某種程度上抵消了他的悲痛。教授打開了門，看見我們因為各種各樣的原因猶豫著，於是他自己先進去了。我們都跟在他後面，他關上了門。然後他點燃了一盞油燈，指著棺材。亞瑟猶豫地走上前。范海辛對我說：「你昨天是和我在一起的。露西小姐的屍體在棺材裡嗎？」

「是的。」

教授轉向其他人說道：「你們都聽見了，沒有人不相信我了吧。」

他用錐子再次打開了棺材的蓋子，亞瑟看著，臉色很蒼白，但是很沈默。當蓋子打開的時候他走上前。他顯然不知道裡面還有一個鉛質棺材，無論如何，他從來沒有考慮過。當他看見鉛上的裂縫，他的血一下子沖到了臉上，但是又很快消散了，他仍然蒼白得可怕，依然沈默著。范海辛撬開邊緣，我們都往裡面看，然後跳了回去了。

棺材是空的！

有一刻誰也沒說話。昆西．莫里斯打破了沈默：「教授，讓我來回答你。你說的話就是我想聽的。我不會把它當成一件平常事來問了，我不會用懷疑來侮辱你，但是這是一件榮譽和恥辱之外的神祕的事情。這是你做的嗎？」

「我以一切我視為神聖的東西向你發誓，我沒有移動她或者接觸她。發生的事情是，前天晚上，西沃德和我一起來過，是出於善意的目的，相信我。我打開了棺材，那時是封上的，我們看見它是空的，就像現在一樣。我們等待著，看見一個白色的東西穿過樹叢。第二天我們是在白天來的，她就躺在裡面。不是這樣嗎，約翰？」

「是這樣的。」

「那一晚我們來得正是時候。又有一個小孩子失蹤了。我們在墳墓之間發現了他，感謝上帝，沒有受到傷害。昨天我是在日落前來的，因為日落以後不死的人就會出來。我一直在這兒守著，直到日出。但是什麼都沒有看見。可能是因為我在門的磚上放了大蒜。不死的人受不了大蒜，還有另外一些他們害怕的東西。昨晚她沒有離開，於是今晚在日落之前我拿走了大蒜和其他的東西。於是我們看見這個棺材空了。但是請原諒我。至今為止，發生了很多奇怪的事情。你們和我一起在外面等著，還會有更奇怪的事情發生。所以，」他吹滅了燈，「現在出去吧。」他打開了門，我們出去了，他最後出來鎖上了門。

經過墳墓的恐怖以後，夜晚的空氣顯得清新而純淨，能看見月光和雲彩是多麼的可愛，能呼吸新鮮空氣而不沾染上死亡和腐爛是多麼好。亞瑟沈默了，我能看出，他正在努力理解祕密的內涵。我自己則很耐心，又開始拋棄我的懷疑並接受范海辛的結論了。昆西・莫里斯冷靜地接受了所有的事情，勇敢地接受了，冒險地接受了。因為不能吸煙，他切下很大一塊煙草嚼了起來。至於范海辛，他很堅定，先是從包裡取出了一塊薄薄的像威化餅乾的東西，很仔細的用餐巾紙卷好了。然後，他又抓出兩把白色的東西，像是生麵團或者灰泥。他將類似威化餅的東西弄碎揉進白色的東西，然後搓成小條，把它們塞在門之間的縫隙裡。我有點被這個搞迷糊了，靠過去問他這是在做什麼。亞瑟和昆西也湊過來了，因為他們也很好奇。

他回答道：「我在封閉墳墓，這樣，不死的人就進不去了。」

「那你塞在那裡的東西，可以做到嗎？」

「是的。」

「你用的是什麼東西？」這一次是亞瑟在問。

范海辛尊敬的舉起帽子回答道：「聖餅。我從阿姆斯特丹帶來的。我信教。」

這是最讓我們的質疑害怕的答案了，我們都覺得教授的目的是那麼真誠，是一個能夠讓他使用最神聖的東西的目的，這讓我們不可能不相信。我們充滿敬意的沈默著，走到墳墓周圍我們被分配的地方，躲藏起來以免被任何人發現。我很同情另外幾個人，尤其是亞瑟。我上一次已經經歷過了這種恐怖，可是就在一小時之前，還在懷疑這件事的真實性的我，此時的心已經沈了下去。墳墓從沒像現在這樣顯得鬼一樣的蒼白。絲柏，紫杉和紅松，從沒像現在這樣，如同葬禮的黑暗的化身；草叢不祥的沙沙響著；樹枝神祕的吱吱嘎嘎的響著；遠處的狗叫聲，更像是在黑夜裡傳送著一種不祥的預兆。

又是很長一段時間的沈默、痛苦、空虛，然後是教授急切的發出噺噺聲。朝著他所指的方向，在小路的遠處，我們看到一個白色人影在前進，一個朦朧的白色人影，懷裡抱著一個黑東西。人影停住了，在明亮的月光下，現出了一個讓人吃驚的黑頭髮的女人，穿著屍衣。我們看不見她的臉，因為她正伏在看上去是一個金色頭髮的孩子身上。有一陣停頓和一陣尖厲的叫聲，就像一個孩子在睡覺時發出的，或是像一條狗躺在壁爐旁邊做夢時發出的。我們開始向前走，但是教授站在一顆紫杉樹後面，給了我們一個警告的手勢，讓我們後退。此時，白色人影又開始向前移動了。現在足夠讓我們看得清了，月光也還在。我的心臟變得冰冷，我能聽見亞瑟的喘氣聲，因為我們認出了露西・韋斯頓拉的身影。是露西・韋斯頓拉，但是已經變了。甜美變成了無情和殘酷，純潔變成了放縱和淫逸。

范海辛走出來了，根據他的手勢，我們也向前走。我們四個人在墳墓前站成了一排。范海辛舉起燈點燃了。通過落在露西臉上的集中的燈光，我們看見她的嘴唇上都是鮮血，血順著她的下巴向下滴著，玷污了她的麻布屍衣。

我們害怕的顫抖著。我能通過顫抖的燈光看出，連范海辛堅強的神經也受不了了。亞瑟就在我旁邊，要不是我抓住他的胳膊支撐著他，他就暈倒了。

當露西——我把在我們面前的這個東西叫做露西，是因為她們長得一樣，當她看見我們時，她後退了，憤怒的咆哮著，就像一隻貓無意中發出來的聲音，然後，她的目光在我們之間徘徊。露西的眼睛還是那個形狀和顏色，卻沒有我們知道的那種純潔和柔和，它們不再純淨，充滿地獄的火焰。就在那時，我殘留的愛轉變成了憎恨和厭惡。如果能在那時把她殺了，我會毫不猶豫，並且會高興的動手的。她看著我們，眼睛閃著邪惡的光，臉被淫蕩的微笑所扭曲。上帝啊，看到這些我是怎樣的顫抖！突然，她躺在地上，像魔鬼一樣無情的對著那個她至今都緊緊抱在胸前的孩子咆哮著，像是一條狗對著骨頭咆哮。孩子發出刺耳的哭聲，躺在那裡呻吟。這個舉動是那麼的冷血，亞瑟呻吟了一下。當她伸出手，淫蕩的笑著走向他時，他向後退縮著，捂住臉。

她仍然在向前走，淫蕩的笑著，說道：「過來，亞瑟。離開他們到我這兒來。我的手臂在等著你，來，我們可以一起休息，來，我的丈夫，來！」

她的語調裡帶著邪惡的甜蜜，像是敲擊玻璃的聲音，甚至也穿過我們的腦子，雖然這些話不是說給我們聽的。

至於亞瑟，他像是中了邪，將手從臉上拿下來，張開了雙臂，她跳向他的懷抱，這時范海辛跳上前去，站在中間，舉起他的金色的小十字架。她退縮了，臉突然的扭曲，充滿憤怒，猛衝過去，好像想要進到墳墓裡去。

然而，在離門一英尺左右的地方，她停住了，好像被什麼不可抗拒的力量俘獲了。然後她轉身，她的臉在燈和月光下看得很清楚，不再因為范海辛的勇敢而顫抖。我從沒看見過這樣一張充滿著挫折的怨恨的臉，我也相信，不會再有活人的眼睛看到這樣的一張臉。漂亮的臉色變得鐵青，眼睛好像要迸發出地獄之火的火星，眉毛擰在一起，好像梅杜莎的一團蛇，那張可愛的血腥的嘴大張著，就好像希臘人和日本人的面具。如果有什麼樣的臉代表死亡，如果目光也能殺人的話，那麼我們現在看到的就是這樣一張臉。

這樣整整一分鐘後，感覺像是永恆，她站在十字架和自己的墳墓之間。

范海辛打破沈默，問亞瑟：「回答我，我的朋友！我可以執行我的工作了嗎？」

「做你想做的，朋友，做你想做的。不會再有比這更可怕的了。」他的靈魂都在呻吟。

昆西和我同時走向他，抓住了他的胳膊。我能聽見范海辛熄燈的聲音，他走近墳墓，開始把自己放在縫隙裡的東西去掉。當他向後一站，我們吃驚的看到，那個女人，有著和我們一樣的肉身，卻通過那個就連刀片也難以插入的縫隙進去了。當我們看見教授又把那些東西塞回了門縫時，都高興得鬆了口氣。

當做完了這一切時，他抱起孩子說道：「過來，我的朋友們。我們在明天之前還能做很多事情。中午有一個葬禮，所以在那之後我們都要回來。死者的家屬在兩點之前就會都離開，等教堂司事鎖上門，我們就可以待在這兒了。然後有很多要做的事情，但不是今天晚上要做的這種。至於這個小傢伙，他沒受太大傷害，在明天晚上之前他會變好的。我們應該把他放在警察能找到的地方，就像那一晚一樣，然後回家。」

他走近亞瑟，說道：「我的朋友亞瑟，你已經經歷了痛苦的考驗，但是在這之後，當你再回首時，你就會知道這有多必要。你現在就在苦水裡，我的孩子，上帝保佑，在明天的這個時候，就會熬過去了，並且會嘗到甘甜。所以不要太傷心。直到那時我都不會要求你原諒我的。」

亞瑟和昆西、還有我一起回家了，我們在路上試著讓對方高興起來。我們把孩子放在了安全的地方，非常疲倦。所以我們都睡著了。

9月29日晚間

快到12點時，我們三個人，亞瑟、昆西．莫里斯和我，去見了教授。奇怪的是我們不約而同的都穿了黑色的衣服。當然，亞瑟穿黑衣服是因為他正在哀悼中，但是我們其他的人是憑直覺穿了黑色。我們在一點半鐘到達了墓地，四處轉悠，避免被別人發現，這樣當掘墓人完成了他們的任務，教堂司事已經確認所有人都走了，鎖上了門之後，我們就可以進去了。范海辛沒有帶他那個小黑包，而是一個長長的皮包，有點像板球包，看起來很沈。

我們聽著最後的腳步聲消失在遠方，靜靜地跟著范海辛到了墳墓。他打開門，我們走了進去，關上了門。然後，他從包裡取出燈，點燃它，還有兩根蠟燭，他點燃了以後，將它們的尾端融化，固定在了其他的棺材上，這樣光線就充足了。當他打開露西的棺材蓋子時，我們都向裡面看去，亞瑟像白楊樹一樣顫抖著，我們看見屍體躺在裡面，容顏依舊。然而，我的心裡已經沒有愛了，而是憎恨這個可惡的東西佔據了露西的身體。我甚至看見亞瑟的臉在看著她時也很嚴肅。他對范海辛說道：「這真的是露西的身體，還是一個魔鬼，長著她的樣子？」

「這是她的身體，但又不是。不過等一會兒，你會見到真正的她。」

她躺在那裡，看起來就像是露西的一個噩夢，尖尖的牙齒，血腥的，肉慾的嘴唇，讓人不寒而慄，她的肉慾的和沒有靈魂的外表，看起來就像是對露西的純潔可怕的嘲笑。范海辛像往常一樣，有條不紊的開始從包裡取出各種工具，把它們擺好待用。他先取出了一塊焊錫，拿出了一盞油燈，把它點燃放在角落，它散發出的氣體劇烈的燃燒著，發出藍色的火焰。還有他的手術刀，最後是一根木頭圓樁，有兩三英寸那麼粗，三英尺那麼高。其中一端已經用火燒焦了，被削得很尖，還有一把錘子。對於我來說，醫生的準備工作讓我刺激和振奮，但是這些東西卻讓亞瑟和昆西感到害怕。然而，他們兩個鼓起勇氣，保持著沈默。

等一切都準備停當，范海辛說道：「在我們做任何事之前，讓我告訴你們。這是在那些前人們——研究過不死人的力量的人——的知識和經驗以外的。當他們變成這樣，對不死的人的詛咒就會發生變化。他們不會死，而是年復一年的增加新的受害者和世界上的邪惡力量。所有的受害者都會變成不死的人，然後繼續捕獲自己的同胞。所以這個圈子越來越大，就像是石頭扔進水裡形成的漣漪。亞瑟，如果你在露西死之前得到了那個吻，或者是昨晚，當你為她張開雙臂的話，那麼等你死後，就會變成諾斯夫拉圖——他們在東歐這樣叫吸血鬼，然後會不停地製造這種讓我們都害怕的不死人。這位小姐的吸血鬼生涯才剛剛開始。那些被她吸過血的小孩還不算太多，但如果一直這樣下去，更多的人會失掉他們的血，並在她的召喚下來到她身邊，然後她就用她那張邪惡的嘴巴吸他們的血。但如果她真真正正的死了，一切都會停止。喉嚨上的小傷口會消失，然後他們就會對此毫無知覺的繼續玩耍。但最幸運的是，當這個不死的人真正死的時候，我們愛著的小姐的靈魂就會重新獲得自由。她就不會再在夜裡幹邪惡的事，一天天墮落下去；而是會和那些天使們在一起。所以，她會感激那隻把她的靈魂解放的手。我願意這樣做，但是我們之間是否有一個人更有權利這樣做呢？當他晚上睡不著的時候，他想：『是我的手讓她升入了天堂』，難道這不是一種快樂嗎？這只能是最愛她的人親自下手，如果她可以選擇的話，她也會選擇那隻手的。告訴我，我們之間有這樣一個人嗎？」

我們都看著亞瑟。他也看出了我們的好意，提議應該由他的手將露西變成大家神聖的回憶。雖然他的手顫抖著，臉像雪一樣蒼白，但還是勇敢地走上前說道：「我的朋友，從我受傷的心的最深處，我感謝你。告訴我該怎麼做，我不會猶豫的！」

范海辛將手放在他的肩膀上，說道：「勇敢的年輕人，只需要一霎那的勇氣，就可以完成了。這根樁子必須刺穿她，這是個嚴峻的考驗，不要被它嚇倒，只需很短的時間，你就會有比現在的悲痛更多的快樂。你會像腳踩著雲一樣從這個墳墓裡走出來。但是你一旦開始，就不能猶豫。只要想著，你的真正的朋友──我們在你的周圍，我們一直為你祈禱。」

「請繼續，」亞瑟嘶啞的說，「告訴我該怎麼做。」

「左手拿著樁子，把它放在心臟的位置；右手拿著錘子，然後我們會為死者祈禱，我這裡有書，我會讀它，其他人跟我一起讀，以上帝的名義刺進去，這樣我們的死者就會回來，不死的人就會消失。」亞瑟拿起了樁子和錘子，在他下定了決心後，他的手就一點也不顫抖了。范海辛打開他的彌撒書開始讀起來，我和昆西盡我們所能跟著一起讀。

亞瑟對準心臟，我能看見白肉上的凹痕，然後他用盡全力刺了進去。

棺材裡的這個東西蠕動著，一聲可怕的、能讓血液凝固的尖叫聲從她的嘴裡發出，身體劇烈的顫抖和扭動著。牙齒緊咬著，直到嘴唇都被咬爛，嘴上沾染著深紅色的泡沫。但是亞瑟沒有猶豫，當他的手臂抬起和下落的時候，他就像是一個雷神，將樁子越刺越深，這時血液從刺穿的心臟裡噴湧而出。他的臉很堅定，散發著使命感的光芒。這樣的情景給了我們勇氣，我們的聲音回響在墳墓裡。

然後，她的身體不再掙扎，咬牙切齒，臉部抽搐。最後她安靜了。可怕的任務結束了。

錘子從亞瑟的手中滑落。要不是我們扶住他，他就會暈倒過去。他的額頭上冒出了大顆的汗珠，大口的喘著氣。這對於他來說真是可怕的壓力，如果不是被人類的關懷所強迫，他肯定挺不過來。好幾分鐘我們都在照顧他，沒有注意到棺材裡面。當我們去看棺材時，互相驚訝地低語著。我們如此熱切地注視著，亞瑟從地上站起來也過來看，他的臉上出現一絲興奮，驅散了以往所有的恐懼。

那裡躺著的不再是我們都憎恨的可怕的東西，而是我們曾經看到的露西，臉上洋溢著無比的甜蜜和純潔，就像我們原來看到過的那些，關切和痛苦的痕跡。但是這些對我們都很珍貴，因為這才是我們所知道的真正的她。我們都感覺到，神聖的寧靜像明媚的陽光一樣照在她那張死去的臉上。

范海辛將手放在亞瑟的肩膀上，「現在，我的朋友，好孩子，我能被原諒了嗎？」

他拉住教授的手，將它放在嘴唇上，親吻了一下，說道：「原諒了！上帝保佑你，你又把我最親愛的人的靈魂還給了她，也給了我安寧。」他將雙手放在教授的肩膀上，頭靠在他的懷裡，默默地哭了一陣子，而我們只是站在那裡不動。

當他抬起頭，范海辛對他說：「現在，我的孩子，你可以吻她了。如果你願意，也可以親吻她的嘴唇，因為如果讓她選擇，她會選擇這裡的。她現在不再是一個魔鬼了，不再是一個永恆的卑劣的東西。她不再是不死的人。她是上帝的子民，她的靈魂在上帝那裡！」

亞瑟伏上去親吻了她，然後我們把他和昆西都送出了墳墓。教授和我把樁子的末端鋸下來，把尖端留在她的身體裡。然後我們砍下了她的頭，在嘴裡裝滿大蒜。我們焊上鉛質棺材，合上蓋子，收起我們的東西，離開了。教授鎖好門，把鑰匙給了亞瑟。

外面的空氣是甜美的，陽光普照大地，小鳥唱著歌，彷彿整個世界都變了，到處都是喜悅，歡笑和寧靜。因為我們已經完成了一個任務，我們很高興，雖然這是一種溫和的喜悅。

在我們走之前，范海辛說道：「現在，我的朋友，我們的第一步完成了。對於我們來說最痛苦的一步。但是還有一項更艱巨的任務，我們要找到所有這些悲慘事件的製造者，把他踩在腳下。我已經有了線索，但是這是個漫長的過程，裡面充滿危險和痛苦。你們都會來幫助我嗎？我們已經學會了相互信任，不是嗎？如果是這樣，我們沒有看見自己的責任嗎？是的！難道我們不會發誓走到最後嗎？」

我們輪流握住他的手，並作出了保證。我們一邊走著，范海辛一邊說道：「兩天之後的早上7點鐘，我們一起和約翰吃飯，我向你們介紹另外兩個人。你們還不知道他們，我會告訴你們所有的工作和計畫。約翰，你和我一起回家，因為我要和你討論很多問題，你能幫助我。今晚我回阿姆斯特丹，明天晚上再回來。然後就開始我們偉大的探索。但是一開始，我有很多要說的，這樣你們就會知道該做什麼和該怕什麼；然後，我們再重新向對方保證。因為我們面臨的是艱巨的任務，我們的腳一旦邁出去，就再也沒有退路了。」

西沃德醫生的日記

當我們到達伯克利酒店的時候，范海辛看到了一封給他的電報。

我坐火車來，喬納森在惠特白。有重要的消息。

米娜・哈克

教授看了十分高興。「是那個善良的哈克夫人，」他說，「女人中的珍珠！她來了，但是我不能停留。她必須去你那裡，約翰。你得去車站接她。立即發電報給她，這樣她可以有所準備。」

電報發出去以後他喝了一杯茶。他告訴我喬納森・哈克有一本在國外寫的日記，給了我一份打印版本。「拿著它們，」他說，「好好讀讀。等我回來了，你就知道所有事情的真相了。這樣我們就可以更好的開始。好好留著它們，因為它們很重要。你需要用到全部的忠誠，即使你今天已經經歷過這樣一個事件。這上面說的，」他將手放在日記上，說道：「可能會是你，我，和許多人的末日的開始，或者會是橫行在世界上的不死的人的喪鐘。把所有的都讀了，我請你，用開明的心，如果你可以補充一些什麼，就請做吧，因為它們都很重要。你已經記下了這些奇怪的事情，不是嗎？是的！然後等我們見面的時候，我們會把這些都放在一起討論。」說完，他很快走到了利物浦大街。我去了帕丁頓，在火車來之前的15分鐘必須到達那裡。

人群散開了，像是火車出發前的月台上經常發生的那樣，我開始覺得不安，怕我會錯失我的客人。這時一個甜美優雅的女孩向我走來，她很快看到了我，並且說道：「是西沃德醫生嗎？」

「你是哈克夫人！」我立刻回答道，這時她伸出了手。

「我從可憐的露西的信中知道了你，可是……」她突然停下來了，她的臉紅了。

我的臉也紅了，不知為什麼這讓我們都自在了一點，因為我和她心照不宣。我拿起她的行李，裡面有一台打字機，我們坐地鐵到了芬徹馳大街，之前我發了封電報給我的管家，要他立即給哈克夫人準備一個起居室和一間臥室。

我們準時到達。當然她知道這是一家精神病院，但是我能看出她在進來的時候，還是忍不住發抖。

她告訴我，如果可以的話，她想一會兒來我的書房，因為她有很多話要說。所以我一邊等她一邊在這裡錄下了我的留聲日記。至今我還沒有機會看一看范海辛留給我的那些文件，雖然它們就放在我面前，現在我得給她找點事做，這樣我就有機會讀日記了。她不知道時間有多寶貴，或者我們手上有怎樣的一項任務。我必須小心不要嚇到她。她來了！

米娜·哈克的日記

9月29日

我在安頓下來以後，就去了西沃德醫生的書房。在門前我停頓了一下，因為我覺得自己聽見他在和什麼人說話。因為他叫我快點，所以我敲了門，在聽見他說「請進」以後，我進了房間。

讓我吃驚的是，沒有人和他在一起。他一個人，我認出在他對面的是一台留聲機。我還從來沒有見過留聲機，所以很感興趣。

「希望我沒有讓你久等，」我說道，「不過我在門口聽見你在說話，還以為有人和你在一起。」

「哦，」他微笑著回答道，「我只是在錄我的日記。」

「你的日記？」我吃驚的問他。

「是的，」他說道，「我用這個來錄音。」他一邊說著、一邊把手放在留聲機上面。

我很感興趣問他：「這比速記文字還好！我能聽聽它發出的聲音嗎？」

「當然了，」他欣然接受，站起來要把它打開。但是他突然停住了，露出為難的表情。

「事實上，」他結結巴巴的說，「我只在裡面記日記，所以它整個都是，幾乎整個都是關於我的病人的，可能不太好，我的意思是……」他完全停住不說了。

我盡力使他不感到尷尬。「你一直都幫助照顧露西，直到最後一刻，請讓我知道她是怎麼死的，因為我想知道她的全部，我會很感激的，這對我非常非常重要。」

讓我吃驚的是，他的臉上馬上露出一副驚恐的表情，他回答道：「告訴你她的死？根本不可能！」

「為什麼不？」我問，一種沈重的，不詳的感覺，湧上我的心頭。

他又停住了，我能看出他正在編造藉口。最後，他結結巴巴的說：「看，我不知道怎麼選出我日記中的一段。」

即使他在說著一個自己不理解的問題，他都會表現出無意識的天真，用一種不同的聲音，有時像孩子一樣的質樸，「這是真的，我保證。」

我只能苦笑了，對此他做了鬼臉。「我露餡了！」他說，「但是你知道嗎，雖然我已經記了幾個月的日記，卻從來沒想過我怎麼樣才能找出其中特定的一段，以便我想查看它。」

這時我已經確認，這位照顧過露西的醫生的日記可能會增加我對可憐的露西的了解，於是我大膽的說：「那麼，西沃德醫生，你最好讓我用打字機把你的日記打出來。」

他的臉變得慘白，急急地說道：「不！不！不！一定不能。我不會讓你知道這個可怕的故事的！」

一切都變得很糟了，我的直覺是對的！我想了一會兒，目光在屋裡飄移著，無疑是想找到一些能幫助我的東西，我看到了桌上放著的一堆打印出的文件，他一直盯著我，不假思索的順著我的視線看過去。當他看見了那些文件時，他明白了我的意思。

「你不了解我，」我說，「等你讀過那些東西——我自己的日記和我丈夫的，是我打出來的，你會更了解我。我不怕袒露我的任何想法。當然，你還不了解我，到現在為止，我還不能指望你信任我。」

顯然他是一個高尚的人。可憐的露西沒看錯他。他站起來打開一個大抽屜，裡面整齊的擺放著許多覆蓋著黑蠟的金屬唱片。

他說：「你說得很對。我不相信你是因為我不了解你。但是我現在了解你了，讓我告訴你——我本應該很早以前就了解你的。我知道露西跟你提起過我。她也向我提起過你。我可以補償嗎？拿走這些唱片聽聽它們。前一沓是我私人的，不會嚇住你。你會更了解我。一直到晚飯做好之前。我會讀這些文件，為了弄清楚一些事情。」

他將留聲機搬到我的起居室，為我調整了一下。我會知道一些有趣的事情的，我確定。因為這會告訴我一個真實的浪漫故事的一半，它的另一半我已經知道了。

西沃德醫生的日記

9月29日

我完全被喬納森·哈克和他妻子的日記所吸引了，我一直讀著，甚至來不及思考。當女僕通知開飯時，哈克夫人不在樓下，所以我說：「她可能累了。再等一小時吧。」我又繼續開始讀。當哈克夫人進來的時候，我剛剛讀完她的日記，她看起來很漂亮，但是很傷心，眼睛濕潤了。不知何故這讓我很感動。最近我有落淚的理由，上帝知道！但是我已經感到安慰了，現在這對溫柔的閃著淚光的眼睛又深入了我的心裡。所以我儘量溫柔的對她說：「我恐怕讓你傷心了。」

「哦，不，沒有讓我傷心，」她回答道，「但是我被你的悲傷感動了，這是個很好的機器，但是裡面全是殘酷的事實。它告訴了我，你內心的憤怒，就像一個心靈在向萬能的上帝哭訴。絕不能有人再聽到這些話了！看，我試著做點有用的事情。我已經把它們打印出來了。」

「沒人需要知道，也沒人應該知道，」我低聲說道。

她將手放在我手上嚴肅地說：「但是你必須讓人知道！」

「必須！為什麼？」我問道。

「因為這是悲慘的故事的一部分，露西的死和一切導致她死亡的原因的一部分。因為在對付魔鬼的鬥爭中，我們必須找到一切可能的線索和幫助。我覺得那些圓桶裡包含的內容比你想要我知道的東西還要多。我能看見你的日記裡有很多能解開這個黑暗祕密的東西。你會讓我幫助你的，不是嗎？在一定程度上我什麼都知道，雖然你的日記只到9月7日，我已經知道可憐的露西是如何被疾病所困擾的，還有她悲慘的命運是如何造成的。自從范海辛教授見過我們後，我和喬納森就夜以繼日的工作。他已經到惠特白去採集更多的信息了。他明天會來這裡幫助我們。我們之間不需要有祕密！我們一起並肩作戰，只要彼此完全的信任，我們就會更強大。」

她用充滿懇求的眼睛看著我，同時她透露出如此堅強的勇氣和決心，我立即同意了。

「你應該，」我說，「在這件事中做你想做的。上帝原諒我，如果我做錯了什麼！還有一些糟糕的事情我們不知道。如果你已經在探究露西死因的道路上走了這麼遠，我知道你不會滿足於仍然處在黑暗中。然而，最後，最最後，我們找到的答案會給你帶來安寧。來吧，晚飯準備好了。為了我們面臨的任務我們必須保持健康。我們有一項殘酷和可怕的任務。等你吃完，你應該知道其他的東西。我會回答你的所有問題，如果有你不明白的地方的話——雖然我們都知道某人的存在。」

米娜．哈克的日記

9月29日

吃過晚飯後我跟著西沃德醫生到了他的書房。他取回了留聲機，我搬來一張椅子，放上留聲機——這樣不用站起來就能搆到它了。他告訴我萬一我想暫停應該怎麼做，然後他非常細心的搬來一張椅子，背對著我開始讀起來，這樣我就可以覺得自在一點，我把這個金屬設備湊近自己的耳朵聽了起來。

當我知道了關於露西死去的悲慘的故事和後面發生的事情，我無力的癱在椅子上。幸運的是我不經常會暈倒。當西沃德醫生看見我時，他驚叫著從椅子上跳起來，然後從壁櫥裡取出一個酒瓶，給我喝了一些白蘭地，在幾分鐘內確實讓我的精神振作了一點。我的腦子很暈，只有當知道了露西最終獲得了安息時，我才稍微寬了心。這一切都太殘忍和神祕了，如果不是我已經知道了喬納森在特蘭西法尼亞的經歷，我是絕對不會相信的。雖然是這樣，我不知道該相信什麼，所以要通過照顧別人來解脫自己。我去掉打字機上的罩子，對西沃德醫生說道：「讓我把它們打出來吧。在范海辛醫生來之前我必須準備好。我已經發了電報給喬納森，讓他從惠特白回到倫敦後來這裡。現在時間就是一切，我覺得如果我們把所有的材料準備好，把所有事件按照時間順序排列，會幫助我們弄清楚事情的真相。」

「你告訴我高達爾明勳爵和莫里斯先生也會來。等他們來我們可以告訴他們。」於是他把留聲機放在低處，我從這17張唱片的第一個開始打，我用了複寫紙，這樣就可以有三個副本，就像我對剩下的一部分做的那樣。當我工作時已經很晚了，但是西沃德醫生去巡視病人了。當他工作結束了以後，回來坐在我身邊，開始閱讀，這樣我在工作時就不會覺得太孤單了。他是多麼善良和細心啊。世界上好像充滿了好人，即使裡面有一個魔鬼。

在我離開他之前，我想起了喬納森在自己的日記中寫到教授在埃克斯特火車站讀到一張晚報裡的什麼東西時驚慌的情形，所以當看到西沃德醫生留著他的報紙時，我就借了《西明斯特公報》和《保爾摩兒公報》帶到了我的房間。我還記得《日報》和《惠特白公報》對我們了解伯爵登陸時發生在惠特白的可怕事件有多大幫助，我已經把它們剪下來了，所以我要把從那以後的晚報都讀了，也許會發現一些新的線索。我不睏，工作會讓我保持平靜。

西沃德醫生的日記

9月30日

哈克先生在9點鐘到達。他在出發前收到了他妻子的電報。他聰明，活力充沛。如果他的日記是真實的，根據我的經驗，他一定是個堅強的人。兩次進入那個教堂的墳墓是一件非常恐怖的事情。在讀了他的記錄以後，我準備著見到這位優秀的男人，但不是今天來的這位安靜的生意人。

過了一會兒

午餐過後哈克和他的妻子回到了他們的房間，我剛才經過時聽見了打字機的聲音。他們很努力。哈克夫人說要按照時間順序把所有的事情都連接起來。哈克得到了在惠特白的箱子的收貨人和倫敦的運貨人之間的通信。他現在正在讀他妻子打出來的我的日記。不知道他們得到了什麼。這時……

奇怪的是，我從沒想過隔壁的房子就會是伯爵的藏身之地！天曉得我們已經從我的病人倫費爾德那裡得到了足夠的線索！那一些關於房子購買的信有了副本。

唉，要是我們早點認識他們，我們就能挽救可憐的露西了！停下來！不要再發瘋了！哈克已經回去了，還在搜集資料。他說在午餐之前他們就可以得到所有相關的法律文件。他認為我們應該觀察倫費爾德，因為迄今為止他就像是一個伯爵來去的標誌。我還不能證實，但是當我看到了日期可能就會了。哈克夫人把我的日記打出來是件多好的事情啊！否則我們永遠都不會發現這些線索了。

我看見倫費爾德安靜地坐在他的房間裡，兩手交叉，溫和的微笑著。這個時候他就像我見到的其他人一樣神志清醒。我坐下跟他討論了很多問題。他很自然的回答著每個問題。這時他說起了回家，這是一個他在我這裡居住期間從來沒有提到過的話題。實際上，他非常堅決地要我放他走。

我相信要不是我和哈克談過，並且讀過那些信和他發作的日期吻合的話，我就準備在觀察一小段時間後就放他走人。即使是這樣，我還是很疑惑。他的發作都和伯爵的接近有關聯。那麼這其中隱含著什麼呢？會不會是他的本能因為吸血鬼的最終勝利得到了滿足？等一等——他是食肉狂，當他在那所廢棄的老教堂的門外說胡話時，他總是提到「主人」。這些好像都證明了我們的想法。不過，過了一會兒我就走了，我的朋友現在過於清醒，用問題來窺探他的想法的話，會有危險。

他也許會開始思考，那樣的話……所以我離開了。我不相信他有這樣平靜的心情，所以我讓值班員嚴密監視他，把緊身束縛衣準備好，以備不時之需。

喬納森·哈克的日記

9月29日

在去倫敦的火車上，當我收到比靈頓先生的禮貌來信，說願意給我一切信息時，我想最好還是去惠特白，到那個事發地點問一些我想問的問題。現在我的目標是追蹤伯爵的那輛恐怖的馬車一直到他在倫敦的房子。以後我們也許可以對付他。小比靈頓，一個很好的年輕人，在車站見了我，把我帶到他父親的房子，他們覺得我必須在那裡過夜，他們非常好客，真正的約克郡的好客傳統，把一切都讓給客人，讓客人做一切想做的事情。他們都知道我很忙，我不會停留太長時間，比靈頓先生已經在辦公室準備好了所有關於箱子的委託事宜的文件。令我吃驚的是，我又看見了其中一封在知道伯爵的邪惡計畫之前在他的桌子上看到的信。一切都經過了周密的策劃，被有條理並且精心的實施著。他好像已經為在實施計畫的道路上可能遇到的一切障礙都做好了準備。他已經做到「萬無一失」，他的指示被精確地完成，這是他的計畫合理的結果。我看見了發票，抄了下來：「50箱普通的泥土，實驗目的」，還得到了給卡特·帕特森的信和他的回覆的副本，這就是比靈頓先生所能給我的全部信息了，於是我去了海港，見了海岸警衛隊，海關關員和海港的負責人，他們非常好心的讓我聯繫上了接收這些箱子的那個人，他們的記錄和單子上的一樣，除了簡單的描述「五十箱普通泥土」以外沒有再說別的了，還說箱子「很沈」，運送它們是很枯燥的工作。

9月30日

站長人很好，他替我向他的老夥計——國王十字火車站的站長打了招呼，這樣當我早上到那裡時，我就可以問站長關於到達那裡的箱子的事情了。他也立即把我介紹給了有關的官員，我看見他們的記錄也對應上了原始的發票。得到一個特殊信息的希望到此中止了。無論如何，已經合理的利用了它們，我又不得不用適合的方法處理結果。

從那裡我去了卡特．帕特森的中心辦公室，他們對我以禮相待。他們在日誌和信件簿裡找到了這筆交易，並立即打電話到他們在國王十字的辦公室問了更多的細節。幸運的是，那個工作組的人正在等待分配工作，官員立即叫他們過來，讓他們其中一個人帶來了賬單和所有關於運送箱子到卡爾法克斯的文件。我再次看到理貨單對應上了。運送人的手下對缺乏的文字又做了一點細節的補充。

我很快發現這些補充的內容只是和這件工作的又髒又累的性質有關，於是最後的希望寄託在了搬運工的身上。

其中的一個人說，房子很老，然而那個教堂看起來很恐怖。如果我去過那所房子，我就會相信他的。

有一件事情我現在滿意了。所有這些被迪米特號從瓦爾納運到惠特白的箱子，都被安全的放在了卡爾法克斯的老教堂裡。應該有50個箱子，除非被移走了，因為根據西沃德醫生的日記恐怕會是這樣的。

過了一會兒

米娜和我工作了一整天，我們把所有的文件都整理好了。

米娜・哈克的日記

9月30日

我很高興，幾乎控制不了自己。我猜，這是因為曾經縈繞在我心頭的恐懼的反應，我怕這件可怕的事情和揭開他的老傷口會對他造成不利的影響。我看見他在去惠特白之前那一張果敢的臉，但是我很不安。無論如何，這些努力都對他有好處。他從來沒有像現在這樣堅定，從來沒有這麼強壯，從來沒有這麼精力充沛。這就像是那個親愛的范海辛教授所說的，他有真正的勇氣，他證明了適者生存。他回來時充滿了生命、希望和決心。我們為了今晚已經把一切都安排好了。我感覺自己異常興奮。我猜想會有人同情伯爵這個受到圍捕的人，這個傢伙就是他自己。他根本不是人類，甚至不是野獸。讀了西沃德醫生對露西死亡的描述，還有後面發生的事情，已經足夠讓一個人心裡所有的同情，一掃而空了。

過了一會兒

高達爾明勳爵和莫里斯先生到得比我們想的要早。西沃德醫生出去辦事了，也帶走了喬納森，所以必須由我來見他們。這對我來說是一次痛苦的見面，因為它帶來了可憐的露西本應該在幾個月之前就應該得到的希望。當然他們聽露西提過我，而且從莫里斯先生所說的來看，似乎范海辛教授也已經「大力宣傳」了我。可憐的人們，他們沒有意識到我知道所有關於他們向露西求婚的事情。他們不知道要說什麼或者做什麼，因為他們不如我知道得這麼多。所以他們一直在談著一些無關緊要的事情。無論如何，那一切都結束了，我認為還是和他們討論最緊要的事情為好。我從西沃德醫生的日記中得知他們在露西去世時都在場，如果她真正的去世的話，我就不用擔心會泄漏什麼祕密了。所以我盡自己所能告訴他們，我已經讀了所有的文件和日記，我的丈夫和我已經把它們打出來了，剛剛把它們整理好。我給他們一人一個副本，讓他們在書房裡讀。高達爾明勳爵得到他的副本，在手裡翻轉著看，他說：

「都是你打出來的嗎，哈克夫人？」

我點點頭，他繼續說：「我沒有太掌握它的要點，但是你們是那麼善良，如此誠摯和熱情的做著工作，我能做的就是接受你們的看法並且儘量幫上忙，我剛剛吸取了教訓，接受了一個讓人在他生命的最後一刻都會保持謙虛的事實。而且，我知道你愛露西……」

這時他轉過頭去捂住自己的臉。我能從他的聲音中聽出他在流淚。莫里斯先生因為生來的體貼他人的性格，只是將手放在他的肩膀上一會兒，就靜靜地走出了房間。我猜是女人的天性讓一個男人能夠輕易在她面前失去控制，顯示出自己柔弱和感性的一面，而不會覺得有損男子氣概。因為當高達爾明勳爵發現自己單獨和我在一起時，他坐在了一個沙發上，情感完全失去了控制。我坐在他身邊握住了他的手。

他是一位真正的紳士。因為我能看出來他的心都碎了，我對他說：「我愛露西，我也知道她對你意味著什麼，你對她意味著什麼。她和我情同姐妹，現在她走了，你能讓我做你的姐妹分享你的痛苦嗎？我知道你是怎樣的悲痛，雖然我不能測量它們。如果同情和憐憫能夠幫助你度過不幸，你會讓我幫這個忙嗎，為了露西？」

就在一剎那之間，這個可憐的人被悲傷壓倒了，就好像最近他所默默遭受的一切痛苦都找到了出口。他變得歇斯底里，舉起雙手擊著掌，站起來又坐下，淚如雨下。我無限同情他，不假思索地抱著他。他啜泣著靠著我的肩膀像一個孩子一樣大哭著，他的身體由於激動而顫抖著。

我們女人有一種母性，當其被激發時就能讓我們站在所有事情之上。我感覺到這個悲傷的男人的頭靠在我身上，就像是一個某天會躺在我懷裡的嬰兒，我摸著他的頭髮就好像他是我的孩子。我從沒有這麼奇怪的想法。

過了一小會兒，他停止了哭泣，抱歉著坐起來。雖然他並沒有偽裝自己的感情。他告訴我在那些日日夜夜裡，疲勞的白天和無眠的夜晚，他沒能同任何人講，當一個男人必須把自己的悲痛說出來的時候。沒有女人可以同情他，也沒有女人可以讓他自由的講話，包圍著他的是悲痛的惡劣的環境。

「現在我知道自己有多受傷了，」他一邊擦乾眼淚、一邊說，「但是我還不知道，別人也不會知道，你今天對我有多麼同情。我會及時地知道的，並且相信我，雖然我現在不是不感激，但是我的感激會隨著我的理解一起增加的。請你讓我像一個兄弟一樣，為了我們所有人，為了露西，你會嗎？」

「為了親愛的露西，」當我們握緊雙手時，我說。

「也為了你自己，」他補充道：「因為如果一個男人的尊敬和感激值得擁有的話，你今天已經贏得了我的尊敬和感激。如果以後你需要一個男人的幫助，相信我，你叫我是不會白費工夫的。上帝保證不會破壞你生命中的陽光，但是如果發生了什麼，向我保證你會讓我知道。」

他是那麼誠懇，他的悲傷是那麼真切，我想這樣會安慰他，於是我說道：「我保證。」

當我沿著走廊走時，看見莫里斯先生看著窗外。他聽見我的腳步聲轉過頭來，「亞瑟怎麼樣了？」他說。然後注意到了我紅紅的眼睛，他繼續說了一句，「噢，我看見你在安慰他。可憐的人！他需要安慰。只有一個女人可以幫助男人，當他的心受傷的時候，沒有人能來安慰他。」

他如此勇敢地承受了自己的痛苦，我的心在為他流血。我看見了他手裡的稿子，我知道當他讀了它以後就會意識到我知道了多少了，於是我說道：「我希望自己可以安慰所有心靈受傷的人。你可以讓我做你的朋友嗎？當你需要的時候你會讓我安慰你嗎？你一會兒會知道為什麼我這樣說。」

他看見我很真誠，就彎下腰，拿起我的手，舉到他的嘴唇上親吻了一下。這看起來就是對這樣一個勇敢和無私的靈魂的安慰了。我衝動地上前親吻了他。他的眼眶濕潤了，喉嚨哽咽了一會兒。他平靜地說：「小女孩，你永遠都不會遇到後悔的事情的。」

然後，他走進了書房去找他的朋友。

「小女孩！」這是個他曾經用在露西身上的詞，但是它證明了他是我的朋友了。

西沃德醫生的日記

9月30日

我5點鐘到的家。發現高達爾明和莫里斯不但已經到了，而且已經讀過了各種日記和信箋的打印稿，哈克去拜訪送貨人的手下還沒有回來，漢尼西醫生已經寫信給我了。哈克夫人給了我們一杯茶，我可以真誠地說，自從我第一次住在這裡，這所老房子就好像家一樣。我們喝完茶，哈克夫人說道：「西沃德醫生，我能請你幫個忙嗎？我想見見你的病人倫費爾德。請讓我見他。你在日記裡提到的關於他的事情，讓我很感興趣！」

她看起來那麼漂亮，吸引人，我不能拒絕她，也沒有理由拒絕，所以我把她帶來了。當我走進房間，我告訴他有位女士想見他，對此他只是問道：「為什麼？」

「她來看房子，想看看裡面的每一個人。」我回答。

「哦，很好，」他說，「讓她進來吧，但是等一分鐘，讓我把這地方收拾一下。」

他收拾房間的方法很奇特，就是在我阻止他之前，他把盒子裡的所有蒼蠅和蜘蛛全部吞掉。很顯然他害怕了，或者是對一些干擾產生猜疑。當他偽裝好以後，高興地說：「讓那位女士進來吧，」然後坐在床沿，低著頭，但是抬起眼皮，這樣當她進來時就可以看見她。有一刻我想他可能有殺人的念頭，所以我站在立即可以抓住他的地方，如果他想撲向她的話。

她優雅地走進房間，這種優雅可以立刻喚起所有精神病人的尊敬，因為溫厚是精神病人最尊敬的品格之一。她走向他，微笑著伸出手。

「晚上好，倫費爾德。」她說，「你看，我知道你，因為西沃德醫生提起過你。」

他沒有立即回答，而是皺著眉上下打量著她。這樣的表情變成了驚訝，又變成了懷疑，然後讓我吃驚的是，他說：「你不是醫生想娶的那個女孩，是嗎？你不會是的，你知道，因為她死了。」

哈克夫人甜甜的一笑，說：「哦，不！我有自己的丈夫，在遇到西沃德醫生之前，我就已經嫁給他了。我是哈克夫人。」

「那你在這兒做什麼？」

「我的丈夫和我來看望西沃德醫生。」

「那麼不要留在這兒。」

「為什麼不？」

我想這樣的對話可能會讓哈克夫人不高興的，即使是我也不會高興的，於是我插話道：「你怎麼知道我想娶某個人？」

他的回答很輕蔑，停了一下，把目光從哈克夫人身上移向我，立刻又移回去，「多愚蠢的問題啊！」

「我並不這麼認為，倫費爾德先生，」哈克夫人立即維護我。

他禮貌而尊敬的回答她：「當然，你會明白的，哈克夫人，當一個男人像我們的醫生一樣可愛並且受人尊敬，他的任何小事情都會被我們討論的。西沃德醫生不只對於他的家人和朋友是可愛的，甚至對於他的病人也是那樣，他們其中的一些人並沒有精神失常，只是善於曲解原因和效果。因為我自己是精神病院裡的一個居民，我能注意到這裡的一些居民趨向於犯下詭辯的錯誤。」

我仔細地注意著這個新的發展。我這個精神病患，是我見過他最決然的一次，談論基本的哲學，用優雅的紳士的方式。不知是不是哈克夫人的在場觸動了他的心弦。如果這種現象是自發的，是由於她無意的影響，那她一定是有某種罕見的天賦或是力量。

我們繼續談了一會兒，因為看到他好像比較理智，她一開始先帶著疑問的看了看我，然後冒險的將他引到他最喜歡的話題上。我再次驚訝了，因為他神志清醒的無偏見的發表了對這個問題的看法，他甚至在談到一些事情時，將自己作為例子——

「我自己就是一個有奇怪的信念的人的例子。確實，我的朋友很警覺，堅持要我受控制，我曾經想像生命是一個正面的永恆的實體，通過消滅許多生物，無論這個生物的規模有多小，一個人可以無限的延長生命。我曾經那麼堅持這個信仰，實際上我嘗試殺人。這位醫生可以證明，有一次我要殺了他，為了增強我的生命力，通過他的血作為媒介來吸取他的生命到我自己體內，當然是根據聖經上的句子：『因為血液就是生命。』不是嗎，醫生？」

我點了點頭，因為我太驚訝了，幾乎不知道說什麼，很難想像我看見他在五分鐘之前吃掉了自己的蜘蛛和蒼蠅。我看了看錶，發現自己要去車站接范海辛了，於是告訴哈克夫人是時候走了。

她高興得跟侖費爾德說：「再見，我希望能經常見到你。」就立即過來了。讓我吃驚的是，他對此回答道：「再見，親愛的。我懇請上帝不要讓我再見到你那可愛的臉了。願祂保佑你！」

當我去車站接范海辛的時候，我留這些可憐的男孩們在家裡。亞瑟看起來高興一點了，昆西比幾天前更像是快樂的自己。

范海辛像一個男孩一樣敏捷的走下車廂。他立刻看到了我，衝向我，說道：「哈，約翰，最近怎麼樣？還好嗎？我一直很忙，我留在這裡如果需要的話。我都處理好了，有很多話要說。哈克夫人和你在一起嗎？是的。他的好丈夫呢？還有亞瑟和昆西，他們都和你在一起嗎？好的！」

當我們的馬車向我的房子駛去的時候，我告訴他發生的事情，還有我的日記是如何通過哈克夫人的幫助變得有用的，這時教授打斷了我——

「哈，那個可愛的哈克夫人！她有著男人的頭腦和女人的心。上帝因為一些原因設計出了她，相信我，她做了如此美妙的結合。約翰，至今我們都該慶幸讓這女人幫助了我們，但是過了今晚，她不能再和這件可怕的事情有任何關係。她冒這麼大的風險不好。我們男人決心已下，難道我們沒有發誓消滅這個魔鬼嗎？但是這不關女人的事情。即使沒有受到傷害，也會遭受到恐懼。另外，她這麼年輕，剛結婚不久，有時也有其它事情要考慮，如果不是現在的話。你告訴我她把所有的東西都打出來了，那麼她必須和我們一起商量，但是明天她要和這項工作說再見，我們獨自上路。」

我完全同意他的說法，然後告訴他我們一直不知道德古拉買的房子，就是我自己家旁邊的那一所。他吃驚了，臉上露出難過的神情。

「要是我們早點知道，」他說，「那時我們就可以及時地捉住他，挽救可憐的露西了。無論如何，就像你們說的，『不要為打翻的牛奶哭泣。』我們不要再想它了，而是一直走我們的路直到終點。」之後他一直沈默，直到進了大門。

在我們準備晚飯之前，他對哈克夫人說：「我的朋友約翰告訴我，你和你的丈夫已經把直到現在所發生的所有事情，按順序排好了？」

「不是直到現在，教授，」她衝動地說，「直到今天早上。」

「為什麼不是直到現在？我們至今已經知道了小事會有多大的幫助。我們都已經說出了自己的祕密。」

哈克夫人開始臉紅，從口袋拿出一張紙，說道：「范海辛醫生，你讀讀這個，告訴我它算不算數。這是我今天的記錄，我也覺得有必要記下現在所有的事，無論多瑣碎，但是這裡面沒有什麼，除了一些私人的東西。它算數嗎？」

教授認真地讀了之後，交還給她，說道：「如果你不希望的話，它就沒必要算數，但是我希望它可以。它會讓你的丈夫更愛你，還有我們，你的朋友，更以你為榮，同時更尊敬和愛你。」

她收回它，一陣臉紅和微笑。

於是現在，直到此刻，我們手裡的所有記錄都已經完備和整理好了。教授拿走一個副本作研究，這是在吃過飯後，在我們9點的會面之前。我們其他人已經都讀過了，所以當我們在書房開會的時候，我們就都知道事實，就可以制訂我們的計畫，來與這個可怕和神祕的敵人作戰了。

米娜．哈克的日記

9月30日

當我們在6點鐘的晚飯後兩小時，在西沃德醫生的書房見面時，下意識地成立了一種委員會。范海辛教授坐在桌子的頂端，在他剛進屋子的時候西沃德醫生就示意他坐在那裡。教授讓我坐在他的右邊當祕書，喬納森坐在我旁邊。我們對面坐的是高達爾明勳爵，西沃德醫生和莫里斯先生，高達爾明勳爵坐在教授旁邊，西沃德醫生坐在三個人的中間。

教授說道：「我想大家都已經知道了這些文件中寫的事實了吧？」我們都表示同意。他繼續說道：「那麼我想最好告訴你們一些我們所要對付的敵人的情況，我會讓你們了解它的歷史，這些都已經被我弄清楚了。這樣我們就可以商量一下對策，然後採取相應的行動。」

「有一種生物叫做吸血鬼，我們中有一些人有證據能夠證明他的存在。即使不是我們自己就有過關於他的不愉快的經歷，過去的教訓和記錄，對於明智的人來說也已經給出了足夠的證據。我承認自己一開始也很懷疑，如果不是多年來我一直要求自己保持開明的心態，那麼我也不會相信，直到有一天事實在我耳邊大聲叫道：『看！看！我證明了，我證明了。』哎呀，如果我早一點知道我現在所知道的，不，即使是猜到是他，一個我們這麼愛的人的寶貴的生命就會得到挽救。她已經去了，所以我們必須繼續工作，以免讓更多的可憐的靈魂受到傷害。這個諾斯費拉圖不像蜜蜂一樣叮一次就會死，他只會越來越強壯，有更多的力量來做邪惡的事情。我們要對付的這個吸血鬼有20個男人的力氣，他比凡人狡猾，因為他的狡猾是隨著年齡而增長的。他還有巫術的幫助，按照字面意思，就是死人的預感，所有他接近的死人都聽他的指揮。他是野獸，卻比野獸還凶殘，他是無情的魔鬼，沒有良心。

他在自己的統治範圍內能夠控制自然力，風暴、雲霧、雷電，還可以指揮老鼠、貓頭鷹、蝙蝠、飛蛾、狐狸和狼等一切卑劣的生物，他可以變大，也可以變小，有時還可以消失化為烏有。那麼我們怎麼才能消滅他呢？我的朋友，我們承擔的是一項艱巨的任務，它的後果可能會讓勇者都膽寒。

在這場戰鬥中，如果我們失敗了，他就必勝無疑，那麼我們的結果會怎麼樣？生命是微不足道的，我並不在乎生命。但是在這裡失敗，就不只是生和死的問題了。我們從此會變成像他一樣的夜晚裡的醜惡的生物，沒有感情和良知，捕食那些我們最愛的人。天堂之門將永遠對我們關閉——誰還會為我們打開它呢？我們將永遠為所有人所憎惡，我們成了上帝的陽光中的污點，是為人類而死的上帝體內的一隻箭。然而我們面對著的是責任，在這樣的時候，我們應該退縮嗎？對於我，我會說不，但是我已經老了，生命的陽光、美好、鳥兒的歌唱，生命的音樂和愛，都已經遠離了我。你們還年輕。一些人曾經悲傷過，但美好的日子還在前面等候著你們。你們說呢？」

就在他說的時候，喬納森握住了我的手。當我看見他伸出手時，我特別擔心是我們所處的危險把他嚇住了，可是我感覺到了他的觸摸，很有力，很自信，也很堅決。勇敢的人的手就會說明一切的，甚至不需要一個女人用愛來傾聽他們。

教授說完了，我和我的丈夫互相注視著對方的眼睛，我們之間無需語言。

「我替米娜和我自己同意。」他說。

「算上我一個，教授。」昆西．莫里斯像往常一樣乾脆的說。

「我和你在一起，」高達爾明勳爵說，「如果不是為了別的原因，也要為了露西。」

西沃德醫生只是點頭。

教授站起來，把金色十字架放在桌子上，然後向兩邊伸出雙手。我握住了他的右手，高達爾明勳爵握住了他的左手，喬納森用左手握住了我的右手，右手伸向莫里斯先生。就在我們握手的同時，我們已經訂立了神聖的契約。我感覺到自己的心像冰一樣的冷，但是這也沒有讓我退縮。

我們坐回原位，教授繼續說起來，帶著一種愉快，表明這項嚴肅的工作已經開始了。這項工作將被嚴肅地對待，用一種做生意的方式，就像生活中的其他交易一樣。接下來他說：

「你們都知道我們要對抗的是什麼，但是我們也不是沒有力量。我們有團結的力量，這是吸血鬼所沒有的。我們有科學，我們可以自由的思考和行動，我們所擁有的時間是一樣的。就我們的力量所延伸到的範圍，它們是不受束縛的，可以讓我們運用自如。我們還有對一項事業的自我犧牲精神和對無私的目標的追求。這些就足夠了。」

「現在讓我們看一下吸血鬼的能力能夠受到多大的限制，還有單一個的吸血鬼有什麼是做不到的。總而言之，就是讓我們考慮一下吸血鬼總體的局限性，特別是目前這一個吸血鬼的局限性。」

「我們所要依靠的就是傳統和迷信。這些在一開始並不十分明顯，當事情只停留在生和死的層面，然而如果超越了生和死，事情就一樣了。我們必須滿足於此，首先因為我們必須這樣，我們掌握不了其他方法，其次，因為這些東西，傳統和迷信，就是一切。別人需要相信吸血鬼的存在嗎？不需要！但是我們需要！一年以前，在我們科學的、懷疑的、實事求是的十九世紀，我們中有誰會接受這樣一種可能性？我們甚至拒絕接受已經在我們眼皮底下被證實的事實。相信它吧，吸血鬼，和他的局限還有對策。因為，讓我來告訴你們，他在人類生活的各個地方都很出名。在古希臘，古羅馬，它在整個德國都非常活躍，在法國，在印度，甚至是在離我們如此遙遠的車摩西斯和中國，都有他的存在，和相信他的存在的人們。他是隨著冰島的狂暴戰士的蘇醒而出現的，還有魔鬼的獨生子匈奴人、斯拉夫人、撒克遜人和馬扎爾人。」

「到現在為止，我們已經知道了我們要對付的是什麼生物，然後讓我來告訴你們一些已經被我們在自己的不愉快的經歷中看到的東西證實的看法。吸血鬼能一直活著，不會隨時間的流逝而死亡，如果他可以吸活人的血，就可以一直活下去。甚至我們看見他會變年輕，他的生命活力變得更加旺盛，看起來它需要一些特殊的養分來使自己煥然一新。」

「但是如果沒有這種養分，他就不能存活，他們不像我們一樣吃飯。即使是喬納森，和他一起住了幾週，也從沒見過他吃飯，從來沒有！他沒有影子，在鏡子裡沒有影像，就像喬納森觀察到的。他的手力大無比，這也被喬納森看到了，就在他關上門擋住狼群，還有他幫他上馬車的時候。他可以把自己變成狼，就像我們在船登陸惠特白時看到的，還有他把一條狗撕開的時候。他還可以變成蝙蝠，就像哈克夫人在惠特白時在窗口看到的，還有約翰看見他飛得離房子那麼近，還有昆西在露西小姐的房間的窗口看見他。」

「他可以在自己製造的霧中前進，那位高尚的船長證明了這一點，但是，就我們所知道的，他能製造的距離很有限，這個霧只能圍繞著他。」

「他可以變成月光中的自然的塵埃，就像喬納森在德古拉城堡看到的那幾個女人一樣。他也可以變得很小，就像我們自己看到露西在死之前，能夠從墳墓的的微小的縫隙溜走。一旦找到了自己的出路，他就能從任何東西裡出來或是進入任何東西裡面，無論那東西被封的多嚴實，甚至被焊住了。他能在夜晚看得清楚。這可不容小視，因為這個世界有一半時間都不見光線，但是再聽我說。」

「他可以做所有的這些事情，但是他不自由。不但如此，他甚至比帆船上的奴隸和軟壁小室裡的精神病人還不自由。他是非自然的，可仍然要遵守一些自然法則，他自己並不知道為什麼。他一開始是不能進入一個地方，除非那家有人讓他進去，雖然之後他可以隨意出入。在白天來臨時，他做邪惡的事情的能力就消失了。」

「只有在特定的時候他才有有限的自由。如果他在不屬於他的地方，他只能在中午或日出和日落時改變自己。這些事情我們聽說過，我們也能從我們的這些記錄中找到證明。他能在自己的限定範圍內為所欲為，在他的泥土的家裡，墳墓的家裡，地獄的家裡，和被玷污的地方，就像我們看見他去了惠特白的自殺者的墳墓，在其他時候他就只能在夜晚來臨的時候才能變身。還聽說他只能穿過緩慢流動的水和潮水。還有一些東西會折磨他讓他失去力量，大蒜——是我們都知道的，還有神聖的東西，比如這個標誌——我的十字架——甚至在我們做決定的時候也在我們身邊，在這些東西面前他是微不足道的。但是當它們存在時，他會遠遠的離開，充滿敬畏的沈默著。還有其他的東西，我會告訴你們的，以便在我們的搜查中我們會需要它們。」

「放在他的棺材上的一束野玫瑰讓他出不來，一顆射進他棺材的神聖的子彈會把他真正的殺死，或者像我們所知道的，用樁子刺進他的身體，或砍掉他的頭都可以殺死他。我們已經親眼看到過了。」

「因此我們可以找到他的住所，把他關在棺材裡面殺死他，如果我們遵守這些規則的話。但是他很聰明。我已經問過我的朋友，布達佩斯大學的阿米尼亞斯，關於他的歷史。實際上，他就是沃依沃德德古拉，因跨過土耳其邊境上的大河戰勝土耳其人而得名。如果是這樣的話，那麼他一定聰明過人，因為在那個時候，以及接下來的好幾個世紀，他都被稱為最聰明和最狡猾的，還有『森林之外的土地』上最勇敢的孩子。他強大的頭腦和鋼鐵一般的意志跟隨著他一起進了墳墓，甚至現在擺在了我們面前。阿米尼亞斯說，德古拉家族是一個偉大的和高貴的家族，雖然時不時地有後裔被同時代的人認為是曾經和魔鬼打過交道。人們在赫曼斯戴德河邊的山脈中了解到這些祕密，在這裡人們認為他才智過人。在記載中有巫師、撒旦和地獄等詞語，並且在一份手稿中，這位德古拉被稱為是『吸血鬼』，這個我們都已經很清楚了。他是從一個偉大的男人和很多好女人那裡來的，他們的墳墓讓聖潔的地球成為這個骯髒的東西唯一能居住的地方。這個邪惡的生物不僅僅深深的植根於所有美好的事物上，而且在缺少神聖的記憶的土地上他是不能生存的。」

就在大家說話的時候，莫里斯先生的眼睛一直盯著窗外，然後他靜靜地站起來，走出了屋子。教授停了一下，繼續說道：「現在我們必須訂出我們的行動計畫。我們現在已經有很多資料了，我們必須把我們的計畫羅列出來。通過喬納森的調查，我們知道50箱泥土被從城堡運往了惠特白，都被送到了卡爾法克斯，我們還知道至少其中一些箱子已經被移走了。我覺得應該先看看它們還在不在隔壁的房子裡，如果一些被移走了，我們就要追蹤……」

這時我們被一種嚇人的方式所打斷。外面響起一聲槍響，窗戶被射得粉碎，子彈射在了對面的牆上。我怕自己在內心最深處是一個膽小鬼——因為我驚聲尖叫起來。所有人都跳起來，高達爾明勳爵飛奔到窗戶邊上打開了窗戶。就在他這樣做時，我們聽見莫里斯先生在外面喊道：「對不起！怕是嚇到你們了。我進來告訴你們是怎麼回事。」

一分鐘後，他進來說道：「我這樣做真是太愚蠢了，我請求你們的原諒，尤其是對哈克夫人，我怕一定是把你嚇壞了。但是事實是，正當教授在講話時，窗外飛來一隻大蝙蝠坐在窗台上。我因為最近的這幾件事對這個該死的畜牲有一種恐懼，我忍受不了牠了，所以就出去開槍射牠，我最近晚上只要一看見蝙蝠就這麼做。你還因為這個笑過我，亞瑟。」

「你打中牠了嗎？」教授問道。

「我不知道，我想沒有，因為牠飛到樹林裡了。」他沒繼續說什麼，又回到原位，教授又開始講話：「我們必須找到每個箱子，我們要做好準備，我們要麼在他的躲藏之處把他捉住殺死，要麼，可以這麼說，讓泥土失去作用，這樣他就沒有藏身之所了。於是最後我們會發現他在中午和日落之間變成人的樣子，我們要在他最虛弱的時候和他交戰。」

「現在是你，哈克夫人，今晚對你來說是一個結束——你的任務結束了。你對我們太珍貴了，我們不能冒這個險。等我們今天分開後，你不能再問問題。我們會在合適的時間告訴你的。我們是男人，我們能夠承擔，但是你就是我們的希望，你安全了，我們才能放心大膽地工作。」

聽到這個，所有的男人，甚至喬納森，好像都輕鬆了一些，但是我認為不應該讓他們冒這個險，來保護我的安全，無論如何，他們決心已定，雖然這對於我是很痛苦的，我什麼也不能說，除了接受他們的保護以外。

莫里斯先生又拾起話題：「因為時間很寶貴，所以我建議我們現在就去看看他的房子。對付他，時間就是一切，我們這邊早點採取行動也許能挽救另一個受害者。」

我承認當開始行動的時間越來越接近時，我的心開始沈下來，但是我沒說什麼，因為我更怕如果自己成了他們工作的障礙，他們就會乾脆把我排除在討論小組之外。現在大家都去了卡爾法克斯，帶著進門的工具。

他們叫我去睡覺——就好像一個女人能在她所愛的人處在危險之中時能夠睡得著一樣！我應該躺下來，假裝睡著了，免得喬納森回來以後增加對我的擔心。

西沃德醫生的日記

10月1日早上4點

就在我們要出發的時候，我得到緊急通知說倫費爾德想知道我能否現在見他一面，似乎他有非常重要的事情要告訴我。我告訴傳話的人現在我很忙，明天早上再去看他。

值班員說：「他看起來非常堅持，先生，我還從來沒見過他這麼急切。我不知道別的，但是我覺得你要是不馬上去看他，他的狂躁就又會發作了。」我知道他如果沒有原因是不會這樣說的，於是說道：「好吧，我現在就去。」我讓其他人等我幾分鐘，因為我必須去看我的病人。

「帶上我吧，約翰，」教授說道，「我對你在日記裡寫到的有關他的事情很感興趣。他和我們的案子也有關係，我非常想見見他，特別是當他心理失常的時候。」

「我也能去嗎？」高達爾明勳爵問道。

「我也能嗎？」昆西・莫里斯說。

「我可以去嗎？」哈克說。

我點了點頭，我們一起進入了走廊。

我們發現他很興奮，但他的言行舉止卻比我原來見到的要理智得多。他的理解力非同尋常，不像我原來遇到的任何精神病患者，他認為自己的理智能夠說服其他完全正常的人是理所應當的。我們五個都進去了，但是他們一開始都沒說什麼。他要求我立即把他從精神病院放出去，然後把他送回家。為了說服我，他說自己已經完全恢復了，還說自己現在是神志清醒的：「我要求你的朋友們幫助我，」他說，「他們也許不會介意對我的事情做出評價。另外，你還沒有介紹我。」

我很吃驚，甚至當時都沒有發覺，在精神病院裡介紹一個精神病患者是很奇怪的事情，而且，在這個人的行為裡有一種尊嚴，和一種要求平等的習慣，於是我立即作出了介紹：「高達爾明勳爵，范海辛教授，來自德克薩斯的昆西．莫里斯先生，喬納森．哈克先生，俞費爾德先生。」

他跟每個人握了手說道：「高達爾明勳爵，我很榮幸在文德漢姆曾經幫助過你的父親，看到你的頭銜，我很遺憾的知道他已經不在了。他受所有知道他的人的愛戴和尊敬，我聽說，在他年輕時是一種萊姆酒的創始人，那種酒在德比的賽馬場上很受歡迎。莫里斯先生，你應該為你偉大的國家而感到驕傲。他對聯邦制的接受開創了一個先例，可能會對從今往後有深遠的影響，即使是極地和熱帶地區也因為星條旗而成為了一個聯邦。條約的力量有可能成為擴張的一個巨大的發動機，門羅主義已經成了一個政治神話。當一個人見到范海辛是該怎樣表達自己的快樂呢？先生，我不會為沒有使用任何傳統上的尊稱而感到抱歉的。當一個人通過發現腦的持續發育而革新了治療學時，那些傳統上的尊稱都不再合適他了，因為它們會把他限定在某個階級。先生，您因為國籍、傳統和天資，適合在這個變化的世界裡享受您受人尊敬的地位，我證明自己至少像完全享有自由的大多數人一樣精神健全。西沃德醫生，我確定，你是一個人道主義者，醫學專家和科學家，作為一項道德義務，把我作為一個在特殊環境下的人來對待。」他用禮貌的語氣和信念，做出了自己這最後的請求。

我們都很吃驚。對於我來說，儘管知道這個人的特點和歷史，我相信他已經恢復了理智，我覺得自己有一種強烈的衝動，告訴他我對他的神志清醒程度很滿意，看看要辦一些什麼必要的手續，然後早上就放他走。但我知道在作這樣一個嚴肅的決定之前最好再等一等，無論如何，因為我早就知道這個病人發生過的突然的轉變。所以我籠統地說他看起來恢復得非常迅速，我會在早上和他長談一次，那時再看看能不能滿足他的願望。

但是這一點都沒有滿足他，因為他很快說道：「但是西沃德醫生，我恐怕你沒有理解我的願望。我想立刻就走，從這裡，現在，就在這個時刻，如果我可以的話。時間很緊張，這也是合同的要求。我確定非常必要在西沃德醫生這樣如此令人欽佩的實踐者面前，提出這個簡單但又十分重要的願望，來確保它的實現。」

他渴望地看著我，可我臉上是否定的表情，他又轉向別人，緊緊地盯著他們。他沒有得到任何補充的回答，就繼續說道：「有沒有可能是我的判斷出錯了？」

「是的，」我坦率地說道，但是同時，我又覺得很無情。

停了相當長的一段時間，他才慢悠悠的說：「那麼讓我換一個請求。我請求一個特許照顧，隨你怎麼說。我這樣請求你，不是為了我自己，而是為了他人。我不能把全部的原因都說給你聽，但是我保證，你會把它們當成是好的、合理的並且無私的原因，是出於最強烈的責任感。」

「先生，如果你能夠看穿我的心的話，你就會和我有同感，而且，你會把我當成你最好的最誠摯的朋友。」

他又非常懇切地看著我們。我越來越相信他這個突然的變化，是他的瘋狂的另一種表現，決定再留他一段時間，通過經驗我知道他會像其他精神病人一樣在最後露餡的。范海辛緊緊地注視著他，濃密的眉毛幾乎要和視線的焦點相遇了。他對侖費爾德說話時所用的那種語調並沒有讓我在當時驚訝，但是當我後來回想起來的時候卻驚訝了，因為它充滿了平等的原則，他說：「你能不能坦率地告訴我，你想今晚離開的真正原因？我保證，如果你滿足了我，一個不帶偏見和有著保持開明的習慣的陌生人的要求，西沃德醫生會冒險並且出於自己的責任，給你這個特許。」

他傷心地搖了搖頭，臉上露出強烈的遺憾的神情。教授繼續說服他：「來吧，先生，你自己想一想。你把道理放在最高的位置上，因為你想用你的完全的理性來給我們留下印象。你這麼做，我們有理由懷疑你的清醒，因為你還沒有因為這個缺點而中斷治療。如果你不幫助我們選擇最明智的過程，那我們還怎麼履行你強加於我們身上的責任呢？聰明一點，幫助我們，如果我們可以的話，會幫助你完成你的心願。」

他還是搖著頭，說道：「范海辛醫生，我沒有什麼要說的。你說得很有道理，但是如果我可以說的話，我一分鐘都不會猶豫，但是在這件事情上我自己不能作主。我只能要求你相信我。如果我被拒絕了，我就盡不到我的責任了。」

我想現在是時候結束這個談話了，他現在變得越來越滑稽而且嚴肅，於是我朝門口走去，說道：「來吧，朋友們，我們還有事情要做。晚安。」

然而，當我走出門，病人又有了新的變化。他快速的向我走來，一開始我還害怕他又想襲擊我。然而，我的擔心毫無根據，因為他舉起雙手懇求我，用動人的方式來進行他的懇求。當他發現自己過分的情感外露對他不利，因為我們又回到原來的關係上，他依舊更加易動感情了。我看了一眼范海辛，覺得他和我想的一樣，於是更堅決了，告訴他他的努力都是徒勞。我以前已經見過他相同的不斷高漲的情緒，在他做出一些他已經考慮了很久的要求時，比如，當他想要一隻貓時，我準備著看他表現出像原來請求被拒絕時的消沈。

但是我預料的卻沒有發生，因為當他發現自己的請求不會成功時，他變得異常狂躁。他猛地跪下來，舉起雙手，懇求的擺動著，眼淚順著臉頰留了下來，整張臉都表達著最深的情感：「我請求你，西沃德醫生，求求你，讓我立刻離開這個房子，隨便怎麼把我送走，把我送到哪裡都沒有關係，讓看守者拿著繩子和鎖鏈帶我走，讓他們給我穿上緊身束縛衣，給我戴上手鐐腳鐐，甚至把我送到監獄裡都可以，只要讓我離開這裡。你不知道把我留在這兒意味著什麼，我是從內心和靈魂的最深處請求你。你不知道你錯怪了誰，怎麼錯怪了，但是我不能說。我真傷心啊！可是我不能說。看在所有你視之為神聖的東西的份上，看在所有你珍視的東西的份上，看在你失去的愛人的份上，看在你的希望的份上，看在上帝的份上，讓我離開這裡，不要讓我的靈魂負罪！你聽不見我說的嗎？你不明白嗎？你永遠不會懂嗎？你不知道現在我很清醒和真誠，我不是一個正在發作的精神病人，而是一個為自己的靈魂而戰的人嗎？聽我說！聽我說！讓我走，讓我走，讓我走！」

我覺得再這樣下去他會變得越來越瘋狂的，這樣他的狂躁症就又會發作了，於是我把他扶起來，「來吧，」我嚴肅地說，「不要再這樣了，已經夠了，上床吧，慎重一點。」

他突然停住了，若有所思地看著我好長時間。然後，一言不發的，他站起來轉身回去坐到床沿上，像原來一樣又消沈起來，正如我所預料到的。

當我最後一個離開房間時，他冷靜地對我說：「我相信，西沃德醫生，以後你會為我證明今晚我已經盡力地說服你了。我竭盡所能了。」

喬納森・哈克的日記

10月1日早上5點

我和一行人很輕鬆地出門搜查了，因為我覺得自己從沒看見過米娜如此的強壯和健康。我很高興她同意退出，讓我們男人來工作。無論如何，她參與到這個可怕的事情中來，對於我來說太恐怖了，現在她的工作都已經完成了，就是因為她的精力、頭腦和遠見，把所有的事情都放在一起，所以事情才有了眉目，她也許也認為自己的這部分工作已經完成了，從此就可以把剩下的工作交給我們來完成了。我覺得，我們都因為侖費爾德的事有點心煩。在我們從他的房間裡出來以後，一直沈默著直到回到了書房。

莫里斯先生對西沃德醫生說：「約翰，如果他不是要用假象欺騙人的話，這是我見過的最清醒的精神病人了。我不敢肯定，但是我相信他一定有什麼重要的目的。如果是這樣，他會因滿足不了願望而很苦惱的。」

高達爾明勳爵和我沒有說話，不過范海辛說：「約翰，你比我更了解精神病人，我很高興事實是這樣的，因為恐怕要是由我來決定，我可能在他歇斯底里的爆發之前，就已經放他走了。但是我們會不斷增長經驗，而在我們現在的任務中，我們必須萬無一失，就像我的朋友昆西說的那樣。所以還是讓所有的事情保持原狀的好。」

西沃德醫生好像是在夢裡，他說道：「我不知道，但是我同意你。如果他是個普通的精神病人，我可能就會冒險相信他了。但是他和伯爵有某種標誌性的聯繫，我怕放了他會出麻煩。我不能忘記他在向我要一隻貓時，也是同樣強烈的懇求我，然後又想用牙齒撕開我的喉嚨。另外，他叫伯爵「主人」，他可能是想出去幫他實施一些罪惡的計畫。那個可怕的東西有狼、老鼠和自己的同類來幫助自己，所以我想他應該用不上一個精神病人。雖然，他確實看起來很誠懇。我希望自己做的是正確的。這些事情，和我們的棘手的工作攪在一起，真是讓人傷透腦筋。」

教授走過來，把手放在他的肩膀上，深沈而溫和的對他說：「約翰，不要怕。我們是在一個悲傷和可怕的事情之中，盡力盡到我們的義務，我們只能盡力而為。其他的，我們還能希望什麼呢，除了上帝的憐憫以外？」

高達爾明勳爵悄悄地離開了幾分鐘，現在他回來了。他拿出一支銀色的口哨，說道：「那個老房子裡可能有很多老鼠，有這個東西我們就有備無患了。」

我們翻過牆，當月光照下來時，我們小心的保持在樹冠落在草坪上的陰影裡，這樣到了門口。當我們到了門口，教授打開包取出很多東西，把它們放在台階上，分成了四小份，顯然每人一份。

然後他說道：「我的朋友們，我們正在進入危險之中，需要很多武器。我們的敵人不僅僅是超乎世俗的。記住這個人有20個男人的力氣，還有，雖然我們的脖子和氣管和普通人一樣，因此很容易被折斷，但是他也不是不可戰勝的。一個強壯的男人，或者一個男人的團體，加起來比他力氣大，有可能在一定時候制伏他，但是我們不可能像他傷害我們那樣傷害到他。因此，我們必須保護自己不讓他碰到我們。把這個放在你們的胸口，」他一邊說著，一邊舉起一個小小的銀十字架遞給我，因為我離他最近，「把這個花環戴在你們的脖子上，」他又給了我一個枯萎的大蒜花環，「對那些普通的敵人，有這把左輪手槍和小刀，還有這些小電燈作幫助，你們可以把它繫在自己胸前，最後，也是最重要的，還有這個我們不能隨意玷污的東西。」

這是一塊聖餅，他把它放在一個信封裡遞給我。其他人也得到了一樣的裝備。

「現在，」他說，「約翰，你的萬能鑰匙帶了嗎？這樣我們可以打開門。我們就不用像原來在露西那兒一樣破門而入了。」

西沃德醫生試了一兩把萬能鑰匙，作為一個外科醫生，他的巧手幫了他的忙。不久他找到了一把合適的鑰匙，前後捅了幾次，插銷鬆了，隨著一陣鐵鏽的磨擦聲，插銷縮回去了。我們去推門，生鏽的合葉吱吱嘎嘎的響著，門慢慢的打開了。這情景和西沃德的日記中描寫的打開韋斯頓拉小姐的墳墓的情景驚人的相似，我猜其他人也感覺到了這一點，因為他們同時都向後退縮。教授是第一個邁開步子走進這扇門的人。

「主啊，將我托付給你吧！」他一邊說著，一邊在經過門口時在胸前劃了十字。我們關上了身後的門，以免當我們點上燈後，注意力可能會被路口所吸引。教授仔細的檢查了鎖，以免在我們慌著找出口的時候從裡面打不開門。然後我們都點上燈，開始了搜查。

隨著燈的光線交織在一起，我們的身體投下巨大的影子，這些小小的燈發出的光線營造出了各種稀奇古怪的效果。我一輩子都擺脫不了這種感覺了，我覺得有什麼人在我們中間。我猜這是回憶，如此強烈，是屋裡的情景讓我想起了在特蘭西法尼亞的可怕的經歷。我想每個人都有相似的感覺，因為每當發出一個新的聲音，出現一個新的影子時，大家都立即回頭張望，和我的動作一樣。

整個屋子裡都積滿厚厚的灰塵。地上的灰塵好像有幾英寸厚了，除了那些有新近的腳印的地方，我將燈放低，能看見地上有靴子的平頭釘的印記。牆壁上很粗糙，布滿灰塵，角落裡有很多蜘蛛網，上面也落滿灰塵，並且一部份被灰塵的重量壓塌了，看起來就像破布一樣。大廳裡的桌子上有一大串鑰匙，每一把上都有一個舊得發黃的標記。鑰匙已經被用過好多次了，因為桌子上的灰塵有好幾處痕跡，和教授把鑰匙拿起來之後看到的痕跡是相似的。

教授轉向我說道：「你熟悉這個地方，喬納森。你畫過這個地方的地圖，至少比我們知道的多。哪條路可以去教堂呢？」

我知道它的方向，雖然上一次我沒能進到裡面去，於是我帶了路，在轉錯了好幾次彎兒以後，我發現自己站在一扇低低的用鐵箍條支撐的橡木拱門前。

「這就是了。」教授一邊說，一邊將燈照在一張這所房子的小地圖上，這是從我的關於房屋購買的原始信箋上複製下來的。我們費了一點勁從那一串鑰匙裡找到了這扇門的鑰匙，打開了門。我們已經為一些不愉快的事情做好了準備，因為當我們稍稍打開了一點門時，一股惡臭的氣體從縫隙中散發出來，但是我們誰也沒有想到會遇到這樣的氣味。除了我沒有一個人近距離的見過伯爵，當我看見他時，他要麼是在他的房間中處於禁食狀態，要麼是在露天的廢棄的建築物裡身體裡充滿了鮮血，但是現在這個地方既狹小又密閉，長時間的廢棄使空氣變得污濁而帶有惡臭。可是關於這種氣味本身，我該怎麼描述它呢？

這種氣味中不僅帶著死亡的意味和血液的刺鼻的味道，而且好像腐爛的東西自己都已經腐爛了。哼！想到這裡我感到很噁心。那個魔鬼呼出的每一口氣好像都留在了這個地方，讓這裡變得更加噁心。

要是在一般的情況下，這樣的臭氣會讓我們的冒險心理準備和信心降到最低點，但是這次不是普通的情況，我們所肩負著的神聖而嚴肅的使命，給了我們超越生理考驗的力量。在第一次聞到這令人作嘔的氣體後不由自主的顫抖了一下之後，我們都開始了工作，就好像這個令人討厭的地方是一座玫瑰花園。

我們仔細的檢查了這個地方，在我們開始前，教授說道：「首先要數一數剩下了多少箱子，然後我們要檢查每一個洞，每一個角落，每一條縫隙，看看能不能找到關於其他箱子的任何線索。」

一眼就能看出有多少箱子剩下，因為這些箱子都很龐大，不可能數錯。

50個箱子只剩下了29個！有一次我被嚇住了，因為看見高達爾明勳爵突然轉頭看著房間的門外黑漆漆的走廊，我也向外看，一瞬間我的心臟停止了跳動。在某處，透過影子，我好像看見了伯爵那張邪惡的臉，那鼻梁，那雙紅色的眼睛，那血紅的嘴唇和那嚇人的蒼白。但是這些只持續了一小會兒，因為高達爾明勳爵說道：「我覺得我看到了一張臉，不過那只是影子。」然後他又開始了搜查，我將燈向那個方向照去，進到了走廊裡面。沒有任何人的跡象，而且因為那裡沒有牆角，沒有門，沒有任何縫隙，只有硬邦邦的牆壁，即使對他也不可能有藏身之處。也許是恐懼激發了想像力，所以我什麼都沒說。

幾分鐘後，我看見莫里斯從他正在檢查的一個角落突然向後退，我們都注視著他的行動，無疑一種緊張感正在我們心裡滋生，我們發現了一團鬼火，像星星一樣閃爍著。我們都本能的向後退。整個屋子裡都因為老鼠而變得活躍起來。

有一兩秒鐘我們都被嚇呆了，除了高達爾明勳爵，他看起來對這種緊急情況早已作了準備。他衝向那扇箍著鐵條的橡木大門——就像西沃德醫生在門外那樣稱它，我看見他轉動鎖裡的鑰匙，拉開巨大的門閂，將門打開。然後，他將那個小小的銀色口哨從口袋裡掏出來，吹出了一聲低沈的、刺耳的哨聲。在西沃德醫生的院子裡響起了狗叫聲，一分鐘後三隻小獵犬圍住了房子。我們都不自覺地朝門口走，就在我們緩慢移動的同時，我注意到灰塵被破壞得很厲害，被移走的箱子就是從這裡被搬出去的。但是就在這期間，老鼠的數量劇增，他們好像頃刻間就充滿了整個房間，直到燈光照在牠們移動著的黑色身體和閃著光的惡毒的眼睛上，這個地方好像變成了螢火蟲的世界。狗衝上去了，到了門口卻突然停住狂吠起來，同時抬起鼻子，開始發出憂傷的嗥叫。老鼠正在成千上萬的增加，於是我們出去了。

高達爾明勳爵抱起一條狗，將狗帶進了屋裡，放在了地板上。在牠的腳接觸地面的一剎那，牠好像恢復了勇氣，衝向了自己的敵人。另外的幾條狗也被以同樣的方式放進了屋子，在他們捕到任何獵物之前，所有的老鼠都一下子消失了。

牠們一走，就好像一些邪惡的鬼怪都離開了，因為小狗歡躍著，高興地叫著，彷彿牠們在打敗自己的仇敵身上突然刺中了一槍，然後將他們在空中猛烈的拋擲著翻滾著。我們都鬆了口氣。我不知道這到底是因為教堂的門被打開，淨化了這種致命的空氣，還是因為我們發現自己在室外而感到安心，但可以肯定的是恐懼的陰影就像長袍一樣從我們身上滑落，我們來到這裡的這件事不像原來那麼可怕了，雖然我們的決心沒有絲毫的減少。我們關上大門鎖上了它，把狗帶在身邊，開始搜查房子。除了大量的灰塵以外我們什麼也沒發現，一切都沒被動過，除了我第一次來這裡時留下的腳印。狗也沒有表現出任何不安的跡象，甚至是當我們返回教堂時，牠們還是歡跳著，彷彿是在夏季的樹林中追趕兔子。

當我們出來的時候，天已經發白了。教授把大門的鑰匙從那串鑰匙上取下來，用平常的方式鎖上門，將鑰匙裝進了口袋。

「至今，」教授說道：「我們的這一晚非常成功。我們沒有受到我害怕會有的傷害，也確定了有多少個箱子不見了。最讓我高興的是，我們的第一次，也許也是最困難和最危險的一次行動順利完成，而沒有為哈克夫人帶來不好的影響，或是讓她在醒著時和睡著時都被她可能永遠也忘不掉的恐怖的景象、聲音和氣味所困擾。而且我們知道了，那些伯爵指揮的野獸並不是完全服從他的精神力量，看，那些老鼠能夠被伯爵召喚來，就像他在你走時和那位可憐的母親哭泣時，在城堡的頂端召集了狼群一樣，雖然牠們為他而來，卻被亞瑟的那麼小的狗嚇得屁滾尿流。我們面前有更多的事情，更多的危險，更多的恐懼，和那個魔鬼──他今晚不是唯一一次、也不是最後一次對野獸的世界使用他的威力。可能是他去了別的地方。好！這就讓我們在這局棋裡有機會喊了一次『將軍』，我們是在為了人類的靈魂而下這局棋。現在讓我們回家。馬上就要天亮了，我們有理由對我們第一晚的行動感到滿意。也許注定以後會有很多這樣的日日夜夜，充滿危險，但是我們必須繼續前進，決不能在危險面前退縮。」

當我回到精神病院，一切都很安靜，除了一個可憐的人在遠處的一間病房裡尖叫，還有倫費爾德的房間裡傳出的低沈的呻吟聲，這個可憐的人無疑正在折磨自己，在精神錯亂之後，帶著他那些痛苦的想法。

我掂著腳尖走進我自己的房間，看見米娜正在睡覺，呼吸是那麼輕柔，我必須把耳朵湊近才能聽到。她比平時還要蒼白。我希望今天晚上的會議沒有讓她心煩。我很高興她不用參與到我們未來的工作之中——甚至是我們的商討。這樣的壓力對於女人來說太大了。我一開始還不覺得，現在我知道了。因此我很高興事情就這樣定下來了。也許會有事情讓她聽了害怕，然而對她隱瞞這些事情可能比告訴她還要糟糕，一旦她懷疑自己被隱瞞的話。從今以後我們的工作對於她來說就是一本密封上的書了，直到一切都結束了，地球上少了一個地獄裡的魔鬼時我們才能告訴她，我敢說像我們原來這麼互相信任，一開始很難對她保持沈默，但是我一定要堅定，而且明天我不會對她說今晚發生的事情的。我在沙發上休息了，以免打攪到她。

10月1日過了一會兒

我猜我們所有人能睡過頭是很自然的事情，因為昨天真的是太忙了，而且我們一晚上都沒有休息。甚至是米娜，她也一定覺得筋疲力盡了，因為儘管我已經睡到了太陽照在頭頂才起床，可她比我起的還晚，我叫了她好幾次，她才醒過來。實際上，她睡得太熟了，以至於被我叫醒的時候，一開始都沒有立刻認出我，只是恐懼地看著我，就像剛做了一場噩夢一樣。她說自己是太累了，我讓她一直休息到很晚。現在我們知道21個箱子被搬走了，如果有一些是在這幾次搬遷中的任何一次被搬走的，我們就有可能找到所有的箱子。當然，這樣就會讓我們省掉許多力氣，而且這事越早辦越好，我今天應該去見見搬運的托馬斯・斯乃令。

西沃德醫生的日記

10月1日

快到中午的時候，教授走進我的房間叫醒了我，他比平常要高興，顯然昨天晚上的行動讓他的心裡減輕了一些負擔。

在回憶了昨晚的經歷後，他突然說：「你的病人讓我很感興趣，今天早上能讓我和你去見見他嗎？如果你太忙了，我可以自己去，如果可以的話。看見一個精神病人談論哲學，說話這麼有條理，對我來說還真是一件新鮮事。」

我有很多緊急的工作要做，所以我告訴他，如果他要自己去我會很高興。因為我不應該叫他再等了，就叫來了值班員吩咐了他幾句。在教授離開房間之前，我提醒他不要讓我的病人的做法蒙蔽了他。

「但是，」他說：「我想讓他談談他自己以及他對消費生命的理論。我在你昨天的日記裡看到，他對哈克夫人說他曾經有過這樣的信念。你為什麼笑呢，約翰？」

「原諒我，」我說：「不過答案在這裡。」我將手放在那些打印的材料上面，「當我們這位神志清醒而博聞強識的精神病人在陳述自己對消費生命的見解時，他的口中實際上盡是他在哈克夫人進入房間之前吃掉的蒼蠅和蜘蛛的臭味。」

范海辛也笑了，「好的！」他說：「你的記憶是正確的，約翰。我應該記起來的。正是這種不明的想法和記憶，讓心理疾病成為如此吸引人的學問。也許我從這個瘋子的愚蠢裡得到的東西，要比最智慧的人教給我的還要多。誰知道呢？」

我繼續工作，不久就進入了狀態。好像沒過多久，范海辛就回到了書房。

「我打擾到你了嗎？」他站在門口禮貌的問道。

「當然沒有，」我回答道，「進來吧，我的工作已經完成了，我現在有空了。如果你願意的話，我現在可以和你一起去。」

「不用了，我已經見到他了。」他說。

「怎麼樣？」

「我覺得他不太喜歡我，我們的談話很短。當我進去的時候，他坐在屋子中央的一個板凳上，胳膊肘撐在膝蓋上，表情非常不滿。我儘量高興和尊敬地跟他說話，他根本不搭理我。『你不認識我了嗎？』我問。他的回答讓人不安：『我夠了解你的了，你是那個老蠢貨范海辛。我希望你能帶著你自己和你的那些愚蠢的大腦理論到別的地方待著去。所有大頭的荷蘭人都見鬼去吧！』然後就再也不肯說話，繃著臉坐在那裡，對我漠不關心，就好像我根本不在那個屋子裡。這樣我就和從這個如此聰明的精神病人那裡了解點東西的機會說再見了，於是我只好離開了，又和那位好心的哈克夫人說了幾句話讓自己高興起來。約翰，我真是說不出的高興，因為她不用再為我們這些可怕的事情痛苦和擔心了。雖然我們非常懷念她的幫助，但最好還是這樣。」

「我完全同意你，」我誠摯的說道，因為我不想讓他在這件事情上變得優柔寡斷，我說，「哈克夫人最好不要參與進這件事情。這些對於我們，對於全世界的男人來說都已經夠受的了，我們已經經歷過許多危險的事情，但這件事不是女人做的，如果她還和這件事情有關聯，就無疑會傷害到她。」

於是范海辛去和哈克夫婦商量，昆西和亞瑟出去找箱子的線索。我要完成我的工作，然後我們晚上見面。

米娜．哈克的日記

10月1日

很奇怪我像今天這樣被蒙在鼓裡，在看到喬納森這麼多年對我完全的信任之後，他卻顯然在迴避一些事情，就是那些最關鍵的事情。在昨天的疲勞之後，今天早上我睡到很晚，雖然喬納森也起晚了，他還是比我早。他在出去之前對我說了話，他從沒有這樣甜蜜和溫柔過，但是卻對昨天到伯爵房子發生的事情隻字不提。他一定知道了我有多麼的擔心。可憐的親愛的人！我猜這一定讓他比我還苦惱。他們一致同意最好不要讓我再參與進這項可怕的工作中，我同意了。但是一想到他什麼都不讓我知道！現在我哭得像是一個傻瓜──當我知道這是出於我丈夫的偉大的愛和那些堅強的男人們的好意。

他們做的都是為了我好，有一天喬納森會把全部都告訴我的。為了不讓他覺得我對他隱瞞過什麼，我會像以前一樣繼續寫日記。這樣如果他擔心我對他的信任，我就會把日記拿給他看，上面為他親愛的眼睛寫下了我心中的每一個想法。我今天感到特別的傷心，情緒特別低落，我想是因為過於激動了。

昨晚大家走了之後，我就上床睡覺了，只是因為他們告訴我要這樣做。我一點都不睏，心中充滿了強烈的不安。我反覆想著自從喬納森來倫敦看我以後的每件事，每一件事都彷彿是一場悲劇，是無情的命運促成了一些注定的結果。做的每一件事都沒錯，可是卻帶來了最讓人悔恨的結果。如果我沒有去惠特白，也許可憐的露西現在就會和我們在一起了。因為我去了教堂墓地，她才跟著去的，如果她沒有在白天和我一起去那兒，她就不會在夢遊的時候到那裡去了。如果她沒有在晚上走到那裡睡著了，那個魔鬼就不會傷害她了。天哪，為什麼我要去惠特白呢？現在，我又哭了！不知道我今天是怎麼回事。我絕不能讓喬納森看到，要是讓他知道我一個早上就哭了兩次——我從沒有為了自己而哭過，他也從來沒有讓我掉過眼淚，親愛的他會擔心死的。我應該表現得很勇敢，如果我真的想哭，也永遠不能讓他看到。我猜這就是可憐的女人必須要學會的……

我不記得自己昨晚是怎麼睡著的了。我記得突然聽見了狗叫聲和很多奇怪的聲音，像是很多人在祈禱，是從侖費爾德先生的房間裡發出的，就在我的房間下面的某個地方。然後又是深深的寂靜，深到讓我毛骨悚然，我起來向窗外看。一切都很黑暗和寂靜，月光造出的投影充滿無聲的祕密。沒有什麼不穩定的東西，但是一切都看起來很可怕，像是帶著死亡和宿命的意味。一股薄薄的霧緩緩地穿過草叢向房子的方向潛來，好像它有知覺和生命。我想分一下心可能對我有益，因為當我再回到床上時就感到一陣睏意襲來。我躺了一會兒，還是睡不著，於是我又起來向窗外看去。霧在蔓延，現在貼近了房子，我能看見它厚厚的在牆上堆了一層，彷彿在悄悄地向窗戶靠近。可憐的侖費爾德的聲音比原來更吵了，雖然我聽不出他說的是什麼，我能感覺到在他的聲音裡有一種懇切的哀求。然後是一陣搏鬥的聲音，我知道值班員在對付他。我十分害怕，又回到床上，將衣服蓋在自己頭上，用手堵住了耳朵。我那時一點都不睏，起碼我是這麼覺得，但是我一定是睡著了，因為當喬納森叫醒我時，從那時直到早上的事情我除了夢就什麼也記不起來。我想自己費了點勁才反應過來自己在哪裡，還好有喬納森在我身旁。我的夢很奇怪，是很典型的那種白天的思想也進入了夢中，或是在夢中延續。

我覺得自己是在睡覺，等著喬納森回來。我很擔心他，我無力動彈，我的雙腿，我的雙手，還有我的腦子都很沈重，所以一切都不能正常的活動了。這樣我不安的睡著和思考著。然後我覺察到空氣非常沈重、潮濕和寒冷。我將臉上的衣服拿開，驚奇的發現周圍的一切都變得很朦朧。那盞我為喬納森點著的汽燈變得很暗，就像是霧中的一點微小的紅色火花。霧顯然越來越厚，源源不斷的進入房間。然後我想到是不是自己上床前沒有關好窗戶，我想起床確認一下，可是沈重的睡意像是捆住了我的手腳甚至是意志。我靜靜地躺著，忍受著，就是這樣了。我閉上了眼睛，但還是能從眼皮中間看見（我們的夢給我們開了多麼好的玩笑，我們想像的又是多麼的方便）。霧越來越濃，現在我能看清它是怎麼進來的了，因為我發現它像一陣煙，又像是沸騰的水冒出的白色蒸汽，不是從窗戶，而是從門的接縫處流了進來。越來越厚，最後好像在房間裡集中形成了一個雲的柱狀體，在頂端我能看見閃光像是一隻紅色的眼睛。我的腦子開始眩暈，就像是這團霧開始在屋裡旋轉，我想起了聖經裡的話：「白天是雲柱晚上是火柱。」難道是這句話真的進入到了我的夢中？但是這個柱子既有白天的成分也有夜晚的成分，因為那隻紅色眼睛裡面就有火，我越想越覺得有趣，直到，我看見那團火分開了，變成了一雙紅色的眼睛，穿過霧照在我身上，就好像在懸崖上露西在自己暫時的精神錯亂中，她對我說的落日的光芒照在聖瑪麗教堂的窗戶上一樣。突然我害怕地想起來喬納森就是這樣看到那些恐怖的女人在月光中從旋轉著的霧變成了現在這個樣子的，在夢裡我一定是昏過去了，因為一切都變成了黑暗。想像裡作出的最後的有意識的努力，就是讓我看見一張生動的白臉，從霧中伸出來伏在我的身上。

我必須要提防這樣的夢，因為太多這樣的夢會讓人喪失理智。我應該讓范海辛醫生或者西沃德醫生給我開點東西讓我睡著，但是我又怕驚動他們。現在這個時候這樣的一個夢會讓我更恐懼。今晚我會努力讓自己自然的睡著。如果不行的話，我明晚會讓他們給我開一劑麻醉劑，用一次不會對我造成什麼傷害的，而且可以讓我睡個好覺。昨天晚上我比沒有睡著還要累。

10月2日晚上10點

昨晚我睡著了，但是沒有做夢。我一定睡得很熟，因為喬納森上床沒有吵醒我，但是睡眠並沒有讓我振作起來，今天我覺得特別的虛弱和沒精神。昨天一整天我都在閱讀，或者是躺下來休息。下午的時候，倫費爾德問能不能見我。可憐的人，他很溫和，我走時他還吻了我的手並讓上帝保佑我。不知為什麼這讓我很是感動。我想到他就哭起來。這又是一個新的弱點，我一定要小心。要是喬納森知道我哭過會很痛苦的。他和其他人直到吃晚飯的時候才回來，都很疲倦。我盡力的使他們高興起來，我猜這種努力對我有好處，因為這樣我就忘記了自己也很累。吃過飯後他們讓我上床睡覺，然後一起到別處去吸煙了，他們是這樣說的，但我知道他們是想告訴別人這一天自己都遇到了什麼事。我能從喬納森的舉止看出他有重要的事情要說。我本應該很睏，可是卻睡不了，所以在他們走之前，我向西沃德醫生要了一點麻醉劑，因為我昨晚也沒有睡好。他非常好心的給我開了一點安眠藥，告訴我不會對我有害處，因為這藥很溫和，我吃了下去，等待著睡眠的到來，雖然對它我還是敬而遠之的。我希望自己沒有做錯什麼，因為當睏意來臨時，我又有了一種新的恐懼，怕我非要讓自己睡著的做法是很愚蠢的。也許我是需要醒著的。要睡覺了，晚安。

喬納森・哈克的日記

10月1日晚上

我在貝特那爾格林找到了托馬斯・斯乃令，可惜他並不記得任何事情。我的到來，讓他很高興能得到喝啤酒的機會，他很快就醉得一塌糊塗。無論如何，他正派的妻子告訴我，他只是斯摩萊特的助手，斯摩萊特才是負責人。於是我前往沃爾沃斯，在約瑟夫・斯摩萊特先生的家裡見到了他，他穿著長袖襯衫，正在喝茶。他是一個莊重的、聰明的人，明顯是一個靠得住的好工人，有他自己的頭腦。他回憶了關於那些箱子的事情，並從座位旁邊的一個神祕的容器裡取出一個小小的筆記本，上面用粗粗的鉛筆記著潦草的日記，他從裡面找到了箱子運送到的地點。

他說他從卡爾法克斯運了6個箱子，到麥爾安德紐鎮的奇科三德大街197號，另外6個運到了傑麥卡路。如果伯爵是想把自己的這些恐怖的藏身之處散佈在整個倫敦的話，這些地方就是他選定的第一批地點，以後他會把它們送到更多的地方。他這種有條理的做法，讓我覺得他不會把自己限定在倫敦的兩側。現在他已經鎖定了北海岸的最東端，南海岸的東端，還有南面。北面和西面是決不會從他的邪惡的計畫裡漏掉的，更不用說城市本身，還有西南邊和西邊的倫敦最繁華的地區了。我又問斯摩萊特還有沒有箱子從卡爾法克斯搬走。

他回答道：「先生，你對我很夠意思，」因為我已經給過他半個金鎊，「我會告訴你所有我知道的東西。我聽說一個叫布勞克山姆的人，四天前在賓撤小巷說過他和他的夥伴們在帕夫利特的一所老房子裡幹了怎樣的髒活。這種髒活不多見，我想可能布勞克山姆可以告訴你點什麼。」

我想知道到哪去找布勞克山姆。於是我告訴他，如果他能給我找到地址，我會再給他半個金鎊。於是他把自己的茶喝完，站起身來，說他會去找找看。

在門口，他停住了，說道：「看，先生，我就不留您在我這兒了。我可能會很快找到山姆，也許找不到，但是無論如何，他今晚都不太可能會告訴您什麼東西的。只要他一喝上酒就什麼都不知道了。如果你能留給我一個信封，上面貼上郵票，寫上你的地址，我會找到山姆在哪裡，並在今晚把他的地址寄給你。不過你早上最好早點起床，不要在他喝酒的時候找他。」

這個主意不錯，於是我找了一個孩子，給他一便士去買一個信封和一張紙，讓他留著剩下的零錢。他回來以後，我在信封上寫上地址，貼上郵票，在斯摩萊特再次誠懇的保證之後，我踏上了回家的路。無論如何，我們已經有了線索。我今晚很累，我想睡了。米娜睡得很熟，看起來很蒼白。她的眼睛看起來像是哭過。可憐的人，我對她的隱瞞讓她很苦惱，這會讓她加倍的擔心我和其他人。但是最好還是讓事情保持原樣。現在，讓她失望和苦惱要比讓她的神經崩潰好得多。醫生堅持讓她不要參與到這項可怕的工作中來是完全正確的。我一定要堅定，因為是我承擔著在這件事上對她保持沈默的特殊的責任。在任何情況下，我都不能向她開啟這個話題。實際上，這也許不是一件難事，因為她在這件事情上很沈默，自從得知我們的決定之後，她自己就再也沒提起過伯爵和他的行動了。

10月2日晚上

漫長而興奮的一天。第一趟郵車就送來了寫有我地址的信封，裡面有一張皺巴巴的紙，上面用木工鉛筆潦草的寫著：「布勞克山姆，考克蘭斯，波特斯考特4號，巴特爾大街，沃爾沃斯。到了之後找帝派特。」

我在床上看了信，起來的時候沒有叫醒米娜。她看起來又累又睏，還很蒼白，情況一點都不好。我決定不叫醒她。但是，當我今天尋訪回來以後，我會安排把她送回埃克斯特。我想她在我們自己的家裡會高興一點，家務活能更加吸引她，而不是待在這裡被我們忽視。我只見了西沃德醫生，並告訴他我要去哪裡，保證一旦發現情況馬上回來告訴其他人。我趕往沃爾沃斯，好不容易才找到伯特斯考特。斯摩萊特先生的拼寫誤導了我，因為我問的是波爾斯考特而不是伯特斯考特。不過，在我找到了伯特斯考特後，就很容易的找到了考克蘭斯。

當我問來開門的人誰是「帝派特」時，他搖了搖頭說道：「我不認識他。這裡沒有這個人。我從來沒有聽說過他。別指望這兒或是別的什麼地方住著這個人了。」

我拿出斯摩萊特先生的信，當我讀它的時候，我發現，那個誤導我的拼寫錯誤可能給了我點啟發。「你是誰？」我問道。

「我是帝派迪。」他回答道。

我立即發現自己又有線索了。拼寫錯誤又一次誤導了我。我給了他兩個半先令的小費，讓他回答我的所有問題。他告訴我布勞克山姆先生昨夜在考克蘭斯喝醉了酒，今天早上5點鐘離開到波普勒工作去了。他說不清楚那個工作地點具體在哪裡，但是有一個模糊的印象，好像是一種「新型的工地」。帶著這一丁點線索我到了波普勒，在12點鐘的時候才找到一個對這個地方令人滿意的提示，我進了一家咖啡廳，一些工人正在那裡吃飯。他們中的一個說克羅斯安琪大街上正在建一所新房子，因為這個情況符合所謂的「新型的工地」，我立刻到了那裡。我在那兒遇到了一個壞脾氣的看門人和一個脾氣更壞的工頭，兩個人都被我用錢擺平了，給了我布勞克山姆的線索。我向他的工頭提議願意付布勞克山姆這幾天的工資，來換取問他幾個關於私事的問題的優先權，於是他被叫了過來。他很聰明，雖然言談舉止都很粗俗。當我向他保證會付給他錢並且給他一些保證金後，他告訴我，他在卡爾法克斯和皮卡迪里大街的一所房子之間運過兩次東西，從前者向後者一共運了9個箱子，「都是很沈的箱子，」為此他還租了一輛馬車。

我問他能否告訴我皮卡迪里大街上的那所房子的門牌號碼時，他對此回答是：「先生，我忘記號碼了，但是它離一所白色的大教堂只有幾步遠，或者不是教堂，反正挺新的。那也是一所很髒的老房子，雖然比不上我們拿箱子的那所房子髒。」

「你是怎麼進到這兩所空房子裡的？」

「在帕夫利特的房子裡有一個老人在等我，他幫我把箱子搬到了馬車上，他是我見到過的最強壯的傢伙了，是個老傢伙，白鬍子，瘦到你可能都會認為他不會有影子。」

他的話，讓我緊張的心怦怦地跳！

「他舉起那些箱子時就好像那只是幾磅茶葉，我可是費了好大勁才搬起來的。」

「你是怎麼進到皮卡迪里大街上的房子裡的？」我問道。

「他也在那兒。他一定是馬上出發，在我之前趕到那兒的。當我按響門鈴，他自己過來開門，幫我把箱子搬到了大廳。」

「全部只有9個箱子嗎？」我問。

「是的，第一次運了5個，第二次4個。這是很累人的活兒，我都不記得自己是怎麼回家的了。」

我打斷他說：「就把箱子放在大廳了嗎？」

「是的。大廳很大，其他什麼也沒有。」

我又問他：「你沒有鑰匙吧？」

「沒用鑰匙。那個老人自己開的門，當我走的時候，也是他關的門。我不記得最後一次了，因為喝了酒。」

「你也記不得房子的門牌號碼了？」

「不記得了，先生。但是你不用擔心。房子很高，正面是用石頭做的，上面有一個弓形的東西，門前有很高的台階。我知道台階數，因為我和三個來掙點銅錢的遊手好閒的人一起把箱子搬上了台階。那個老人給了他們幾先令，他們還想要更多的錢。但是他抓住其中一個的肩膀想要把他扔下台階，於是他們罵罵咧咧的跑開了。」

我想通過他的描述我可以找到那所房子，於是給了他錢，出發去了皮卡迪里大街。我又有了一次新的痛苦的經歷。顯然，伯爵自己能搬得動那些箱子。如果是這樣的話，時間是很寶貴的，因為現在他已經完成了一些分配，他會隨時將這項任務悄無聲息的完成。在皮卡迪里圓形廣場，我付了馬車費，向西走去。我發現了所描述的房子，它就在德古拉的藏身之所的隔壁。房子看起來很長時間都沒有人居住了。窗戶上落滿了灰塵，百葉窗都是開著的。所有的框架都因為時間的原因而發黑了，鐵上的漆幾乎都已經脫落了。顯然，直到最近在陽台前面都豎著一塊大公告牌，然而，它被粗暴的拔掉了，支撐它的柱子還留在那裡。在陽台的圍欄後面，我看見散亂的放著幾塊板子，它們粗糙的邊緣看起來發白。要是能看見那塊公告牌仍然完好無損就好了，也許我就可以找到一些關於這幢房子主人的線索。我想起了自己調查和購買卡爾法克斯那幢房子的經歷，我想我可以找到房子原來的主人，也許能發現一些進入房子的辦法。

目前，在房子朝皮卡迪里大街的這一面已經找不出什麼了，也什麼都做不了，於是我繞到後面看能不能從這個方向上發現什麼線索。商店十分興隆，皮卡迪里大街上的房子幾乎都被用了。我問了周圍能看見的一兩個馬夫和幫手，看他們能不能告訴我一些這所空房子的情況。其中的一個說這所房子最近有人買了，但是他不知道是誰買的。他告訴我，直到最近，那裡還豎著一塊「此房出售」的公告牌，也許房屋代理商，孫坎蒂公司的米歇爾可以告訴我一些這所房子的情況，因為他記得在公告板上看見了這家公司的名字。我不想表現得太急切，以免讓他知道或是猜出太多的東西，於是我像平常一樣謝了他，慢慢散著步離開了。現在黃昏越來越近了，快到了秋天的晚上了，所以我沒有耽擱任何時間。在伯克利旅店從一本姓名地址錄上找到了孫坎蒂公司的米歇爾的地址，我立刻到達了他們在塞克維爾大街上的辦公室。

接待我的那位紳士很和藹，但是同樣沈默寡言。在整個對話中，他都稱皮卡迪里大街上的那所房子為「公館」，他只告訴了我，房子已經賣出去了，因而對話到此為止。當我問他是誰買了房子時，他睜大眼睛，停了幾秒鐘，然後回答道：「房子已經賣出去了，先生。」

「原諒我，」我同樣禮貌的說道，「但是我想知道是誰買了它，這非常重要。」然後他停了更長的時間，抬起眉毛，「已經賣出去了，先生。」又是這個簡短的回答。

「當然，」我說，「你不會介意我知道這麼多吧？」

「但是，我確實介意，」他回答道，「客戶的事情在孫坎蒂公司的米歇爾手中，是絕對安全的。」

這顯然是一個一本正經的人，沒必要逼他。我想最好迎合他的想法，於是我說道：「先生，您的客戶一定會高興有您這樣一位堅定的祕密保管者。我自己也是一個圈內人。」我遞給他我的名片，說：「在這件事情上，我不是因為好奇的驅使，我是代表高達爾明勳爵問的，他想了解一下這所最近要出售的房子的信息。」

這句話，果然有了不一樣的效果。他說：「如果可以的話，我願意為您效勞，哈克先生，我特別是願意為這位勳爵效勞。當他還是亞瑟．郝姆伍德閣下的時候，我們曾經為他租過幾間房子。如果你告訴我他的地址，我會考慮一下這所房子的事情，無論如何，我晚上都會和他通信討論這個問題。如果我們只是違反這個規則，而提供給勳爵想要的信息，我會很高興的。」

我想多交一位朋友，而不是製造一個敵人，於是我謝了他，告訴了他西沃德醫生的地址，就離開了。現在天黑了，我又累又餓。我在「鬆軟麵包房」喝了一杯茶，坐火車回到了帕夫利特。

我發現所有人都在家。米娜看起來又疲倦又蒼白，但是卻努力讓自己顯得快活而高興。我怕是因為我對她的隱瞞造成了她的焦慮。感謝上帝，這會是最後一晚她看著我們開會，因為我們對她保守祕密而感到苦悶。我鼓足勇氣，堅持不讓她參加到我們可怕的工作中來。不知為什麼，她更順從了，或者她已經反感了這件事情，因為每次不小心地提到這件事時，她都會顫抖起來。我很高興我們及時地下了決心，我們所知道的越來越多的東西，對她來說簡直是一種折磨。

在我們單獨在一起的時候，我才能把今天的事情說出來。於是吃過晚飯，我甚至放了一小段音樂在我們之間裝了裝樣子，我把米娜帶到房間，讓她睡覺。這個可愛的女孩和我感情更好了，她貼在我身上好像要留住我，但是有很多事情要討論，於是我離開了。感謝上帝，隱瞞沒有讓我們之間產生隔閡。

當我又回來時，我看見大家都圍坐在書房的壁爐邊等我。我在火車上把發生的事都寫在了日記裡，所以只是把日記讀給他們聽了，這是盡快讓他們了解事情經過的最好方式。

我念完以後，范海辛說道：「這是很大的進展，喬納森。無疑，我們已經有了失蹤的箱子的線索。如果箱子全在那所房子裡，我們的工作就快結束了。但如果又少了一些，我們還必須繼續尋找，直到找到它們。到那時我們就能做出最後的一擊，將這個無恥之徒真正地置於死地。」

我們沈默地坐了一會兒。突然，莫里斯先生說道：「說一說！我們該怎麼進到那所房子裡呢？」

「我們已經進到旁邊的房子裡了。」高達爾明勳爵很快回答。

「但是，亞瑟，這一次不同了。我們在卡爾法克斯破門而入，但是我們有夜晚和一個帶圍牆的院子來保護自己。在皮卡迪里大街上就是完全不同的事情了。無論是在白天還是在晚上。我承認我不知道該怎樣才能進去，除非那個辦事處的人，能給我們找到鑰匙一類的東西。」

高達爾明勳爵皺起眉頭，站起身來在屋子裡踱步。不久以後，他停下來，將頭不停地轉向我們中的一個人，他說：「昆西的頭腦很冷靜。夜盜罪可不是鬧著玩的。我們成功了一次，但是我們現在手上的工作很棘手。我們只能找到伯爵的鑰匙才行。」

因為在早上之前做不了什麼，等待高達爾明勳爵接到米歇爾的信是最可取的，我們決定在早餐之前不採取任何主動的行動。我們長時間的坐在一起吸煙，討論問題。我抓住機會，把今天的日記補充完整了。我很睏了，要睡覺了……

就寫一行。米娜睡得很香，呼吸很平穩。她的前額皺起了小小的皺紋，彷彿在夢中也在思考。她依然很蒼白，但是不像早上看起來那麼憔悴了。我希望，明天這一切就會好了，她會回到我們在埃克斯特的家中。唉，但是我真是睏了！

西沃德醫生的日記

10月1日

我又被倫費爾德弄糊塗了。他的心情變化得如此之快，讓我很難捉摸的透，因為他的心情不止表明了他的健康程度，因而變成了一項有趣的研究。今天早上，在倫費爾德拒絕了范海辛後，我去看他，他的舉止就像一個能夠支配自己命運的人。實際上，他在主觀上支配著命運。他並不真正關心地球上的事物，而是站在雲端俯視著我們可憐的凡人的弱點和需要。

我想我可以推進這個情況，得到一些信息，於是我問他：「這幾天蒼蠅怎麼樣了？」

他傲慢的對我微笑，回答道：「我親愛的先生，蒼蠅有一個顯著的特點。牠的翅膀有著通靈的能力。古人把靈魂比做蝴蝶是多麼巧妙啊！」

我覺得我要把他的類比變得盡可能的合乎邏輯，於是我很快地說道：「噢，這就是你現在正在追求的靈魂，是嗎？」

他的瘋狂擊敗了他的理智，他的臉上露出了困惑的表情，堅決地搖著頭，我很少看見他這樣。

他說：「哦，不！哦，不！我不想要靈魂，生命是我唯一想要的。」這時他高興起來，「但是我現在不關心它。生命也有了。我已經有了所有我想要的。你應該有一位新病人了，醫生，如果你想研究食肉動物的話！」

這讓我感到迷惑，於是我繼續引導他：「那麼你掌握著生命。你是個神了，我猜？」他的微笑裡有一種不可名狀的傲慢：「哦，不是！怎麼能把上帝的特點放在我的身上。我甚至不關心他的那些精神上的活動。如果要說我的位置，就地球上的事物而言，有點像是伊諾克在心靈中佔據的位置！」

這對我是個難題。我在當時回憶不起來伊諾克了，所以我不得不問了一個簡單的問題，雖然我覺得這麼做是在降低自己在這個精神病人心目中的地位，「為什麼是伊諾克？」

「因為他和上帝在一起走路。」

我不能看出有什麼相似，但是又不想承認，於是我又回到了他否認的地方：「所以你不在乎生命，也不想要靈魂。為什麼不？」我很快地問問題，還有點嚴肅，為的是想讓他措手不及。

努力成功了，有一刻他又回到了原來奴顏婢膝的態度，在我面前彎著腰，幾乎是搖尾乞憐的說：「我不想要任何靈魂，真的，真的！我不要。我就是有他們也用不了。他們對我沒有用處。我不能吃掉他們，也不能……」

他突然停了下來，原來狡猾的神情又回到了臉上，像一陣拂過水面的風。

「醫生，至於生命，它究竟是什麼？就是你得到所有需要的東西，而再也沒有需要的了，就是這樣。我有朋友，好朋友，像你，西沃德醫生。」他一邊說，一邊斜眼瞟了我一下，狡猾得難以形容，「我知道我永遠不會缺少生命的。」

從他那混亂的陳述中，我似乎感覺到一些敵意，因為他立即採用了最後的應急辦法——固執的沈默。過了一會兒，我覺得現在跟他說話沒什麼用，他不太高興，於是我就離開了。

這天的晚些時候，他讓人叫我過去。通常沒有特殊的原因我是不會去的。但是現在，我對他非常感興趣，我願意嘗試一下。另外，我希望過去一段時間後他能好點了。哈克出去追查線索了，高達爾明勳爵和昆西也一樣。范海辛坐在我的書房裡研究著哈克夫婦準備的記錄。他好像覺得在精確的掌握了所有細節後，他會發現一些新的線索。他不想在工作時被打擾，如果沒有原因的話。本來我想叫范海辛和我一起去看病人的，只是覺得在他上次被拒絕以後，他可能就不想再去了。還有一個原因。在第三者在場的時候，倫費爾德可能不能像他和我單獨在一起時那麼自由的說話了。

我看見他坐在屋子中央的板凳上，這個動作一般表明他有某種精神上的活力。當我來了以後，他立即說道，就好像問題已經在他的嘴唇上等待著：「談談靈魂怎麼樣？」

顯然，我的推測是正確的，無疑是大腦活動開始起作用了，即使是對一個精神病患者。我決心把這件事搞清楚。

我說：「你自己的靈魂怎麼樣了？」

他一開始沒有回答，而是上上下下的環顧四周，好像希望找到回答問題的靈感。

「我不想要靈魂！」他用一種虛弱的、道歉的方式說道。

這件事好像讓他苦惱了，所以我決定利用它，於是我說：「你喜歡生命，你想得到生命？」

「是的！但是現在還好。你不用擔心這個。」

「但是，」我說，「你不要靈魂的話，又怎麼能得到生命呢？」

這好像難住了他，於是我又說道：「你總有一天會離開這裡。成千上萬的蒼蠅、蜘蛛、鳥和貓的靈魂會在你周圍呻吟。你得到了牠們的生命，你知道的，那麼你就必須忍受牠們的靈魂！」

他的想像力好像受到了影響，因為他把手放在耳朵上，閉上眼睛，使勁的擰著，就像一個小男孩在臉上塗肥皂時做的那樣。這裡面有一種讓人同情的東西感動了我。這也讓我知道了，好像在我面前的就是一個孩子，只是一個孩子，雖然樣子已經很老了，下巴上的鬍子也白了。顯然，他正在經歷一番心理掙扎，還知道了他以前的情緒是被一些不相干的東西所迷惑，我想我應該盡可能的進入他的頭腦和他一起思索。

第一步是恢復他的信心，於是我問他，聲音放得很大，使他能通過自己的手捂住的耳朵聽到我的聲音：「你想不想再要點糖把你的蒼蠅再集合起來？」

他好像突然醒了，搖了搖頭。他大笑著回答：「不要了！畢竟，蒼蠅是可憐的生物！」停了一下他又說道，「但是我也不想讓牠們的靈魂在我耳邊嗡嗡的叫。」

「那麼蜘蛛呢？」我繼續問。

「別提蜘蛛了！蜘蛛有什麼用啊！他們又沒有什麼東西可吃……」他突然停住了，就好像想起了一個被禁止的話題。

「對，對！」我對自己說，「這是他第二次在說『喝』這個詞之前停住了。這是什麼意思呢？」

俞費爾德好像意識到自己犯了個錯誤，因為他很快地說道，好像要分散我的注意力：「我再也不儲存這些東西了。『老鼠和小鹿，』莎士比亞這樣說，『儲藏櫃裡的嫩肉』，可以這麼叫它們。我已經沒有那些荒謬的念頭了。你也可以叫一個人用一雙筷子去吃它們，但我不再對食肉感興趣，當我知道在我面前的是什麼的時候。」

「我明白了，」我說，「你想要大點的東西，好填滿你的牙縫？你想不想拿一頭大象來當早餐？」

「你在胡說些什麼呀？」他有點過於清醒了，所以我覺得我得把他逼得緊點。

「不知道，」我說，「大象的靈魂是什麼樣子的！」

我得到了想要的效果，因為他馬上又從高高的座位上跌落下來成了一個孩子。

「我不想要大象的靈魂，或者其它任何靈魂！」有一段時間，他灰心喪氣的坐著。突然他跳起來，眼睛閃著光，表現出大腦亢奮的所有徵兆。

「你和你的靈魂見鬼去吧！」他叫道，「為什麼你總拿靈魂來折磨我呢？即使不去想靈魂，難道我還不夠擔心、痛苦和瘋狂嗎？」

他看起來十分懷有敵意，我覺得他的瘋狂舉動又快要發作了，所以吹響了口哨。

然而，就在我這麼做的那一瞬間，他突然變得冷靜了，抱歉地說：「原諒我，醫生。我忘記我自己了。你不需要任何幫助。我最近太心煩了，很容易被激怒。要是你知道我要面對和解決的問題，你就會同情，容忍和原諒我的。求求你不要給我穿上緊身束縛衣。我想思考，但是如果我的身體被束縛起來，我就思考不了了。我肯定你會理解的！」

他顯然能夠控制自己了，所以當值班員來的時候，我告訴他們沒什麼事，他們就走了。倫費爾德看著他們離開。當門被關上時，他莊嚴而親切地對我說道：「西沃德醫生，你對我太照顧了。相信我，我是非常、非常感謝你的！」

我覺得最好讓他保持在現在的狀態，於是就離開了。他的狀態確實有很多需要思考的地方，有幾個點好像構成了美國的訪問者所說的「一個故事」，只要誰能把他們按照適當的順序排列出來。它們是——

不會提到「喝」。

害怕因任何生物的「靈魂」而煩惱。

不擔心將來會缺少「生命」。

蔑視一切低等的生命，雖然他害怕他們的靈魂會來打擾他。

這些東西在邏輯上都指向了一個意思！他確定自己會得到高等的生命。

他害怕結果，靈魂的負擔。那麼他想要的就是人類的生命！

可是為什麼這麼確定……

仁慈的上帝啊！伯爵已經到他身邊了，一些新的恐怖計畫正在進行中！

過了一會兒

在巡視了一圈以後，我到了范海辛那裡，把我的懷疑告訴了他。他變得很嚴肅，在思考了一段時間以後，他要我帶他去看倫費爾德。我這樣做了。等我們走到門口時，我們聽見這個精神病人正在高興的唱歌，像他原來做的那樣，剛才那段時間好像已經是很久以前了。

當我們進去以後，我們驚奇的發現他像以前一樣撒上了糖。蒼蠅在秋天裡昏昏欲睡，開始嗡嗡的叫著飛進了房間。我們試著想讓他談談我們剛才的對話談到的話題，可是他根本不理我們。他繼續唱著歌，就好像我們是隱形人。他得到了一張紙，將紙片折成筆記本。我們只好像來時一樣毫無收獲的離開了。

他真是個奇怪的病人。我們今晚必須來看他。

孫坎蒂公司的米歇爾給高達爾明勳爵的信

10月1日

我的勳爵：

我們一直很高興能夠滿足您的願望。關於勳爵您的願望，哈克先生已經代表您向我們表達了，請允許我們向您提供以下關於皮卡迪里大街347號的房子的銷售和購買的信息。房子原來的擁有者是已故的阿齊寶兒的溫特薩菲爾德先生的指定遺囑執行人。買主是一位外國的貴族，德維里伯爵，他自己辦理的購買手續，將買房的錢交給了經紀人。除此以外，我們對他一無所知。

我們是您的忠實的僕人
米歇爾&孫坎蒂公司

西沃德醫生的日記

10月2日

我昨天晚上，安排了一個人在走廊裡，讓他記錄下他從侖費爾德的房間裡聽到的任何聲音，吩咐他如果有什麼異樣，一定要告訴我。吃過晚飯後，我們都聚集到書房裡的壁爐邊上，哈克夫人已經去睡覺了，我們討論了今天的所見所聞。哈克是唯一有收獲的人，我們都特別希望他的線索是非常重要的。

在上床之前，我巡視了病人的房間，從觀察窗向裡看。他睡得很香，他的胸部隨著呼吸平穩的一起一伏。

早上值班的那個人告訴我，午夜之後一點，他就開始不安起來，大聲的祈禱著。我問他是不是這就是所有的了，他回答說是。他的舉止有點可疑，於是我直接問他是不是睡著了。他否認自己睡著了，但是承認「打了一會兒盹兒」。這太糟糕了，如果不監視著這些人，就沒法相信他們。

今天哈克出去尋找線索，亞瑟和昆西在照顧馬。高達爾明認為最好時刻準備好馬，因為我們一旦得到了所要尋找的信息，就不會浪費時間了。我們必須在日出和日落之間把所有進口的那些泥土都毀掉。這樣，我們可以在伯爵最虛弱的時候捉住他，而他也沒有藏身之處可以去。范海辛去了不列顛博物館尋找關於古代的藥方的資料。古代的醫生注意到的東西並不為後來人所接受，教授正在尋找以後可能對我們有用的巫術和對付惡魔的辦法。

我有時覺得我們一定都瘋了，只有穿上緊身束縛衣，我們才能清醒過來。

過了一會兒

我們又開了會，最後好像找到了線索。也許我們明天的工作就是結束的開始。不知道侖費爾德的安靜和這個有沒有關係。他的情緒精確地隨著伯爵的行動而變化，也許這個魔鬼即將到來的末日，微妙地影響到了他。要是我們能夠看出，在我同他的討論與他又重新開始捉蒼蠅之間的時間裡，他的頭腦中有什麼想法，也許會給我們提供一個有價值的線索。他現在好像已經安靜了好長一段時間了……這是他嗎？那狂野的叫聲，好像是從他的房間裡傳來的……

值班員衝進我的房間告訴我，侖費爾德出事了。他聽見了他在叫喊，當他來到侖費爾德的房間，發現他俯臥在地上，到處都是血。我必須馬上去看看……

西沃德醫生的日記

10月3日

我將把發生的一切事情都準確地記錄下來，盡可能地回憶起來，從我上一次記的日記開始。我能回憶起來的任何一個細節都不能放過。我必須冷靜的開始回憶。

當我來到侖費爾德的房間的時候，我發現他正躺在地板左側的血泊中。我過去將他移動了一下，很顯然他受了很嚴重的傷。因為他的臉暴露在外面，所以我能看見他的臉是被撞傷的，好像還是被砸在了地板上。實際上那灘血就是從他臉上的傷口流出來的。

當我們把他的身體翻過來的時候，跪在他的身體旁邊的值班員對我說道，「我覺得，先生，他的背部受傷了。看，他的右臂、右腿和整張臉都癱瘓了。」這種事情是如何發生的讓值班員很困惑。他看起來手足無措，說話時眉毛擰在了一起，「我不能理解這兩件事情。他可以通過把自己的頭向地上砸把他弄成這個樣子。我在埃佛斯費爾德精神病院看見過一個女人，在任何人能夠制止她之前她就這樣做了。我猜他是從床上掉下來的時候摔傷了脖子，如果他抽筋的話。但是我一輩子都不能想像這兩件事情是怎麼發生的。如果他的背部受了傷，他就不能砸自己的頭，如果在他從床上摔下來之前，就把自己的臉弄成了這個樣子，應該會留下痕跡。」

我對他說：「去找范海辛醫生，讓他立刻過來。不能耽擱一分鐘。」

值班員跑走了，不到一分鐘，教授穿著睡衣和拖鞋出現了。當他看見躺在地上的侖費爾德，盯了他一會兒後，就把頭轉向我。我想他從我的眼睛裡看出了我的想法，因為他平靜地說──顯然是說給值班員聽的：「啊，悲慘的事故！他需要仔細的照顧。我自己和你待在一起，但是我要先穿上衣服。如果你留在這裡，我過幾分鐘就來。」說完就離開了。

病人呼吸急促，可以很容易的看出他受的傷很嚴重。

范海辛非常迅速的返回了，還帶著一個外科手術箱。他顯然經過了一番思考，並且下定了決心，因為在他看著這個病人之前，他低聲對我說：「讓值班員離開吧。在他經過手術變得清醒之前，我們必須單獨和這個病人待在一起。」

於是我說道：「我想現在差不多了，西蒙斯。我們現在已經做了我們能做的。你最好去巡視吧，范海辛醫生要做手術了。如果有什麼事情立即來告訴我。」

值班員離開了，我們對病人進行了仔細的檢查。他臉上的傷只是表面的，而真正的傷是顱骨的凹陷骨折，沿著運動神經擴展。

教授思考了一會兒，對我說道：「我們必須減輕壓力，盡可能地回到正常的狀態。快速的充血現象說明了他受傷的嚴重性。而整個運動神經好像都受到影響了。大腦的充血速度會迅速地增快，所以我們必須馬上為他做開顱手術，否則就太晚了。」

就在他說話的時候，突然響起了輕輕的敲門聲。我走過去打開了門，發現走廊裡站著穿著睡衣和拖鞋的亞瑟和昆西。亞瑟說道：「我聽見你的值班員去找范海辛說出事了。所以我叫醒了昆西，或者說是去找他，因為他還沒有睡著。這段時間，事情發展的太快太奇怪了，我們誰都睡不好。我一直在想明晚就會看到不一樣的事情了。我們需要回顧，還需要比我們已經做的更往前看一點。我們可以進來嗎？」

我點了點頭，打開了門一直等他們都進來了，便馬上又把它關上。當昆西看見病人躺在地上的姿勢和狀態，並注意到地板上的那灘血的時候，他輕輕地說道：「我的上帝啊！他出了什麼事？可憐的傢伙！」

我簡短的向他講述了大致的情況，並說我們希望在手術過後他可以恢復知覺，即使是一小會兒。他立即走過去坐在床角，高達爾明坐在他身邊，我們都在耐心的等待著。

「我們應該等著，」范海辛說，「等著找到開顱的最佳位置，這樣我們才能最迅速和最準確的移走血塊，因為血顯然在大量流失。」

我們等待的每分每秒都過得異常緩慢。我的心裡有一種不好的預感，我從范海辛的臉上看出他對即將發生的事情感到一種恐懼。我害怕倫費爾德可能說出的話。我甚至不敢去想。但是我堅信將會發生一些事情，因為我讀過聽到過死亡鐘聲的人寫的東西。這個可憐的人的呼吸變成了不穩定的喘氣。每一秒鐘他好像都會睜開眼睛說話，但是之後會跟著一陣長長的吸氣聲，又會陷入更深度的昏迷。

雖然我已經習慣了病床和死亡，我心中的懸念還是越變越大。我幾乎可以聽見自己心跳的聲音，血液大量地湧到太陽穴裡，發出汩汩的聲音聽起來就像是錘子在擊打著什麼。安靜最終變成了苦惱。我看著自己的同伴，一個接一個，通過他們脹紅的臉和沮喪的神情可以看出他們在經受著相同的煎熬。我們心中都有一個緊張的懸念，就好像我們頭頂有一個鈴，會在我們最不希望它響的時候，卻有力地響了起來。

最後有一段時間，顯然病人的情況在不斷惡化，他隨時都有可能死去。我抬頭看著教授，發現他也正盯著我的眼睛。他的臉十分嚴肅，說道：「不能再浪費時間了。他的話可能值很多條命。我站在這裡的時候一直在這樣想。可能有一個靈魂正處在危險中！我們就在他耳朵的上方手術。」

他沒再說什麼，就開始動手術了。有幾分鐘，病人的呼吸聲一直很響。然後是一次很長的呼吸，好像會把他的胸膛撕開。突然他的眼睛睜開了，眼神呆滯而無助。這樣持續了一段時間，然後轉變成了愉快的驚喜，從他的嘴裡嘆出一口氣。他開始痙攣，說道：「我會安靜的，醫生。讓他們把我的緊身束縛衣脫下來吧。我做了一個噩夢，它讓我十分虛弱，我動不了了。我的臉怎麼回事？我感覺它腫起來了，而且疼得特別厲害。」

他試著轉頭，但是在做著努力的時候，他的眼睛又變得呆滯起來，所以我輕輕地把他放回了原位。然後范海辛用平靜莊重的口吻說道：「把你的夢告訴我們，倫費爾德先生。」

就在他聽到這個聲音的時候，他的受傷的臉活躍起來，說道：「范海辛醫生，你能在這裡真好。給我一點水，我的嘴唇很乾，我會儘量跟你講，我夢見了……」

他好像又暈過去了。我悄悄地對昆西說道：「去拿杯白蘭地來，在我的書房裡，快！」

他飛奔出去，回來的時候帶著一個杯子，一瓶白蘭地和一瓶水。我們濕潤了他乾裂的嘴唇，病人很快又蘇醒了。

無論如何，他那可憐的手和大腦好像在間歇這項工作，因為當他清醒的時候，他的眼神帶著一種我永遠都不會忘記的苦悶，並且很有神地看著我，說道：「我不應該欺騙自己。這不是做夢，而是可怕的事實。」

然後他看著周圍。當他看見有兩個身影耐心的坐在床沿的時候，他又繼續說道：「如果我不是很肯定，我會從他們那裡知道的。」

他閉上了眼睛，不是因為痛苦和睏倦，而是下意識的，好像用盡了全力。當他再睜開眼睛的時候，他快速的說話，有了更多的能量，他說：「快，醫生，快，我要死了！我覺得自己只有幾分鐘了，然後我就必須死了，或者更糟！再用白蘭地把我的嘴唇弄濕。在死之前我有一些話必須說，或者在我那可憐的即將摔碎的大腦死了之前。謝謝你！在你離開我的那個晚上，就是我請求你放我走的那一次。我當時沒有說，因為我感到自己的舌頭被打了結。但是我當時是很清醒的，像我現在一樣。在你離開之後的很長一段時間裡，我都在絕望中掙扎，可能過了好幾個小時。然後我突然平靜下來了。我的大腦好像又冷靜下來了，我意識到自己在哪裡。我聽見了從房子後面傳來的狗叫聲，但不是他在的地方！」

就在他說話的時候，范海辛的眼睛眨都沒眨一下，他伸出手緊緊地握住了我的手。無論如何，他沒有背叛自己，而是輕輕地點了點頭，說道：「繼續吧。」聲音很低沈。

侖費爾德繼續說道：「他在霧中來到了窗前，就像我以前經常看到的那樣，但是那時候他是真實的，不是一個鬼，在他生氣的時候，眼神卻像一個男人的眼睛那般凶猛。他咧開紅色的嘴大笑著，當他回頭望著那片樹叢，就是狗在叫的地方的時候，他那鋒利的白色牙齒閃著微光。我一開始沒有叫他進來，雖然我知道他是很想進來的，就像他一直想的那樣。然後他開始許諾給我東西，不是用語言，而是用行動。」

教授突然打斷了他，問：「怎麼做的？」

「當時兌現。就像他在太陽照射的時候把蒼蠅送進來一樣。蒼蠅大大的肥肥的，翅膀上帶著藍寶石。晚上是大蛾子，帶著腦袋和背上的脊骷髏。」

范海辛一邊對著他點頭，一邊下意識的輕聲對我說道：「就是被你叫做『骷髏飛蛾』的東西？」

病人沒有停，繼續說道：「然後他開始低語：『老鼠，老鼠，老鼠！成百，成千，成百萬的老鼠，每個都是一個生命。狗也吃牠們，貓也吃牠們。所有的都是生命！全是紅色的鮮血，裡面有幾年的生命，不僅僅是嗡嗡叫的蒼蠅！』我嘲笑他，因為我想看看他能做些什麼。然後狗開始狂吠，在那片黑暗的樹叢之中，他的房子裡。他招手讓我到窗前來。我起身向外看，他抬起了手，好像在召喚，不用任何語言。一團黑黑的東西蔓延過了草地，形狀像是一團火焰。然後他左右移動著霧，我能看見成千上萬的老鼠，眼睛發著紅光，像他的眼睛一樣，只是小一點。他一舉起手，牠們就都停了下來，我覺得他像是在說：『所有的這些生命我都給你，還有更多的和更大的，在以後無盡的歲月裡，只要你跪下來膜拜我！』然後一團紅色的雲，像血一般的顏色，飄過來，似乎蒙上了我的眼睛，在我知道自己在做什麼之前，我發現自己打開窗戶對他說：『進來吧，主人！』老鼠全都不見了，可是他卻通過窗戶進入了房間，雖然窗戶只開了一英寸那麼寬，就好像月光能夠從最細小的縫隙裡射進來，在我面前呈現出他完全的大小和光彩一樣。」

倫費爾德的聲音越來越微弱了，於是我又用白蘭地濕潤了他的嘴唇，但看起來他的記憶好像跳躍了，因為故事前進了很多。我正要把他拉回到原來的地方，但是范海辛小聲對我說道：「讓他繼續。不要打斷他。他回不去了，而且可能一旦失去了思路，就完全進行不下去了。」

他繼續說道：「我一整天都在等他的消息，但是他什麼都沒給我送來，甚至連一隻綠頭大蒼蠅都沒有，當月亮升起來的時候，我已經對他非常生氣了。當他從窗戶溜進來的時候，雖然窗戶是關著的，他甚至沒有敲一下，我對他發脾氣了。他嘲笑我，從霧裡探出他那白色的臉，紅色的眼睛閃著光，他好像擁有這整個屋子，而我卻什麼都不是。當他走過我身邊的時候，他身上的那股氣味聞起來都不像以前那樣了。我抓不住他。不知道為什麼，我倒是感覺好像是哈克夫人來過這個屋子。」

坐在床上的兩個人站了起來，走到他身後，這樣他就看不見他們了，但是無論他們在屋子的什麼地方，他們都可以聽得很清楚。他們很沈默，但是教授卻吃驚的顫抖著，然而，他的臉變得更加嚴肅了。倫費爾德沒有注意到，繼續說道：「當哈克夫人下午來看我的時候，她看起來不太一樣。她就像是摻過水的茶。」這時我們都動了，但是誰也沒說話。

他繼續說道：「直到她開口說話，我才知道她在這兒，她看起來和原來不一樣了。我不喜歡蒼白的人。我喜歡他們身體裡充滿了血液，而她的血液看起來像是用完了。我當時沒有反應過來，但是當她離開以後，我開始思考，當我知道了他開始在奪取她的生命時，我簡直是發瘋了。」我能感覺到屋子裡其他的人都在發抖，就像我現在這樣。但是我們仍然一動不動。「所以當今晚他來的時候，我已經準備好了。我看見那團霧潛入進來，我就緊緊地抓住了他。我聽說過瘋子有超自然的力量，因為我知道自己是一個瘋子，雖然只是有時，我決心使用我的力量。他也感覺到了，因為他不得不從霧裡出來和我搏鬥。我緊緊地抓住他，感覺自己快要贏了，因為我不想讓他再吸她的血了，當我看到他的眼睛的時候，他那種眼神直射進我的心裡，我的力氣竟一下子化成了水。他逃脫了，當我再一次努力靠近他的時候，他把我舉起來狠狠地摔到了地上。我的眼前出現了一片紅色的雲，然後是一陣雷鳴般的噪音，那團霧好像從門下溜走了。」

他的聲音越來越微弱，呼吸的聲音更加大了。范海辛本能的站了起來。

「現在我們知道了最壞的。」范海辛說，「他就在這裡，我們現在已經知道了他的目的。也許還不算晚。讓我們武裝起來吧，就像那晚一樣，不要再浪費時間了，一秒的時間都不能浪費。」

沒有必要把我們的恐懼或者是信念寫成文字，因為我們都是一樣的。我們都衝進屋拿起了和那一晚我們進入伯爵的房子時一樣的東西。教授已經準備好了，當我們在走廊見面的時候，他意味深長的指著它們說道：「它們從沒來沒有離開過我，直到這件不愉快的事情結束，它們都不會離開我。聰明一點，朋友們。我們要對付的不是普通的敵人，唉！唉！那位親愛的哈克婦人會受到傷害的！」他停住了，聲音哽咽。我不知道憤怒和恐懼是否佔據了我自己的心。

我們在哈克夫婦房間的門外停住了。亞瑟和昆西卻向後退去，昆西說道：「我們應該打攪她嗎？」

「必須，」教授嚴肅地說道，「如果門是鎖著的，那麼就把它撞開。」

「這會不會把她嚇壞了？擅自闖入一位女士的房間可不太好呀！」

范海辛嚴肅地說道：「你總是正確的。但是這關係到生和死。所有的房間對於醫生來說都是一樣的。即使不一樣，今晚對於我來說也是一樣的。約翰，當我轉動門把手的時候，要是門沒有開，你就用肩膀去撞。你們也一樣，我的朋友們。現在！」

他一邊說、一邊轉動了門把手，但是門沒有開。我們向門上撞去。怦地的一聲，門被撞開了，我們幾乎栽倒在屋子裡。可教授確實是摔倒了，當他用手和膝蓋支撐著站起來的時候，我穿過他向前方看去。

眼前的景象讓我膽寒。我感覺自己的頭髮像身上的寒毛一樣豎了起來，我的心臟好像也停止了跳動。

月光是如此的明亮，即使是穿過厚厚的黃色窗簾，仍然亮得足以看清屋裡的陳設。在靠近窗戶的床的一側躺著喬納森．哈克，他的臉通紅，呼吸沈重，像是已經昏迷了。跪在床沿，臉朝著外面的是他妻子的白色身影。站在她身邊的是一個又高又瘦的男人，全身都是黑色。他的臉背對著我們，但是在我們看見他的一剎那，我們都認出了那個人就是伯爵，不管從哪個方面，甚至是通過他前額的傷疤。他左手抓住哈克夫人的兩隻手，並且緊緊的拉住它們，他的右手抓住了她的脖子，將她的臉壓在哈克的胸口上。她的白色睡衣上面染滿了鮮血，哈克的衣服被撕開了，一股鮮血的細流從他裸露的胸膛淌下來，他們的姿勢就像一個孩子將小貓的鼻子摁進一碟子牛奶一樣，強迫牠喝下去。就在我們闖進房間的那一刻，伯爵轉過頭來，我聽過的描述中的可怕的樣子好像跳上了他的臉。他的眼睛閃著魔鬼似的憤怒的紅色火焰，白色的鷹勾鼻，兩個巨大的鼻孔張得大大的，邊緣顫抖著，白色的鋒利的牙齒，在滴著血的嘴唇後面，像一隻野獸一樣咬牙切齒。他用力的一扭，將他的受害者扔回了床上，就好像從高處投下來一樣，他轉身撲向了我們。但是這時教授已經站穩了腳跟，他舉起了裝著聖餅的信封。伯爵突然停住了，就像可憐的露西在自己的墳墓外面做的那樣，向後退縮。他越退越遠，而我們舉著十字架，越走越近。當一塊巨大的黑雲劃過天空時，月光突然被遮住了。當昆西用火柴點燃了汽燈，我們除了一團朦朧的煙霧以外，什麼也沒有看到。這團煙霧從門下飄走了，這時被撞開的門又反彈回去，回到了原來的位置。范海辛．亞瑟和我向哈克夫人走去，這時她深吸了一口氣，發出了一聲淒慘的尖叫，如此的刺耳，如此的絕望，讓我覺得這聲音會一直在我耳邊迴響，直到我死的那一天。有那麼幾秒鐘，她無助的保持著原來的姿勢，衣冠不整。她的臉像鬼一樣蒼白，因為嘴唇上、臉頰上和下巴上沾染的鮮血而顯得更加蒼白。一小股鮮血從她的喉嚨滴落下來。她的眼睛裡充滿了恐懼。然後她用自己可憐的被壓壞了的手捂住了臉，蒼白的手上還有被伯爵抓過的紅色痕跡，從手的後面傳來了一聲低沈的淒慘的痛哭，這使剛才那聲尖叫只像是對無盡的悲痛的快速的表達。范海辛走上前輕輕地將床單蓋在她的身體上，這時亞瑟在絕望地看著她的臉之後，跑出了房間。

范海辛低聲對我說：「喬納森昏迷了，就像我們所知道的，是吸血鬼幹的。現在我們對可憐的哈克夫人什麼也不能做，直到她恢復過來。我們必須叫醒喬納森！」

他將毛巾的一端浸入冷水，然後開始用毛巾在他臉上輕輕的拍打，他的妻子這時還在用手捧著臉，用讓人心碎的聲音啜泣著。我打開窗簾，從窗戶望出去。月光很明亮，我能看見昆西·莫里斯穿過草坪藏在了一棵大紫杉樹的陰影裡面。我不知道他為什麼這樣做。但是這時我聽見喬納森在有了一些知覺後驚叫起來，將頭轉向床。在他的臉上是異常驚訝的表情。他好像眼花了幾秒鐘，然後好像突然又完全清醒了，吃驚得跳了起來。

他的妻子被這突然的舉動喚醒了，轉向他伸出雙臂，好像要擁抱他。然而，她的手臂突然又縮了回去，並且舉起手肘，將手捂在臉上，一直顫抖著，直到她身下的床開始晃動。

「看在上帝的份上，到底發生了什麼事？」哈克叫出來。「我的醫生，范海辛醫生，這是怎麼回事？發生了什麼事？怎麼了？米娜，親愛的她這是怎麼了？這些血是怎麼回事？我的上帝啊！我的上帝啊！事情已經這樣了嗎？」他用膝蓋支撐著站起來，使勁地擊著掌，「上帝救救我們！救救她！噢，救救她吧！」

他突然從床上跳起來，開始穿上衣服，他身體裡所有的男子氣概，都在需要的時候覺醒了。「發生了什麼事？把一切都告訴我！」他不停的大叫起來。「范海辛醫生，你愛米娜，我知道。哦，救救她吧。應該還不算晚。保護好她，我去找他！」

他的妻子，儘管恐懼和悲痛，看見了他所處的危險。她立即忘記了自己的悲痛，她抓住他叫起來：「不！不！喬納森，你不能離開我。我今晚已經夠痛苦的了，上帝知道，還好他沒有傷害你。你一定要和我在一起。和這些朋友們在一起，他們會看護好你的！」她越說越變得瘋狂起來。他向她屈服了，她將他拉回來讓他坐在自己身邊，緊緊地靠著他。

范海辛和我試著讓他們兩個鎮靜下來。教授舉起他的金色十字架，冷靜地說道：「不要怕，親愛的。我們在這裡，當這個東西在你身邊時，就沒有邪惡的東西可以接近你了。你今晚是安全的，我們必須要鎮定，一起商量一下。」

她顫抖著，沈默著，將頭放在自己丈夫的胸前。當她抬起頭時，他的白色睡衣上面沾滿了從她的嘴唇和脖子滴下的血的痕跡。在她發現這件事的一剎那，她退縮了，在哽咽中發出了一聲低沈的痛哭，然後低聲說著什麼。「不純潔的，不純潔的！我不能再摸你和吻你了。哦，現在我應該是你最大的敵人，是你最應該害怕的人。」

喬納森堅決地說道：「胡說，米娜。聽到這樣的話真讓我感到羞恥。我不會讓人這樣說你的。我也不會讓你這樣說自己的。願上帝根據我的功過評價我，用比現在更苦的痛苦來懲罰我，如果是我的某個行為或者願望讓我們之間發生了什麼事的話！」

他伸出手臂將她攬入懷中。她躺在那裡啜泣了一會兒。他通過她低下的頭的上面看著我們，顫抖的鼻孔上方是一雙沮喪的眼睛。他的表情像鋼鐵一樣嚴肅。

過了一會兒，他的啜泣變得少了，也微弱了，這時他對我說，他的聲音裡帶著一種偽裝的冷靜，我想他一定是把自己的神經力量使用到了極致。

「現在，我的醫生，把一切都告訴我吧。我需要知道所有的事實。告訴我發生的一切。」喬納森急切地說。

我準確的向他描述了發生的一切，他看起來聽得毫無感覺，可是當我告訴他伯爵是怎樣用他那雙無情的手將他的妻子固定在那個可怕的姿勢，讓她的嘴去吸他胸前傷口流出的血時，他的鼻孔抽搐著，眼睛閃著光。這很有趣，即使是在當時，看見在她彎下的頭的上方是一張蒼白的痙攣的臉，而他的手卻溫柔的充滿愛意的撫摸著她凌亂的頭髮。我剛剛說完，就聽見昆西和高達爾明在敲門。他們在我們的召喚下進了門。范海辛疑惑的看著我。我明白他的意思是如果可能的話，我們要不要利用他們的到來，來轉移這對悲傷的夫婦對對方和對自己的注意力。所以在對他點了點頭表示同意後，他問他們看見了什麼，做了什麼。

高達爾明勳爵對此回答道：「我在走廊裡和任何一間屋子裡都找不到他。我看了看書房，雖然他曾經去過那兒，但他現在也已經走了。然而，他……」他突然停了下來，看著床上那個可憐的意氣消沈的人。

范海辛莊重地說道：「繼續說吧，亞瑟。我們不用再隱瞞什麼了。我們現在希望知道一切。放心地說吧！」

於是亞瑟繼續說道：「他曾經去過書房，雖然可能只有幾秒鐘。但是他把那裡搞得一塌糊塗。所有的手稿都被燒掉了，藍色的火焰在白色的灰燼上閃耀。你的留聲機的那些唱片也被扔進了爐子裡，上面的蠟助長了火勢。」

這時我打斷了他，說：「謝天謝地我們留有備份！」

他的臉高興了一會兒，但是在繼續往下說的時候又沈了下來：「我跑下了樓，但是沒有看見他的跡象。我向侖費爾德的房間裡看，那裡也沒有痕跡，除了……」他又停了下來。

「繼續說下去，」哈克用嘶啞的聲音說道。於是他低下頭用舌頭舔了一下嘴唇，說道：「除了發現那個可憐的人已經死了。」

哈克夫人抬起了頭，輪流看著我們每一個人，莊重地說道：「上帝的意旨被執行了！」

我感覺亞瑟還隱瞞了一些事，但因為我知道這裡面是有原因的，所以什麼也沒說。

范海辛將頭轉向莫里斯問道：「你呢，昆西，你有什麼可以說的嗎？」

「一點點，」昆西．莫里斯說：「也許高達爾明勳爵說的已經是最後了，但是我現在還說不清。我想如果可能的話，最好知道在伯爵離開房子的時候，他會去哪裡。我沒有看見他，但是我看見一隻蝙蝠從侖費爾德房間的窗戶飛出去，並且向西方飛去了。我還以為會看見他返回卡爾法克斯，但是很顯然，他去了其它的藏身之處。他今晚不會回來了，因為東方已經發白了，黎明馬上就要到來了。我們明天一定要開始工作！」

他在說完了最後的一句話後閉上了嘴巴。可能有幾分鐘的時間，屋裡很寂靜，我想我可以聽見我們心跳的聲音。

然後范海辛將他的手溫柔的放在哈克夫人的頭上，說道：「現在，哈克夫人，親愛的，親愛的哈克夫人，準確地告訴我們發生了什麼。上帝會知道我不想讓你痛苦，但是我們需要知道所有的事情。因為我們目前要比原來更快速而用心的完成所有的工作。我們必須結束一切，而那一天就要接近我們了，如果是這樣的話，那麼現在就是一個讓我們學習的機會。」

可憐的夫人顫抖著，我能看見她緊張的神經，她將自己的丈夫拉得更近，將頭更深的埋在他的懷裡。然後她驕傲的抬起頭，向范海辛伸出一隻手，他握住了她的手，彎腰恭敬的親吻了一下，緊緊地握著。她的另一隻手被她的丈夫緊緊地握著，哈克將另一隻胳膊抱緊她。她停頓了一下，顯然是在整理自己的思路，然後她開始了——

「我吃下了你好心給我開的安眠藥，但是很長時間它都沒有發揮作用。我好像更清醒了，無數可怕的想像開始湧上我的心頭。它們都和死亡、吸血鬼、血、痛苦和災難有關。」當她把頭轉向她的丈夫時，他不由自主的呻吟著，她充滿愛意的說道：「不要害怕，親愛的。你一定要勇敢和堅強，幫我完成這項艱巨的任務。要是你知道我把這件可怕的事情說出來要做出多大的努力，你就會明白我有多需要你的幫助了。好，我發現我必須讓安眠藥發揮它的作用，如果這是對我有好處的話，所以我堅決地要睡覺。我一定是不久就睡著的，因為我再也不記得什麼事情了。喬納森上床沒有吵醒我，因為在我記起來時他已經躺在我身邊了。這時房間裡又出現了我原來注意到的那種薄薄的白霧，但是我現在忘記了你們知不知道這個。你們會在我一會兒給你們的日記裡找到它的。我感覺到以前就有過的那種朦朧的恐懼感，並且又覺得有什麼東西在我的周圍。我轉身去叫喬納森，可是發現他睡得太熟了，就好像是他吃了那些安眠藥，而不是我吃的一樣。我試著叫醒他，但叫不醒。這讓我更加害怕了，我驚恐的看著四周。然後，我的心和我一起沉了下去。在床邊，他彷彿走出了霧團，或者說是霧團變成了一個人，因為這個時候它完全的消失了，只剩下一個又高又瘦的男人站在那，全身都是黑色。我通過別人對他的描述立刻認出了他。蠟黃的臉，高高的鷹勾鼻，光在上面照出了一條細長的白線，分開的紅色嘴唇，中間露出鋒利的白色牙齒，還有那雙紅色眼睛，就好像是我曾經在惠特白的聖瑪麗教堂的窗戶上看到的那樣。我也認識喬納森在他的前額上留下的紅色疤痕。那一刻我的心臟停止了跳動，我想叫出來，可是我已經癱瘓了。當時他指著喬納森，用一種尖銳的聲音低聲說著：『安靜一點！要是你敢發出聲音，我就當著你的面把他的腦袋摔碎。』我嚇壞了，不知道該做什麼，說什麼。他嘲諷的微笑著，將一隻手放在我的肩膀上，緊緊地抓住我，又用另一隻手把我的喉嚨露出來，一邊這麼做一邊說道：『首先，為了獎勵我自己的努力，先補充一下能量。你也應該安靜一點。這不是第一次，也不是第二次我用你的鮮血為自己解渴了！』我很困惑，而且太奇怪了，我並不想阻止他。我猜這是當他接觸到自己的犧牲者時加在他們身上的一種可怕的詛咒。哦，我的上帝啊，我的上帝啊，可憐可憐我吧！他將他那冒著血腥的嘴唇貼在了我的喉嚨上！」她的丈夫聽到這裡又開始呻吟了。她將他的手握得更緊，憐惜地看著他，彷彿他才是受害者，然後繼續說道：

「我感覺我的力氣在衰退，我似乎有點暈過去了。我不知道這可怕的事情持續了多久，但是在他將自己骯髒的、噁心的、冷笑的嘴巴拿開前，好像過了很長的時間。我看見他的嘴巴上滴著鮮血！」有一段時間，這樣的回憶好像把她壓垮了，她垂下頭，如果不是她的丈夫用手臂支持著她，她也就倒下去了。她努力恢復了過來，繼續下去——

「然後他嘲諷的對我說道：『你，也像他們一樣，和我玩花招。你幫助他們捉我，讓我的計畫受挫！你現在知道了一部分，他們也知道了一部分，不久你們就會知道全部，想要對付我，不是那麼容易的。他們應該把更多的精力放在離家近的地方。就在他們和我耍花招的時候，和我，一個在他們出生的幾百年前，統率過國家，為他們密謀，為他們戰鬥的人耍花招的時候，我卻在暗中挫敗他們。還有你，他們最親愛的人，現在，你的肉就是我的肉，你的血就是我的血，你成了我的榨汁機，以後還會是我的夥伴和助手。你會反過來被報復的，因為他們誰也不會幫你了。但是你仍然要為你所做過的事情受到懲罰。你幫助他們阻撓我，現在你會聽我的指揮。當我的頭腦對你發出命令的時候，你就會飄洋過海為我服務。這就是結果！』」

「於是他解開自己的襯衫，用他又長又尖的牙齒在胸前劃了一個傷口。當血液開始噴出來的時候，他用一隻手抓住我的雙手，緊緊地抓住，用另一隻手抓住我的脖子，將我的嘴按在他的傷口上，所以我要壓得窒息，要麼就得吞下他的……哦，我的上帝！我的上帝！我做了什麼呀？我做了什麼讓自己是這種宿命，我每天都儘量地做到溫順和正直。上帝可憐可憐我吧！看一看這個比死還要糟的可憐的靈魂吧。也同情一下珍惜它的人們吧！」然後她開始擦拭自己的嘴唇，好像要把上面的污染弄乾淨。

就在她講述自己可怕的故事的時候，東方的天空開始發亮了，所有的事物都變得越來越清晰。哈克仍然很安靜和沈默。但是就在她敘述的時候，他的臉上有一片灰色的雲，在早上的光芒中越變越深，直到黎明的第一縷紅光照下來時，臉在變白了的頭髮的襯托下顯得很黑很黑。

我們安排我們中的一個人留下來照顧這對傷心的夫婦，直到我們可以見面商量下一步的行動。我很確定，今天的太陽升起以後，地球上不會再有家庭慘遭這樣的不幸了。

喬納森・哈克的日記

10月3日

因為我必須做點什麼，否則就要發瘋了，所以我寫下了這個日記。現在是6點鐘，我們半個小時後要在書房見面吃點東西，因為范海辛醫生和西沃德醫生都認為，如果我們不吃東西的話，就無法好好的工作。我的最大的努力，上帝知道，會在今天用到。我必須一直寫著，因為我不敢停下來思考。所有的，大的小的，都必須記下來。也許到了最後這些事情能夠幫上我們的大忙。教訓，不管是大的還是小的，都不可能讓米娜或者我比今天更糟了。無論如何，我們必須相信和希望。剛才可憐的米娜告訴我，她的眼淚留向臉頰，她說我們的忠誠正在接受考驗。我們必須繼續信任對方，上帝會幫助我們到最後的。最後！我的上帝啊！什麼才是最後？工作……工作！

在范海辛醫生和西沃德醫生看過可憐的倫費爾德以後，我們開始嚴肅的商量下一步應該怎麼辦。首先，西沃德醫生告訴我們，當他和范海辛醫生下樓走進那個房間的時候，他們看見倫費爾德躺在地板上，縮成了一團。他的臉被撞壞了，頸椎也被摔斷了。

西沃德醫生詢問在走廊上值班的值班員是否聽到過什麼聲音。他承認自己當時正在打盹，突然聽見從屋裡傳出一聲巨響，緊接著侖費爾德大叫了幾聲：「上帝啊！上帝啊！上帝啊！」然後就是什麼東西摔下來的聲音，當他進入房間時，他發現侖費爾德的臉朝下，躺在地板上，就像醫生後來看到的那樣。范海辛問他是否聽到過「一些聲音」或是「一個聲音」，可他卻說不清楚。一開始他覺得好像有兩個聲音，但是屋裡只可能有一個人。如果需要的話，他可以發誓，「上帝」那個詞是病人說的。

當我們單獨待在一起的時候，西沃德醫生對我們說，值班員不想參與到這件事情中來。審訊的問題要考慮一下，但是怎麼也不能把真相說出來，因為不會有人相信的。他認為根據值班員提供的證據，他可以開一份從床上跌落的意外事故的死亡證明，以防驗屍官需要，並且也會有一個正式的審訊，雖然結果都是一樣的。

當我們開始商量下一步該做什麼的時候，我們首先決定的就是應該讓米娜知道所有的事情。任何事情，無論有多痛苦，都不應該再隱瞞她了。她自己也同意了，看見她這麼勇敢，同時又仍然很悲傷，處在深深的絕望之中，真是可憐。

「絕不能有隱瞞，」她說道：「唉！我們經受得已經夠多了。另外，世界上也沒有什麼東西能比我所遭受的事情給我帶來更多的痛苦了！無論發生什麼事情，它一定會給我新的希望和勇氣的！」

在她說話的時候，教授嚴肅地看著她，突然靜靜地說道；「但是親愛的哈克夫人，難道你不害怕嗎？不是為了你自己，而是為了別人，在發生了這樣的事情之後？」

她的臉嚴肅起來，但是眼睛閃著一個殉難者信念的光芒，回答道：「不！因為我已經下定決心了！」

「下定決心做什麼？」他輕輕地問，我們都很沈默，因為我們每個人對她的意思都有自己的一個模糊的想法。

她的回答既直接又簡潔，彷彿她只是在陳述一個事實：「如果我在自己身上發現，自己有傷害任何一個我愛的人的跡象，我會敏銳地注意到的，我就會去死！」

「你不會自殺吧？」他聲音嘶啞地問道。

「我會的。要是我沒有愛我的朋友們的話，誰能這樣奮力的、孤注一擲的，努力救我呢！」她一邊說著，一邊意味深長地注視著他。

他本來是坐著的，但是現在他站起來向她走去，將手放在她的頭上，莊嚴地說道：「我的孩子，有一種方式對你來說是有好處的。對於我，我會為你找到一種安樂死的方法的，甚至是在現在，如果這是最好的。而且，它很安全！但是我的孩子……」

他好像哽咽了，喉嚨裡抽泣著。他把它吞了下去，繼續說道：「有一些人會站在你和死亡之間。你絕不能死。你絕不能被別人的手殺死，而是用你自己的手。直到那個污染了你的美好生命的人真正的死了，你才能死。因為如果他還活著的話，那麼你的死會把你變成和他一樣的人。不，你必須活著！你必須努力的或者是掙扎的活著，雖然死亡看似是一種解脫。但是你必須與死亡搏鬥，無論它是痛苦的，還是高興的。不要再想著死亡了，直到這個惡魔死去的那一天。」

那個可憐的人變得像死人一樣蒼白，搖晃著，顫抖著，就像我看見流沙在漲潮時的搖晃和顫抖一樣。我們都沈默了。我們什麼也做不了。不久她冷靜下來，轉向他伸出自己的手，溫柔卻又悲傷的對他說道：「我向你保證，我親愛的朋友，如果上帝讓我活著，我會努力活下去的。直到有一天，直到他死的那一天，這種恐懼會從我身上離開的。」

她是這麼的善良和勇敢，我們都感覺到自己的心臟因為她變得強大，而且可以做更多的工作，忍受更多的痛苦。然後我們便開始討論具體該怎麼做。我告訴她，讓她好好保管我們所有的文件，所有的文件或是留聲日記，今後這些都可能被我們用到，並且要她像原來一樣繼續記日記。她因為可以做一些事情而感到高興，如果「高興」可以用在這樣一件可怕的事情上的話。

像往常一樣，范海辛比任何人都考慮得長遠，他正在準備著我們工作的詳細計畫。

「這可能是對的，」他說，「在我們去了卡爾法克斯之後，開會決定先不對放在那裡的箱子做任何事情。如果我們那樣做了，伯爵一定會猜到我們的目的，無疑會提前採取措施防止我們破壞其他的箱子。但是現在他不知道我們的意圖。不僅如此，很有可能，他甚至不知道我們有能力毀掉他的藏身之處，這樣他以後就不能使用它們了。」

「現在我們已經對它們放置的位置知道得很多了，等我們搜查了在皮卡迪里大街上的那所房子，我們就可能會找到最後的那些箱子。那麼，今天就是屬於我們的，在裡面有我們的希望。今天在我們的悲痛中升起的太陽會在一天裡都保護著我們。直到太陽落山，那個魔鬼都會一直保持著他現在的樣子。他會被限制在他的塵世的外殼中。他不能變化成稀薄的氣體，或者從縫隙中逃跑。如果他要進門，他必須像一個凡人那樣把門打開。因此我們有一天的時間把他的藏身之處找出來，再毀掉它們。如果我們現在還沒有抓住他、把他消滅的話，那麼今天我們就讓他陷入絕境，及時地抓住他、把他消滅，我確定。」

這時我驚跳起來，因為我無法忍受這樣的想法，這充滿著米娜的生命和珍貴的幸福每分每秒都在從我們身邊流逝，因為我們一直在說，而不能採取行動。

但是范海辛舉起手警告道：「不，喬納森，這個時候，最快的回家之路也是最長的路，就像你們的諺語說的那樣。等時機成熟，我們就都會行動起來，並且是非常快速的行動。但是想一想，最關鍵的就是在皮卡迪里大街上的那所房子。伯爵可能買很多房子。他會有房子的購買證書，鑰匙和其它東西。他會有寫字的紙，他會有支票簿。他會在某個地方放著很多他的東西。在安靜的地方，他可以隨時從前面或者後面出入的房子，在人來人往的時候，沒有人會注意到他。我們應該去那兒搜查一下房子。等我們知道了那兒都有些什麼的時候，我們再把那些泥土毀掉，捉住我們的這個老狐狸，怎麼樣？不是這樣嗎？」

「那讓我們現在就走吧，」我叫起來，「我們正在浪費非常、非常寶貴的時間！」

教授沒有動，只是說：「那麼我們該怎麼進到皮卡迪里大街上的那所房子裡面呢？」

「用任何方式！」我叫道，「如果需要的話我們就破門而入。」

「那警察怎麼辦呢？他們會來嗎，他們會怎麼說？」

我猶豫了，但是我知道，如果他想推遲的話，一定是有合理的理由的。所以我儘量冷靜地說道：「不要等到太晚了。我確定，你知道我正在經受怎樣的折磨嗎？」

「我的孩子，我當然知道。我實在是不想增添你的痛苦。但是你要想一想，在採取最後的行動之前，我們都要做些什麼。然後我們的時間才會到來。我已經想過了，我覺得最簡單的方式就是最好的方式。現在我們想進入房子，可是我們沒有鑰匙。是這樣嗎？」

我點了點頭。

「現在我們不妨想像一下，你就是這所房子的主人，但卻進不去。如果你不想破門而入，會怎麼做呢？」

「我會找來一名信得過的鎖匠，然後讓他為我打開門。」

「那麼那些警察，他們會干涉嗎？」

「不會的！如果他們知道了這個鎖匠是在做正當的事情。」

「那麼，」他一邊敏銳地看著我，一邊說道，「所有的懷疑都會集中在雇用鎖匠的人身上，他們會懷疑這個人到底是好意還是惡意。這些警察一定是既熱心又聰明的人，如此的聰明，他們會麻煩自己來過問這種事情。不，喬納森，你在你的倫敦已經打開了一百所空房子的門，或者是世界上的任何城市，如果你做這件事的時候表現出你是在做正當的事情的話，當然這也確實是正當的，那麼就沒有人會干涉我們。我曾經讀到過一位紳士在倫敦擁有一所很好的房子，當他到瑞士度過幾個月的暑假之前，他鎖好了自己的房子，一個竊賊卻把房子後面的窗戶打破，從而進入了房子。然後他走過去把房子前面的百葉窗打開，在警察的眼皮底下，從房子的門口出出進進。然後他在房子裡搞了一次拍賣，做了廣告，樹起了巨大的廣告牌。有一天，他通過一位很好的拍賣人把別人的所有東西都廉價出售了。之後他又找到了一個建築工人，把房子賣給了他，簽下協議讓他把房子推倒，在規定的時間內把所有的東西運走。警察和其它的工程管理委員會都盡力幫助了他。當房子真正的主人從瑞士度假回來以後，他在原來房子的位置看到的只是一個大坑。這些事情都是被那個竊賊心安理得地做了的，我們做的時候也應該心安理得。我們不應該去得這麼早，否則警察會懷疑，會覺得這很奇怪。不過我們應該在10點以後去，那時周圍有很多人，我們要像房子的真正的所有者一樣做我們的事情。」

這時我才看出他是多麼的正確，米娜絕望的臉在沈思中放鬆下來。在這樣有益的討論中存在著希望。

范海辛繼續說道：「只要進了那所房子，我們就會找到更多的線索。我們其中一些人可以待在那裡，其餘的人去博蒙德喜和麥爾安德的另外兩處地方，找到更多的箱子。」

高達爾明勳爵站了起來，「我能派上一些用場，」他說，「我會拍電報叫我的人準備好馬車，隨時待命。」

「你看，老朋友，」莫里斯說道，「把所有的事情準備好以防我們想用馬車，這是很對的，但是你不覺得你的一輛裝飾漂亮的馬車行駛在沃爾沃斯或者是麥爾安德的小路上會招來過多的注意嗎？我覺得我們去南邊和東邊的時候應該租輛馬車，甚至把它停在我們想去的地方的鄰居那裡。」

「昆西說得對！」教授說道，「他的頭腦就像你們說的和地平線齊平。我們要做的是一件困難的事情，我們可不想讓別人看著我們。」

米娜對一切都越來越感興趣，我很高興看到事情的迫切，讓她暫時忘記了昨天晚上痛苦的經歷。她非常非常的蒼白，幾乎像鬼一樣，她的嘴唇變得很薄，讓她的牙齒看起來有點凸出。我最後還是沒有提這個，以免讓她感到不必要的痛苦，但是一想到伯爵吸了露西的血後，令她發生的變化，我的血就好像要停止流動了。不過牙齒還沒有變鋒利的跡象，但是時間還很短，有很多值得害怕的事情。

當我們開始討論我們行動的順序和人員的分派時，又有了新的疑惑。最後決定在出發前往皮卡迪里大街之前，我們應該把伯爵離我們最近的藏身之地給毀掉。為了不讓他很快發現，我們應該在他之前進行我們的摧毀行動。他在純粹的物質的形態裡，在最虛弱的時候，也許會給我們一些新的線索。

至於人員的分派，教授建議，當我們去了卡爾法克斯以後，我們都應該進入皮卡迪里大街上的房子裡。然後兩個醫生和我留在那裡，高達爾明和昆西則到沃爾沃斯和麥爾安德找到那些泥土毀掉他們。教授說，伯爵白天很可能會在皮卡迪里大街上的房子裡出現，如果是這樣的話，我們就要在那裡對付他。無論如何，我們至少也可以跟著他。我強烈的反對這個計畫，我想留在這裡保護米娜。我覺得自己已經在這件事情上下定決心了，但是米娜根本不理會我的反對。她說可能會有一些有關法律上的事情需要我，我也許能根據我在特蘭西法尼亞的經驗從伯爵的文件裡發現一些線索。她還說在對付強大的伯爵時要用上我們所有人的力量。我只好投降，因為米娜的決心很堅定。她說我們一起工作就是她最後的希望了。

「因為對於我來說，」她說，「我沒有恐懼了。事情已經不可能再壞了。不論發生什麼事情，裡面總會有一些是希望和安慰。去吧，我的丈夫！如果上帝願意的話，他會在我獨自一人的時候保護我的，像你在我身邊一樣。」

於是，我大喊起來：「看在上帝的份上讓我們立即行動起來吧，我們正在失去時間。伯爵可能會比我們想的更早到達皮卡迪里。」

「不會的！」范海辛舉起手說道。

「為什麼？」我問。

「不要忘記了，」他微笑著說道，「昨晚他大吃了一頓，會睡到很晚的。」

我忘記了嗎！我應該忘記嗎……我會嗎！我們中有誰會忘記那可怕的一幕！米娜掙扎著保持她勇敢的表情，但是痛苦控制了她，她用手捂住臉，一邊顫抖一邊呻吟。范海辛不是故意要提醒她那可怕的回憶的。他只是在思考時沒有看見她，忘記她已經加入了我們。

她握住他的手，眼淚汪汪的看著他，用嘶啞的聲音說道：「不，我不會忘記的，我會清楚地記得的。和它在一起的還有很多關於你的甜蜜的回憶，我會把它們放在一起。現在，你們就快要出發了。早餐準備好了，我們都應該去吃飯，這樣我們才能更強壯。」

這一天的早飯對於我們所有人來說都是奇怪的一餐。我們都儘量保持開心，互相鼓勵，米娜是我們中間最高興的一個人。當早餐結束時，范海辛站起來說：「現在，我親愛的朋友們，我們馬上要去進行我們可怕的工作了。我們是否都已經武裝起來了，就像我們那天晚上第一次造訪我們的敵人的巢穴時那樣，對精神上的和世俗的襲擊都做好了準備？」

我們都向他保證了。

「那就好。現在，哈克夫人，無論如何你在這裡直到日落之前都會很安全的。在那之前我們會回來的……如果……我們會回來的！不過在走之前，讓我看看你是不是也對襲擊做好了準備。在你下樓以後，我已經在你的房間裡放上了我們都知道的東西，這樣他就進不去了。現在讓我為你做好防護措施。以上帝的名義，我在你的額頭上放上這塊聖餅……」

突然發出一聲可怕的尖叫，幾乎讓我們的心臟停止跳動。就在他把聖餅放在米娜的額頭的一剎那，它在上面打了一個烙印——燒到了皮膚，就好像那是一塊烙鐵。我可憐的妻子的大腦，已經像她的神經感覺到疼痛那樣快速的明白了這個事實的含義，這兩個東西把她壓垮了，於是她的過度緊張化作了那一聲可怕的尖叫。

尖叫的回聲還沒有停止，並且在房間裡回響，她帶著屈辱的掙扎跪在地上，將她美麗的頭髮蓋在臉上，就像是痲瘋病人戴上自己的面罩一樣，她大哭起來：「不清潔，不清潔！就連上帝也要避開我這受過污染的皮膚！我必須要在額頭上帶著這個恥辱的標記，直到上帝的最後審判日了。」

他們都停住了。我迸發出無助的悲痛的感情，跪在她的身邊，將她緊緊地摟在懷裡。在那段時間裡我們悲痛的心臟在一起跳動，我們的朋友則轉過頭默默地流著眼淚。

然後，范海辛轉回頭莊重地說：「也許直到上帝看見的那一天，你都不得不帶著那個標記，但是他一定會在最後審判日那一天，把所有他加在地球上和他的子民身上的錯誤都糾正過來。哈克夫人，我親愛的，願我們這些愛你的人可以在那裡，看著這塊紅色的傷疤，這個上帝的錯誤的標記消失掉，讓你的額頭像我們所知道的你的心靈一樣純淨。因為肯定在這以後，當上帝認為應該將我們身上的重負去掉的時候，那塊傷疤也會消失的。那時我們會在胸前劃十字，就像他的子民在遵守他的意願時做的那樣。也許我們是被他當成了開玩笑的工具，我們按照他的吩咐去做，無論是鞭策還是恥辱，無論是眼淚還是鮮血，無論是懷疑還是恐懼，這所有的一切都是上帝和犯人的區別。」

他的話裡有一種希望和安慰。他是讓我們聽從命運的安排。米娜和我都感覺到了，我們同時分別拿起教授的一隻手，親吻了一下。我們什麼都沒說，全都跪了下去，拉起手來，發誓要互相忠誠。男人們發誓要把悲傷的面罩從她的頭上取下，我們都用自己的方式在愛著她。我們祈求在我們面前的這項艱巨的任務中獲得幫助和指導。這時到了出發的時刻了。於是我們和米娜告了別，這是一個我們直到死都不會忘記的分別，然後我們出發了。

有一件事我已經決定了。如果我們發現米娜最後變成了吸血鬼，她不應該獨自到那塊未知的、可怕的土地上去。我猜是在古時候一個吸血鬼代表了很多個。因為他們醜惡的身體只能在神聖的土地上生存，所以神聖的愛就是為他們的軍隊招募新兵。

我們毫不費力地進入了卡爾法克斯，發現所有的東西都還和上次一樣。很難想像在這樣一個充滿灰塵和腐爛的讓人忽視的平凡的地方，竟然隱藏著這樣一個恐懼的人。要不是我們已經下定了決心，要不是可怕的回憶在激勵著我們，我們甚至都無法進行我們的工作。我們沒有找到任何文件，也沒有發現使用過的痕跡。在那個老教堂裡，那些大箱子還像我們上次看見過的那樣。

當我們站在范海辛教授面前的時候，他嚴肅地對我們說：「現在，我的朋友們，我們又有一項任務要完成。我們必須毀掉這些泥土，這是多麼神聖的東西，他卻把它們從遙遠的地方帶來作骯髒的使用。當我們用他自己的武器打敗他時，我們就使他們變得依舊神聖了。它們被奉獻給了這個人，現在我們把它們奉獻給上帝。」

他一邊說著，一邊從包裡取出了一把螺絲刀和一個扳手，很快一個箱子的蓋子就被撬開了。泥土散發著刺鼻的臭味，但是不知道為什麼我們都沒有在意，因為我們的注意力集中在教授身上。他從自己的盒子裡拿出一塊聖餅，虔誠地放在了泥土上，接著又蓋上蓋子把螺絲緊上，我們在他工作的時候幫助他。

我們用同樣的方式把所有的箱子一個一個的都處理了一遍，然後把它們全部復原，離開了房子。在每一個箱子裡面都有一塊聖餅。當我們關上身後的大門，教授莊重的說道：「現在這個已經完成了。有可能我們在做另外幾個的時候也可以這麼順利，那麼今天晚上的落日就會照在哈克夫人的白如象牙的沒有任何污點的額頭上！」

就在我們穿過草坪去往火車站趕火車的時候，我們可以看見精神病院的前門。我急切地張望著，在我們自己的房間的窗口，我看見了米娜。我向她招手，向她點頭表示我們在那裡的工作已經順利地完成了。她也點了點頭表示她明白了。我最後看見的是，她在揮手告別。我們懷著沈重的心情趕到火車站，剛好趕上了火車，我們在到達站台的時候火車也剛好到。我是在火車上寫下這些文字的。

皮卡迪里大街12點30分

就在我們快要到達芬徹馳大街的時候，高達爾明勳爵對我說：「昆西和我去找鎖匠。你最好不要跟我們一起去，以免有什麼麻煩。因為在這種情況下，我們闖入一個空房子是一件很壞的事情。但是你是一個律師，還是法律協會的成員，這表明你應該更懂得道理。」

我對我甚至不能分擔遭受恥辱的危險而表示反對，但是他繼續說道：「另外，要是我們人太多了，就會引人注目的。我的頭銜會讓鎖匠願意出力的，也能擺平可能會過來的警察。你最好和約翰還有教授待在格林公園裡。待在可以看見房子的地方，當你們看見門被打開了並且鎖匠也已經走了，你們就都可以過來了。我們會注意你們的，會讓你們進來的。」

「這個建議很好！」范海辛說道，於是我們就沒再說什麼了。高達爾明和莫里斯很快上了一輛出租馬車，我們上了另一輛車，跟在他們車的後面。在阿爾靈頓大街的拐角處，我們的小分隊拐了彎駛進了格林公園。當我看見那所寄託著我們那麼多希望的房子的時候，我心跳突然加快，這所房子在它那些活躍的和漂亮的鄰居之間顯得可怕而安靜，處於廢棄狀態。我們在一張視野很好的椅子上坐了下來，開始吸煙，儘量不吸引別人的注意力。我們等待的時間過得異常的緩慢。

不久，我們看見一輛四輪馬車開了過來。高達爾明勳爵和莫里斯輕鬆地從裡面跳了出來。裡面還下來了一個工人，帶著他的工具箱。莫里斯給了馬夫車錢，馬車夫舉了舉帽子就走了。三個人一起上了台階，高達爾明向工人交待完任務，工人便輕鬆的脫下衣服，掛在圍欄上的一個釘子上，對剛剛走過來的警察說了兩句。警察點了點頭表示同意，那個人就跪在地上，將工具箱放在旁邊。工人在箱子裡面翻了一會兒，挑選出了一些工具並按順序擺在旁邊。然後他站起來，看著鎖孔，向裡面吹氣，將頭轉向他的雇主，說了一些話。高達爾明勳爵微笑了，於是那個人舉起一串鑰匙，挑選了其中一把，開始試鎖，好像是在感覺它的形狀。在摸索了一會兒以後，他又試了第二把，第三把。然後他輕輕地一推，門開了，他和另兩個人進入了大廳。我們安靜地坐著。我的雪茄燃得非常凶，但是范海辛的已經熄滅了。我們耐心地等著直到那個工人帶上他的箱子走出來，然後他把門半開著，用膝蓋固定著它，以便用一把鑰匙試著鎖。最後他把鑰匙交給了高達爾明勳爵，勳爵拿出錢包給了他點錢。那個人舉了舉帽子，拿上箱子，穿上衣服，離開了。沒有一個人注意到整個交易。

當那個人已經走遠了，我們三個人穿過大街敲了門。昆西．莫里斯立即打開了門，高達爾明勳爵站在他身邊點燃了一支雪茄。

「這地方真是難聞，」當我們進來時，高達爾明勳爵說道。這地方確實難聞。就像是卡爾法克斯的老教堂。根據上次的經驗我們很容易的看出伯爵是很隨意的使用這個地方。然後我們就開始搜查房子，所有人都走在一起以防襲擊，因為我們知道我們有一個強大而詭計多端的敵人，而且我們還不知道伯爵現在是否在這個房子裡。

在大廳的後面是餐廳，我們找到了8箱泥土。我們應該找到9個箱子的，可是現在只有8個！我們的工作還沒有結束，而且一直到我們找到失蹤的那一個箱子以前都不會結束。

首先我們打開了百葉窗，外面是一塊小小的石板鋪的院子，和一個馬廄，看起來像是一個小型的房子的前面。上面沒有窗戶，所以我們不怕被監視。我們沒有浪費時間，立即檢查箱子。我們用我們帶的工具一個接一個的打開了所有的箱子，像在那個老教堂做的那樣，把它們都做了處理。顯然伯爵此刻不在房子裡，我們開始尋找他的其它財產。

在倉促的檢查了從地下室到閣樓上的其他房間以後，我們得出了結論，餐廳裡的東西有可能是伯爵的。於是我們檢查了這些東西。它們被放置在餐廳的大桌子上。

那兒有一大疊關於皮卡迪里大街房子的購買證書，還有麥爾安德的以及博蒙德喜房子的購買證書、信紙、信封、鋼筆和墨水。所有的東西上面都蓋著一層薄薄的包裝紙，以防落上灰塵。那裡還有一把衣服刷子，一把梳子，一個罐子和一個臉盆。臉盆裡盛著髒水，好像被血染紅了。最後是一小堆各種形狀、大小不同的鑰匙，可能是其他幾個房子的。

正當我們檢查著這些最後發現的東西的時候，高達爾明勳爵和昆西．莫里斯準確記錄下東邊和南邊房子的地址，拿上那一大串鑰匙，然後出發去毀掉那幾個地方的泥土。我們剩下的人儘量耐心地等待著他們的歸來，或者是伯爵的來到。

西沃德醫生的日記

10月3日

我們等待高達爾明和昆西・莫里斯回來的時間好像特別的漫長，教授一直讓我們思考，以使我們的思維保持活躍。通過他時不時地看著哈克，我能看出他的良苦用心。這個可憐的人被悲痛壓垮了，讓人不忍心看。昨天晚上他還是一個率直、快樂的人，有張健康的年輕的臉，充滿活力，有著深棕色的頭髮。今天他變成了一個扭曲的、憔悴的老人，他的白髮正好和他那雙空洞的眼睛和悲傷的臉相搭配。但是他仍然充滿活力。實際上，他就像是一團燃燒的火。這次可能就是對他的解救，因為如果一切順利的話，他就會度過絕望的時期。那時他就會又回到生活的現實中來。可憐的人，我覺得自己已經夠悲慘的了，可是他……

教授也非常明白，正在盡力讓他的思維保持活躍。在那種情況下，他說的話確實很吸引人。我把能記住的都寫在下面了——

「我已經將關於這個魔鬼的所有材料都反覆地研究了好幾遍，自從我得到這些材料以後，我越研究，就越感覺到有必要將它完全鏟除。這些材料——就我從布達佩斯的朋友阿米尼亞斯的研究中得到的——都是關於他的經歷，這裡面不但記載了他的力量，還記載了他的知識。他生前是一個最完美的人。軍人、政治家和煉金術師。他的煉金術為他那個時代的科學發展做出了巨大的貢獻。他有一個強大的頭腦，無可比擬的學問，他還有一顆無畏和無情的心。在他的那個時代的知識領域中，沒有他涉及不到的知識。」

「他頭腦的力量使他幸免於身體上的死亡。雖然記憶似乎並不完備。在頭腦的一些機能方面，他還只是個孩子。但是他一直在成長，原來還很幼稚的地方現在變得成熟了。他一直在實踐，並且做得很好。要不是我們阻礙了他，或者如果我們失敗了，他就會成為一群新的生物的始祖，這些生物要走的路必須經過死亡，而不是生命。」

哈克呻吟道：「這就是擺在我親愛的人面前的事實！但是他是怎麼實踐的呢？這些知識可以幫助我們打敗他！」

「自從他來到這裡，他一直在嘗試自己的力量，不容懷疑，他的進展很緩慢。雖然他的那個孩子般的大腦正在工作，但是對於我們來說，那仍然是一個孩子的大腦。因為如果一開始他就在密謀一些事情的話，他早就應該在我們的控制之外了。無論如何，他是在圖謀成功，而且後面還有幾個世紀的時間在等著他，他可以等待，慢慢前進。」

「我不太明白，」哈克厭倦的說道：「跟我說得更明白一點吧！也許是悲傷和痛苦讓我的腦子變遲鈍了。」

教授將手輕輕地放在他的肩膀上，說道：「啊，我的孩子，我會說得明白一點的。你沒有看見，最近這個魔鬼是怎樣在進行他的實驗嗎？他是怎樣利用那個食肉的病人進入到約翰的家裡的？因為對於吸血鬼來說，無論以後他是否能夠隨意的出入別人的房子，剛開始的時候他都必須在經過房子裡住的人的同意，才能進入。但是這些不是他最重要的實驗。難道我們沒有看到一開始這些大箱子是怎樣被別人搬運的？他知道必須要這樣。但是他孩子的大腦一直在成長，他開始考慮自已能否搬運那些箱子。於是他就開始嘗試著搬動它們。然後，當他發現這樣做是可行的時候，他就開始自已搬運它們了。於是他進行著，把他的這些墳墓分散開來。只有他自已才知道這些東西藏在哪裡。」

「他原來可能是想把它們埋在地裡。這樣當他在晚上想用它們的時候，或者在他變身的時候，這些東西也可以很好的使用，而且誰也不會知道這就是他的藏身之處！但是，我的孩子，不要絕望，他知道這些時已經太晚了！除了一個箱子，他剩下的所有的藏身之地會被我們毀掉的。在日落之前我們就能做到。這樣他就沒有地方可以藏身了。我今天早上拖延了一會兒，這樣我們就可以確定。難道他不像我們一樣也正處在危險之中嗎？那麼我們為什麼不比他更仔細些呢？我的表現在是一點鐘，如果一切順利的話，亞瑟和昆西已經在趕回來的路上了。今天是屬於我們的，我們必須萬無一失，即使是慢一點。看！等他們回來我們就有五個人了。」

正當我們說話時，我們被北大廳門上的敲門聲嚇了一跳，是送電報的孩子。我們都衝動的想去大廳，然而范海辛舉起手，示意我們要安靜，他走到門前打開了門。男孩遞給他一封電報。教授關上了門，打開電報大聲讀了起來——

「小心伯爵，他在剛剛，12點45分的時候，匆匆地從卡爾法克斯出來向南邊走去了。他大概是要巡視一圈，可能想見你們。米娜。」

然後是一陣沈默，被喬納森的聲音打破：「現在，感謝上帝，我們就要見面了！」

范海辛很快將頭轉向他說道：「上帝會在自己的時間，用自己的方式辦事。不要害怕，也不要高興。因為我們等待的可能會是自己的毀滅。」

「我現在什麼也不在乎了，」他激動地說道：「只要能夠把這個魔鬼消滅掉，我寧願出賣我的靈魂！」

「噓，噓，我的孩子！」范海辛說道，「上帝可不會買這麼不聰明的靈魂，魔鬼雖然可能會買，也不會保持忠誠。但是上帝是仁慈和公正的，知道你的痛苦和你對親愛的哈克夫人的忠誠。你想一想，如果他聽見了你的這些蠢話，會怎樣增加她的痛苦？不要擔心我們任何一個人，我們都會為這項事業獻身的，今天就會有結果了。行動的時刻就要來了。今天這個吸血鬼被限制在了凡人的能力裡，直到日落他都不會變身。他要趕到這裡是需要時間的，看，現在是1點20分，在他來之前還有一些時間，他不可能這麼快的。我希望我們的高達爾明勳爵和昆西能夠先到達這裡。」

在收到哈克夫人的電報後半個小時，大廳傳來了一陣冷靜地、堅決地敲門聲。這就是普通的敲門，就像所有的紳士在正常的時刻做的那樣，但是這讓教授和我的心臟劇烈的跳動。我們互相看了看，然後一起走進了大廳。我們都準備好了自己的武器，對付超自然的武器握在左手，對付凡人的武器握在右手。范海辛拉開插銷，半開著門，向後退，兩隻手都準備好，等待行動。我們心裡的喜悅一定反映在了臉上，當我們看見門旁邊站在台階上的是高達爾明勳爵和昆西．莫里斯的時候，他們快速的進來，再次關上身後的大門，穿過大廳。

高達爾明勳爵說道：「辦好了。我們找到了那兩個地方。每個房子裡都有6只箱子。我們把它們都毀掉了。」

「毀掉了？」教授問道。

「對！」我們沈默了一分鐘，然後昆西說道：「我們現在除了在這裡等待，其他的什麼也不能做。無論如何，如果他在5點之前還沒有出現，那麼我們就要行動起來了。因為不能在日落之後，讓哈克夫人一個人待著。」

「他不久就會來的，」范海辛看了看他的小本子，說道，「夫人的電報裡說，他從卡爾法克斯向南走了。這意味著他要過河，但是他只能在潮水的平穩之際過河，這就是在1點以前。他向南走對我們意味著一些事情。他只是懷疑，從卡爾法克斯出來以後他會先去最不可疑的地方。

「你們一定是在他之前就到達博蒙德喜，因為他那時還要渡河。相信我，我的朋友們，我們不會等得太久了。我們應該做一些計畫，這樣我們才不會錯失任何機會。已經沒有時間了。準備好你們所有的武器！」他一邊說、一邊舉起一隻表示警告的手，因為我們都聽見大廳的門鎖裡響起輕輕的插入鑰匙的聲音。

即使是在這個時候，我也不得不欽佩精神領袖的氣魄。在我們的團體裡和在世界上不同地方的歷險中，教授一直是安排行動計畫的人，亞瑟和我一直習慣於絕對的服從他。現在，教授的這種老習慣似乎又不自覺地開始了。他快速地瞥了一眼房間，立刻給出了行動計畫，然後一聲不響的，用手勢把我們安排在了幾處特定的位置上。

范海辛·哈克和我就在門後面，這樣當門開了以後，教授可以掩護我們，我們兩個走過去站在來的人和門之間。高達爾明和昆西在視線之外，一前一後地站著，準備在窗戶前面行動。我們等待中的懸念使這幾秒過得像噩夢似的緩慢。緩慢的、謹慎的腳步聲穿過了大廳。伯爵顯然為一些意外做好了準備，至少他害怕了。

突然他一下子跳進了房間。他越過了我們站的位置，這樣我們誰也沒有抓住他。他的動作像豹子一樣，不像人類，好像讓我們從對他的到來的激動中清醒過來。第一個行動的是哈克，他快速的衝到通向房子前面的房間門前。當伯爵看見我們的時候，他咆哮著，露出了又長又尖的牙齒。但是他邪惡的微笑很快轉變成了像獅子一樣輕蔑的凝視。他的表情又變化了，我們一齊向他逼近。很遺憾我們沒有一個更好的襲擊計畫，因為每一秒鐘我都想知道我們下一步做什麼。我自己都不知道我們的致命性的武器是否會對我們有利。

哈克顯然躍躍欲試，因為他已經準備好了他的大彎刀，快速而猛烈地向他砍去。這是有利的一擊。伯爵向後一跳救了自己。鋒利的刀片劃破了他的外衣，一捆銀行票據和一堆金幣從劃破的口子裡掉出來。伯爵臉上的表情是如此凶惡，我一時間為哈克擔心起來，但是我看見他揮動大刀再次砍了過去。我本能的衝上前想要保護哈克，當我的左手舉著十字架和聖餅的時候，我感到自己的胳膊充滿了強大的力量，果然我看見這個魔鬼在向後退縮，於是我們每個人都在同一時刻做出了相同的動作。

很難描述伯爵臉上是怎樣一種表情，充滿仇恨和受挫的怨恨，還有魔鬼般的憤怒。他蠟黃色的臉在他的燃燒的眼睛的襯托下顯得又綠又黃，蒼白的皮膚上那塊紅色的疤痕像是跳動的傷口。然後，在哈克刺中他之前，他靈巧的躲過哈克的手臂，從地板上抓起一把金幣，穿過房間，衝到了窗戶邊上，從破碎的玻璃之間，跳進了下面鋪著石板的院子。在振動的玻璃中間我能夠聽見金幣的叮噹聲，一些金幣掉在了石板上。

我們跑過去，看見他沒有受傷，他從地上跳起來後就衝到台階上，穿過院子，推開了馬廄的大門。在那裡他回過頭對我們說道：「你們想要打敗我，你們帶著一張蒼白的臉站成一排，就像是屠夫手下的綿羊。你們會覺得懊悔的，你們每個人！你們以為已經讓我無處可去了，但是我還有別的地方。我的復仇才剛剛開始！我會讓它持續幾個世紀，我有的是時間。你們都愛的那個女孩已經是我的人了。你們和其他的人最後也會是我的人，我的工具，聽我的吩咐，當我想吃飯時，就是我的走狗。呸！」

他輕蔑的笑了一下，快速的穿過大門，當他關上門的時候，我們能聽見生鏽的門栓支支嘎嘎地響著。然後外面的門打開又關上了。我們中第一個說話的人是教授。他意識到穿過馬廄追他是很困難的，我們都向大廳走去。

「我們知道了一些事情……非常多的事情！儘管他說了很勇敢的話，可他還是怕我們的。他害怕時間，他害怕需求！因為如果不是這樣的話，他幹嘛這麼匆忙呢？他的聲音背叛了他，或者是我的耳朵欺騙了我。為什麼拿上那些錢？如果你是一個很快的跟蹤者，或者你是追捕野獸的獵人，你就會明白了。對於我來說，我確信這裡沒有對他還有利用價值的東西了，否則他就會回來了。」

他一邊說著、一邊把錢放進口袋，拿上那一捆證書，然後把剩下的東西扔進了壁爐，用火柴點燃了。

高達爾明和莫里斯衝進院子裡，哈克跳下窗戶去追伯爵。然而，他插上了馬廄的門閂，當他們強行把門打開的時候，已經不見了伯爵的蹤影了。范海辛和我檢查了房子的後面。但是商店裡沒有人，也就沒人看見他離開。

現在已經是下午比較晚的時候，離日落的時間不遠了。我們必須承認這次的行動已經結束了。我們帶著沈重的心情對教授表示同意，他說：「讓我們回哈克夫人那兒去吧。可憐的，可憐的，親愛的哈克夫人。我們現在能做的已經做過了，我們至少能在那裡保護她。但是我們沒有必要絕望。還有一個箱子，我們必須找到它。等把這件事做完了，一切就都會好的。」

我能看出來他儘量表現得勇敢以安慰哈克。那個可憐的人有點失去控制，他不時地呻吟著，壓抑不住。他在想著他的妻子。

我們傷心的回到我的房子，我們發現哈克夫人正在等著我們，臉上是很高興的表情，這讓她顯得勇敢和無私。當她看見我們的臉時，她變得面如死灰。她的眼睛閉了一兩秒鐘，好像在默默的祈禱。

然後她高興地說：「我真是不知道怎麼感謝你們所有的人。我可憐的親愛的人！」

她一邊說著、一邊把手放在她丈夫的頭上親吻了一下。

「把你可憐的頭放在這裡休息一下吧。一切都會好起來的，親愛的！上帝會保佑我們的，如果他是這樣想的話。」那個可憐的人呻吟起來，沒有語言能夠表達他的痛苦。

我們一起草草吃了晚飯，我覺得這讓我們大家都高興了一點。也許只是因為飢餓的人吃到了食物，因為我們自從早飯後就再也沒有吃過東西，或者是有人陪伴的感覺幫了我們，但是無論如何，我們都不像剛才那樣痛苦了，明天也不是沒有希望的。

因為我們承諾要告訴哈克夫人發生過的每一件事。雖然每當聽到她的丈夫好像受到了威脅的時候，她的臉就會變得慘白，可當聽到他對她表現出來的忠誠的時候，臉色又會變紅。她勇敢而鎮靜地聽著。

當我們敘述到哈克不顧一切地衝向伯爵的時候，她靠在自己丈夫的臂膀上，緊緊地抓住他，就好像這樣做可以保護她的丈夫不受傷害一樣。無論如何，直到敘述完了，她都一言不發，問題現在被提出來了。

她拉住自己丈夫的手，站在我們中間說話。我不能描述當時的場面。這是一位溫柔善良的女人，帶著青春和活力的美麗，還有額頭上的紅色傷疤，她能夠意識到它的存在，我們看到它時就會咬牙切齒，依然記得它是什麼時候來的、怎麼來的。她的溫柔抵消了我們極度的仇恨，她的忠誠抵消了我們的恐懼和懷疑。我們知道她和她的善良、純潔和忠誠，已經被上帝接受了。

「喬納森，」她說道這個詞的時候充滿了愛意和溫柔，聽起來就像是她嘴唇上的音樂，

「親愛的喬納森，還有我最親愛的朋友們，我想讓你們在這段可怕的時間裡在心理承受一些東西。我知道你們必須戰鬥。你們必須像消滅那個假露西一樣消滅他，這樣真正的露西就能夠從此活下去了。但這不是一個仇恨的工作，那個造成了這一切悲劇的可憐的靈魂才是最可悲的人。只要想一想當他的壞的方面被摧毀，好的方面就可以獲得精神上的永生，他會有多高興。你們也要憐憫他，雖然他不會和你們手牽手來毀滅自己。」

就在她說話的時候，我能看見她的丈夫的臉越來越陰沈，就好像他的憤怒讓他從人縮成了一個核一樣。他本能的把自己妻子的手握得更緊了，直到她的關節開始發白。我知道她一定感覺到了疼痛，但是她沒有掙脫，而是用更加懇求的眼神注視著他的眼睛。

就在她停下來的時候，他跳了起來，放開了他妻子的手，堅定的說道：「願上帝把他交給我，讓我毀掉他世俗的生命。如果我能把他的靈魂永遠送入燃燒的地獄，我一定會這樣做的！」

「哦，別說了，看在上帝的份上。不要這樣說，喬納森，我的丈夫，否則你會用恐懼來打擊我的。想一想，親愛的……我這一整天都在想這個問題……也許……有一天……我也同樣需要這樣的憐憫，其他像你一樣的人，有著同樣憤怒的理由，會拒絕給我的！噢，我的丈夫！我應該讓你知道還有別的方式。但是我請求上帝不要介意你的話，除了把它當作是一個可愛的、受傷的男人心碎的哀號。上帝啊，讓這些可憐的白頭髮作為他遭受的痛苦的證明吧，他的一生都沒有做錯什麼，可是卻經受了這麼多的悲痛。」

現在我們所有的男人都哭了。我們沒有控制眼淚，而是讓它肆意的流出來。她也哭了，當看見自己的勸導奏效了以後。她的丈夫跪在了她的身旁，用雙臂抱緊她，將自己的頭埋在她的裙子裡。范海辛示意了我們一下，於是我們離開了房間，將那兩顆相愛的心和上帝留在那裡。

在他們休息之前，教授將他們的房間佈置了一下，以防吸血鬼的到來，然後向哈克夫人保證她可以安心的睡覺了。她盡力讓自己相信，顯然是為了她的丈夫，盡力顯得滿足。這是一個勇敢的鬥爭，而且，我相信，不會是徒勞的。范海辛在他們手邊放上了一個鈴，這樣如果有了什麼緊急情況，他們中的任何一個都可以按響。當他們休息了以後，昆西．高達爾明和我決定，我們不應該睡覺，將晚上這段時間在我們中間分配了一下，輪流照看這位受傷的女士的安全。第一班是昆西，於是我們剩下的人就盡快上了床。

高達爾明已經完成了任務，因為他是第二班。現在我的工作也完成了，該上床了。

喬納森．哈克的日記

10月3日至4日接近午夜

我感覺昨天永遠都不會結束。我渴望睡眠，隱隱約約地感覺到醒著就會發現事情變化了，現在任何的改變都會是向著好的方向。在我們分開之前，我們討論了下一步該做什麼，但是沒有討論出結果。我們唯一知道的就是還剩下一箱泥土沒有找到，只有伯爵自己才知道它在哪。如果他選擇藏起來，他就會用幾年的時間來打敗我們。同時，這個想法太可怕了，甚至是現在我也不敢去想它。我知道，如果有一個女人是完美的話，那麼她就是我可憐的被誤解的妻子，因為她昨晚的同情心，我又多愛了她一千倍，她的同情心讓我對那個魔鬼的仇恨顯得很卑鄙。我肯定上帝不會通過失去這樣一個人而把世界變得更加悲慘的。這就是我的希望。我們都在向後漂，忠誠是我們唯一的錨。感謝上帝！米娜正在睡覺，沒有做夢。我擔心她的夢，不知道會是什麼樣子的。自從日落起，在我的眼裡，她還沒有這麼平靜過。然後，有一段時間，她的臉上浮現出一種恬靜，就像是三月的微風過後的春天，但是不知為什麼我覺得它有更深的含義。我自己並不睏，雖然我很疲倦……極度的疲倦。無論如何，我要儘量睡著。因為還有明天，對於我來說不會有休息，直到……

過了一會兒

我一定是睡著了，因為米娜叫醒了我，她坐在床上，臉上是吃驚的表情。我看得很清楚，因為我們沒有熄燈。她將一隻表示警告的手放在我的嘴上，在我耳邊低語：「別出聲！走廊裡有人！」我輕輕地站起來，穿過房間，輕輕地打開了門。

在外面有一個墊子，莫里斯先生躺在上面，醒著。他抬起一隻手示意我安靜，小聲對我說道：「別出聲！回到床上。沒什麼事。我們中的一個人晚上會一直在這兒看守。我們要萬無一失！」

他的表情和姿勢都禁止了談話，於是我回來告訴了米娜。她嘆息了一聲，蒼白的臉上浮現出一絲微笑，用手臂抱住我輕輕地說道：「感謝上帝有這些勇敢的人！」她嘆息著又躺下去睡覺了。我現在把這些記下來，因為我不睏，雖然我再次嘗試著睡著。

10月4日早晨

晚上我又一次被米娜叫醒了。這一次我們都睡了一個好覺，因為外面天已經快亮了。她快速地對我說：「去，叫教授來。我想馬上見到他。」

「為什麼？」我問道。

「我有一個主意。我猜一定是晚上想到的，並且在我不知道的情況下，成熟起來了。他一定要在黎明之前把我催眠，那時我就可以說話了。快點去，親愛的，快沒時間了。」

我打開門，西沃德醫生躺在墊子上，看見我他馬上跳了起來。

「出什麼事了嗎？」他警覺地問道。

「沒有，」我回答道，「但是米娜想馬上見范海辛醫生。」

「我去叫他。」他說著，匆匆地進了教授的房間。

兩三分鐘後，范海辛穿著睡衣走進了房間，莫里斯先生、高達爾明勳爵和西沃德醫生站在門口問著問題。當教授看見米娜，一個微笑代替了臉上的焦慮。

他一邊磨擦著雙手、一邊說道：「噢，我親愛的哈克夫人，這真是一個改變。看！喬納森，我們原來的親愛的哈克夫人今天又回來了！」然後他把頭轉向她，高興地說道：「我能為你做些什麼呢？這個時候你不會需要我的。」

「我想讓你把我催眠！」她說，「在黎明之前做這件事，因為我感覺那個時候我可以說話，自由的說話。快一點，因為時間不多了！」

他什麼也沒說，示意她坐在床上。

教授看著她，他開始在她面前比劃著，從她的頭上開始，向下兩手交替著。米娜盯了他幾分鐘，在這期間我的心跳得像一把錘子，因為我感覺有一些危機逼近了。她的眼睛慢慢地閉上了，一動不動地的坐著。只有通過她起伏的胸部才能讓人知道她是活著的。教授又比劃了一會兒，然後停了下來，我能看見他的額頭上布滿了大顆的汗珠。米娜睜開了眼睛，但是看起來不像是原來那個女人了。她的眼神很迷離，她的聲音像是夢囈，我從來沒聽到過。教授抬起手示意我安靜，讓我叫其他人進來。他們掂著腳尖走近來，關上了身後的門，站在床的尾端，注視著。米娜好像沒有看見他們。

安靜被范海辛打破了，他用一種低沈的聲音說著，避免打斷她的思考。

「你在哪裡？」回答很不明確。

「我不知道。睡眠不知道跑到哪裡去了。」好幾次都是沈默，米娜一動不動的坐著，教授站在那裡目不轉睛的看著她。

我們其餘的人幾乎不敢呼吸，屋裡越來越亮了。教授的眼睛沒有離開米娜，示意我拉開窗簾。我這樣做了，好像天亮了。

一縷紅光照射進房間，這時教授又說道：「你現在在哪？」

回答像是在做夢，但是是有目的的。她好像在解釋什麼事情。在她讀自己的速記筆記的時候，我聽到過相同的語調。

「我不知道。都很奇怪！」

「你看見了什麼？」

「我什麼也看不到。到處都是黑的。」

「你聽到了什麼？」我能從教授耐心的聲音中發現緊張。

「水的拍打聲。水在汩汩的流著，還有小浪花跳起來。我能聽到他們在外面。」

「那麼你是在一艘船上？」

我們互相看著，試圖從別人臉上得出什麼。我們不敢思考。

回答來得很快，「哦，是的！」

「你還聽見了什麼？」

「人們在頭上走來走去。還有鎖鏈的吱吱嘎嘎的聲音，和起錨的叮叮噹噹的聲音。」

「你在做什麼？」

「我一動不動，就像死了一樣！」聲音化成了睡眠中的人的深深地呼吸，睜開的眼睛又閉上了。

這時太陽已經升起來了，我們都完全進入了白天。范海辛醫生將手放在米娜的肩膀上，將她的頭輕輕地放在枕頭上。她像一個睡夢中的孩子一樣躺了幾分鐘，然後長嘆了一聲，醒過來了，吃驚地看著我們站在旁邊。

「我在夢中說話了嗎？」她說的就是這些。無論如何，她好像不用告訴也知道了情況，雖然她很急切地想知道自己都說了些什麼。

教授重複了剛才的對話，然後她說道：「那麼就不要浪費時間了。也許還不算晚！」

莫里斯先生和高達爾明勳爵朝門外走去，但是教授用平靜地聲音把他們叫了回來。

「坐下來，我的朋友們。那艘船，無論它在哪裡，這時候正在從你們倫敦的港口起錨。你們去哪找它？感謝上帝我們又有了線索，雖然我不知道它會把我們引向哪裡。我們有一點魯莽了。男人容易變得魯莽，因為當我們向後看時，看見了我們向前看時可能看到的東西，如果我們可以看見我們可能看到的！哎，但是這句話很混亂，不是嗎？現在我們能夠知道那時伯爵心裡想著什麼，雖然喬納森的鋒利的刀讓他處於甚至害怕的危險之中，但是他還是把錢撿了起來。他是想逃跑。聽我說，逃跑！他看見只剩下一隻箱子，並且有一群人跟在他的後面，像狗追著狐狸，倫敦不是他待的地方了。他已經把那最後一個箱子運上了船，他已經離開這塊土地了。他想逃跑，但是不行！我們要去追他。我們的老狐狸很狡猾。如此狡猾，我們也必須同樣狡猾的跟著他。我同樣很狡猾，我思考了他的想法。同時我們可以休息，安下心來，因為在我們之間是他不想跨過的東西，他也跨不過去。除非船到岸了，只有在漲潮和潮水平穩的時候。看，太陽剛剛升起來，直到日落整整一天都是屬於我們的。讓我們洗個澡，穿上衣服，吃一頓我們都需要的早餐，並且我們可以舒服的享用它，因為他已經不和我們在同一塊土地上了。」

米娜懇切地看著他，說道：「但是我們為什麼還要追他，當他已經離開了我們時？」

他拿起她的手輕輕地撫摸著，回答道：「現在還不要問我。等我們吃早飯的時候，我會回答所有的問題。」他不再說什麼了。於是我們分開去穿衣服了。

早餐過後，米娜又重複了她的問題。他嚴肅地看著她，然後悲傷的說道：「因為，親愛的，親愛的哈克夫人，現在我們更需要找到他，即使我們跟著他到地獄的門口！」

她變得蒼白起來，無力的問道：「為什麼？」

「因為，」他莊嚴的回答，「他可以活上幾個世紀，但是你是一個凡人。現在的時間是很讓人擔心的，自從他把那個印記留在了你的喉嚨上。」

她向前暈倒過去，我及時地扶住了她。

西沃德醫生的留聲日記，范海辛口述

致喬納森．哈克：

你留下來照顧你親愛的米娜，我們去進行我們的搜查，如果我能這麼叫它的話，因爲它不是搜查，而是認識，我們只是想尋找、確認。但是今天你留下來照顧她。這是你最好的和最神聖的職責。今天他不會來了。

讓我告訴你一些事情，這樣你就可以知道我們四個人已經知道的事情了，因爲我已經告訴他們了。他，我們的敵人，已經走了。他已經回到他所在的特蘭西法尼亞的城堡裡去了。我很清楚這一點，就像火焰在牆上把它寫下來一樣。他已經準備好這樣做了，最後一箱泥土準備被送到某個地方。爲了這個他帶了錢。爲了這個他在最後很著急，以免我們在太陽落山之前捉住他。這是他最後的希望，除了他想藏在墳墓裡，他以爲可憐的露西變成了像他一樣的東西，爲他而開著門。但事情已經不是這樣了。當這種做法失敗了的時候，他直接用了自己最後的辦法。他很聰明，這麼聰明！他知道自己在這裡已經結束了遊戲，於是決定回家。他找到了他來時的路線，和回去的船，他上了船。

現在我們去找那艘船，還有知道它去往何處。當我們發現了這些信息，我們就會回來告訴你。那時我們會用新的希望來安撫你和可憐的哈克夫人。因爲當你仔細考慮它的時候，它會是一個希望，一切都沒有失去。這個我們追尋的人，花了幾百年的時間來到倫敦這麼遠的地方。某一天，當我們知道了他的計畫，我們就把他消滅掉。他的力量是有限的，雖然他可以造成很多我們無法造成的傷害和痛苦。但是我們也很強大，我們有共同的目的，而且當我們在一起的時候，我們就更加強大了。重新振作起來吧，哈克，還有你親愛的妻子。這場戰鬥剛剛打響，最終我們會勝利的。非常確定，就像是上帝在高處看著他的子民一樣確定。因此放鬆一點，等我們回來。

范海辛

喬納森・哈克的日記

10月4日

當我給米娜讀了范海辛的留言的時候，這個可憐的女孩相當高興，因為確定伯爵已經不在這塊土地上給她帶來了安慰。安慰對她來說就是力量。在我看來，現在這個危險不是與我們面對面了，幾乎難以相信。甚至是我在德古拉城堡的可怕的經歷，也像是一個很久以前被遺忘的夢一樣。現在這裡有清爽的秋天的空氣和燦爛的陽光。

哎呀！我怎麼能不相信呢？在我思考的時候，我的目光落在了我親愛的人那塊紅色傷疤上。只要它存在著，我們就不會忘記的。米娜和我的擔心變得懶惰了，於是我們一遍又一遍的溫習著日記。不知為什麼，雖然日記裡的現實好像變得很沈重，但是痛苦和恐懼卻減少了許多。好像有一種指導性的目的顯現出來，它很讓人感到安慰。米娜說也許我們最終是幸福的人。也許是吧！我應該像她這麼想。我們還從來沒有談論過將來。最好等到教授和其他人調查回來以後。

這一天又比我想像的要過得快。現在是3點鐘。

米娜·哈克的日記

10月5日下午5點

我們的報告會。出席人：范海辛教授，高達爾明勳爵，西沃德醫生，昆西·莫里斯先生，喬納森·哈克，米娜·哈克。

范海辛醫生描述他們這一天都做了些什麼，來尋找逃跑的德古拉是坐什麼船和往哪裡。

「據我所知，他想回特蘭西法尼亞，我感覺他一定會經過多瑙河的河口，或者是經過黑海的某個地方，因爲他來的時候就是經過那裡的。

「在我們面前的是一片空白。於是懷著沈重的心情，我們開始尋找哪艘船昨天晚上離開這裡去往黑海。他坐的是帆船，因爲哈克夫人說過帆被張開了。根據高達爾明勳爵的建議，我們在勞埃德商船協會找到了揚帆行駛的所有船的名單，可是，太小了。在那裡我們找到唯一艘開往黑海的船和潮水一起出行了。它是塞莉娜·凱瑟琳號，它從獨立特爾的沃爾夫駛往瓦爾納，從那裡沿著多瑙河去往別的港口。」

我說，「這就是載著伯爵的船了。」

「於是我們去了獨立特爾的沃爾夫，我們在那裡的辦公室裡看到了一個人。我們向他詢問了塞莉娜·凱瑟琳號的出航情況。他罵的話太多了，他的臉很紅，聲音很大，但是他仍然是一個好人。昆西從口袋裡掏出一些東西給了他，他把它捲起來的時候發出噼噼啪啪的響聲，然後把它放進了深深的藏在他衣服裡面的一個口袋，他變得更好了，成了我們恭順的僕人。他和我們一起問了許多粗魯的人，如果他們不是那麼口渴的話，他們會是更好的人。他們說了很多我聽不懂的話，我只能猜是什麼意思。不過無論如何，他們還是把我們想知道的事情都告訴我們了。」

「他們告訴我們，昨天下午大約5點的時候，有一個男人匆匆地趕了過來。這個男人個子很高，又瘦又蒼白，鼻子高高的，牙齒很白，眼睛像是在燃燒。他全身都穿著黑色的衣服，除了帶著一頂稻草帽子，這頂草帽和他、和季節都不搭配。他給了我們錢，很快地詢問我們哪艘船開往黑海，在哪裡上船。一些人把他帶到了辦公室，然後帶到了船那裡，他沒有上船，而是坐在岸邊的跳板上休息，讓船長過來。船長剛開始沒有過來，但是當船長得知會得到很多錢的時候，他就過來了。但是那個瘦男人已經走了，一些人告訴他在哪裡可以租到馬車。他去了那裡，不久又回來了，自己駕著馬車，上面有一個大箱子。他自己把它搬下來，雖然要好幾個人才把它放上手推車。他跟船長說了好長時間，關於把這個箱子放在哪裡，怎麼放。但是船長不喜歡這樣，告訴他如果他願意可以來看看應該放在哪裡。但是他說：『不。』他說他不去了，因爲還有很多事要做。於是船長告訴他讓他最好快一點，因爲船馬上就要開了，在潮水轉向之前。然後那個瘦男人笑了，說他當然會在他覺得合適的時候走，但是如果他現在就走，他會吃驚。船長又開始罵起來，用多種國家的語言，於是那個瘦男人鞠了一躬，感謝了他，說他會在啓航之前上船的。最後船長，比原來更生氣了，用更多種國家的語言，告訴他，他不想讓法國人在他的船上。然後，在問過到哪裡能買船票後，他離開了。」

「沒有人知道他去了哪兒，也沒有人關心，因爲他們都有別的事情要考慮。不久大家都發現塞莉娜·凱瑟琳號不能按時起航了，一團薄霧開始在河上蔓延，它擴大，擴大，直到不久後，一團濃霧包圍了那艘船和它周圍的一切。船長用多國語言罵著，但是他什麼也做不了。水漲了又漲，他擔心他會失去時機。當潮水漲到最高的時候，他的心情極其不佳，這時那個瘦男人又走上跳板，要求看一下他的箱子被放在哪兒了。

然後船長回答說，他希望他和他的箱子都見鬼去。但是那個瘦男人並沒有生氣，而是和水手下去看了看箱子放在了哪裡，上來後在霧中站在甲板上待了一會兒。他一定是自己離開了，因爲沒有人注意到他。實際上他們沒有想注意他，因爲不久霧開始散去了，一切又清晰起來。我的朋友們笑起來，當他們說到船長是怎樣罵的，當他問其他船員誰在那段時間裡在船上來來回回上上下下地，他發現幾乎沒有人看見過那團霧，除了那些在沃爾夫以外的人。無論如何，船在退潮的時候出發了，無疑早上的時候會到河口。他們告訴我們，那個時候它就會進入海裡了。」

「那麼，親愛的哈克夫人，現在我們需要休息一會兒，因爲我們的敵人正在海上，還有那些聽他指揮的霧，他們正在去往多瑙河河口。航船是需要時間的，它從來沒有這麼快。然後我們從陸上更快地走，我們在那裡和他見面。我們最大的希望就是從日出到日落這段時間裡，在箱子裡面看見他。因爲那時他就反抗不了了，我們就會處理掉他。我們可以有好幾天的時間來準備我們的計畫。我們完全熟悉他所去的地方。因爲我們已經見了船的所有者，他給我們看了發票和所有的文件。我們要找的箱子會被放在瓦爾納，然後交給一個代理人，他會在那裡呈遞國書。這樣我們的商人朋友就幫了我們的忙了。當他問到是不是出了什麼事，如果是的話，他可以發電報在瓦爾納調查一下，我們說『沒有』，因爲要做的這件事情不是給警察做的，也不是常規的事情。我們必須自己來做，用我們自己的方式。」

當范海辛教授說完了，我問他是否肯定伯爵就在船上。他回答道：「我們有最好的證據，你自己的證據，就是今天早上催眠的過程。」

我又問他是否真的有必要繼續追尋伯爵，因為，我怕喬納森要離開我，而且我知道如果別人都去的話，他也一定會去的。他開始時回答得很平靜，但是越說越激動。然而，就在他說話的時候，他越來越生氣，語言越來越堅決，直到最後我們都發現有一種個人的優勢，讓他這麼長時間以來都是男人中的領袖。

「是的，這很必要，很必要，很必要！首先是為了你，其次是為了人類。這個魔鬼已經做了很多壞事，用很狹窄的眼界，在很短的時間內，迄今為止他還只是一個在黑暗裡摸索著的人。這些我都已經告訴其他人了。你，我親愛的哈克夫人，會在約翰的留聲日記裡，或者在你丈夫的日記裡發現這一點的。我已經告訴他們他是怎樣離開自己貧瘠的土地，從沒有人的土地，來到了一片新的土地上，這裡到處都是人，像很多立著的莊稼，這方法他想了幾個世紀如果另外一個不死的人，像他一樣，試圖做他做過的事，無論是在過去的所有世紀裡，還是將來的所有世紀裡，這都會對他有幫助。這時，所有神祕的和強大的自然力量都會以一種不可思議的方式發揮著作用。作為不死的人生活了幾個世紀的地方，是一個充滿了地質的和化學的神奇的地方。那裡有深不可測的山洞和裂谷。那裡有火山，其中一些還在向外噴發著含有特殊物質的水，還有能夠殺死和復活生物的氣體。無疑，在這些神祕的力量的結合裡有一些磁的或是電的東西，可以對物質的生命發生奇怪的作用。在戰爭的年代，他被讚美成比任何人更具有鋼鐵般的意志，敏銳的頭腦和勇敢的心臟。在他的身上一些重要的品質都神奇的到達了極限。隨著他身體越來越強壯，保持茁壯成長的狀態，於是他的頭腦也跟著在成長。所有這些，除了有惡魔的幫助剩下的都確實是他自己的努力。因為他必須向善的力量投降。現在他對於我們就是這樣。他已經傳染了你，原諒我，親愛的，我必須這麼說，但是我是為了你好才這樣說的。他很聰明的傳染了你，這樣即使他不再做什麼了，你也只可能活著，像原來那樣甜蜜的生活著，在一定的時候死去，這是人普遍的命運，得到過上帝的准許，但是他卻能把你變成像他一樣的人。絕不能這樣！我們已經一起發過誓不能讓事情變成這樣了。這樣我們就是上帝的意旨的執行者。這個世界，和他的兒子為之而死的人類，是不會交給魔鬼的，這些魔鬼的存在就是對他的侮辱。他已經允許我們拯救這個靈魂了，我們向十字軍戰士一樣出來拯救更多的靈魂。像他們一樣，我們會向太陽升起的地方前進。像他們一樣，如果我們失敗了，也是為了正義的事業而失敗的。」

他停住了，我說道：「但是伯爵不會聰明的反擊嗎？因為他已經被趕出了英格蘭，難道他不會躲避它，像一隻老虎躲避自己曾經被追捕的村子一樣嗎？」

「哈！」他說，「你用老虎作比喻很恰當，對於我，我會採納的。那些食人虎——印度人這麼叫老虎——牠們一旦嘗過了人血的滋味，就不再喜歡其他獵物了，而是不停的四處覓食，直到發現人。我們在我們的村子追捕的也是一隻老虎，食人虎，他不會停止覓食的。而且，他不是那種願意隱退和站得遠遠的人。在他的生命中，他活著的生命中，他踏上土耳其邊境在敵人的土地上進攻敵人。他被擊退了，但是他停止了嗎？不！他又來了，一次又一次。看看他的頑固性和持久力。用那個孩子的大腦，他很久以前就開始計畫來到一座大城市。他怎麼做的？

「他找到了全世界對他來說最有希望的城市。然後他開始深思熟慮的為完成任務而做著準備。他耐心的感受著自己力量和能力的變化。他學習了新的語言。他學會了在一塊新的土地和新的人群中生活，老式的新環境、政治、法律、金融、科學、和習慣。他對這裡匆匆的一瞥，這些只會刺激他的胃口。而且，還會幫助他的頭腦變得更加成熟。因為這一切都向他證明了他一開始的猜測是多麼的正確。他自己一個人做了這些事情，一個人！從一片被遺忘的土地上，那個廢棄的墳墓裡。當一個更大的思想世界向他打開的時候，他還有什麼不能做的呢？他可以對死亡微笑，像我們知道的那樣。誰能在殺死了所有人類的那些疾病中健康成長呢？啊！如果這樣的一個人是從上帝那裡來的，而不是從魔鬼那裡來的，這對於我們的世界，將是一件多好的事情啊。但是我們發過誓，要還世界自由。我們的辛苦就在於沈默，我們的努力都是祕密的。因為在這個文明的時代，當人們甚至不相信他們看到的東西的時候，聰明人的懷疑就是他最大的力量。這會立刻成為他的護套和盔甲，成為他摧毀我們的武器，他的敵人們，願意為保護他們所愛的人而犧牲自己的靈魂，也為了人類的利益，和上帝的榮譽。」

在經過了討論之後，認為今晚不適合決定任何事情。我們都應該枕著事實睡覺，盡力想出合適的結論。明天，早餐的時候，我們會再次見面，在互相告訴自己的結論後，我們會訂出一個確定的行動計畫……

今晚我感到很平靜和愜意。彷彿一些縈繞心頭的東西都離開了我。也許……我的猜測還沒有結束，也不能結束，因為我在鏡子裡看到了自己額頭上的那個紅色的印記，我知道自己仍然是不清白的。

西沃德醫生的日記

10月5日

我們起得都很早，而且我覺得睡眠對我們所有人都很有用。當我們早餐見面時，有一種我們都沒想到還會再感受到的喜悅。

很高興在人類的本性裡有很大的精神恢復力。它讓任何障礙物，無論是什麼，都會被剔除掉了，即使是通過死亡，然後我們恢復最初的希望和愉悅。不只一次當我們圍坐在桌子旁，我都驚奇的睜大眼睛猜測過去的那些事情是否只是一個夢。只有當我看見了哈克夫人額頭上的紅色印記時，我才又被帶回了現實。

甚至是現在，在我嚴肅的討論這件事情的時候，還是很難意識到我們所有的災難的起因依然存在著。甚至是哈克夫人好像也忘記了她的煩惱。只是有時，一些事情讓她想起了自己那可怕的傷疤。我們一個半小時以後在我的書房裡見面，決定我們的行動計畫。我只發現了當前的一個困難，我是通過直覺而不是推理發現的。我們都應該坦白的說話，然而我擔心哈克夫人的舌頭奇怪的打了結。我知道她已經有了自己的結論，而且我能猜出她的結論會有多麼的英明和正確。但是她不，或者是不能，把它說出來。我想范海辛提到了這一點，等我們一會兒單獨在一起的時候會討論這個問題。我猜是進入她血液的一些可怕的毒藥開始起了作用。伯爵把自己的血給她，有自己的目的。也許有一種毒藥從好的東西裡面提煉出來。在屍毒的存在還是個祕密的年代裡，我們不應該對任何事情感到驚奇！我知道，如果我對哈克夫人沈默的直覺是正確的話，那麼我們的工作裡就出現了一個非常大的困難，一個未知的危險。我不敢再往下想了，因為這樣我就會在我的頭腦裡侮辱了一位高貴的女性！

過了一會兒

當教授進來後，我們討論了那件事情。我能看出他腦子裡有想法，他想說出來，但是要說出來又有些猶豫。在猶豫了一會兒之後，他說道：「約翰，有一些事情我必須和你單獨談談，無論如何我們首先必須如此。以後，我們可以讓別人也知道。」

然後他停住了，所以我等待著。他繼續說道：「哈克夫人，我們可憐的，親愛的哈克夫人正在變化。」

發現我的最糟糕的擔心得到承認，我不禁打了個冷戰。范海辛繼續說道：「根據不幸的露西小姐的事件，我們這次一定要小心，不能讓事情發展的太嚴重了。我們的任務空前的艱巨，這個新的困難讓每一小時都非常寶貴。我能看見她的臉上已經出現了吸血鬼的特徵。現在還非常非常微小。但是如果我們不帶偏見的去觀察她的話，是可以看出來的。她的牙齒變得很鋒利了，有時她的眼神很冷酷。這還不是全部，現在她的沈默越來越多，就像露西那個時候一樣。她不說話，即使她過後寫下來自己想說的話。現在我的擔心是，如果通過我們的催眠，她可以說出伯爵所看到的和聽到的，那麼，這個先催眠了她，然後喝了她的血並且讓她喝了自己的血的人，會強迫她的心靈向他泄漏她心裡所知道的東西，不是更有可能嗎？」

我點點頭表示同意。他繼續說道：「那麼，我們要做的就是防止它發生。我們必須不讓她知道我們的計畫，因為她不會說出自己所不知道的事情。這是一個痛苦的任務！太痛苦了，讓我想起來就心碎，但是必須這樣。等我們今天見面的時候，我必須告訴她，因為一些不能說出來的原因，她不能繼續留在我們的委員會裡，但是會得到我們的保護。」

他擦拭了一下額頭，因為這是一個使那個已經飽受折磨的靈魂，可能會受到更多打擊和痛苦的決定，他出了很多的汗。我知道如果我告訴他我也是這麼想的，會給他一些安慰。因為無論如何，這樣會讓他避免疑慮的痛苦。我告訴了他，效果正如我所設想的。

現在離我們見面的時間越來越近了。范海辛和我各自去為見面做準備了。我知道他只是想能夠單獨做祈禱。

又過了一會兒

在會議的一開始，范海辛和我都感到了莫大的安慰。哈克夫人讓她的丈夫帶來了留言，說她現在不會加入我們，因為她想最好我們可以自由的討論行動計畫，而不用為她的在場而感到尷尬。教授和我對視了一下，不知為什麼我們都好像感到很寬慰。在我看來，如果哈克夫人自己意識到了危險，不但是避免了危險，而且是避免了痛苦。在當時我們看了看對方，將指頭放在嘴唇上，同意對我們的懷疑保持沈默，直到我們可以再次單獨討論。我們立刻開始制定行動計畫。

范海辛先大致的把事實擺在我們面前：「塞莉娜．凱瑟琳號號昨天早上離開了泰晤士河。如果用它最快的速度，要花上三週的時間才能到達瓦爾納。但是我們從陸路走只用三天就可以到達那裡。現在，如果我們允許船再少走兩天，由於我們知道伯爵可以製造天氣的影響，並且假設我們自己可能會遭遇的一天一夜的耽擱，那麼我們就有將近兩週的充裕時間。」

「因此，為了安全起見，我們最遲要在17號離開這裡。這樣我們無論如何都可以比船提前一天到達瓦爾納，並且可以做好必要的準備。當然我們都要武裝起來，為了抵抗邪惡的事物，既有精神上的也有身體上的。」

這時昆西．莫里斯說道：「我知道伯爵是來自一個狼的國度，他可能會比我們先到達。我建議我們增加一把溫徹斯特式連發槍作為裝備。如果發生這樣的麻煩的話，我相信溫徹斯特式連發槍。你還記得嗎，亞瑟，那時候我們在托波斯克被一群狼追趕？我們不是給了每隻狼一槍嘛！」

「好的！」教授說道，「應該帶上溫徹斯特式連發槍。昆西的頭腦總是很冷靜。不過大多數情況下，當有東西可追捕時，人對狼的威脅比起狼對人的威脅要大的多。同時我們在這裡什麼都做不了。因為我覺得我們都不熟悉瓦爾納，為什麼不早點到那去呢？在那裡等待的時間和在這裡是一樣長的。今晚和明天我們可以做好準備，如果一切順利的話，我們四個人就可以出發了。」

「我們四個人？」哈克質問道，看著我們每一個人。

「當然了！」教授很快回答道，「你必須留下來照顧你的妻子！」

哈克沈默了一會兒，然後說了一句：「讓我們早上再討論這個問題吧。我想先和米娜商量一下。」

我想是時候讓范海辛告訴哈克不要把我們的計畫泄漏給米娜了，但是他沒有這麼做。我意味深長地看著他，咳嗽了一聲。他將手指放在嘴唇上作為回答轉頭走了。

喬納森．哈克的日記

10月5日下午

我們今天早上開過會以後，很長一段時間我都不能思考，事態的新發展讓我的頭腦裡充滿了疑問，已經沒有空間可以主動的思考了。米娜決定不參加討論，讓我自己思考。因為我也不能和她討論這件事，所以我只能自己猜測。我現在根本摸不著頭腦。其他人接受這個決定的方式也讓我困惑。上一次我們討論的時候還決定在我們之間不應該有任何的隱瞞了。米娜現在正在睡覺，像一個小孩一樣平靜和甜蜜。她的嘴唇的曲線很美，臉上閃著幸福的光。感謝上帝，她仍然能有這樣的時光。

過了一會兒

這一切都太奇怪了。我坐在那裡看米娜睡覺，自己也變得輕鬆起來。當夜幕漸漸降臨，太陽越落越低，大地變得昏暗，房間裡的寂靜變得越來越莊嚴。

米娜突然睜開了眼睛，溫柔的看著我說道：「喬納森，我想讓你向我保證一件事情。向我保證，也向上帝保證，即使是我跪下來哭著求你，你也不要毀約。快點，你現在就向我保證。」

「米娜，」我說，「一個這樣的保證，我不能現在就做。我可能沒有權利做。」

「可是，親愛的，」她說，「這是我的願望。也不是為了我自己。你可以去問范海辛醫生我是不是對的。如果他不同意，你可以隨意。而且，如果你們同意了，以後會因為這個保證得救的。」

「我保證，」我說，她變得特別的高興，雖然對我來說她的所有幸福，都被她額頭上的那個紅色傷疤否定了。

她說：「向我保證你不會把對付伯爵的任何計畫告訴我。不能用語言或者是暗示，任何時候都不行，只要它還在這裡！」她嚴肅的指著自己的傷疤。我看出她很誠懇，於是我莊嚴的說道：「我保證！」就在我說出這句話的時候，我感到我們之間的溝通之門已經關上了。

過了一會兒午夜

米娜一晚上都很高興。如此高興，好像讓其他人都有了勇氣。甚至我自己也覺得壓在我們身上的悲哀的幕布也被拉起來了一點。我們都很早就休息了。米娜現在睡得像一個小孩。很幸運即使遭受了這樣的苦難。她仍然可以睡得很香。感謝上帝，因為至少這個時候她可以忘記自己的煩惱。也許這一點也會像她今晚的快樂情緒一樣影響到我。我應該試一試。唉！沒有夢的睡眠。

10月6日早晨

又是一個驚訝。米娜很早就叫醒了我，大概和昨天差不多的時間，她叫我去叫范海辛醫生過來。我還以為她又想催眠，我沒有問什麼就去叫范海辛了。他顯然預料到了我會來，因為我看見他在房間裡已經穿好了衣服。他的門是半開著的，所以他可以聽見我們房間的開門聲。他立即過來了。當他走進房間裡時，他問米娜其他人是否也可以進來。

「不，」她回答得很簡單，「沒有這個必要。你也可以告訴他們。我必須和你們一起去。」

范海辛教授和我一樣，都吃了一驚。

他停了一下問道：「但是為什麼？」

「你們必須帶上我。我和你們在一起會更安全，你們也會更安全。」

「但是為什麼呢，親愛的哈克夫人？你知道你的安全是我們最神聖的職責。我們要去經歷危險，你，有可能，比我們任何一個人都更容易受到他的傷害……因為……已經發生的事情……」他尷尬的停住了。

她抬起手指著自己的額頭，回答道：「我知道。這就是為什麼我必須去。我現在可以告訴你，在太陽正在升起來的時候——也許我以後就不能看到了——我知道當伯爵需要我的時候我必須走。我知道如果他讓我偷偷地做，我就必須欺騙你們，用任何方式，甚至是喬納森。」上帝看見了她說話時看著我的表情，如果真的有記錄天使的話，那個表情會被記作她永久的榮譽。我只能握住她的手。我說不出話來。因為我太激動了。

她繼續說道：「你們很勇敢也很強大。你們團結起來就更強大了，因為你們可以蔑視能夠壓垮單獨一個人忍耐力的東西。另外，我可以為你們服務，因為你們可以催眠我，知道甚至是我自己都不知道的事情。」

范海辛醫生嚴肅地說道：「哈克夫人，你總是很有智慧的。你應該和我們一起走。我們會取得勝利。」

在他說話的時候，米娜長時間的沈默讓我看著她。她又躺在枕頭上睡著了。甚至是當我拉開窗簾讓陽光照進房間的時候，她都沒有醒。

范海辛示意我安靜地跟他走。我們去了他的房間，不到一分鐘高達爾明勳爵、西沃德醫生和莫里斯先生也來了。

他告訴他們米娜說的話，繼續說道：「早上我們就出發去瓦爾納。現在我們要對付一個新的問題——哈克夫人。但是她的心靈是真誠的。她告訴我們這些對她來說是很痛苦的。但是這是最正確的，我們及時得到了警告。事情必須萬無一失，在瓦爾納我們必須準備好，在船到達的那一刻就採取行動。」

「我們具體應該做些什麼？」莫里斯先生簡潔的問道。

教授在回答前停了一下，「首先我們要上船。然後，等我們把那個箱子找到之後，在上面放一束野玫瑰。我們要把它繫牢，因為當它在那裡，什麼都不會出現，就像迷信的人們認為的那樣。我們首先要相信迷信。它最早是人們的忠誠，它仍然植根於忠誠之中。然後，等我們找到機會，等周圍沒有人的時候，我們就打開箱子，然後……一切都會好了。」

「我不會錯過任何機會，」莫里斯說道，「只要我看見那個箱子，我就會打開它，把那個魔鬼消滅掉，即使是有一千個人在看著我，即使下一刻我會為這個而被殺死！」我本能的抓住他的手，發現它像一塊鋼鐵一樣堅硬。我覺得他明白我的表情。我希望他明白。

「好孩子，」范海辛醫生說，「勇敢的孩子。昆西是一個男人。上帝保佑他。我的孩子，相信我，我們沒有人會因為害怕而退縮或停頓。我只是在說我們可能要做的……我們必須要做的。但是事實上，我們不能說我們可能會做什麼。有很多事情可能發生，它們的方式和結果各種各樣，因此直到那一刻，我們都不好說。我們都應該武裝起來，全方位的。當結束的時刻來到了，我們就都會努力的。今天讓我們把所有的事情都安排好。讓所有關於別人的而對我們很重要的事情，和依靠我們的人，都被安排好。因為我們誰也不能說結果會是什麼，什麼時候會結束。至於我，我自己的事情就是統領全局，因為我沒有其他事情要做，我就去安排出行。我會去辦所有的手續。」

所有的事情都說清楚之後，我們就分開了。我現在要整理好我所有的東西，等待著未知的事情的來臨。

過了一會兒

都準備好了。我寫好了遺囑，很完備。如果米娜倖存的話，她就是我唯一的繼承人。如果她沒有活下來的話，那麼其他曾經對我這麼好的人們都會得到遺產。

現在太陽快要下山了。米娜的不安引起了我的注意。我確信等到準確的日落的時刻，她頭腦中的東西就會被揭示出來。這些事情對於我們所有人來說都是一種折磨。因為每天的日出和日落都會帶來一些新的危險，新的痛苦，雖然這些在上帝的願望裡最終會有好的結果。

我把這些東西都寫在日記裡，因為我的妻子現在不能聽到它們。但是如果到了她能看見它們的那一天，我應該準備好。她向我走過來了。

西沃德醫生的日記

10月11日晚上

喬納森叫我把這個記下來，因為他說她在這個任務裡是不能享受平等待遇的，他想讓我準確地記錄下來。

我覺得當我們在日落前被叫去看哈克夫人時，沒有人覺得驚訝。我們最近開始明白日出和日落，對於她來說是少有的自由的時間。在這短暫的時間裡會顯現出原來的她，沒有什麼力量可以壓制她或者是束縛她，或者是煽動她去做什麼。這樣的情緒或者狀況通常在準確的日出或日落的前半個小時開始，一直持續到太陽升高，或者是雲彩依舊被地平線以上的光線照得通紅。一開始會有一種不好的狀況，彷彿是一個結被解開了，然後很快就是純粹的自由。無論如何，當自由結束時，她很快就復原了，只需要通過一段沈默的時間。

今晚，當我們見面的時候，她有點不自然，表現出內心掙扎的所有徵兆。我在第一時間鎮壓住了她暴力的傾向。

無論如何，幾分鐘後，她完全控制住了自己。然後，她示意她的丈夫坐在自己的身邊，讓我們其他人搬椅子坐的近點。

她拿起自己丈夫的手，說道：「我們現在這樣自由的坐在這裡，可能是最後一次了！我知道你會陪著我，直到最後的。」這是對她的丈夫說的，我們能看見他們的手緊緊地握在一起。「早上我們便出發，執行我們的任務，只有上帝才知道等待我們的是什麼。你們這麼好，同意帶上我。我知道勇敢的、真誠的男人們能為一個可憐的、弱小的女人做什麼，他們都會去做的，這個女人的靈魂也許丟失了，不，不，還沒有，但是無論如何很危險。但是你們必須記住我不再和你們一樣了。我的心臟裡，我的血管裡有毒藥，它可能毀了我，它肯定會毀了我，除非我們得到安慰。啊，我的朋友們，你們像我一樣明白，我的靈魂危在旦夕。雖然我知道對於我來說有一條出路。但是你們和我都不能走上去！」她懇切地看著我們每一個人，一開始和最後她的丈夫都一直握著她的手。

「那條路是什麼？」范海辛聲音嘶啞地問道，「那條我們絕不能走的路是什麼？」

「如果我現在就死去，不管是用我自己的手還是別人的，在更大的邪惡來到之前。我知道，你們也知道，一旦我死了，你們就會將我的永生的靈魂放歸自由，就像你們對可憐的露西做的那樣。如果死亡是我唯一的選擇，我不會拒絕現在就死，在愛我的朋友們中間。但是死亡不是所有。我不能夠接受這樣的死去，當我們的前方有希望的時候。因此，對於我，我會放棄永久的安息，而是走進黑暗裡，那裡可能有世界，可能有下面的世界裡的最黑暗的東西！」

我們都沈默了，因為我們本能的感覺這只是一個序曲。其他人的表情都很嚴肅，哈克的臉變得灰白，也許，他比我們都更能猜出下面會是什麼。

她繼續說道：「這就是我能夠放進財產中的東西。」我注意到她在這裡奇怪的用到了法律詞彙，非常嚴肅的。「你們每個人會給出什麼呢？你們的生命，我知道，」她說得很快，「這對於勇敢的人來說很容易。你們的生命是上帝的，你們可以把它們還給他，但是你們會給我什麼呢？」她質疑地看著，但是這次沒有看她丈夫的臉。昆西好像明白了，他點了點頭，她的臉上露出喜悅的表情。「那麼我會直接告訴你們我想要的，因為在我們這樣的聯繫中不能有懷疑。你們必須向我保證，所有人，甚至是你，我親愛的丈夫，當時間到來的時候，你們一定要殺了我。」

「那個時間是什麼？」聲音是昆西的，但是很低沈。

「當你們確定我已經變到只有去死，才能獲得永生的時候。當我的肉體死了以後，你們一秒鐘都不要耽誤，將木樁插進我的心臟，砍掉我的頭，或者做一些其他的任何事情，只要能讓我安息！」

在片刻的停頓之後，昆西是第一個行動的人。他跪在她面前，將她的手放在自己手裡，莊重地說：「我只是一個粗魯的人，也許，不配有這樣的榮譽，但是我以我所有神聖的和珍貴的東西發誓，如果那個時間到來的話，我不會推卸這個你放在我們身上的責任。我也向你保證，我會把事情辦好，因為只要我有懷疑，就把它當成是那個時間已經到了！」

「我真正的朋友！」這是她在泣不成聲時說的唯一的話，她俯下身子，親吻了他的手。

「我也發誓，我親愛的哈克夫人！」范海辛說。「還有我！」高達爾明勳爵說道，他們輪流跪在她面前起誓，說他們每個人也都會這樣做的。然後她的丈夫神色黯淡地看著她，他的臉色蒼白，髮白如雪，他問道：「我也必須作保證嗎，我的妻子？」

「你也一樣，親愛的。」帶著無限愛憐的聲音和悲傷的眼神，「你不能退縮。你是我在世界上最親近的人。我們的靈魂已經結合在一起了，並且是我們整個的一生。想一想，親愛的，曾經有勇敢的男人，為了保護他們的妻子不落入敵人之手，他們殺死了自己的妻子。他們舉起武器的手沒有絲毫猶豫，因為這是他愛的人請求他殺了她。這是男人對他們所愛的人的義務，在這種考驗下！親愛的，如果我必須死在某個人的手裡，就讓我死在最愛我的人的手裡吧。范海辛醫生，我沒有忘記你在露西的那件事裡，對她愛的那個人的仁慈。」她臉紅了，換了一個詞，「對那個最有權力給她安寧的人。如果再有這樣的時刻，我希望你讓它成為我丈夫生命中幸福的回憶，是他的手把我從可怕的束縛中解放出來了。」

「我發誓！」教授的聲音響亮。

哈克夫人笑了，她鬆了一口氣躺回去，說道：「現在是一個警告，一個你們絕對不能忘記的警告。這個時刻，如果這個時刻會來的話，它會來得又快又突然，在這種情況下你們一定不要浪費機會。因為這個時候我自己可能……如果這個時刻到來，我會和你們的敵人一起對付你們。」

「還有一個要求，」她說這句話的時候表情變得非常嚴肅，「這不像剛才那件事那麼關鍵和必要，但是我想讓你們為我做一件事，如果你們願意的話。」

我們都默許了，沒人說話，因為沒有說話的必要。

「我想讓你讀葬禮上的話。」她的話被她的丈夫的一聲呻吟打斷。她拿起他的手，放在自己胸前，繼續說道：「你總有一天會為我讀它的。無論說出的是什麼，它對我們來說都會是一個甜蜜的回憶。你，我最親愛的人，我希望你來讀它，這樣你的聲音就會永遠留在我的記憶中！」

「可是，親愛的，」他懇求道，「死亡離你還很遙遠。」

「不，」她說道，舉起一隻表示警告的手，「現在我的死亡比被一個塵世的墳墓重重地壓在身上還要深。」

「我的妻子，我一定要讀它嗎？」他在開始讀之前說。

「這樣會安慰我的，我的丈夫！」她就說了這麼多，然後哈克開始讀起了她已經準備好的本子。

我怎樣才能描述那樣的場面，莊重、憂傷、悲哀、恐懼、卻很甜蜜。甚至是一個懷疑論者——他在任何神聖的和感人的東西裡面只能看到苦澀的事實的滑稽——如果他看到這一小群忠誠的朋友跪在這個受傷的、悲哀的女人面前，也一定會深受感動的。聽著她的丈夫溫柔的聲音，用這樣受傷和感動的語調，他必須經常停下來，讀著這段簡單而美麗的文字。我寫不下去了……我泣不成聲！

她的直覺是對的。很奇怪，我們當時也感受到了她強大的影響力，這讓我們感到很安慰。沈默，預示著哈克夫人又從她心靈的自由恢復到了原來的狀態，好像並不像我們害怕的那樣，並沒有充滿絕望。

喬納森·哈克的日記

10月15日瓦爾納

我們在12日早上離開了茶陵克羅斯，同天晚上到達了巴黎，然後坐上了東方快車，車上為我們留了位置。我們日夜兼程，在大約5點鐘的時候到達了那裡。高達爾明勳爵到大領事館看有沒有他的電報，我們其餘的人則進了一家旅店——「敖德薩斯」。旅途上可能有一些小故事，然而，我很急切地想行動，沒時間管它們，直到塞莉娜·凱瑟琳號號到達港口，我都不會對這個廣闊世界的任何東西產生興趣。感謝上帝！米娜現在的情況很好，看起來越來越強壯了。她的氣色又恢復了。她睡得很多。她幾乎在整個旅程中都在睡覺。不過，在日出和日落之前，她非常清醒和警覺。范海辛在這個時候催眠她也成為了一種習慣。一開始，他需要做很大的努力，他要做很多手勢。但是現在，她很快就能夠進入催眠的狀態了，好像已經習慣了。他在這個特殊的時刻好像有一種意念的力量，使她的思想服從他。他總是問她看到了什麼，聽到了什麼。

她一開始回答：「什麼也沒有，一切都是黑暗的。」

然後又說：「我能聽見波浪拍打著船，水從旁邊流過去。帆和索具被拉緊了，桅桿吱吱嘎嘎地響著，風很大……我能聽見支桅索在動，浪花擊打著船頭。」

顯然塞莉娜·凱瑟琳號仍然在海上航行，正在去往瓦爾納的路上。高達爾明勳爵剛剛回來。他收到了四封電報，從我們出發開始一天一封，不過作用都一樣，都是說塞莉娜·凱瑟琳號還沒有從任何地方向勞埃德商船協會報告。他在離開倫敦之前安排他的代理人每天給他發一封電報，說明是否收到了船的報告。即使沒有報告他也要發電報，這樣他可以確定伯爵另一頭一直在被監視。

我們吃了晚飯很早就上了床。明天我們去見副領事，安排一下能不能船一到，我們就上船。范海辛說我們的機會是在日出和日落之間上船。伯爵，即使他能變成蝙蝠，也不可能隨心所欲的跨越流動的海水，因此他不會離開船。因為他不敢變成人的樣子引起懷疑，他顯然想避免懷疑，他一定會乖乖地待在箱子裡。如果是這樣，我們可以在日出之後上船，這樣他就任憑我們擺布了，因為我們可以在他醒來之前打開箱子殺死他，就像我們對可憐的露西做的那樣。他怎樣受我們的擺布已經不重要了。我們認為不會在官員和水手那遇到太大麻煩。感謝上帝！這是一個只要行賄就能做任何事情的國家，我們的錢很多。我們唯一要確認的就是船不會在我們沒有得到警告的情況下，在日落和日出之間就駛進港口，這樣我們就安全了。錢包會解決這些問題的，我想！

10月16日

米娜的報告依舊如此。拍打的波浪和奔流的海水，黑暗和順風。顯然我們情況不錯，等我們有了塞莉娜・凱瑟琳號的消息，我們就會準備好。當它經過達達尼爾海峽的時候，我們一定會得到報告的。

10月17日

現在所有的事情都準備好了，我認為，我們現在是準備歡迎伯爵旅途歸來。高達爾明告訴托運人，他覺得這個運到國外的箱子裡可能裝著一些從他的朋友那兒偷來的東西，已經得到同意，他可以自己冒風險打開它。貨主給了他一張紙，上面讓船長給他行個方便，無論他想在船上做什麼，還有給他在瓦爾納的代理人的一個類似的授權書。我們已經見過那個代理人了，高達爾明親切的舉止給他留下了深刻的印象，我們都很滿意他可以達成我們的願望。

我們已經安排好當我們打開箱子以後該做什麼。如果伯爵在裡面的話，范海辛和西沃德要立即砍下他的頭，向他的心臟插入一根木樁。莫里斯、高達爾明和我會防止外界的干擾，即使我們必須使用武力我們也會準備好的。教授說，如果我們能夠這樣處理伯爵的身體，那麼他不久就會化為灰塵。這樣就不會留下證據，如果我們涉嫌謀殺的話。即使不是這樣，我們也會做好準備，也許某一天這個手稿會作為證據避免我們被捕。對於我自己，我只能非常感激這個機會終於要來了。我們要在實施計畫前做好一切準備。我們已經和一些官員商量好了，只要塞莉娜．凱瑟琳號一出現，我們就會得到通知。

10月24日

整整一週的等待。每天都有高達爾明的電報，但是總是一樣的消息：「還沒有報告。」米娜早上和晚上的報告也沒有變化。拍打的波浪，奔流的海水，嘎吱作響的桅桿。

10月24日倫敦的勞埃德商船協會的路福斯・史密斯給高達爾明勳爵的電報。問瓦爾納的HBM副領事好。塞莉娜・凱瑟琳號今天早上從達達尼爾海峽發來報告。

西沃德醫生的日記

10月25日

我是多麼的懷念我的留聲機啊！用鋼筆寫日記真讓我討厭！但是范海辛說我必須這麼做。昨天當高達爾明勳爵收到從勞埃德商船協會發來的電報時，我們都激動得不得了。我現在知道了，那些在戰鬥中當人們聽見戰鬥的號角吹響的時候是一種什麼樣的心情。

哈克夫人，在我們這個小團體之外，沒有表現出任何感情。畢竟，她這樣不奇怪，因為我們特別小心不讓她知道這件事情，而且我們在她在場的時候，也儘量不表現出任何興奮。要是在原來，我確定，她會察覺的，不論我們有多努力的隱瞞。但是她在過去的三週裡變化很大。

她變得嗜睡，雖然她看起來健康而且強壯，並且恢復了她的氣色。范海辛和我有些懷疑。我們經常討論她。不過，我們一個字也沒有跟別人說。即使是讓哈克知道我們在這件事上表示懷疑，都會打碎可憐的哈克的心，當然還有他的神經。范海辛告訴我，她在被催眠的時候，他非常仔細的檢查過她的牙齒，因為他說只要牙齒沒有開始變鋒利，她就沒有更大的危險和變化。如果有了變化，就必須採取行動！我們都知道這個行動會是什麼，雖然我們沒有告訴對方。我們誰也不能在這項任務中退縮，雖然想起來很可怕。「安樂死」是一個使人感到安慰的詞語！我很感激發明它的人。

從達達尼爾海峽航行到這裡只需要大約24小時，根據塞莉娜．凱瑟琳號從倫敦出發行駛的速度，它應該會在早上到達，但是因為它不可能在午夜之前抵達，所以我們都要很早就休息。並且在一點鐘起床，已做好準備。

10月25日午夜

仍然沒有船抵達的消息。哈克夫人今天早上在催眠時的報告還像往常一樣，因此我們隨時都可能得到消息。我們男人們都很興奮，除了哈克，他很平靜。他的雙手像冰一樣冷，一小時以前，我看見他在磨那把他現在總是帶在身邊的刀。當這把被這隻堅定的、冰冷的手拿著的彎刀的邊緣碰到伯爵的喉嚨時，這對於伯爵來說一定是個悲慘的下場！

今天范海辛和我對哈克夫人有點了警覺。大約中午的時候她又開始嗜睡，我們都不喜歡這樣。雖然我們沒有說話，但是我們誰都不高興。她一早起來就感到很不安，所以剛開始我們還很高興她睡著了，可是，當她的丈夫無意中提到她睡得太香了，叫都叫不醒時，我們親自到她的房間去看她。她呼吸得很自然，看起來很安詳，我們都認為對於她來說，睡眠比其他什麼都好。可憐的女孩，她有這麼多事情需要忘記，睡眠對她會有好處的，如果能夠讓她忘卻的話。

過了一會兒

我們的想法得到了證實，因為在睡了幾小時之後她醒過來了，她看起來比前幾天都高興。在日落的時候她又做了催眠報告。伯爵無論在黑海的什麼地方，他都在趕往他的目的地。趕往他的死亡，我相信！

10月26日

又是一天，沒有塞莉娜．凱瑟琳號的消息。它應該不久之後就會來了。它顯然還在某處航行，因為哈克夫人日出時的催眠報告還和以前一樣。可能是船偶爾停下來休息了，因為霧。昨晚進港的一些輪船報告說海港的北邊和南邊都有霧。我們必須繼續監視，因為現在隨時都可能有船的信號。

10月27日中午

很奇怪。仍然沒有船的消息。哈克夫人昨晚和今晨的報告還是一樣的「拍打的波浪和奔流的海水」，雖然她加了一句「波浪很小」。從倫敦來的電報也是一樣「沒有更多的報告。」范海辛非常焦慮地告訴我，他怕伯爵正在避開我們。

他意味深長地說：「我不喜歡哈克夫人的嗜睡。在昏睡狀態下靈魂和記憶會做奇怪的事情。」我剛要再問他，這時哈克進來了，他舉起了一隻手錶示警。我們必須在今天日落催眠她的時候，讓她說的更多一點。

10月28日電報。魯弗斯·史密斯，倫敦，至高達爾明勳爵。問瓦爾納的HBM副領事好。報告：「塞莉娜·凱瑟琳號今天一點鐘將進入蓋勒茨。」

西沃德醫生的日記

10月28日

當電報發來說船今天一點就要到達蓋勒茨的時候，我覺得我們都沒有感到本來應有的驚訝。是的，我們不知道逃跑從哪裡、怎麼樣、什麼時候會來到。但是我覺得我們都已經預料到會發生一些奇怪的事情了。在我們到達瓦爾納的那一天，我們就知道所有的事情都不會像我們所希望的那樣。我們只是等待哪裡會發生改變。或多或少這都應該說是一個驚訝。我相信事情會像它們應該有的那樣，而不是像我們所預料的那樣。超驗論是天使的燈塔，即使對於人類來說，它也是捉摸不定的東西。范海辛將手舉過頭頂，彷彿在向上帝抗議。但是他沒有說一句話，幾秒鐘後他站起來，表情嚴肅。

高達爾明勳爵的臉色變得很蒼白，呼吸也很沈重。我頭有點暈，吃驚得看著大家。莫里斯快速地緊了緊皮帶，我太熟悉這個動作了。在我們過去徘徊的年月裡，這個動作表示「行動」。哈克夫人的臉像鬼一樣蒼白，她額頭上的疤痕就像在燃燒，但是她仍然耐心的交叉雙手祈禱著。哈克在笑，真的在笑，一個絕望的人在黑暗裡，苦澀的笑容，但是同時他的動作卻與他的話相反，因為他的手在不自覺地尋找大彎刀的刀柄，然後停在了那裡。

「下一趟到蓋勒茨的火車，是幾點開？」范海辛對我們說道。

「明天早上6點30分！」我們都吃了一驚，因為是哈克夫人回答的。

「你怎麼會知道的？」亞瑟說道。

「你忘記了，或者你不知道，但是喬納森和范海辛醫生知道，我是列車時刻記憶能手。在埃克斯特的家中，我總是做時間表，為了幫助我的丈夫。我有時覺得這很有用，現在我總是研究時間表。因為我知道我們要想去德古拉城堡，就必須經過蓋勒茨，或者經過布加勒斯特，所以我非常仔細地記下了時間表。可惜沒有什麼用，因為只有我說的那一趟火車是明早出發。」

「好女人！」教授小聲說道。

「我們不能坐專車嗎？」高達爾明勳爵問道。

范海辛搖了搖頭，「恐怕不行。這個地方和你那裡或者我那裡都很不同。即使我們坐了專車，它也可能還沒有普通列車快。而且，我們要做一些準備。我們必須思考。現在我們安排一下。你，亞瑟，去火車站買票，確保我們可以明早出發。你，喬納森，去商船代理人那裡，從他那兒要一封給蓋勒茨的代理人的信，授權我們能夠像在這裡一樣上船搜查。昆西．莫里斯，你去見副領事，讓他和他手下的人幫助我們在途中一切順利，這樣我們在多瑙河上的時候就不會浪費時間了。約翰留下來和哈克夫人還有我待在一起，我們可以商量。如果時間很長，你們會晚回來的，如果太陽落山了也沒有關係，因為我會和哈克夫人在這裡做報告。」

「那麼我，」哈克夫人高興地說，這麼長時間以來這次是最像她自己的一次，「我會儘量幫上忙的，我會思考，並為你們記錄下來，像我原來那樣。有一些東西很奇怪的從我身上轉移了，我比最近任何時候都覺得更自由了！」

三個年輕人這時看起來更高興了，因為他們明白了她的話的含義。但是范海辛和我，把頭轉向對方，嚴肅而不安的互相看了一眼。但是我們當時沒說什麼。

當三個人去執行他們的任務之後，范海辛讓哈克夫人去查找一下日記，把哈克在城堡寫的那部分日記找出來。她去找了。

當門被關上了以後，他對我說道：「我們想的一樣！說出來吧！」

「這兒有一些變化。這是一個讓我覺得不舒服的感覺，因為她可能會欺騙我們。」

「是這樣的。你知道我為什麼讓她去拿那些手稿嗎？」

「不知道！」我說，「除非是想找一個單獨和我在一起的機會。」

「你說對了一半，約翰，但是還有一半。我想告訴你一些話。而且，我的朋友，我是在冒一個巨大的、可怕的險。但是我相信這是正確的。那時，當哈克夫人說出那些讓我們同情的話的時候，我得到了一個啟發。在三天前的催眠狀態下，伯爵將自己的精神加在她身上解讀了她的內心，或者說他把她帶到了他船上的那個大箱子裡去見他，因為他在日出和日落時可以自由的行走。他那時知道了我們在這裡，因為她有更多可以說的，她的眼睛可以看，她的耳朵可以聽，而不像他，在他的棺材裡那麼封閉，現在他正在做最大的努力躲避我們。目前他還不需要她。」

「他很確定她會聽從他的召喚的。但是他切斷了和她的聯繫，把她帶出了自己的力量之外，這樣她不再去他那裡了。啊！我希望我們人類的頭腦沒有失去上帝的恩寵，會比他的孩子般的頭腦更聰明，他的頭腦在墳墓裡待了幾個世紀，還沒有發展到我們的水平，而且他只做自私的事情，因此很小。哈克夫人來了，不要把她的催眠狀態的事告訴她！如果她知道這事，她會被壓垮，會絕望的，可是我們需要她的希望、她的勇氣，還需要她那個訓練得像男人一樣的頭腦，但事實上她的頭腦卻是一個溫柔的女人的頭腦，她身上有一種伯爵給她的特殊的力量，她可能不能全部擺脫，雖然她不這麼認為。噓！讓我來說，你聽著。約翰，我的朋友，我們現在的處境很困難。我害怕，因為我以前從不害怕。我們只能相信上帝了。安靜！她來了！」

我以為教授會垮掉，變得歇斯底里，就像他在露西死去時那樣，但是他努力的控制住了自己，並且表現得非常沈著，哈克夫人走進了屋子，表情十分高興，而且在工作中好像忘記了自己的不幸。她走進來，交給范海辛一疊打印的文字稿。他仔細的閱讀著，臉上的表情變得高興起來。

他用食指和拇指夾著這些紙，說道：「約翰，對你，你已經有了很多經驗，而對你，親愛的、年輕的哈克夫人，這是一個教訓。不要害怕思考。一個不成熟的想法一直在我腦中盤旋，但是我不敢說出來。現在，我知道了更多，我又去思考那個不成熟的想法了，我發現它已經不再是不成熟的想法了。它已經是一個完整的想法，雖然很年輕，沒有強壯到可以使用它的小翅膀。而且，像我的朋友漢斯．安徒生的『醜小鴨』，牠已經不是醜小鴨了，而是一隻大天鵝，能夠用牠的大翅膀高貴的飛翔，當到了使用牠的時候。看，我讀一讀喬納森在這裡寫的。」

「他的後代一次又一次地率領部隊越過大河，來到土耳其的土地上，即使被挫敗，也要一再的回到戰場，雖然他不得不獨自一人，從他那慘遭屠殺的血染的戰場回來，因爲他知道只有他一人能獲得最終的勝利。」

「這些話告訴我們什麼？沒什麼嗎？不！伯爵的孩子般的頭腦什麼也看不見，因此他說話很自由。你們的男人的頭腦什麼也沒看出來，我的男人的頭腦也什麼都沒看出來，直到剛才。不！不過是一句話，是一個沒有思考的人說的，因為他同樣也沒有明白那是什麼意思。就像自然力，在自然的過程中它們向前走，它們發揮作用。然後是一道閃光，像天堂那麼明亮，讓一些人失明，它也殺死了一些人。但是它照亮了下面的整個地球。不是嗎？好，我會解釋的。一開始，你們研究過犯罪的哲學嗎？『是』和『否』。你，約翰，是的，因為那是精神病的一項研究。你，沒有，哈克夫人，因為你沒有接觸過犯罪，不，只有一次。當然，你想得對，我這裡說的是普遍情況而不是特殊情況。罪犯有一個特點。

「它很穩定，在所有的國家和所有的時代裡，甚至是警察——不知道太多哲學——也通過經驗認識了它，這就是它，經驗主義。罪犯總是要犯一次罪的，這樣才算是一名真正的罪犯，好像注定了要犯罪似的。這個罪犯沒有完整的人類頭腦。雖然他聰明、狡猾、機智，但是在頭腦上他不能和成人相比。他的頭腦是孩子的頭腦。現在我們的這個罪犯也是注定了要犯罪的。他也有孩子的頭腦，而且他做的事情也是孩子才做的。小鳥，小魚，小動物不是從原理中學習，而是從經驗中學習。當他學著做了，他就有了可以做得更多的基礎。『給我一個支點，我就能轉動地球。』阿基米德這樣說。做過一次，就會成為他孩子般的頭腦成長為成人的頭腦需要的支點。因為他想做得更多，他每次都不斷地做同樣的事情，就像他原來做的那樣！親愛的，我看見你的眼睛睜大了，對於你，閃電般的光把所有的東西都照亮了。」因為哈克夫人開始鼓掌，眼睛閃著光。

他繼續說道：「現在你可以說一說。告訴我們這兩個研究科學的無聊的人，你用你那明亮的眼睛都看見了什麼？」他一邊說著，一邊將她的手握住。他的食指和拇指按在她的脈搏上，我的直覺是這樣的。

她說道：「伯爵是一個罪犯，像一個普通的罪犯一樣。作為一個罪犯他有一個不健全的頭腦。於是，在困難中他就不得不從自己的習慣中找對策。他的過去是一條線索，我們知道的那一部分，也是他親口說出來的，告訴我們，曾經，他從自己試圖征服的土地上回到了自己的國家，在那裡，他沒有放棄目標，為下一次的努力做著準備。他又回來了，這次他準備得更充分，最後他贏了。於是他又來到了倫敦，想要征服一片新的土地。但是他打了敗仗，當失去了成功的任何希望的時候，他自己也陷入了危險，他跨越海洋逃回了自己的家中。就像上一次他跨過多瑙河從土耳其的土地上逃離一樣。」

「很好，很好！你真是聰明的女人！」范海辛一邊激動地說著，一邊彎下腰親吻了她的手。一會兒他告訴我，就像我們在病房裡會診一樣平靜，「脈搏只有72下，而且這麼激動。我有希望。」

他又轉向她，帶著熱切的希望說道：「繼續說，繼續說！如果你願意的話，接著說下去。不要害怕。約翰和我都知道。我會告訴你是否正確的。說吧，不要怕！」

「我試一試吧。但是如果我太自大了，請原諒我。」

「不！不要怕，你一定要自大，因為我們考慮的是你。」

「然後，因為他是個罪犯，他很自私。智力很低，他的行動建立在自私的基礎上，他把自己限制在了一個目的上。那個目的是殘忍的。就像他跨過多瑙河逃跑，而把他的軍隊留在那裡任人宰割一樣，所以他現在的目的就是安全，對其他的一切都不關心。於是他的自私把我的靈魂從他的可怕的影響力中解放出來了。我感覺到了！我感覺到了！為他的仁慈感謝上帝！我的靈魂自從那可怕的時刻起從來沒有這麼自由過。我擔心的就是在某次催眠或是夢境中，他利用了我的知識服務於他的目的。」

教授站起來，說道：「他就是這樣利用了你的頭腦，藉此他把我們留在了瓦爾納，而那艘載著他的船在霧的包圍下衝向了蓋勒茨，無疑，他在那裡做好了從我們手中逃脫的準備。但是他的孩子般的頭腦只能看到這麼遠。也許這就是天意，這個惡魔為了自己的私利所依靠的東西，最後卻成了他最大的傷害。獵人掉進了自己的陷阱，就像偉大的《詩篇》說的那樣。他以為自己已經完全擺脫了我們的跟蹤，他已經躲避了我們這麼長時間，然後他自私的孩子般的頭腦會讓他睡覺的。他還以為，他切斷了和你的聯繫，不能進入你的頭腦了，你也不會進入他的精神裡了。這就是他失策的地方！他給你做的那次可怕的殉教使你能夠自由的進入他的精神，就像迄今為止你在自由的時候做過的那樣，當太陽升起和落下的時候。就像現在這樣，你只聽從我的意志而不是他的。你從遭遇中得到了這個對你和他人都有益處的能力。更珍貴的一點是他不知道的，他為了保護自己甚至切斷了和你的聯繫。無論如何，我們不是自私的，我們相信在所有的這些黑暗中，和這些黑暗的時刻，上帝是與我們同在的。我們應該跟著他，我們不能退縮。即使我們冒著變成和他一樣的危險人物。約翰，這是一個重要的時刻，讓我們在我們的道路上前進了一大步。你要做筆記，把這些都記下來，這樣等其他人工作回來，你可以把這個給他們看，他們就會知道的和我們一樣多了。」

於是，我在等待他們歸來的時候記下了這些話，哈克夫人用打字機將發生的事，都記了下來。

西沃德醫生的日記

10月29日

這是在從瓦爾納開往蓋勒茨的火車上寫的。昨天晚上在日落之前我們悄悄集合了一下。每個人都盡力地完成了自己的工作，就想法、努力和機會而言，我們已經為整個旅途和我們到達蓋勒茨以後的工作做好了準備。當那個時間又來到的時候，哈克夫人準備進入催眠，范海辛經過了比往常更長的時間、認真的努力，使她進入了催眠狀態。通常她只是暗示，但是這次教授要問她問題了，並且要問得相當堅決。最後她的答案出來了——

「我什麼也看不見。我們在靜止中。沒有波浪拍打的聲音，只有水輕輕的沖刷繩索的平緩的渦流聲。我能聽見人們在叫，時遠時近，還有槳在槳架中搖擺的吱吱嘎嘎的聲音。某個地方響起了槍聲，它的迴聲好像很遙遠。頭頂上有腳步踐踏的聲音，繩子和鎖鏈被拖拽著。這是什麼？有一束光，我能感覺到微風吹在我身上。」

她這時停下了。彷彿受到了什麼驅使，她從沙發上站起來，舉起雙手，手掌朝上，好像在舉重。范海辛和我互相看著對方，我們都明白了。昆西微微抬起眉毛，目不轉睛的看著她，而哈克的手則本能的靠近了彎刀的刀柄。然後是一段很長時間的停頓。我們都知道她能夠說話的時間已經過去了，但是我們覺得說什麼都沒有用了。

突然她坐起來，睜開眼睛溫柔的說：「你們誰想喝茶？你們一定都很累了！」

我們只能讓她高興，於是同意了。她跑出去準備茶水。她走了以後，范海辛說道：「你們看，我的朋友們，他靠岸了。他已經離開了箱子，但是他還必須要上岸。晚上他可能會藏在某個地方，但是如果他不被帶到岸上，或者如果船靠岸的話，他就上不了岸。在這種的情況下，如果是在晚上，他就可以變身跳上或是飛到岸上，否則，除非他是被誰帶著，不然他就逃不了。如果他真的是被誰帶著，那麼海關關員就會發現箱子裡盛的是什麼。那麼，總而言之，如果今晚他不上岸逃跑，或者是在黎明之前，他就會失去一整天的時間。我們那時就可以及時到達。因為如果他沒有在晚上逃跑，我們就會在白天遇到他，躺在箱子裡任我們擺布。因為他不敢變成他真正的樣子，如果醒著，就會被看見、被發現。」

沒有更多可說的了，於是我們耐心的等待著天亮，那時我們可以從哈克夫人那裡知道更多的信息。

今天一大早，我們屏住呼吸，等待著她在催眠狀態下的回答。進入催眠的時間比原來更長了，當它來的時候離日出只剩下很短的一段時間了，我們開始絕望。范海辛看起來竭盡了全力。最後，按照他的意旨，她開始回答：「一片黑暗。我聽見水拍打的聲音，和我一樣高，還有一些木頭，發出吱吱嘎嘎的聲音。」她停下來了，這時太陽已經升起來了。我們只好等到今晚再催眠了。

我們帶著這種期待的煩惱向蓋勒茨進發。我們應該在早上2點和3點之間到達，可是在布加勒斯特，我們已經晚了三小時了，所以我們在日出之前是不可能到達了。這樣我們還要等上兩次哈克夫人的催眠報告！任何一次或是兩次都有可能讓我們更明白正在發生的事情。

過了一會兒

日落來了又走了。幸運的是這個時候沒有讓我們分心的事情。因為如果我們當時在車站，我們就不能保證必要的安靜和隔離。哈克夫人進入催眠狀態甚至比今天早上還要困難。我擔心她解讀伯爵頭腦的能力會消失，就在我們最需要她的時候。我覺得她的想像力好像開始工作了。迄今為止在她的催眠狀態中，她只是陳述最簡單的事實。如果這樣下去，最終會誤導我們的。如果伯爵對她的控制力會像她解讀他的能力一樣消失，那麼這就會是一個高興的想法。但是我擔心事情不會這樣簡單的。

當她說話的時候，她的話讓人迷惑：「一些東西出去了。我能感覺它像一陣冷風經過我。我能聽見遠處有混亂的聲音，好像是人們在用奇怪的語言說話，水流下來的巨大的聲音，還有狼的叫聲。」她停下來，一陣顫抖經過她的身體，在幾秒鐘之內越來越強烈，直到最後她像痙攣一樣搖晃著。她沒有再說什麼，甚至沒有回答教授強制性的詢問。當她從催眠中醒過來的時候，她很冷，筋疲力盡，而且無精打采，但是她的頭腦很機靈。她什麼也記不起來了，只是問我們她自己都說了些什麼。當告訴了她以後，她仔細思考了很長時間，然後沈默了。

10月30日早上7點

我們現在接近蓋勒茨了，我一會兒可能就沒有時間寫了。今天早上的日出讓我們所有人都等待得很焦急。知道進行催眠越來越困難了，范海辛比平時要早一點進行催眠。然而，它沒有發揮作用，直到平常的時間，她都很難有反應，只在日出前一分鐘才開始。教授在問問題的時候不能浪費時間了。

她的回答也同樣的快速：「一片黑暗，我聽見水旋轉著流過的聲音，和我的耳朵一樣高，還有木頭的嘎吱聲。遠處有牛叫聲。還有一個聲音，很奇怪，像是……」她停下來了，臉色變得越來越蒼白。

「繼續，繼續！說，我命令你！」教授用痛苦的聲音說道。同時他的眼睛裡有一種絕望，因為升起的太陽把哈克夫人蒼白的臉映得紅了。她睜開了眼睛，她說的話讓我們都嚇了一跳，溫柔的，似乎非常漫不經心。

「哎，教授，為什麼讓我做你知道我做不到的事情？我什麼都不記得了。」然後，看著我們臉上驚訝的表情，她困惑的輪流看著我們每一個人，說道：「我說了什麼？我做了什麼？我什麼都不知道，我只知道我是躺在這裡的，半睡半醒，聽見你說『繼續！說，我命令你！』聽見你命令我很滑稽，就好像我是一個壞孩子！」

「哈克夫人，」他悲傷的說，「這就是證據，如果需要證據的話，證明我有多愛你和尊敬你，當一句為你好的話，被真誠的說出來，卻看起來如此奇怪，因為這是在命令她，而我以服從她為榮！」

汽笛聲響起來了，我們快到蓋勒茨了。我們充滿了憂慮和急切。

米娜．哈克的日記

10月30日

莫里斯先生帶我去了旅店，我們已經用電報在那裡預訂好了房間，他是最適合被抽出來的人，因為他不會說任何一種外語。

兵力分派得幾乎和在瓦爾納一樣，除了高達爾明勳爵去見了副領事，因為他的頭銜也許對於官員是一個直接的保證，我們都很急。喬納森和兩個醫生去商船代理人那裡了解塞莉娜．凱瑟琳號到達的詳細情況。

過了一會兒

高達爾明勳爵回來了。領事不在，副領事病了。所以日常工作由一名辦事員來照看。他很樂於助人，願意盡力提供幫助。

喬納森・哈克的日記

10月30日

9點鐘的時候，范海辛醫生、西沃德醫生和我拜訪了梅瑟斯麥肯錫&斯坦考夫公司，倫敦的海普古德公司的代理商。他們從倫敦收到了一封電報，是對高達爾明勳爵的電報請求的回覆，要求他們給我們提供方便。他們非常友善和禮貌，立即帶我們上了塞莉娜・凱瑟琳號，它停泊在河港外。在那裡我們見到了船長多尼爾森，他告訴了我們他的旅程。他說他一生中從來就沒有這麼順風過——

他說道：「但是這讓我們害怕了，因為我們覺得我們必須為此遭到一些厄運，這樣才可以保持平衡。不太幸運的是從倫敦到黑海的航行都有風，就好像是魔鬼自己在向我們的帆吹風。這時我們發現了一個問題。每當我們靠近一艘船，一個港口，或是一個岬的時候，霧就會籠罩著我們和我們一起走，直到它散去，當我們向外看的時候，我們卻什麼也看不見了。我們經過直布羅陀海峽時發了信號，當我們來到達達尼爾海峽，等待通過的許可的時候，我們遇到了很大的風。一開始我想放下帆迎風斜駛直到霧散開。但是有時，我覺得是不是魔鬼想讓我們快點進入黑海，無論我們想不想他都想這樣做。如果我們行駛得快，既不會對船主失信，也不會對航行不利，而且那個老人會非常感謝我們沒有妨礙到他的。」

這段結合了簡單和巧妙、迷信和商業理論的話喚醒了范海辛，他說：「我的朋友，魔鬼比有些人想的要聰明，他知道什麼時候會碰上對手。」

船長沒有對這個恭維發火，繼續說道：「當我們經過博斯普魯斯海峽的時候，船員們開始發起牢騷。他們中的羅馬尼亞人過來要我把一個大箱子扔進海裡，就在我們從倫敦出發之前一個長相奇怪的老人把它放在了船上。我看見當他們看見他時，伸出兩根手指，保護自己不受邪惡眼光之害。外國人的迷信真是荒謬可笑！我讓他們去管好自己的事情，但是就在一團霧籠罩在我們周圍時，我看見他們又在抱怨，雖然我不知道是不是又是關於那個大箱子。大霧五天都沒有散去，我就讓風帶著我們的船，因為如果魔鬼想去什麼地方，他會馬上到達的，如果他不想，我們就得注意點了。還好，我們一路都很順暢。兩天前，當早晨的太陽在霧中升起時，我們發現自己已經在蓋勒茨對面的河上了。

「那些羅馬尼亞人瘋了，讓我無論如何要把箱子搬出來扔進河裡。我和他們爭論，當他們的最後一個人用手抱著頭下了甲板，我說服了他們，不管什麼邪惡不邪惡的眼光，我的物主的財產和信任在我手上總比在多瑙河裡的好。他們已經把箱子搬上甲板準備扔下去了，因為上面標著經由瓦爾納到蓋勒茨，我想還是讓它一直待到我們在港口卸貨，然後一塊卸下去。我們那天沒怎麼清掃，把船停泊在那裡。但是早上，在日出前一小時，一個人上船來，帶著一份從英格蘭寫給他的命令，來接收一個標著給德古拉伯爵的箱子。他顯然是來處理這件事情的。他把文件給我看了，我很高興擺脫了那個該死的東西，因為我自己也開始不安起來。如果魔鬼真的在船上放了什麼行李，我覺得就是那個東西！」

「拿走它的人叫什麼名字？」范海辛壓抑住急切，問道。

「我馬上就告訴你！」他回答，然後下到他的船室裡，拿來了一個收據，上面簽的名字是「伊瑪紐爾．西爾德沙姆」，地址是勃根施特拉斯16號。我們看到這些就是船長知道的所有的東西了，於是謝過他我們就離開了。

我們在西爾德沙姆的辦公室見到了他，是一個猶太人，長著像綿羊一樣的鼻子，戴著土耳其帽。經過一番討價還價，他告訴了我們他所知道的。這個很簡單，但是很重要。他收到了倫敦的德維爾先生的一封信，讓他如果可能的話在日出前接收一個箱子，為了躲開海關，這箱子會跟塞莉娜．凱瑟琳號一起到達蓋勒茨。他會把這個東西委託給佩特羅夫．斯金斯基，他和沿河到港口做生意的斯洛伐克人打過交道。他得到的報酬是一張英國銀行的支票，並且已經及時地在多瑙河國際銀行兌換成了金子。當斯金斯基來找他的時候，他把他帶到了船上把箱子交給了他。這就是他知道的全部了。

然後我們開始尋找斯金斯基，但是找不到他。他的鄰居們好像一點都不喜歡他，說他兩天前就走了，沒人知道去了哪裡。這一點被他的房東所證實，使者給他送來了房子的鑰匙和應付的房租，是英國鈔票。這是在昨晚10點到11點之間。我們又停頓下來。

就在我們說話的時候，一個人氣喘吁吁地跑來說，在聖彼得教堂墓地的圍牆內發現了斯金斯基的屍體，他的喉嚨好像是被什麼猛獸給撕開了。那些和我們說話的人跑去看，女人們尖叫起來：「這是斯洛伐克人幹的！」我們趕緊離開了，以免牽扯進這件事中被扣留。

我們在回家的路上得不出確定的結論。我們都確信那個箱子正在路上，通過水路，去某個地方，但是它去了哪裡我們還得調查。我們帶著沈重的心情回到旅館找米娜。

但我們聚在一起時，第一件事情就是討論要不要讓米娜再回到我們的討論小組中。希望已經越來越渺茫了，但這起碼還是一個機會，雖然很冒險。作為開端，我被從對她的承諾中解放出來。

米娜．哈克的日記

10月30日傍晚

他們十分疲倦和沮喪，在休息之前，什麼都沒做，所以我讓他們都躺半個小時，然後把直到現在所有的事情都記了下來。我對發明了「旅行者」打字機的人表示衷心的感謝，還很感謝莫里斯先生把它給了我。如果我要用鋼筆來做這件工作的話，我會抓狂的。

全部完成了。可憐的、親愛的喬納森，他都受了些什麼苦，他現在一定還在受苦。他躺在沙發上幾乎看不出來他在呼吸，他的整個身體都好像垮掉了一樣。他皺緊眉頭，表情痛苦。可憐的人，也許他正在思考，我能看見他的臉因為注意力的集中而皺起來。唉，要是我能幫忙就好了。我會盡力幫助的。

我問了范海辛醫生，他把所有我還沒有看過的文件給了我。他們休息的時候，我要仔細的閱讀一遍，也許我能得出什麼結論。我要像教授一樣，不帶偏見的思考我眼前的事實……

我相信是天意讓我得到了一個發現。我應該找來地圖看一看。

我比什麼時候都能確定我是正確的。我的新結論已經準備好了，因此我要把大家集合起來讀給他們聽。他們可以來評判。要準確，每一分鐘都很寶貴。

米娜·哈克的備忘錄

（寫在她的日記裡）

調查的基礎——德古拉伯爵的問題是要回到他自己的地盤上。

一、他必須被人帶回去。這很顯然。因為如果他能夠自己隨意的走，他可以變成人，或者狼，或者蝙蝠，或者其它的什麼樣子。他在無助的狀態下，顯然害怕被發現或是受到阻礙，於是在日出和日落之間把自己關在木頭箱子裡。

二、他會被怎樣的帶走呢？這裡用一個排除法可能對我們有幫助。是走馬路，坐火車，還是坐船呢？

（1）走馬路——這樣有數不清的麻煩，尤其是在離開城市的時候。

1.有很多人。人們會好奇的，他們會調查。關於箱子裡是什麼，一個暗示、一個猜測、一個懷疑、都會毀掉他。

2.會，或者可能會通過海關和徵收入市稅的官員。

3.他的追蹤者可能會跟著他。這是他最害怕的。為了防止被告密，他甚至拒絕了他的犧牲者——我！

（2）坐火車——沒有人看管箱子。要冒被拖延的風險，拖延會致命的，因為敵人可能有了線索。確實，他可以在晚上逃跑。但是他該怎麼辦呢，如果被丟在一個陌生的地方而沒有可以去的避難所？這不是他想要的，他不會冒這個險。

（3）坐船——這在一方面是最安全的方法，但在另一方面又是最危險的。在水上他沒有力量，除了在晚上。即使是在那時他也只能召集霧，暴風雨，雪和他的狼群。但是如果船隻遇險，漂流的水會把無助的他吞沒，那樣他就真的要遭難了。他可以讓船登陸，但是如果那地方對他不利，在那裡他不能自由的移動，他的處境仍然很困難。

我們通過報告知道他正在船上，所以我們要做的就是確定他在什麼河上。

第一件事就是要準確的知道他至今都做了些什麼。那時，我們可能就會知道它的任務是什麼。

首先——我們必須認識到，他在倫敦做的事情是他總的行動計畫的一部分，而他現在最緊迫的是要儘量安排好一切保證安全。

其次，我們必須盡可能的根據我們知道的事實，推測他在這裡都幹了些什麼。

關於第一點，他顯然是想去蓋勒茨的，將發票送到瓦爾納來欺騙我們，以防我們確定他離開英國的方式。他在當時的最直接的和唯一的目的就是逃跑。這一點的證據就是他寄給伊瑪紐爾·西爾德沙姆的信，指示他在日出之前將箱子取走。還有對斯金斯基的指示，這只是我們的猜測，但是一定會有什麼信或者是信息，因為斯金斯基去找了西爾德沙姆。

我們知道，至今他的計畫都是成功的。塞莉娜·凱瑟琳號的航行少有的神速，所以才引起了船長多尼爾森的懷疑。但是他的迷信連同他的狡猾無意中讓伯爵佔了便宜，他在霧中順風前進直到被蒙著眼睛到達了蓋勒茨。這樣就證明瞭伯爵的計畫訂得很成功。希爾德沙姆取走了箱子，交給了斯金斯基。斯金斯基取走箱子，這時我們就失去了線索。我們只知道箱子正在某個河上前進。海關和入市稅徵收所，如果有的話，都被避開了。

現在我們來看看伯爵在登陸蓋勒茨之後幹了些什麼。

箱子在日出之前交給了斯金斯基。在日出的時候，伯爵可以變成他自己的樣子。現在，我們思考一下，為什麼在所有人當中，要挑選斯金斯基來協助他的工作呢？在我丈夫的日記中，提到斯金斯基和沿河到港口做生意的斯洛伐克人打交道，還有人說謀殺是斯洛伐克人幹的，這些顯示出對他的社會階級的反感。伯爵是想孤立。

我的推測是，伯爵在倫敦決定通過水路回城堡，這是最安全和祕密的方法。他被斯則格尼人從城堡帶出來，他們可能把貨物交給了斯洛伐克人，斯洛伐克人把貨物運到了瓦爾納，從那裡被用船運到了倫敦。因此伯爵知道能夠提供這項服務的人。當箱子在陸地上，在日出之前或者日落之後，他從箱子裡出來，與斯金斯基見面，指示他安排將箱子運到河上。當完成了以後，他知道一切都準備妥當了，於是他殺掉了自己的代理人，銷毀了證據。

我看了地圖，發現最適合斯洛伐克人走的兩條河是普魯斯河和塞雷斯河。我在文件裡讀到在我的催眠狀態下，我聽到了牛在叫，和水同我耳朵一樣高的地方旋轉著流過，還有木頭的嘎吱聲。那時伯爵在他的箱子裡，在某條河上的一條露天的船上，可能是借助槳或者竿子前進，因為河岸很近，它是逆流前進。如果是順流就不會有這樣的聲音。

當然可能不是普魯斯河或是塞雷斯河，但是我們可以以後調查。在這兩條河中，普魯斯河更容易航行，但是塞雷斯河將樊都和比斯特里茲連在一起，包圍著博爾果通道。它構成的這個環道顯然是在水上最接近德古拉城堡的地方。

米娜．哈克的日記之繼續

當我讀完了，喬納森抱住我親吻起來。其他人用手搖晃著我，范海辛醫生說：「我們親愛的米娜女士再一次作了我們的老師。她的眼睛看到了我們沒有看到的地方。現在我們再次有了線索，這一次我們可能就會成功了。我們的敵人正在他最無助的時候。如果我們能在白天找到他，在河上，那麼我們的工作也就完成了。他有了一個開始，但是他無法加快速度，因為他不能從箱子裡面出來，以免運箱子的人懷疑。只要他們一懷疑，便會把它扔進河裡，他就會死的。他知道這個，所以他不會這麼做的。現在我們要開始計畫了。」

「我去找一個蒸汽艇追上他。」高達爾明勳爵說道。

「我騎馬在岸上追，以防他上岸。」莫里斯先生說。

「很好！」教授說：「兩個主意都很好。但是兩個都不能單獨去。一定會有武力來壓倒武力的。斯洛伐克人很強壯和粗魯，他們帶著厲害的武器。」所有的人都笑了，因為他們帶了一個小小的軍械庫。

莫里斯先生說道：「我帶了一些溫徹斯特式連發槍。他們在人多的時候很便於攜帶，那兒可能還會有狼。如果你們記得的話，伯爵還有其他的預防措施。他給了別人一些命令，哈克夫人聽不太清或者沒有明白。我們必須做好全面的準備。」

西沃德醫生說道：「我想我最好和昆西一起去。我們已經習慣了一起打獵，我們兩個也武裝得很到位，無論遇到什麼情況，我們都能對付得了。你也不能自己去，亞瑟。你可能要和斯洛伐克人搏鬥，因為我猜他們不會帶著槍，要是他們把你推下水，我們所有的計畫就都毀了。這個時候不能冒險。直到伯爵的頭和身體分離的那一天，我們都不能休息，而且我們確信他是不會轉生的。」

他說的時候看著喬納森，而喬納森則看著我。我能看出來這個可憐的人心裡在流淚。他當然想和我在一起。但是在船上的計畫是最有可能消滅那個……吸血鬼的計畫。（為什麼我在寫這個詞時會猶豫？）

他沈默了一會兒，在他沈默的時候，范海辛醫生說：「喬納森，對於你有兩個原因。第一、因為你年輕勇敢，能夠戰鬥，最後可能所有的力量都要被用上。第二、你最有權力消滅他，是他給你還有你的妻子製造了這麼多的災難。不要擔心哈克夫人。我會照顧好她的，如果我可以的話。我老了，我的腿不像以前能跑得那麼快了。而且我不習慣騎這麼長時間的馬追趕，我也不會用暴力的武器。但是我可以派上其它用場。我可以用別的方式戰鬥。如果需要的話，我也可以像年輕人一樣死。現在讓我說說我要做的。當你們，我的高達爾明勳爵和喬納森坐著你們飛快的汽艇溯流前進時，當約翰和昆西看守著岸邊以防他上岸時，我會帶著哈克夫人到敵人的領地的心臟那去。當這個老狐狸被關在箱子裡，在流水中飄流，不敢從那裡逃到岸上，也不敢打開蓋子以免他的斯洛伐克運輸工會因為恐懼而把他殺死的時候，我們會沿著喬納森走過的路，從比斯特里茲經過博爾果，最後找到德古拉城堡。在第一個日出之後，當我們接近那個重要的地方的時候，那時，哈克夫人的催眠能力肯定會有幫助的，儘管前方的路途黑暗和未知。我們會找到我們的路的。在那裡我們有許多事情要做，還有很多地方要淨化，這樣那個毒蛇的老巢就會被毀掉了。」

這時喬納森激動的打斷了他，說：「范海辛教授，你的意思是不是說，你會帶著米娜，在她悲傷的時候，在她染上了那個魔鬼的瘟疫的時候，到那個地獄去？絕對不行！無論如何都不行！」

有一段時間他幾乎說不出話來，然後繼續說道：「你知道那個地方是什麼嗎？你見過那個臭名昭著的獸穴嗎？你知道在那裡月光都有可怕的形狀，每一粒在風中旋轉的塵埃都是一個凶猛的魔鬼的胚胎嗎？你感受過吸血鬼的嘴唇就在你的喉嚨上嗎？」

這時他轉向我，當他的眼睛落在我的額頭上時，他舉起雙臂哭喊道：「我的上帝，我們做了什麼，要遭遇這樣的恐怖？」然後他倒在沙發裡，痛苦的崩潰了。

教授用清澈、溫柔的聲音說著，好像在空氣裡迴蕩，讓我們都平靜下來：

「唉，我的朋友，這是因為我會把哈克夫人從那個可怕的地方救出來，所以我才會這樣做。上帝不許我把她帶到那裡去。在那個地方能得到淨化之前，有很多工作，辛苦的工作要做。記住我們現在非常艱難。如果這次伯爵從我們手上逃跑了，他很強大、敏銳和狡猾，他會沈睡一個世紀，然後遲早有一天我們親愛的哈克夫人，」他拿起我的手，「就會到他那裡去，成為他的夥伴，就會成為你曾經看到的那些人。你告訴過我們她們得意的大笑。你聽到過她們抓住伯爵扔給她們的那個活動的袋子時的可怕的笑聲。你發抖了，這是應該的。原諒我讓你這麼痛苦，但是這是必要的。朋友，難道這不是一個緊迫的需要嗎？我可能會為它而死，如果需要有人到那個地方去的話，應該是我去做他們的夥伴。」

「請按照你的願望做吧，」喬納森說，他的啜泣讓他整個身子都在顫抖，「我們的命運就在上帝手裡了。」

過了一會兒，看見這些勇敢的人們工作的方式對我有好處。女人該怎樣幫助這些如此真摯、如此忠實、如此勇敢的男人們啊！這也讓我想到了金錢——偉大的力量！我很高興高達爾明勳爵很富有，莫里斯先生也很有錢，他們兩個都願意慷慨解囊。如果不是這樣，我們的小遠征隊就不能這麼迅速和全副武裝的出發。安排好我們每個人做什麼還不到三個小時。現在高達爾明勳爵和喬納森有了一艘可愛的汽艇，冒著蒸汽隨時準備出發。西沃德醫生和莫里斯先生有了6匹馬，裝備完善。我們準備好了所有地圖和各種各樣的用具。范海辛教授和我將乘今晚11點40分的火車前往維萊斯提，在那裡我們找一輛馬車去博爾果通道。我們帶了很多錢，因為要買馬車。我們要自己駕駛，並且在這件事上我們沒有可以信任的人。教授懂很多種語言，所以我們會很順利。我們都帶著武器，甚至我也有一把大口徑左輪手槍。除非我像其他人一樣武裝起來，喬納森會不高興的。唉！我帶不了一樣別人都能帶的武器，我額頭上的傷疤不許我帶它。親愛的范海辛教授安慰我說我已經全副武裝了，因為可能有狼。天氣越變越冷，暴風雪忽下忽停，像是警告。

過了一會兒

我用了所有的勇氣跟我親愛的人說再見。我們可能再也不能相見了。勇氣，米娜！教授正在懇切地看著你。他的表情是在警告。現在不能流眼淚，除非上帝讓它們高興得流出來。

喬納森・哈克的日記

10月30日晚上

我利用從汽艇的爐門透出來的光寫日記。高達爾明勳爵正在發動機器。他很有經驗，因為他在泰晤士河上有一艘自己的遊艇，在諾福克河上也有一艘。關於我們的計畫，我們最後決定米娜的猜想是正確的，如果伯爵要選擇一條水路逃回他的城堡的話，那麼塞雷斯河還有與它交匯的比斯特里茲河就會是他的選擇。我們認為，在大約北緯47度的某個地點就是穿越河流和喀爾巴阡山之間的國家的地方。我們不怕在晚上用很快的速度溯流而上。河流奔騰，兩岸相距得足夠遠，即使是在晚上，也很容易開船。高達爾明勳爵讓我睡一會兒，因為現在有一個人看守著就足夠了。但是我睡不著，我怎麼能睡著呢？我的妻子頭上懸著巨大的危險，她正在向那個可怕的地方走去……

我唯一的安慰就是我們的命運在上帝的手中。就是因為這個信念死比活更容易，這樣就擺脫了所有的煩惱。莫里斯先生和西沃德醫生在我們出發之前就已經出發了。他們會沿著右岸，爬上一個高地，可以俯瞰整條河，避免漏掉轉彎的地方。他們先讓兩個人分別騎著和牽著他們多出來的馬，一共4匹，以免引起好奇。不久，他們會打發走那幾個人，自己照看這些馬匹。我們可能會加入他們的部隊。如果是這樣的話，我們所有的人都會有馬騎。其中一個馬鞍有一個可以移動的鞍頭，會很適合米娜的，如果需要的話。

我們踏上的是一段瘋狂的冒險之旅。現在，我們在黑暗中向前衝著，從河裡來的冷氣好像在向上升，打在我們身上，周圍是各種夜晚神祕的響聲。我們好像正在不知不覺地陷入一個未知的地方和一條未知的道路，和一個充滿了黑暗和恐怖的東西的世界。高達爾明正在關爐門……

10月31日

依然在趕路。白天來了，高達爾明正在睡覺。我在看守。雖然我們穿著很厚的皮衣，但早上仍然有一股刺骨的寒冷，真感謝爐子的熱氣。至今我們只經過了幾艘露天的船隻，但是沒有一艘船上有任何箱子或是我們尋找的那種尺寸的包裹。每次我們用電燈照著人們，他們總是很害怕，跪下來祈禱。

11月1日傍晚

一整天都沒有消息。我們沒有找到任何我們要尋找的東西。我們現在到了比斯特里茲河，如果我們的猜測是錯誤的話，那麼我們就失去了機會。我們仔細檢查了每一艘船，不論大小。今天一大早，一個水手把我們當成了政府的船，熱情地接待了我們。我們發現這是一種掃除障礙的方法，於是在樊都，在比斯特里茲河匯入了塞雷斯河，我們找到一面羅馬尼亞國旗，把它放在顯眼的位置上。自從那時我們檢查每一艘船的時候，這個小手段都成功了。我們受到了所有船的尊敬，我們的要求沒有一次遭到拒絕。一些斯洛伐克人告訴我們，一條大船經過他們，比尋常的速度要快，船上有兩倍的船員。這是在他們到達樊都之前，所以他們說不清這艘船拐進了比斯特里茲河、還是繼續沿著塞雷斯河航行。在樊都我們沒有聽人說過這樣一艘船，所以它一定是在晚上經過那裡的。我覺得很困。寒冷可能正在對我起作用，我們必須休息一會兒了。高達爾明堅持由他來先看守。上帝保佑他。

11月2日早上

天完全亮了。那個好人沒有叫醒我。他說叫醒我會是一種罪過，因為我睡得很安詳，忘記了所有煩惱。我睡了這麼長時間卻讓他看守了一夜，看起來像是很殘忍、自私，不過他的情況還不錯。今天早上我精神煥發。當我坐在這裡看著他睡覺的時候，我可以同時做好所有必要的事情，包括留心引擎，駕駛和監視。我能感覺到我的力量和精力又回來了。不知道現在米娜在哪裡，還有范海辛。他們應該在星期三，大約中午的時候到達維萊斯提。他們要找到馬車還要花一些時間。所以如果他們開始走得很艱難，他們現在大約是在博爾果通道上。上帝指引和幫助他們吧！我不敢去想會發生什麼事情。但願我們可以走得快點。但是我們不能。引擎在振動，已經開足馬力了。不知道西沃德醫生和莫里斯先生現在怎麼樣了。好像有無數條小溪從山上流下來匯入河中，但是因為它們都不大，所以騎手可能不會遇到太大的障礙，現在，它們在冬天和冰雪融化的時候無疑會非常可怕。我希望在我們到達斯特勞斯巴之前可以見到他們。因為如果那個時候我們還沒有追上伯爵，就有必要一起討論一下，接下來該做什麼了。

西沃德醫生的日記

11月2日

在路上已經三天了。沒有消息，即使有也沒有時間把它寫下來，因為每一秒都很珍貴。我們只在馬需要休息的時候才休息。但是我們都能挺得住。那些危險的日子證明是有用的。我們必須努力向前。直到我們再次看見那艘汽艇，我們才會高興的。

11月3日

我們在樊都聽說汽艇已經進入了比斯特里茲河。真希望沒有這麼冷。好像要下雪了。如果下得很大的話，我們就不得不停下來了。在那種情況下我們必須找一個雪橇繼續前進，像俄國人一樣。

11月4日

今天我們聽說汽艇在湍流中逆流前進時出了事故停下來了。斯洛伐克人的船都成功的過去了，因為有繩子的幫助和有經驗的駕駛。一些在幾小時之前才剛過去。高達爾明自己就是一個業餘的裝配鉗工，顯然是他把汽艇又調整好的。

最後，他們在當地人的幫助下成功的過去了，重新開始了追趕。但是我擔心這次事故對船沒有好處，因為農民告訴我們當船再次進入緩流後會時不時地停下來。我們必須加緊前進了。也許不久他們就會需要我們的幫助。

米娜．哈克的日記

10月30日

中午到達維萊斯提。教授告訴我今天早晨日出的時候他幾乎無法催眠我，我能說的就是：「黑暗和安靜。」他現在去買馬車了。他說他一會兒再多買幾匹馬，這樣我們可以在路上更換。我們要走比70公里還要長的路。這個國家很美麗，非常有趣。要是我們是在不同的心情下，看到這些該會是多麼高興。如果喬納森和我單獨在這裡駕駛，該會是怎樣的樂趣啊。可以停下來看看人們，了解一下他們的生活，把這整個美麗的國家和有趣的人們的色彩和形象裝滿我們的頭腦和回憶！可是，唉！

過了一會兒

范海辛醫生回來了。他買到了馬車。我們要吃點飯，然後在一小時內出發。女店主為我們準備了一大籃子的食物。這看起來都夠一隊士兵吃的了。教授獎勵了她，然後低聲對我說需要一週以後才能再吃飯了。他還買了東西，帶回家一大堆皮衣、披肩和各種保暖的東西，我們肯定不會感到寒冷的。

我們馬上就要走了。我不敢想我們會發生什麼事。我們的命運真的在上帝手裡了，只有他才知道會發生什麼，我用我悲傷和謙卑的靈魂的所有力量，請求他保護好我親愛的丈夫。這樣無論發生了什麼事情，喬納森都會知道我有說不出多愛他和尊敬他，我最後的和最真摯的想法都永遠是為了他。

米娜·哈克的日記

11月1日

一整天我們都在前進，速度很快。馬兒好像知道我們對牠們很好，因為牠們願意用最快的速度奔跑。我們現在有了這麼多的變化，不斷地看到同樣的東西，讓我們覺得這次旅途會是輕鬆的。范海辛醫生說話很簡潔，他告訴農民他要趕到比斯特里茲，給了他們很多錢來換馬。我們喝了熱湯，茶和咖啡，然後就上路了。這是一個美麗的國家。充滿了各種能夠想像的到的美景，這裡的人們勇敢、強壯、純樸，好像充滿了優秀的品質。他們非常非常迷信。在我們停留的第一間房子，當為我們服務的女人看到我額頭上的傷疤時，她在胸前劃了十字，伸出兩根手指指著我，為了躲避邪惡眼光。我相信他們在我們的食物裡面加了過量的大蒜，然而我忍受不了大蒜。

自從那以後，我就注意不輕易脫下我的帽子或是面紗，這樣就避免了他們的懷疑。我們跑得很快，因為我們沒有馬車夫來給我們傳播謠言，因此我們沒有受到什麼詆毀。但是我敢說對邪惡眼光的恐懼會一路上都緊緊跟在我們後面的。教授好像不知疲倦，一整天他都不休息，雖然他讓我睡了很長的時間。在日落的時候，他催眠了我，他說我的回答仍舊是「黑暗，拍打的浪花和吱吱嘎嘎的木頭」。因此我們的敵人依然在河上。我不敢想喬納森，但是不知為什麼我現在不擔心他了，也不擔心我自己。我在一間農舍裡等待馬匹準備齊全的時候寫下了這些文字。范海辛醫生正在睡覺。可憐的人，他看起來很累，又老又蒼白，但是他的嘴巴像一個征服者一樣堅定。甚至在他的夢裡他都充滿決心。等我們出發的時候我一定要讓他在我駕駛的時候睡覺。我應該告訴他我們前面還有很長的日子，他一定不能在最需要他力量的時候垮掉……一切都準備好了。我們馬上就上路。

11月2日早上

我成功了，我們一晚上都輪流駕駛。現在是白天了，明亮、寒冷，空氣中有一種奇怪的沈重。我用沈重是因為找不到更好的詞了。我的意思是它在壓迫著我們。天非常冷，只有我們溫暖的皮衣才能讓我們舒服一點。在黎明時范海辛催眠了我。他說我回答的是「黑暗，吱嘎嘎的木頭，還有咆哮的河水」，因此在他們前進的時候，水有變化。我真希望我的丈夫不會遇到危險，但是我們的命運在上帝手中。

11月2日晚上

一整天都在駕駛。我們越往前走，人煙就越來越稀少，喀爾巴阡山的橫嶺在維萊斯提的時候看起來還那麼遙遠，低低的在地平線上，現在好像包圍了我們，高聳在面前。我們兩個人的精神都很好。我覺得我們都在努力讓對方高興，在這樣做的過程中也讓自己高興。范海辛教授說我們會在早上到達博爾果通道。現在這裡的房子就已經很稀少了，教授說我們的最後一匹馬必須一直跟著我們，因為我們不能換了。他又找來了兩匹馬，這樣現在我們就有了一個簡陋的四驅馬車。這些親愛的馬兒又耐心又聽話，沒有給我們製造麻煩。我們不擔心其他的旅客，所以甚至是我也可以駕駛。我們要在白天到達通道。我們不想早到。所以我們不著急，每個人都休息了很長時間。唉，明天會帶給我們什麼？我們去尋找那個讓我的丈夫受了那麼多苦的地方。上帝答應會正確的指引我們的，他會屈尊保護我的丈夫和那些對我們都很珍貴的人們的，他們現在都非常危險。至於我，我不值得進入他的考慮範圍。唉！我在他的眼中是不潔的，直到他屈尊讓我進入他的視野，就像那些沒有受過他的懲罰的人一樣。

亞伯拉罕．范海辛的備忘錄

11月4日

這是給我的忠實的老朋友，倫敦帕夫利特的約翰．西沃德的，以防我見不到他。我會說清楚的。這是早上，我在火邊寫著，一晚上我都沒有熄滅它，哈克夫人幫助我。天非常的冷，冷到灰色的低沈的天空布滿了雪，它會下整個冬天。這好像影響到了哈克夫人。她一整天都昏昏沈沈的，也不像她自己了。她睡呀，睡呀，睡呀！她平常是那麼機靈，可是一整天幾乎沒有做任何事情。她甚至沒有了胃口。她沒有在她的小日記本裡記日記，原來她每一段都會忠實地記錄下來。有些東西悄悄地告訴了我——情況不妙。無論如何，今晚她睡得很好。一整天長時間的睡眠讓她恢復了精神，因為她現在就像原來一樣溫柔和聰明瞭。在日落的時候我想催眠她，可是，唉！沒有反應。她的能力一天一天地減少了，今晚根本就沒有了。唉，一切都是天意，無論是什麼，無論會把我們領向哪裡！

因為現在哈克夫人不再用速記文字記日記了，所以，我必須用我笨拙的老套的方式來做記錄，這樣每天才不會沒有記錄。

我們昨天早晨，在剛剛日出過後到達了博爾果通道。當我看見黎明的跡象的時候，我開始準備催眠。我們停下馬車，從上面下來，這樣就不會有干擾了。我用毛皮做了一個臥榻，哈克夫人躺在上面，像往常一樣做出了反應，但是非常的緩慢，時間也很短。答案和以前一樣，「黑暗和旋轉的水流。」然後她醒了，活潑而容光煥發，我們繼續趕路，不久就到了通道。此時此地，她表現出異常的興奮。她的體內的一種新的指引的力量顯現了出來，因為她指著路說：「這就是了。」

「你怎麼知道的？」我問道。

「我當然知道了，」她回答道，停了一下，又說：「我的丈夫喬納森不是走過它，並且記下來了嗎？」

一開始我覺得有點奇怪，不過不久我就發現只有一條這樣的小路。它很少被用到，和從布科維亞到比斯特里茲的馬車道很不同，後者路面更寬、更硬，用得更頻繁。

於是我們沿著這條路走。當我們遇到別的路，我們不確定它們是路，因為它們很不起眼而且被雪蓋上了，馬兒知道，也只有牠們知道。我讓馬自由的走，牠們非常耐心的前進。不久以後我們看到了喬納森在他那本日記裡提到的所有東西。接著我們走了很長很長的時間。一開始，我讓哈克夫人睡覺。她試了，也成功了。她一直睡著，直到最後，我感到很可疑，試圖叫醒她。但是她繼續睡著，雖然我試了，但還是叫不醒她。我不想太使勁，以免傷害到她。因為我知道她受了很多苦，有時睡眠對她來說是最重要的事。我覺得自己昏昏欲睡，因為我突然覺得很內疚，好像做錯了什麼事情。我覺得自己脫了韁，韁繩在手裡，馬兒像原來一樣緩緩的前進。我低頭看見哈克夫人睡著。現在離日落的時間不遠了，陽光在雪地上就像黃色的洪水，我們在地上投下長長的影子。我們正在上升，上升，一切都是那麼荒蕪，就像是世界的終點。

然後我叫醒了哈克夫人。這次她醒來得比較容易，然後我試著對她進行催眠，但是她進入不了狀態。我仍然在嘗試，直到突然我發現自己和她都在黑暗中，於是我看了看周圍，發現太陽已經落山了。哈克夫人笑了，我轉過頭看著她。她現在非常清醒，看起來非常好，自從那一晚我們第一次去了卡爾法克斯以後她就再也沒有這麼好過。我很驚訝，當時很不安。但是她是那麼活潑溫柔，對我是那麼細心，讓我忘記了害怕。我點起了火，因為我取來了木材，她去準備食物，我去餵馬。當我又回到火邊時，她已經準備好了我的晚餐。我去幫她，但是她微笑著，告訴我她已經吃過了。她說她太餓了就等不及先吃了。我不喜歡這樣，而且非常懷疑。但是我怕嚇到她，於是什麼都沒說。她幫了我，我自己吃的飯，然後我們裹著毛皮坐在火堆邊上，我讓她睡覺，我來值班。但是不久我就把值班的事給忘了。當我突然記起來我還要值班時，我看見她靜靜地躺著，但是她是醒著的，用亮閃閃的眼睛看著我。一次，兩次，同樣的事情發生了，我睡了很久直到天亮。當我醒了以後，我想催眠她，但是……哎呀！雖然她順從的閉上了眼睛，卻睡不了。太陽升起來了，越升越高，這時她才睡著了，睡得很沈。我只好把她抱起來，放在車廂裡，然後我給馬套上馬具，做好了準備。夫人依舊睡著，她在睡夢中看起來更健康和紅潤了。我並不喜歡這樣。我非常擔心，擔心，擔心！我擔心一切事情，但是我必須繼續前進。我們是在用生命和死亡作賭注，或者比這更多，所以我們決不能退縮。

11月5日早上

讓我準確地記下每一件事情，因為我們已經一起見過許多奇怪的事情，但你可能覺得我——范海辛，瘋了，因為太多的恐懼和長時間的精神緊張最後衝昏了我的頭腦。

昨天一整天我們都在路上，離山越來越近，進入了一個越來越荒無人煙的地方。那裡有高高的懸崖和無數的瀑布，大自然好像正在進行它的狂歡。哈克夫人依然睡著。雖然我很餓，但是我還是叫不醒她。

我開始害怕，是這個地方致命的咒語對她開始起作用了，因為她受過吸血鬼的洗禮。「那好吧，」我對自己說，「如果她睡了一整天，那麼我晚上也不睡覺了。」因為我們在崎嶇不平的道路上前進，這裡的道路很古老而且沒有修好，於是我垂下頭睡著了。

然後我又帶著負罪感醒來，發現哈克夫人還在睡覺，太陽開始落山了。但是一切都真的變了。褶皺的山脈看起來很遠，我們離山頂不遠了，在山頂立著的就是喬納森在日記裡說的那個城堡。突然我既狂喜又害怕，無論是好是壞，都快要結束了。

我叫醒了哈克夫人，再次試圖催眠她，可是，哎呀！沒有反應，時間已經過了。然後，在黑暗來臨之前，一切都處在朦朧之中。我去餵馬。然後我生了火，哈克夫人已經醒了，比以往更迷人，我讓她舒服的坐在她的圍毯裡。我準備好了食物，但是她不吃，只是說自己不餓。我沒有強迫她，因為我知道沒用。但是我自己吃了，因為我現在必須強壯一點。然後，帶著對可能發生的事情的恐懼，我在她坐的地方圍著她畫了一個圓圈。然後在圓圈上撒了一些聖餅，我把它們弄得很碎，這樣所有的地方都能照顧到。她在那時靜靜的坐著，靜得就像是死人。

接著她越變越蒼白，比雪還要白，一句話也沒說。但當我靠近她時，她抱住了我，我能感覺到她從頭到腳都在痛苦的顫抖。

當她平靜下來時，我對她說：「你可以到火邊來嗎？」因為我想測試一下她可以做什麼。她順從地站起來，但當她邁出了一步，就停住了，像一個受傷的人一樣站著。

「為什麼不繼續？」我問道。她搖了搖頭，走回去坐到了原來的地方。然後，她睜大眼睛看著我，就像一個剛睡醒的人，只是說道：「我不能！」然後又沈默了。我高興了，因為我知道了她不能做什麼，做不了我們害怕的事情。雖然她的身體可能有危險，但是她的靈魂是安全的！

過了一會兒，馬開始驚叫起來，拉扯著繫在牠們脖子上的繩索，我走過去安撫牠們。當牠們感覺到我的手在牠們身上的時候，牠們高興的嘶鳴著，舔著我的手，安靜了一會兒。晚上我好幾次走過去安撫牠們，直到最冷的時候，所有的生命都處於低潮。這時火開始熄滅了，我正要走過去重新點燃它，突然雪橫著掃下來，還伴隨著寒冷的霧，甚至是在黑暗中還有一種光，看起來風雪和霧好像形成了一個穿著拖地長衣的女人的形狀。一切都處在死一般的寂靜中，只有馬兒在嘶鳴著、畏縮著，好像被嚇壞了。我開始害怕，非常的害怕。但是後來當站在那個圈裡時，我感到了安全。我也開始思考我的想像是關於夜晚、黑暗，和我經歷的不安與焦慮。

彷彿喬納森可怕的經歷回憶在愚弄著我。突然雪花和霧開始旋轉，我彷彿隱約的看見了那些親吻過他的女人們。然後馬兒越來越向後退，像痛苦的人一樣呻吟著。甚至這些恐懼、瘋狂不是針對它們的，所以它們可以逃跑。當這些讓人毛骨悚然的人影開始靠近和包圍我們的時候，我非常擔心我親愛的哈克夫人。我看著她，但是她卻鎮定的坐著，對我微笑。當我想走上前去重新點燃火堆的時候，她抓住我把我拉了回來，低語著，像是一個人在夢裡聽到的聲音，那麼低沈：「不！不！不要出去。在這裡你才安全！」

我轉向她，看著她的眼睛說道：「那你呢？我是在為你擔心！」

對此她大笑起來，笑聲低沈而且沒有真實感，「為我擔心！為什麼要為我擔心？」

「世界上沒有人比我更安全了！」當我在思考她的話的含義的時候，一陣風吹過來使火焰又燃起來，我看見了她額頭上的傷疤。那麼，哎呀！我知道了。如果我原來不知道，那麼不久就知道了，因為那些霧和雪旋轉的影子靠近了，但是一直保持在那個神聖的圓圈外面。

然後她們開始現形，如果上帝沒有奪走我的理智的話，因為我是親眼看見的。

在我眼前的是喬納森曾在屋裡看見的那三個女人，她們曾經親吻了他的脖子。我知道那搖擺的身影，明亮的、冷酷的眼睛，白色的牙齒，紅色的、肉慾的嘴唇。她們對著可憐的哈克夫人微笑。她們的笑聲穿過夜晚的寂靜，她們指著她，用那種甜蜜的、刺耳的聲音——喬納森說過是撞擊玻璃杯時的無法忍受的甜蜜的聲音——說道：「來吧，妹妹。到我們這裡來。來吧！」

我驚恐的轉頭看哈克夫人，我的心喜悅的像火焰一樣跳起來。因為她的溫柔的眼睛裡的恐懼、憎惡，對我的心來說這就是希望。感謝上帝她還沒有變成她們那樣。我抓住了身邊的一些木柴，拿出一些聖餅，伸進火裡。她們在我面前向後退了一下，低聲可怕的笑著。我點燃了火，不怕她們了。因為我知道我們在圓圈裡是安全的，我們既不能從裡面出來，她們也進不來。馬兒停止了呻吟，一動不動地躺在地上。雪輕輕地落在了牠們身上，牠們變白了。我知道對於那些可憐的生靈來說不會再有恐懼了。

我們在那裡一直待到紅色的朝陽開始照在雪地上。我又孤獨又害怕，滿是悲哀和恐懼。但是當那輪美麗的太陽開始爬上地平線的時候，我又獲得了重生。當第一縷陽光灑下來的時候，那些可怕的人影融化在旋轉的霧和雪之中。那幾團透明的黑暗向城堡的方向移動，最後消失了。

當黎明來臨時，我本能的轉向米娜，打算催眠她。但是她突然深沈的睡著了，我不能叫醒她。我試著在她睡覺時催眠她，但是她沒有反應，一點也沒有，白天來了。我還是不敢動彈。我生上了火，去看了看馬，牠們全都死了。今天我在這裡有很多事情要做，我一直等到太陽升得很高。因為有我必須要去的地方，雖然在那裡陽光被雪和霧遮擋住了，但是對於我來說仍是安全的。

我會用早餐來補充體力，然後我就開始艱苦的工作。哈克夫人依舊在睡覺，感謝上帝！她在睡覺的時候很平靜……

喬納森·哈克的日記

11月4日傍晚

汽艇的事故對於我們來說太糟糕了。要不是它我們早就趕上那條船了，現在我親愛的米娜就已經自由了。我不敢想像她，在那片荒原上，在那個可怕的地方的附近。我們找來了馬，繼續追趕。我在高達爾明做準備的時候寫下了這個。我們帶上了自己的武器。如果斯則格尼人想要打架的話他們就得小心了。唉，要是莫里斯和西沃德和我們在一起就好了。我們只能希望了！我不能再寫了，再見米娜！上帝保佑你。

西沃德醫生的日記

11月5日

在黎明時，我們看見一伙斯則格尼人和一輛李特四輪馬車快速地從河邊奔馳而過，似乎像衝出重圍一樣。雪輕輕地下著，空氣中有一種奇怪的興奮。這可能是我們自己的感覺，但是這樣的壓抑很奇怪。我聽見遠處有狼的叫聲。雪把牠們從山上帶下來，我們所有人都有危險，來自各個方面的危險。只要馬匹準備好了，我們馬上就走。我們騎向某個死亡的人。只有上帝才知道是誰，在哪裡，什麼時候，怎樣……

范海辛醫生的備忘錄

11月5日下午

我至少還是神智清醒的，無論如何也要感謝上帝的仁慈，儘管證明它是非常可怕的。當我讓哈克夫人在那個神聖的圓圈裡睡覺時，我向城堡的方向走去。我從維萊斯提帶來的鐵匠錘很有用處，儘管門都是開著的，但我仍然把它們從生鏽的合葉上推倒，以免有人惡意的把它們關上，我就出不去了。喬納森痛苦的經歷在這時幫了我的忙。通過對他日記的回憶，我找到了通向那個老教堂的路，因為我知道我要在那兒開始工作了。空氣很悶熱，那裡好像有一種硫磺氣體的臭味，有時會讓我頭暈。我的耳邊不是咆哮的聲音就是遠處狼嚎的聲音。我想到了哈克夫人，我發過誓的。我陷入了進退兩難的困境。

我知道至少可以找到三個墳墓，居住著的墳墓。於是我找啊，找啊，找到了其中一個。她正在睡眠中，充滿生氣和妖嬈的美麗，儘管我是來殺她的，還是顫抖起來。啊，我不懷疑在古時候，當許多男人動身來完成我這樣的任務的時候，最終發現他的心辜負了他自己，還有他的神經。於是他一再推遲，直到那個淫蕩的、不死的人的美麗和魅力催眠了他。於是他待在那裡，直到太陽落山，吸血鬼醒來。

然後那個女人睜開了她美麗的眼睛，用她那肉慾的嘴唇去親吻他，於是那個男人變得虛弱。於是在吸血鬼的世界裡又多了一個犧牲者，又多了一個人來壯大可怕的不死的人的隊伍！……

的確，我被這種魅力打動了，即使她是一個躺在被歲月腐蝕，裝滿了幾個世紀的塵土的墳墓裡，儘管有一種和伯爵待過的避難所一樣的討厭的氣味。是的，我被打動了，我，范海辛，帶著仇恨的動機，我被推遲的渴望所打動，它好像開始麻痹我的神經，阻礙我的靈魂。也可能是自然的對睡眠的渴望，空氣中的沈重開始壓倒我。無疑我開始陷入睡眠，一個屈服於那種魅力的人睜著眼睛的睡眠。空氣中傳來一陣長長的哀號，充滿悲哀和憐憫，像一聲號角把我叫醒。因為我聽到的是我親愛的哈克夫人的聲音。

於是我又緊張起來，開始了我可怕的任務，我掀開了墳墓的蓋子，發現了另一個女人，是黑的那一個。我不敢停下來像看剛才那個一樣看她，以免自己又被迷惑住了。我繼續搜尋，不久，我在一個又高又大，好像是為一個很親愛的人造的墳墓裡找到了另一個女人，像喬納森一樣我看見過她從霧的微粒中現出形來。她看起來是那麼漂亮，容光煥發的美麗，精緻的妖嬈，我身體裡男人的本能讓我產生了愛她和保護她的慾望，這讓我的頭腦裡旋轉著新的感情。不過感謝上帝，親愛的哈克夫人的靈魂的哀號仍然在我耳邊迴響。於是，在我產生那種感情之前，我振作精神開始我的工作。這時我已經搜查了教堂裡所有的墳墓，就我所知道的。因為在晚上我們只看到了三個這樣的幽靈，我認為沒有別的有活動力的不死的人存在了。有一個比其它墳墓都巨大，都氣派，也很高貴的墳墓上面，有一個是德古拉。

那麼這就是那個吸血鬼國王的墳墓了，由於他產生了更多的吸血鬼。裡面是空的，有力地證明瞭我的猜想。在我讓那些女人重新回到死亡的狀態前，我在德古拉的墳墓裡放上了一些聖餅，讓他永遠也進不來了。

然後我開始執行我可怕的任務，我很恐懼。如果只有一個，相對還容易一點。可是有三個！我做完一次恐怖的行動之後，還要再做兩次。對可愛的露西小姐這樣做是可怕的，但是對這三個陌生的人是不可怕的，她們存活了幾個世紀，隨著時間流逝越來越強大。如果她們可以的話，她們會為自己骯髒的生命而戰鬥的……

約翰，我的朋友，但這是屠夫的工作。如果不是因為被其他的死者和頭上籠罩著恐懼陰影的活人的想法所鼓勵著，我都無法繼續進行下去。我顫抖著，顫抖著，直到一切都結束了，感謝上帝，我挺過來了。

如果不是一開始看到她們還處於睡眠狀態，在最後的死亡來到之前，她因為意識到贏得了靈魂而感到的高興，我就無法繼續進行我的屠殺，我就無法承受當木樁插入她們心臟時發出的可怕的刺耳聲，她們扭動的身體，嘴唇上紅色的泡沫，就會把我的工作擱下，使我害怕地逃跑。但是一切都結束了！這些可憐的靈魂，我現在可以同情她們，為她們哭泣，因為我想到她們在枯萎之前只享受了一小段時間的真正的死亡的寧靜。因為，約翰，當我用刀砍下她們的頭時，她們的整個身體就開始融化，最後變成了泥土，彷彿本應該在幾個世紀前就來到的死神，最終他響亮地說道：「我來了！」

在我離開城堡之前，我牢牢的封鎖了它的入口，這樣伯爵永遠也不能進來了。

當我走進哈克夫人睡覺的圓圈，她從睡眠中醒了過來，看著我，痛苦的哭喊起來。

「走吧！」她說，「讓我們離開這個可怕的地方！讓我們去見我的丈夫，我知道他正在向我們趕來。」她看起來瘦弱而蒼白，但是她的眼睛是純淨的，閃著熱情的光芒。我很高興看到她的蒼白和虛弱，因為我的腦中盡是對那些血紅色吸血鬼的恐怖的記憶。

於是我們帶著信任和希望，還有依舊的恐懼，向東走去，和我們的朋友們會合，還有他——伯爵，哈克夫人告訴我她知道他正在向我們走來。

米娜．哈克的日記

11月6日

下午晚些時候，教授和我開始向東走，我知道喬納森正在從那裡向我們趕來。雖然是下坡，但是我們走得並不快，因為我們帶著沈重的圍毯和披肩。我們不敢想像如果沒有這些保暖的東西，被扔在這冰天雪地裡，我們會是什麼樣。我們也帶上了一些糧食，因為這裡很荒涼，放眼望去，連一個房子的影子都沒有。當我們走了大約一英里的時候，我已經累得不行了，便坐下來休息。這時我們向後看，德古拉城堡在天空中劃出鮮明的輪廓。我們在它坐落的山腳的下面，看起來喀爾巴阡山高聳入雲。我們看見城堡宏偉的座落在幾千英尺高的懸崖峭壁的頂端。這個地方有一些東西充滿著野性和恐怖，我們能聽見遠處有狼嚎聲。聲音聽起來很遙遠，雖然被雪減弱了，但還是充滿了恐怖。我從范海辛醫生搜尋的方式得知，他想尋找一個戰略據點，在那裡我們不容易暴露。崎嶇不平的道路仍然在向下延伸，我們能在堆積的雪中追蹤到它。

沒過一會兒教授向我示意，於是我站起來加入了他。他找到了一個很好的地方，是一個天然的石洞，兩邊的圓石構成了出口。他拉著我的手把我帶進去。

「看！」他說，「這樣你就有隱蔽的地方了。如果狼真的來了，我就可以一條一條的對付牠們。」

他把我們的毛皮大衣放進來，給我做了一個溫暖而舒適的窩，然後拿進來一些食物強迫我吃下去。我吃不下去，我根本不想吃，儘管我很想讓他高興，但是還是吃不下去。他看起來十分傷心，但是沒有責備我。他從包裡拿出望遠鏡，站在石頭上向地平線處看去。

突然他叫起來：「看！哈克夫人，快看！快看！」

我跳出來站在他旁邊，他遞給我望遠鏡，指著前方。雪現在下得更大了，劇烈的旋轉著，因為開始刮大風了。不過，在雪停頓的時候我能看清很遠的地方——在我們所站的高地上可以看到很遠的距離——遠遠的在雪之外，我能看見一條蜿蜒的河，如彎曲的黑色緞帶。在我們正前方不遠處，一群騎著馬的人正在匆匆地走來。在他們中間是一個馬車，一輛長長的李特四輪馬車，因為路面的不平左右搖擺著，像狗搖著尾巴。因為他們的輪廓在雪地裡很清楚，我能通過這些人的衣服看出他們是農民或者是吉普賽人之類的。

在馬車上是一個方形的箱子。當我看見它時我的心都要跳出來了，因為我感到快要到最後的時刻了。越來越接近傍晚，我清楚地知道在日落時分，那個之前被囚禁在裡面的東西，會獲得新的自由，用各種方式逃避追捕。我驚恐的轉頭看教授。然而，讓我吃驚的是，他不在那裡。下一秒鐘，我看見他在我下面。他圍著石頭劃了一個圓圈，就像我們昨晚那樣。

當他完成以後，他又站到了我身邊，說道：「至少你會是安全的！」他從我手中拿起望遠鏡，「看，」他說，「他們走得很快。他們在鞭打馬匹，盡可能快的飛奔著。」

他停了一下，接著用空洞的聲音說：「他們在和落日賽跑。我們可能太晚了，一切都是天意！」又是一陣猛烈的雪，整個視線都被遮擋住了。然而，這一場雪很快過去了，他再次用望遠鏡望著。

然後突然叫了起來：「快看！快看！快看！兩個騎馬的人從南邊很快得跟上來了。一定是約翰和昆西。拿著望遠鏡，在雪停之前一直看著！」我拿起它望著。這兩個人可能是西沃德醫生和莫里斯先生。無論如何我知道他們中間沒有喬納森。同時我也知道喬納森就在不遠處了。向四周望瞭望，我看見從北方也來了兩個人，飛快地騎著馬。我知道其中一個一定是喬納森，另外一個，我想自然就是高達爾明勳爵了。他們兩個人也在追趕著那隊人和馬車。當我告訴教授他們來了的時候，他像一個小男孩一樣快樂的叫了起來，我們一直望著他們，直到大雪把視線擋住了，他拿出溫徹斯特來福槍架，站在我們的庇護所出口的石頭上，做好了戰鬥的準備。

「他們會匯聚起來，」他說，「等時機到了我們從四周包圍吉普賽人。」我拿出我的左輪手槍放在手裡，因為就在我們說話時，狼嚎聲越來越近了。當雪下得小了，我們又看過去。很奇怪，我們眼前的雪下得很大，但是在牠們的外面太陽越來越明亮，向遠處的山頂望去，我能看見到處都有移動著的圓點，一個，兩個，三個，越來越多。狼群正在向牠們的獵物包圍過來。

每一秒鐘都像是一個世紀。風猛烈的刮著，雪花憤怒的盤旋，掃蕩著我們。有時我們甚至連一臂之內的東西都看不清楚。但是又有時，風發出空洞的聲音吹過我們，周圍的空氣都被淨化了，我們能夠看得很遠。我們都太習慣看日出日落了，我們準確的知道它什麼時候會來。我們也知道不久太陽就會下山了。很難相信在人們開始匯聚到我們這裡的時候，我們只在石頭的庇護所裡待了不到一個小時。現在風更大了，更持續不斷的從北方吹來。它好像要把雪的雲彩從我們這裡吹走，因為雪只有偶爾才會飄下來。我們能清楚地分辨各個群體的人，追逐者和被追逐者。很奇怪那些被追逐的人們好像根本沒有意識到，至少不在乎他們正在被追趕。然而，隨著太陽在山頂上越落越低，他們好像也在逐漸地加快速度。

他們越來越近了。教授和我蹲在石頭後面，準備好我們的武器。我能看出他已經下定決心不放過他們了。所有人都沒有意識到我們的存在。

同時響起了兩個聲音：「停下來！」一個是我的喬納森的聲音，很高的音調。另一個聲音是莫里斯先生平靜的命令，聲音有力而且堅決。吉普賽人可能不懂這個語言，但是不管什麼語調，無論說的是什麼語言。他們本能的勒住了馬，就在這一刻高達爾明勳爵和喬納森從一個方向衝上來，西沃德醫生和莫里斯先生則從另一個方向。吉普賽人的首領，一個長得很好看的人，像一名騎手那樣坐在馬上，用凶狠的聲音命令他的同伴們繼續前進。他們鞭打馬匹，馬又向前跑了。但是那四個人舉起了他們的溫徹斯特來福槍，明確的命令他們停下來。同時范海辛醫生和我從石頭後面站起來，用我們的武器對準了他們。看到自己被包圍了，那群人勒緊韁繩停下來了。首領轉向他們說了一句話，每個吉普賽人都拿出了自己的武器，刀或是手槍，準備好進攻。

首領很快動了一下韁繩，衝到了最前面，先是指了一下快要落在山頂的太陽，又指了指城堡，說了一些我聽不懂的話。我們那四個人衝向了馬車。我看到喬納森面對這樣的危險本應十分害怕的，但是我身上一定像其他人一樣充滿了戰鬥的熱情，我沒有害怕，而是有一種想做些什麼的瘋狂和慾望。看到我們的人快速的行動，吉普賽人的首領下了一個命令。他的人立即包圍了馬車，使勁推著別人，急切地執行命令。

在這中間我看見喬納森在他們的包圍圈的一邊，昆西在另一邊，想要衝進圈裡。很顯然他們決心要在日落之前完成他們的任務。彷彿沒有任何東西能夠阻止他們。對準他們的武器，吉普賽人的閃著光的刀，或者是身後的狼嚎聲，好像都不能吸引他們的注意。喬納森的激情，還有他明顯的唯一的目的，好像嚇住了他面前的這些人。他們本能的退到一邊讓他進去了。他頓時跳上馬車，用一種不可思議的力氣抬起了箱子，從馬車上扔了下去。同時，莫里斯先生不得不使用武力從他那一邊進入吉普賽人的包圍圈。在我屏住呼吸看著喬納森的同時，我也看見莫里斯不顧一切地衝上前去，吉普賽人閃著光的刀向他砍去。他用他的長獵刀躲避開了，一開始我還以為他也安全的進來了，但是當他來到已經從車上跳下來的喬納森的身邊時，我能看見他用左手按著肋骨，鮮血從他的指頭之間噴射出來。儘管是這樣，他也沒有耽擱，因為當喬納森用驚人的力氣砍著箱子的一端，想用他的大彎刀把蓋子撬開時，他用他的長獵刀砍著另一端。在兩個人的努力下，蓋子開始鬆動了，釘子發出刺耳的聲音，箱子被打開了。

這時吉普賽人發現他們被溫徹斯特來福槍所包圍，並且完全受高達爾明勳爵和西沃德醫生支配，於是他們投降不再作任何抵抗了。太陽幾乎要落下去了，所有人的影子都投在了雪地上。我看見伯爵躺在箱子裡的泥土上，因為剛才從馬車上摔下來，一些土撒在他的身上。他像死一樣的蒼白，就像一尊蠟像，還有那雙我太了解的閃著仇恨的光的紅色眼睛。

就在我看著他的時候，那雙眼睛看見了下沈的太陽，上面的仇恨變成了勝利的喜悅。

但是，就在那時，喬納森的大刀快速的揮動了一下。當看見它砍向伯爵的喉嚨時，我尖叫起來。同時莫里斯先生也將長獵刀刺進了他的心臟。

就像一個奇蹟，在我們眼前，幾乎就是吸了一口氣的功夫，他的整個身體化為灰燼，從我們的眼前消失了……

我會一生都牢記的，因為就在最後死亡的一剎那，他的臉上竟是安詳的表情，我從沒想像過這樣的表情會在他的臉上出現。

德古拉城堡現在聳立在紅色的天空中，破舊的城垛上每一塊石頭，在落日的光芒中都清晰可見。

吉普賽人認為我們就是那個死人突然消失的原因，一言不發的轉身騎馬離開了。那些沒有騎馬的人跳上馬車，對著馬車附近叫著不要扔下他們。狼群已經退到了安全的遠處，跟隨著他們的腳步，離開了我們。

莫里斯先生倒在了地上，用肘支撐著身體，一隻手按著他的肋骨，鮮血仍然從他的指間湧出來。我衝向他，因為現在那個神聖的源泉已經不能阻擋我了，兩個醫生也衝了過去。喬納森跪在他的身後，他將頭靠在他的肩膀上。他嘆了口氣，掙扎著，握住了我的手。

他一定看到了我臉上的痛苦，因為他微笑著對我說道：「我真高興自己能有用處！哦，上帝！」他突然掙扎著坐起來指著我，叫道：「為這個而死是值得的！看！看！」

太陽現在剛好在山頂上，紅光照在了我的臉上。當人們順著他指的方向看我時，他們全都跪下來了，一聲深沈而真誠的「阿門」從每個人的嘴裡被說出來。

奄奄一息的人說道：「現在感謝上帝，一切都不是徒勞！看！雪都沒有她的額頭純潔！詛咒消失了！」

我們痛苦的看到這一切，帶著微笑和寧靜，他死了，一個勇敢的男人。

後記

七年之前我們都經歷了磨難。我們其中一些人自從那時起得到的歡樂是值得我們在此之前忍受那份痛苦的。對於米娜和我的一個額外的歡喜是我們的孩子的生日正好是在昆西・莫里斯死的那天。我知道，他的媽媽認為自己的一些勇敢的朋友的精神傳給了他。他的名字把我們這些人聯繫在了一起。我們叫他昆西。

今年夏天我們到特蘭西法尼亞旅行，到了那片對於我們來說充滿生動和可怕的回憶的土地上。很難相信我們親眼所看到的和親耳所聽到的都是活生生的事實。過去發生的一切的痕跡都被抹去了。城堡還像原來那樣，在廢墟上高高地聳立著。

當我們回家時，我們談論著過去，毫無遺憾地回想它們，因為高達爾明和西沃德都已經幸福的結婚了。我從保險櫃裡取出那些很久以前就已經還給我們的材料，在這一堆材料中，幾乎沒有真正的文件，除了米娜、西沃德最近的筆記本和范海辛的備忘錄之外，就是一些用打印機打出的文字。我們不可能讓任何人相信這些就是那個驚心動魄的故事的證明。范海辛這樣總結說，我們的孩子正坐在他的膝蓋上。

我們不需要證明。我們不需要任何人相信！這個孩子有一天會知道他的母親是怎樣一位勇敢的女性。他已經知道了她的溫柔和關愛。以後他會明白那些男人是多麼地愛她，他們願意為她做一切。

喬納森・哈克

國家圖書館出版品預行編目資料

德古拉傳奇／布萊姆・斯托克／著　夜暗黑／譯
-- 修訂一版-- 新北市：新潮社，2018.08
面；　公分
ISBN　978-986-316-714-3（平裝）

884.157　　　　107008355

德古拉傳奇

布萊姆・斯托克／著
夜暗黑／譯

【策　劃】林郁
【出版人】翁天培
【企　劃】天蠍座文創
【出　版】新潮社文化事業有限公司
電話：(02) 8666-5711
傳真：(02) 8666-5833
E-mail：service@xcsbook.com.tw

【總經銷】創智文化有限公司
新北市土城區忠承路89號6F（永寧科技園區）
電話：(02) 2268-3489
傳真：(02) 2269-6560

印前作業　東豪印刷事業有限公司

修訂一版　2018年08月
一版三刷　2022年08月